Alex Kava

Ausgeblutet

Genehmigte Sonderausgabe 2018
für BEBUG mbH / vip Verlag

HarperCollins Germany GmbH
Valentinskamp 24
20345 Hamburg

Originaltitel: Exposed
erschienen bei: MIRA Books, Toronto

Published by arrangement with
HARLEQUIN ENTERPRISES II B.V. / SARL

Umschlaggestaltung: HarperCollins Germany, Birgit Tonn
Umschlagabbildung: Eugene Valter / Getty Images, AlessandroPhoto / Getty Images, AnaMOMarques / Getty Images
Satz: GGP Media GmbH, Pößneck
Printed in Germany
Dieses Buch wurde auf FSC®-zertifiziertem Papier gedruckt.
ISBN 978-3-86789-616-0

Alex Kava

Ausgeblutet

Roman

Aus dem Amerikanischen von
Constanze Suhr

1. KAPITEL

Lake Victoria
Uganda, Afrika

Waheem blutete bereits, als er das dicht besetzte Motorboot bestieg. Er presste sich das durchnässte Tuch zusammengeknüllt gegen die Nase und hoffte, dass die anderen Passagiere nichts bemerken würden. Der Bootsbesitzer, ein Mann von der Insel, den sie Pastor Roy nannten, hatte ihm vorher noch geholfen, den rostigen Käfig mit den darin eingesperrten Affen in die letzte freie Ecke zu schaffen. Doch kaum zwei Kilometer von der Küste entfernt fiel Waheem auf, wie Pastor Roy immer wieder seine Frau anblickte, die mit einem verkrampften Lächeln auf das Blut sah, das inzwischen auf Waheems Hemd tropfte. Der Pastor machte den Eindruck, als würde er es schon bereuen, dass er Waheem den letzten freien Platz angeboten hatte.

„Auf diesen Inseln leiden offensichtlich viele unter Nasenbluten“, bemerkte Pastor Roy. Es klang eher wie eine Frage, so als wolle er Waheem die Gelegenheit geben, es zu erklären.

Waheem nickte ihm zu und tat, als hätte er Schwierigkeiten, ihn zu verstehen. Er hatte ihn sehr gut verstanden, hütete sich aber, es zu zeigen. Die nächsten zwei Tage würde weder ein Bananen- noch ein Kohlenfrachter die Insel ansteuern, deshalb war er froh über die glückliche Fügung, dass der Pastor und seine Frau ihm erlaubt hatten, auf ihrem Schiff mitzufahren, vor allem mit diesem Affenkäfig. Doch er wusste, die Fahrt von Buvuma Island nach Jinja würde vierzig Minuten dauern, deshalb wollte er den Priester nicht dazu ermuntern, die Gelegenheit zu einer langen Predigt über Jesus zu nutzen. Alle anderen waren vor ihm an Bord geklettert, sodass Waheem nur noch der Platz ganz vorn am Gang geblieben war. Der Mann sollte gar nicht erst auf die Idee kommen, er müsse auf der Fahrt über den See eine weitere Seele retten.

Außerdem wirkten die anderen im Boot – eine traurige Ansammlung von Frauen mit barfüßigen Kindern und einem blinden alten Mann – viel eher so, als müssten sie errettet werden. Bis auf das Nasenbluten und einen plötzlich einsetzenden pochenden Kopfschmerz fühlte sich Waheem jung und stark, und wenn die Dinge so liefen wie geplant, dann würden er und seine Familie bald reich sein und sich eine eigene Shamba kaufen, statt sich für andere den Rücken krumm zu schuften.

„Gott sei mit uns!", rief der Priester, der offensichtlich gar keine Ermutigung benötigte. Er steuerte das Boot mit einer Hand, mit der anderen machte er eine ausholende Geste, mit der er die sie umgebenden Inseln in der Ferne umfasste, und begann mit seiner Predigt.

Die anderen Passagiere neigten den Kopf fast automatisch, als die Stimme des Mannes ertönte. Diese Art von Ehrerbietung sahen sie womöglich als das Mindestmaß an Gegenleistung für die Überfahrt auf dem Schiff des Pastors an. Waheem senkte ebenfalls den Kopf, beobachtete aber hinter dem an die Nase gepressten Tuch weiterhin unauffällig seine Umgebung und versuchte dabei, den Gestank nach Affenurin ebenso zu ignorieren wie das gelegentlich an seinem Kinn hinuntertropfende warme Blut. Er musterte die Augen des blinden Mannes. Seine weißen getrübten Linsen bewegten sich hin und her, während seine dünnen Lippen zuckten. Es war aber nur ein undeutliches Murmeln von ihm zu hören, vielleicht ein Gebet. Eine Frau neben Waheem hielt ihre Jutetasche, die sich von allein zu bewegen schien und nach nassen Hühnerfedern roch, fest geschlossen. Alle waren sehr ruhig, bis auf die drei kleinen Mädchen, die schaukelnd hinten im Boot saßen. Sie sangen leise ein Lied. Sogar die drei waren sich trotz ihrer Verspieltheit offensichtlich bewusst, dass sie den Sermon des Priesters besser nicht stören sollten.

„Gott hat euch nicht vergessen, ihr Kinder", fuhr Pastor Roy fort, „und ich ebenfalls nicht."

Waheem warf unauffällig einen Blick auf die Frau des Priesters. Sie schien sich überhaupt nicht von der Predigt ihres Mannes beeindrucken zu lassen. Während sie vorn im Boot neben ihm saß, rieb sie sich ihre nackten weißen Arme mit einer farblosen Flüssigkeit aus einer Plastikflasche ein und unterbrach die Prozedur alle paar Sekunden, um die Tsetsefliegen aus ihrem langen, seidigen Haar zu zupfen.

„Die Inseln des Lake Victoria sind bevölkert mit Ausgestoßenen, Armen, Kriminellen und Kranken.“ Pastor Roy machte eine kurze Pause und nickte Waheem zu, als wolle er ihm zu verstehen geben, dass er ihn nicht zu jenen zählte. „Doch ich sehe nur die Kinder Jesu, die noch darauf warten, von ihm errettet zu werden.“

Waheem würde dem Priester nicht widersprechen. Er sah sich nicht als einen von Buvumas ausgestoßenen Kranken, von denen es eine Menge gab. Dass man dort jemandem begegnete, der irgendwelche Verletzungen oder offene Wunden hatte, war keine Seltenheit. Für viele waren die Inseln eine letzte Zuflucht. Doch nicht für Waheem. Er war in seinem Leben nicht einen Tag krank gewesen, jedenfalls bis gestern Abend nicht, als er sich hatte übergeben müssen.

Erst nach Stunden hatte es wieder aufgehört. Allein bei der Erinnerung daran wurde ihm übel. An den Anblick des Erbrochenen mit dem ganzen Blut darin wollte er lieber nicht mehr denken. Er hatte schon befürchtet, seine Eingeweide mit herausgewürgt zu haben. So hatte es sich jedenfalls angefühlt. Und jetzt dieser hämmernde Kopfschmerz und dieses nicht enden wollende Nasenbluten. Er schob sein Tuch zurecht und versuchte eine Stelle zu finden, die noch nicht durchtränkt war. Ein paar Tropfen fielen auf seine staubigen Füße, und er musste plötzlich auf die glänzenden Lederschuhe des Priesters starren. Er fragte sich, ob der Mann ernsthaft glaubte, irgendjemanden retten zu können, ohne seine Schuhe zu beschmutzen.

Egal. Waheem interessierte lediglich, seine Affen rechtzeitig nach Jinja zu bringen, wo er diesen Amerikaner treffen wollte, einen Geschäftsmann, der ebenfalls mit solch glänzenden Lederschuhen herumlief. Der Typ hatte Waheem ein Vermögen versprochen. Zumindest für Waheem war es ein Vermögen. Der Amerikaner wollte ihm für jeden Affen mehr Geld zahlen, als Waheem und sein Vater sonst in einem Jahr verdienen konnten.

Er wünschte, er hätte noch mehr gefangen, aber es hatte fast zwei Tage gedauert, um diese drei zu bekommen, die er zusammen in diesen Metallkäfig gequetscht hatte. Wenn man sie jetzt sah, würde man es nicht für möglich halten, was die für einen Ärger gemacht hatten. Aus Erfahrung wusste Waheem, was für scharfe Zähne Affen besaßen und dass sie das Gesicht eines Mannes innerhalb von Minuten in Stücke fetzen konnten, nachdem sie ihm den Schwanz um den Hals geschlungen hatten. Das hatte er in den nur zwei Monaten gelernt, in denen er für Okbar, den reichen Affenhändler aus Kampali, tätig gewesen war.

Der Job war gut gewesen, aber da hatte man auch Netze und Betäubungsgewehre gehabt, die Okbar zur Verfügung stellte und mit denen es ganz einfach ging. Waheems Hauptaufgabe hatte darin bestanden, die kranken Affen abzutransportieren, die der britische Tierarzt aus den Lieferungen aussortiert hatte, Lieferungen mit Hunderten von Affen, die zu einem Frachtflugzeug geschafft wurden, das dann Versuchslabors in Großbritannien und den USA belieferte.

Der Tierarzt ging davon aus, dass Waheem die Affen mitnahm, um sie zu töten. Aber Okbar nannte das eine „frevelhafte Verschwendung". Deshalb befahl er Waheem, die armen kranken Affen, statt sie zu töten, auf eine der Inseln im Lake Victoria zu bringen und dort laufen zu lassen. Manchmal, wenn Okbar Lieferschwierigkeiten hatte, schickte er Waheem auf die Insel, damit er ein paar von den kranken Affen holte. Oft fiel das den Tierärzten gar nicht auf.

Aber jetzt war Okbar verschwunden. Seit Monaten hatte ihn niemand mehr gesehen. Waheem hatte keine Ahnung, wohin er gegangen war. Eines Tages war sein kleines verdrecktes Büro in

Jinja plötzlich leer gewesen. All die Aktenschränke, der Metallschreibtisch, die Betäubungsgewehre und Netze, alles war verschwunden. Kein Mensch wusste, was mit Okbar passiert war. Und Waheem hatte seinen Job verloren. Nie würde er das enttäuschte Gesicht seines Vaters vergessen. Die anderen mussten wieder auf die Felder gehen und viele Stunden am Tag arbeiten, um den Verlust auszugleichen, der durch das fehlende Einkommen Waheems entstanden war.

Dann erschien eines Tages dieser Amerikaner in Jinja und erkundigte sich nach Waheem, nicht nach Okbar, sondern nach Waheem. Irgendwie hatte er von den Affen erfahren, die auf die Insel geschafft worden waren, und genau die wollte er haben. Er würde den höchsten Preis zahlen. „Aber es müssen genau diese Affen sein“, hatte er Waheem erklärt, „von der Insel, auf der ihr die aussortierten hingebracht habt.“

Waheem konnte sich nicht vorstellen, warum jemand so scharf auf kranke Affen war. Er warf einen Blick auf die zusammengesunkenen und in dem rostigen Metallkäfig eingezwängten Gestalten. Aus ihren Nasen floss dicker grünlicher Schleim. Sie glotzten ausdruckslos vor sich hin, nahmen weder Futter noch Wasser an. Trotzdem vermied es Waheem, ihnen direkt in die Augen zu sehen, da er nur allzu genau wusste, wie gut ein Affe zielen konnte, selbst ein kranker, wenn er einem in die Augen spuckte.

Der Affe musste gespürt haben, dass Waheem ihn beobachtete, denn plötzlich umklammerte er die Gitterstäbe und begann zu kreischen. Waheem störte der Lärm nicht. Er war das gewohnt. Verglichen mit dieser unheimlichen Ruhe vorher war es eher normal. Doch der zweite stimmte nun mit ein, woraufhin die Frau des Priesters sich aufrichtete und herüberstarrte. Dieses aufgesetzte Lächeln war von ihrem Gesicht verschwunden. Waheem fand nicht, dass sie ängstlich oder beunruhigt wirkte, sondern lediglich ziemlich angewidert. Er machte sich Sorgen, dass der Priester die Affen womöglich über Bord werfen könnte, oder – noch schlimmer – Waheem gleich hinterherspringen ließ. Wie die meisten Inselbewohner konnte er nicht schwimmen.

Das Kreischen der Affen mischte sich mit dem Pochen in seinem Kopf, und Waheem glaubte, das Boot würde schwanken. Ihm wurde übel, und er befürchtete, sich wieder übergeben zu müssen. Erst da bemerkte er, dass sich auf der ganzen Vorderseite seines Hemds ein riesiger rot-schwarzer Fleck ausgebreitet hatte. Und es blutete immer weiter. Er schmeckte es, und es lief ihm den Rachen herunter. Er schluckte und begann zu husten, dabei versuchte er, die Blutklumpen zurückzuhalten, aber erfolglos. Ein paar davon bekleckerten die Lederschuhe des Priesters.

Waheem blickte hektisch hin und her, vermied es aber, den Mann anzusehen. Alle starrten zu ihm herüber. Sie würden beschließen, ihn aus dem Boot zu werfen. Er hatte gesehen, wie sie sich bei den Worten des Priesters verbeugt hatten. Sie würden zweifellos alles tun, was er verlangte. Sie waren zu weit von den Inseln entfernt. Er würde untergehen.

Plötzlich wedelte der Priester mit der Hand vor Waheems Nase. Waheem zuckte zusammen und wich zurück. Erst als er sich wieder etwas aufrichtete, sah er, dass Pastor Roy ihn nicht über Bord stoßen wollte. Stattdessen hielt er ihm ein weißes Taschentuch hin, blitzsauber und mit wunderschönen Stickereien am Rand.

„Hier, mein Sohn, nimm es“, sagte der Priester sanft, diesmal nicht im Ton einer Predigt, die an alle gerichtet war. Als Waheem nicht reagierte, zeigte er auf das durchtränkte, tropfnasse Tuch. „Deins ist bereits aufgebraucht. Hier, nimm es, du brauchst es nötiger als ich.“

Waheem blickte sich schnell auf dem kleinen Boot um. Noch immer beobachteten ihn alle, und auf dem Gesicht der Pastorenfrau zeichnete sich inzwischen offene Wut ab. Sie hatte den Blick aber nicht auf Waheem gerichtet, sondern sah ihren Mann vorwurfsvoll an.

Der Rest der Überfahrt verlief ruhig, bis auf den leisen Gesang der kleinen Mädchen. Von ihren Stimmen wurde Waheem in einen traumähnlichen Zustand versetzt. Einmal glaubte er, er könne seine Mutter vom nahenden Ufer rufen hören. Er sah alles nur noch verschwommen, und in den Ohren hallte der Schlag seines Herzens wider.

Als das Boot im Hafen anlegte, fühlte sich Waheem schwach und benommen. Diesmal musste Pastor Roy den Käfig allein tragen, während Waheem hinter ihm her durch die Menge stolperte, Frauen mit Körben und Jutetaschen, herumstehende Männer, Fahrradfahrer, die sich einen Weg um sie herum bahnten.

Der Priester stellte den Käfig ab, und Waheem brummte ein Danke, das sich mehr wie ein Stöhnen anhörte. Noch bevor sich der Priester zum Gehen gewandt hatte, fiel Waheem auf die Knie, würgte und übergab sich, beschmutzte dabei die glänzenden Lederschuhe mit schwarzem Erbrochenem. Als er sich den Mund abwischen wollte, bemerkte er, dass Blut aus seinen Ohren tropfte, und sein Rachen hatte sich wieder mit dicken schwarzen Brocken gefüllt. Er spürte die Hand des Priesters auf seiner Schulter und erkannte dessen Stimme kaum wieder, als er nach Hilfe rief. Die ruhige Überlegenheit des Mannes, der sonst lange Predigten hielt, war verschwunden, und stattdessen hörte man ihn panisch schreien.

Mit einem Mal wurde Waheem von Krämpfen befallen. Er zuckte mit den Armen und trat mit den Beinen aus, ohne sich noch kontrollieren zu können. Das Atmen fiel ihm immer schwerer. Er schnappte nach Luft, würgte, konnte nicht mehr schlucken. Dann schien etwas tief in seinem Innern in Bewegung zu geraten. Er glaubte fast zu hören, wie seine Eingeweide auseinandergerissen wurden. Aus allen seinen Leibesöffnungen strömte das Blut. Er fühlte keinen Schmerz, nur großes Entsetzen. Das Entsetzen über den Anblick des vielen Bluts und die Gewissheit, dass es sich um sein eigenes handelte, war größer als jeder Schmerz.

Eine Menge bildete sich um ihn herum, aber er sah alle nur verschwommen. Auch die Stimme des Priesters wurde jetzt zu einem entfernten Summen. Waheem konnte ihn nicht mehr sehen. Und er sah auch nicht den amerikanischen Geschäftsmann mit den dicken Handschuhen, der nach Waheems rostigem Affenkäfig griff und dann einfach damit verschwand.

2. *KAPITEL*

Zwei Monate später
Freitag, 28. September 2007, 8 Uhr 25
Quantico, Virginia

Maggie O'Dell beobachtete ihren Chef, Assistant Director Cunningham, wie er seine Brille zurechtrückte und den Karton voller Donuts, der vor seinem Büro stand, mit Argusaugen betrachtete, als wäre der Entschluss, zuzugreifen, eine Entscheidung auf Leben und Tod. Fairerweise musste sie einräumen, dass der Leiter der Verhaltensforschungsabteilung immer so aussah, wenn er seine Entscheidungen fällte. Es war sein typischer Gesichtsausdruck, der ihr seit jeher vertraut war. Dieses ernste Pokergesicht mit den Falten auf der Stirn und um seine durchdringend blickenden Augen. Und die Art, wie er sich mit dem Zeigefinger auf die dünne, fast unsichtbare Oberlippe tippte.

Er stand dort mit durchgedrücktem Rücken und leicht gespreizten Beinen, die gleiche Haltung, die er einnahm, wenn er seine Glock abfeuerte. Kaum eine halbe Stunde nach acht hatte er bereits die Ärmel seines vorbildlich gebügelten Hemdes aufgerollt, aber peinlich genau und ordentlich umgeschlagen. Schlank und durchtrainiert könnte er wahrscheinlich das ganze Dutzend Donuts verspeisen, ohne dass es sich auf seinen schmalen Hüften bemerkbar machte. Lediglich sein grau meliertes Haar gab einen Hinweis auf sein Alter. Maggie hatte gehört, er könne spielend zwanzig Kilo mehr stemmen als seine Rekruten, obwohl er um die dreißig Jahre älter war als sie. Also konnten es wohl nicht die Kalorien sein, die sein Misstrauen hervorriefen.

Maggie blickte an sich herunter. In vieler Hinsicht hatte sich ihr Erscheinungsbild dem ihres Bosses angepasst. Gebügelte Hosen, ein kupferfarbenes Kostüm, das mit ihrem rötlichen Haar und den braunen Augen harmonierte, aber nicht zu auffällig war, eine aufrechte Haltung, die Selbstbewusstsein verriet.

Manchmal, das wusste sie, übertrieb sie ein bisschen. Alte

Gewohnheiten legte man schwer ab. Vor zehn Jahren, als aus der Medizinstudentin Maggie ein Special Agent geworden war, hing ihr Überleben in der Branche davon ab, inwieweit sie sich in die Gruppe der männlichen Kollegen einfügen konnte. Keine verrückte Frisur, wenig Make-up, maßgeschneiderte Kostüme, aber nicht zu figurbetont. Zwar war das FBI keine Behörde, die Frauen für ihre Attraktivität bestrafte, doch Maggie wusste sehr genau, dass man so etwas dort auch nicht gerade belohnte.

In letzter Zeit hatte sie allerdings bemerkt, dass ihre Kleidung ein bisschen locker an ihr herunterhing, nicht notwendigerweise ein Resultat ihres übertriebenen Versuchs, ihre Figur zu verbergen, sondern eher der Stress. Seit Juli hatte sie ihr Fitnessprogramm ziemlich gesteigert, vom Fünfkilometerlauf auf sechs Kilometer, dann weiter bis auf acht. Manchmal drohten ihr die Beine zu versagen, aber sie zwang sich, weiterzumachen. Ein klarer Kopf war das bisschen Muskelkater schon wert. Das redete sie sich jedenfalls ein.

Doch es ging nicht nur um Stress, sondern mehr um all die Fälle, die sich in den letzten Monaten so angesammelt hatten und ihr das Hirn vernebelten. Auf ihrem Schreibtisch stauten sich die Akten, und ein Fall im Besonderen, vom Juli, kletterte immer wieder an die oberste Stelle in diesem Stapel: ein ungelöster Mord in einer Toilette des O'Hare International Airport von Chicago. Ein Priester war erstochen worden, ein Priester namens Michael Keller, der Maggie schon seit vielen Jahren beschäftigt hatte.

Keller gehörte zu den sechs Pfarrern, die unter Verdacht standen, Jungen sexuell zu belästigen. Innerhalb von vier Monaten waren alle sechs ermordet worden, und jeder nach dem gleichen Schema. Der Mord an Keller im Juli war der letzte. Maggie wusste aus erster Hand, dass der Killer für immer mit dem Töten aufgehört hatte, dass er es versprochen hatte. Sie sagte sich auch, dass man nicht erwarten konnte, einen klaren Kopf zu haben, wenn man mit Mördern Geschäfte machte.

Das war die dunkle Seite dieses Nebels. Auf der hellen oder

zumindest der anderen Seite, gab es etwas, oder besser gesagt *jemanden,* der ihre Gedanken zu sehr beherrschte. Jemanden namens Nick Morrelli.

Sie schob sich an Cunningham vorbei, griff nach einem mit Schokolade überzogenen Donut und biss hinein.

„Normalerweise schnappt mir Tully die mit Schokolade immer vor der Nase weg", sagte sie, als Cunningham sie mit hochgezogenen Augenbrauen ansah. Aber dann nickte er, als würde ihm ihre Erklärung einleuchten.

„Wo ist er denn überhaupt?", wollte sie wissen. „Er hat in einer Stunde einen Gerichtstermin."

Eigentlich lag es ihr nicht, ihre Kollegen zu kontrollieren, aber wenn Tully nicht hinging, um seine Aussage zu machen, dann blieb es an ihr hängen, und heute wollte sie ausnahmsweise frühzeitig gehen. Sie hatte nämlich Pläne fürs Wochenende. Sie und Detective Julia Racine wollten wieder einen Ausflug nach Connecticut machen. Julia, um ihren Vater zu besuchen, und Maggie, um sich mit einem gewissen Gerichtsanthropologen namens Adam Bonzado zu treffen, der hoffte, Maggie von den Blumensendungen mit Karten, E-Mails und Nachrichten auf ihrem Anrufbeantworter ablenken zu können, mit denen sie ein äußerst hartnäckiger Nick Morrelli in den vergangenen fünf Wochen bombardiert hatte.

„Der Gerichtstermin ist verlegt worden", erklärte Cunningham, als Maggie schon fast wieder vergessen hatte, worüber sie eigentlich sprachen. Es musste ihr wohl anzusehen sein, denn Cunningham fuhr fort: „Tully hatte eine wichtige familiäre Angelegenheit zu regeln."

Cunningham entschied sich für einen Donut mit Guss. Während er seinen Blick immer noch prüfend auf den Inhalt der Schachtel gerichtet hielt, fuhr er fort: „Du weißt ja, wie das ist, wenn Kinder in die Pubertät kommen."

Maggie nickte, aber eigentlich wusste sie es nicht. Ihre Familienpflichten beschränkten sich auf einen weißen Labrador Retriever namens Harvey, der ganz zufrieden war, wenn er zweimal täglich gefüttert und möglichst oft hinter den Ohren gekrault wurde und wenn ihm ein Plätzchen am Fußende ihres riesigen Bettes gehörte. Heute Nachmittag würde er ausgestreckt und glücklich auf dem Lederrücksitz von Julia Racines Saab liegen und es genießen, dass er dabei sein durfte.

Sie fragte sich, welche Erfahrungen Cunningham in dieser Beziehung hatte. Sie konnte sich nicht erinnern, dass ihr Boss jemals wegen einer „familiären Angelegenheit" zu spät gekommen wäre. Nach den zehn Jahren, die Maggie mit ihm zusammenarbeitete, wusste sie nichts über die Familie des stellvertretenden Leiters. Auf seinem aufgeräumten Schreibtisch fanden sich keine Fotos, nichts in seinem Büro gab irgendwie Aufschluss. Es war ihr bekannt, dass er verheiratet war, sie hatte aber seine Frau nie kennengelernt. Maggie wusste noch nicht einmal ihren Namen. Es war nun mal so, dass sie nicht zu denselben Weihnachtsfeiern eingeladen wurden, geschweige denn, dass Maggie überhaupt zu irgendwelchen Weihnachtsfeiern ging.

Cunningham behandelte sein Privatleben als genau das, was es war – privat. Und in vielerlei Hinsicht handhabte Maggie es genauso. Auf ihrem Schreibtisch standen ebenfalls keine Fotos. Während ihrer Scheidung hatte sie auf ihrer Arbeitsstelle nie ein Wort darüber verloren. Wenige Kollegen wussten überhaupt, dass sie verheiratet gewesen war. Diesen Teil ihres Lebens trennte sie vom Job. Das musste sie tun. Aber für Greg, ihren Exmann, stellte das einen Beweis für die Lage der Dinge dar, ein weiterer Grund für die Scheidung.

„Wie kannst du jemanden lieben und einen so wichtigen Teil deines Lebens aussparen?"

Darauf hatte sie keine Antwort gehabt. Sie war nicht in der Lage gewesen, es ihm zu erklären.

Manchmal wurde ihr klar, dass sie diese Unterscheidung nicht einmal besonders gut beherrschte. Sie wusste nur, dass sie als jemand, der kriminelles Verhalten analysierte und kategorisierte, jemand, der täglich dem Bösen nachjagte, der Stunden damit verbrachte, sich in den Kopf von Killern hineinzuversetzen, diesen

Teil seines Lebens vom Privaten trennen musste, um nicht zu zerbrechen. Das schien ein geeignetes Oxymoron zu sein: etwas trennen, um ganz zu bleiben.

Sie fragte sich, ob Cunningham das seiner Frau hatte erklären müssen. Wenn ja, war er offensichtlich mit seiner Argumentation erfolgreicher gewesen als Maggie. Ein Grund mehr, um sich seine verschlossene Art anzueignen.

Nein, Maggie wusste nicht, wie Cunninghams Frau hieß und ob er Kinder hatte, welches sein Lieblings-Footballteam war und ob er an Gott glaubte. Und das war es auch, was sie an ihm bewunderte. Letztendlich konnte man umso weniger verletzt werden, je weniger die anderen von einem wussten. Das war eine der seltenen Möglichkeiten, Schaden von sich abzuwenden, etwas, das Maggie sehr schmerzlich hatte erfahren müssen, etwas, das sie leider nur zu gut gelernt hatte. Nach ihrer Scheidung hatte sie niemanden mehr zu dicht an sich herangelassen. Es war nicht notwendig, Privat- und Berufsleben zu trennen, wenn es kein Privatleben gab.

„Warte." Cunningham umfasste Maggies Handgelenk, bevor sie ein zweites Mal abbeißen konnte.

Er warf seinen Donut auf den Tresen und zeigte in die Schachtel. Maggie erwartete schon, eine Kakerlake oder ähnlich Schreckliches zu sehen. Stattdessen erblickte sie lediglich die Ecke eines weißen Umschlags ganz unten am Boden des Kartons. Durch das Loch eines Donuts konnte sie Teile einer Blockschrift erkennen. Unter den Agents war eine Schachtel mit Donuts ein beliebtes Geschenk, wenn man jemandem zu irgendwas gratulieren wollte. Wenn sich also darin eine Karte in einem Umschlag befand, sollte das niemanden beunruhigen.

„Weiß einer von euch, wer diese Schachtel mit den Donuts gebracht hat?", erkundigte sich Cunningham laut genug, sodass jeder ihn hörte, bemühte sich jedoch, die Sorge, die Maggie in seinem Blick lesen konnte, nicht durchklingen zu lassen.

Einige hoben die Schultern, manche murmelten ein „Nein". Alle machten mit ihrer Arbeit weiter. Hier gehörte keiner zur schüchternen Sorte. Wenn einer von ihnen es verdient hätte, hätte er sicher die Anerkennung entgegengenommen. Aber wer auch immer diese Schachtel mit dem Gebäck gebracht hatte, war wieder gegangen, und diese Erkenntnis verursachte bei Cunningham ein nervöses Zucken im linken Auge.

Er zog einen Kuli aus seiner Brusttasche und schob ihn in das Loch des Donuts, um ihn vorsichtig anzuheben und den Brief freizulegen. Maggie kam es verdächtig vor, dass man ihn unter die Donuts gelegt hatte, sodass er erst gefunden würde, wenn fast alles bereits aufgegessen wäre. Plötzlich hatte sie einen bitteren Geschmack im Mund. Es war nur ein Bissen, sagte sie sich. Dann fragte sie sich sofort, wie viele ihrer Kollegen bereits mehrere davon gegessen hatten.

„Manchmal schickt jemand aus einer anderen Abteilung eine Schachtel mit einer Gratulationskarte", bemerkte sie in der Hoffnung, dass sich ihre Annahme als richtig herausstellen würde.

„Das hier sieht nicht nach einer Gratulationskarte aus." Cunningham hob mit spitzen Fingern eine Ecke des Briefes an.

Mr F.B.I.-AGENT stand da auf der Mitte des Umschlags in einer Schrift, als hätte ein Erstklässler sich im Schreiben von Blockschrift geübt.

Cunningham legte den Umschlag so vorsichtig auf den Tresen, als habe er etwas Zerbrechliches in der Hand. Dann trat er einen Schritt zurück und blickte sich wieder um. Ein paar Agents warteten vor dem Fahrstuhl. Cunninghams Sekretärin Anita nahm den Hörer des Telefons ab, als es klingelte. Niemand achtete auf den Chef, dem man, abgesehen von winzigen Schweißtröpfchen auf der Oberlippe, die aufkommende Panik nicht anmerkte.

„Milzbranderreger?", fragte Maggie leise.

Cunningham schüttelte den Kopf. „Der Umschlag ist nicht versiegelt. Nur die Lasche eingeschoben."

Der Fahrstuhl klingelte und lenkte beide kurz ab.

„Für eine Bombe ist er zu flach", stellte Maggie fest.

„An der Schachtel ist auch nichts befestigt."

Ihr fiel auf, dass sie redeten, als versuchten sie, ein harmloses Kreuzworträtsel zu lösen.

„Was ist mit den Donuts?", fragte Maggie schließlich. Der eine Bissen lag ihr wie ein Stein im Magen. „Meinst du, sie sind vergiftet?"

„Könnte möglich sein."

Ihr Mund wurde trocken. Sie hoffte, ihr Verdacht würde sich als ungerechtfertigt erweisen. Es könnte ein Scherz unter Kollegen sein. Das schien eigentlich naheliegender, als dass ein Terrorist sich Einlass nach Quantico verschafft hatte und bis in die Abteilung für Verhaltensforschung vorgedrungen war.

Nachdem Cunningham beschlossen hatte, den Brief zu öffnen, dauerte es nur zwei Sekunden – vielleicht auch drei –, bis er die Lasche vorsichtig mit einem Buttermesser herausgezogen hatte. Wieder nur mit spitzem Zeigefinger und Daumen zog er das darin liegende Papier heraus. Es war einmal in der Mitte gefaltet und zu beiden Seiten noch einmal etwa einen Zentimeter eingeschlagen.

„Apothekerfaltung", bemerkte Maggie, und wieder zog sich ihr der Magen zusammen. Cunningham nickte. In Zeiten vor den praktischen Plastikschachteln hatten die Apotheker Medizin in einfaches weißes Papier gelegt und so gefaltet, dass Pillen oder Puder nicht herausrutschten, wenn man den Umschlag öffnete. Maggie war es nur aufgefallen, weil sie das von dem Anthrax-Killer-Fall gelernt hatte. Jetzt fragte sie sich, ob sie nicht zu voreilig gewesen waren, den Umschlag einfach zu öffnen.

Cunningham nahm das Papier, ohne die Faltung an den Seiten zu öffnen, und schob die Enden ein Stück zusammen, um zu sehen, was sich darin befand. Kein Puder oder irgendwelche anderen Stoffe. Maggie sah lediglich dieselbe Blockschrift, mit der auch der Umschlag beschrieben war, diese merkwürdige Handschrift, die wie die eines Kindes aussah.

Cunningham öffnete das Papier mit seinem Kugelschreiber. Es waren kurze, einfache Sätze, untereinander angeordnet.

SAGT GOTT ZU MIR.
HEUTE WIRD ETWAS ZUSAMMENBRECHEN.
IN DER ELK GROVE 13949.
UM ZEHN UHR MORGENS.
DAS SOLLTET IHR NICHT VERSÄUMEN.
ICH BIN GOTT.
PS: EURE KINDER SIND NIRGENDS MEHR SICHER.

Cunningham warf einen Blick auf seine Armbanduhr, dann sah er Maggie an. „Wir brauchen ein Bomben- und ein Sondereinsatzkommando“, sagte er vollkommen beherrscht. „Wir sehen uns in fünfzehn Minuten draußen am Eingang.“ Dann drehte er sich um und ging in sein Büro zurück, so lässig, als würde er sich auf einen ganz alltäglichen Einsatz vorbereiten.

3. KAPITEL

Reston, Virginia

Abrupt trat R. J. Tully auf die Bremse und setzte damit hinter sich eine Kettenreaktion in Gang. Reifen quietschten. Der Yukonfahrer, der ihn gerade überholt hatte, zeigte ihm den Mittelfinger, bevor ihm klar wurde, dass auch er vor der roten Ampel warten musste.

„Dafür kann ich nichts", sagte Tullys Tochter Emma, die auf dem Beifahrersitz saß. Mit beiden Händen umklammerte sie ihren Becher mit Latte von Starbucks, der Deckel saß immer noch fest, kein Tropfen war verschüttet worden.

Tully warf einen Blick auf seinen Kaffee, den er in die Becherhalterung an der Konsole gestellt und von seinem Deckel befreit hatte, um die Sahne reinzugießen. Er hasste es, aus Bechern mit diesen Antikleckerdeckeln zu trinken. Aber vielleicht würde das Saubermachen ihn ja in Zukunft dazu motivieren. Der Kaffee hatte sich überall im Auto verteilt, inklusive auf seiner Hose.

„Natürlich ist es nicht deine Schuld, warum sollte es?", erwiderte er, hielt aber den Blick weiter auf den Yukonfahrer gerichtet, der ihn im Rückspiegel anstarrte. Wollte er Tully zu einem kleinen Rennen herausfordern? Irgendwann würde er einem solchen Idioten gern mal die FBI-Marke unter die Nase halten. Vor allem jetzt, wo der Typ vor der Ampel festsaß und auf Grün wartete, genauso wie die Wagen hinter ihm, die er geschnitten hatte.

Tully sah zu Emma hinüber, die aus dem Seitenfenster starrte und an ihrem Latte nippte, statt zu antworten. „Warum sagst du denn so was?", wollte er erneut wissen.

„Na ja, du kommst zu spät zur Arbeit, weil du mich zur Schule bringen musst." Sie zuckte die Schultern, ohne ihn anzusehen. „Deshalb hast du's eilig. Aber es ist nicht *meine* Schuld, dass du zu spät kommst."

„Der Idiot hat mich geschnitten", entgegnete Tully und hätte fast hinzugefügt, dass das nichts damit zu tun hatte, dass er in Eile war. Und ganz sicher war es auch nicht seine Schuld. Glücklicherweise hielt er rechtzeitig den Mund. Wann waren sie denn in dieses Spiel gegenseitiger Schuldzuweisungen verfallen? Mit seiner Exfrau hatte er es die ganze Zeit betrieben, aber jetzt stellte Tully fest, dass er das gleiche Ritual mit seiner Tochter angefangen hatte, so als wäre die Verhaltensweise schon genetisch programmiert und bedurfte lediglich eines kleinen Anstoßes von außen.

„Natürlich ist es nicht deine Schuld, Süße", sagte er schließlich. „Du weißt doch, dass es mir nichts ausmacht, dich zur Schule zu fahren. Ich tu's wirklich gern, aber ich hätte es einfach nur lieber schon früher erfahren."

„Andrea ist krank geworden. Das hab ich dir sofort gesagt, als ich es wusste." Sie warf ihm einen Blick zu, als wolle sie ihn davor warnen, sie herauszufordern.

Er verkniff sich jede Erwiderung. Zufrieden fuhr sich Emma durch ihr blondes Haar, das ihr ständig über die Augen fiel. Tully verkniff sich eine Bemerkung. „Das ist eben mein Stil", erklärte sie ihm jedes Mal, wenn er etwas darüber sagte. Sie hatte wunderschöne blaue Augen. Die sollte sie nicht verstecken. Trotzdem schwieg er jetzt, um zu vermeiden, dass sie wieder die Augen verdrehte und genervt seufzte, so wie immer, wenn er einen Kommentar dazu abgab.

Die Ampel schaltete auf Grün. Tully nahm den Fuß von der Bremse und versuchte sich zu beruhigen. Vielleicht war der Yukonfahrer ja gar nicht der Grund dafür, dass er sich so gehetzt fühlte. Die Beziehung zwischen Emma und ihm war ziemlich angespannt. Sie befand sich im Abschlussjahr. Ständig beteuerte sie, unter welchem Stress sie stand. Dabei hatte er eher den Eindruck, dass sie eigentlich nur ausgehen, mit ihren Freunden im Einkaufszentrum herumhängen oder ins Kino gehen wollte.

Es frustrierte ihn, dass sie die Schule nicht ernst nahm, sich nicht um ihre Zensuren kümmerte und, ja, aufs College gehen wollte. Jedes Mal wenn er ihr Broschüren mit den Aufnahmebedingungen der Unis mitbrachte und auf ihren Schreibtisch legte, packte sie ihre Brautmoden- und Glamourmagazine darüber. Für sie waren die Vorbereitungen für ihren Auftritt als Brautjungfer zur Hochzeit ihrer Mutter interessanter, als ein Stipendium für die Universität ihrer Wahl zu gewinnen.

Manchmal erinnerte sie ihn so sehr an Caroline. Und es war auch nicht gerade hilfreich, dass sie ihrer Mutter mit zunehmendem Alter immer ähnlicher wurde, mit ihrer hellen Haut, dem blonden Haar und den saphirblauen Augen, mit denen sie ihn schon fast rein instinktiv zu manipulieren verstand. Das Einzige, was sie von Tully geerbt hatte, war ihre Größe und die schlanke Figur.

Er war froh, wenn diese Hochzeit endlich vorüber und überstanden war. Nur noch eine Woche. Vielleicht würde er es ja überleben. Er brauchte keinen Psychologen, der ihn darauf hinwies, dass ihm diese überschwängliche Freude seiner Tochter angesichts der neuen Heirat ihrer Mutter nicht nur schwer im Magen lag, weil sie darüber ihr Studium vergaß.

Tully nahm es Caroline nicht übel, dass sie noch einmal heiratete. Das hatte nichts mit ihrer Scheidung zu tun. Die lag bereits Jahre zurück, so viele Jahre, dass er sie schon nicht mehr zählte. Nein, es war diese unbestimmte Angst, dass er seine Tochter an das neue Familienleben seiner Exfrau verlieren würde.

Direkt nach der Scheidung hatte Caroline ihre Tochter zu ihm geschickt, um ungestört ihr neues Leben in Angriff nehmen zu können und nicht an das alte erinnert zu werden. Zumindest war es die Erklärung, die Tully ständig im Kopf hatte. Nun waren alle wegen der Hochzeit fürchterlich aufgeregt und erwarteten wie selbstverständlich, dass Tully wie immer ihr Fels in der Brandung war. Es passte ihm überhaupt nicht, dass er so zuverlässig war und immer zur Stelle und dass alle davon ausgingen, dass es wieder so sein würde.

Er blickte auf seine Uhr. Zuverlässig und zur Stelle, aber zu spät. Es schien allerdings nur ihn zu stören, vor allem, dass er zu spät war. Sogar als er seinen Boss, Assistant Director Cunningham, angerufen hatte, um Bescheid zu sagen, dass er sich verspäten würde, hatte er einen leicht ungeduldigen Unterton in dessen Stimme wahrgenommen, dass Tully es für nötig befand, deswegen anzurufen.

„Das müsste alles nicht sein", sagte Emma und brachte ihn wieder in die Gegenwart zurück.

Sie warf sich das Haar aus dem Gesicht, wandte sich ihm zu und sah ihn wieder mit diesem hoffnungsvollen Blick des kleinen Mädchens an, das alles richtig machen wollte. In den letzten vier Jahren hatten sie eine Menge zusammen durchgestanden, und sie hatte recht, da sollten sie nicht so feindselig miteinander umgehen. Wieder mal reagierte sie vernünftiger, rückte ihm den Kopf zurecht und erinnerte ihn daran, was wirklich wichtig war. Nein, sie sollten sich tatsächlich nicht streiten oder sich gegenseitig beschuldigen. Er befürwortete ebenfalls einen Waffenstillstand.

Er seufzte und parkte lächelnd vor der Schule ein. Doch bevor er ihr gestehen konnte, dass sie recht hatte und er sie liebte, sagte sie: „Ich wäre nicht auf Andrea angewiesen, wenn du mir ein eigenes Auto kaufen würdest. Dann wäre alles viel einfacher."

Also darum ging es. Tully versuchte, sich seine Enttäuschung nicht anmerken zu lassen, als Emma ihm einen Kuss auf die Wange drückte. Sie rutschte vom Sitz nach draußen, den Rucksack in einer Hand, den Latte in der anderen, nachdem sie all seine Hoffnungen auf einen Waffenstillstand zerstört hatte.

4. KAPITEL

Elk Grove, Virginia

Was sie sah, gefiel Maggie überhaupt nicht. Die Adresse befand sich mitten in einer ruhigen Gegend mit gepflegten Bungalows, die von riesigen Eichen und hübschen Gärten umgeben waren. Es hätte jeder beliebige Vorort sein können. Warum hatte er sich ausgerechnet diesen ausgesucht?

Ein rotes Fahrrad mit Quasten am Lenker lag in der Auffahrt. Zwei Häuser weiter harkte ein grauhaariger Mann Blätter zusammen. Am Ende der Straße parkte ein Umzugswagen, und eine Frau lief vor zwei Männern mit einem Sofa her.

Nein, das gefiel Maggie ganz und gar nicht.

Warum sollte einer in so einem verschlafenen Vorort eine Bombe hochgehen lassen? Am frühen Vormittag würden nur Vorschulkinder, ihre Aufsichtspersonen und ein paar Rentner zu Hause sein.

Hatte er das mit „Eure Kinder sind nirgends mehr sicher" gemeint?

Vielleicht war es die Absicht dieses Bombenlegers, die Unschuldigen, die Wehrlosen zur Zielscheibe zu machen. Wollte er ihnen damit sagen, dass er keine Skrupel kannte, vor nichts haltmachte? Dass er überall zuschlagen konnte und auch würde? Klar war, sie konnten die Sicherheitsmaßnahmen auf Flughäfen, in der Untergrundbahn und auf Bahnhöfen verschärfen, doch es war unmöglich, jeden Wohnort in der Gegend zu überwachen.

„Das gefällt mir nicht", sagte Cunningham.

Sie standen mit einem weißen Lieferwagen, der mit seinem orange-blauen Logo einer Installationsfirma vollkommen unauffällig aussah, an der Bordsteinkante. Hinten im Laderaum saßen drei FBI-Techniker am Computer und hämmerten auf die Tastatur ein, während sie die Monitore an der Wand im Auge behielten, die ihnen vier verschiedene Perspektiven des besagten Hauses zeigten. Die Kameras, die diese Bilder übertrugen, steckten an den Helmen des Einsatzkommandos, das gerade in Position ging. Ein Wagen gleichen Fabrikats und mit dem gleichen Logo parkte hinter ihnen. Einen Block weiter stand ein Wagen der Stadtreinigung, in dem das Team zur Bombenentschärfung wartete.

Maggie rückte ihre mit roten Blumen gemusterte Jacke zurecht, die ihr nicht gehörte, aber perfekt über die kugelsichere Weste passte. Sie hatte das Ding in einem der Schränke im Hauptquartier gefunden, in dem sich eine skurrile Sammlung von Kleidungsstücken befand, mit denen man sich gut tarnen konnte. Während das kupferfarbene Jackett förmlich schrie: Achtung, FBI-Agentin klopft an deine Tür! hoffte sie, mit diesem Blümchenmuster eher willkommen zu sein. Jedenfalls wenn ihre Waffe sich nicht darunter abzeichnete.

Sie rückte ihr Schulterholster mit der Smith & Wesson zurecht. Ihre Kollegen hatten sich vor Jahren mit einer Glock auf den neuesten Stand gebracht, aber Maggie blieb bei ihrem alten Dienstrevolver. In Situationen wie dieser musste sie immer wieder daran denken, dass es völlig egal war, was für eine Waffe sie trug. Die kugelsichere Weste war auch keine große Hilfe, wenn sie es mit Sprengstoff zu tun hatten. Typen, die Einladungen an Polizisten schickten, taten das gewöhnlich, weil sie gern ein paar von ihnen in die Luft sprengen wollten.

Cunningham hatte alle Vorsichtsmaßnahmen getroffen, die möglich waren. Unglücklicherweise waren sie nicht in der Lage gewesen, die Häuser in der Umgebung zu räumen. Ihnen lief die Zeit davon.

Maggi sah auf ihre Armbanduhr: 9 Uhr 46. Wieder ließ sie ihren Blick über die Nachbarhäuser schweifen – so gut das durch die schwarz getönten Scheiben möglich war.

Bestimmt hielt er sich hier auf.

Beobachtete alles.

Wartete.

Vielleicht hatte er einen Zünder bei sich.

„Was ist mit dem Umzugswagen?“, wollte Maggie wissen.

„Zu offensichtlich“, winkte Cunningham ab, ohne den Monitor aus den Augen zu lassen.

„Manchmal ist das Offensichtliche eine gute Tarnung.“

Er warf ihr einen ungeduldigen Blick zu, und sie überlegte, dass es vielleicht nicht so klug gewesen war, ihm seine eigenen Worte unter die Nase zu reiben. Er sah wieder zu den Monitoren, hantierte aber an dem Mikrofon, das an seinem Kragen steckte. „Überprüft den Umzugswagen“, sagte er ins Mikro.

Innerhalb von Sekunden sah Maggie, wie ein Agent in braunem Overall mit demselben Logo der Installationsfirma hinter ihnen aus dem Lieferwagen stieg. Er ging zum Umzugswagen hinüber und verglich mit einem Blick auf sein Klemmbrett, das er in der linken Hand hielt, die Adressen der beiden Häuser davor. Er unterhielt sich immer noch mit dem Fahrer des Lkws, als Cunningham wie ein nervöser Schachspieler, der darauf brannte, den nächsten Zug zu tun, auf einen der anderen Monitore deutete.

„Können wir schon irgendwas im Haus erkennen?“, erkundigte sich Cunningham bei einem der Techniker, der unentwegt auf der Tastatur herumtippte.

Maggie warf einen Blick zu dem Monitor hinüber, den Cunningham so interessiert betrachtete. Irgendwo hinter dem besagten Haus trug ein Beamter des Sondereinsatzkommandos einen Helm, auf dem eine Wärmekamera montiert war. Die Infrarotsensoren konnten Körperwärme erfassen und beispielsweise aus einer Person auf einem Sofa und dem Sofa ein differenziertes Bild erstellen. Warme Objekte erschienen weiß, kalte dagegen schwarz. Alles über zweihundert Grad zeichnete sich rot ab. Die Feuerwehr benutzte solche Kameras, um Überlebende in mit Rauch gefüllten Gebäuden zu finden.

In diesem Fall erhofften sie sich einen Überblick darüber, wie viele Personen – ob nun Opfer, Geiseln oder Bombenleger – sie da drinnen erwarteten.

„Kleine Wärmequelle im ersten Zimmer“, sagte der Techniker und deutete auf den Bildschirm, als der erste weiße Umriss hell aufleuchtete. Wenige Sekunden später tippte er die Koordinaten der zweiten Wärmequelle ein. „Vielleicht ein Schlafzimmer. Die Person liegt."

Sie warteten. Cunningham beugte sich über die Schulter des Technikers und schob seine Brille zurecht. Maggie saß im Hintergrund, wo sie ein Auge auf die Monitore werfen und gleichzeitig den Umzugswagen beobachten konnte. Der Agent winkte dem Fahrer gerade dankend zu, lief aber um den Wagen herum zur offenen Ladefläche, während er das Theater mit der Adresenüberprüfung weiterspielte.

„Das ist alles?", fragte Cunningham den Techniker. „Nur zwei Wärmequellen?"

„Sieht so aus."

Cunningham sah aus dem Fenster, dann zu Maggie, während er sich die Jacke zuknöpfte – ein abgetragenes Tweedjackett, das er im selben Schrank gefunden hatte wie Maggie ihre Blümchenjacke.

„Bereit?", fragte er, nahm sich eine Handvoll Werbeflyer und rückte seine Glock im Schulterhalfter zurecht.

Sie ließ noch einmal ihren Blick über die anderen Häuser gleiten.

Sie nickte. „Bereit", erwiderte sie dann und folgte ihm, als er aus dem Wagen stieg.

5. KAPITEL

Washington D. C.

Artie ließ die Limousine auf einem öffentlichen Parkplatz stehen, wo das Nummernschild der Kommunalverwaltung keine große Aufmerksamkeit erregte. Er lernte schnell und würde nicht das Risiko eingehen, dass man ihn wegen falschen Parkens oder bei einer Verkehrskontrolle schnappte. So wie es Ted Bundy passiert war. Der Typ entgeht einer Verurteilung wegen Mordes, flieht aus dem Gefängnis und wird dann in einem VW-Bus mittags um eins auf dem Davis Highway in Pensacola, Florida, erwischt. Einem aufmerksamen Polizisten war der orangefarbene VW-Bus aufgefallen. Er hatte das Nummernschild überprüft und festgestellt, dass der Wagen in Tallahassee gestohlen worden war.

Artie kannte so was. Wusste von solchen Bagatellen, die Killern passierten. Und er lernte daraus. Keine Aufmerksamkeit erregen. Deshalb stellte er den SUV ab und ging zu Fuß weiter. Das Laufen machte ihm nichts aus. Er hatte eine gute Kondition, obwohl er keinen Sport trieb. Er lebte praktisch von Fast Food. Das Hotel war nur ein paar Blocks entfernt. Er erreichte es, als gerade alle in den Reisebus stiegen. Perfektes Timing.

Diese Tour zu den Sehenswürdigkeiten Washingtons hatte er bereits ein paarmal mitgemacht. Es war eine großartige Gelegenheit, seine Sammlung zu erweitern. Während dieser Zwanzigkilometertour konnte er leicht DNA-Proben von Leuten aus allen Teilen des Landes zusammenbekommen. Letztes Mal hatte er das Glück gehabt, ein langes rotes Haar von einer Frau mit einem Seattle-Seahawk-Sweatshirt zu ergattern.

Nachdem der Fahrer seinen Pass an sich genommen hatte, suchte sich Artie einen Platz am Gang, wo auf der anderen Seite ein Paar mittleren Alters saß. Sie sagten nur „Hallo“, und schon hatte er sie als Leute aus dem Nordosten identifiziert, vielleicht aus New Hampshire. Anhand der Dialekte die Herkunft zu erraten war ein Spielchen, das er gern betrieb.

„Woher kommen Sie denn?“, erkundigte er sich freundlich.

„Aus Hanover in New Hampshire“, erwiderten beide gleichzeitig.

Er lächelte zufrieden.

„Und Sie?“

„Aus Atlanta“, sagte er diesmal. Er wählte immer eine Stadt, die so groß war, dass niemand davon ausging, er würde eine Tante oder einen Cousin kennen. Dann klappte er seine Reisebroschüre auf, um die Unterhaltung zu beenden. Mehr hatte er gar nicht wissen wollen, eigentlich nur die Bestätigung dafür, dass er recht hatte.

Die beiden verstanden den Wink, obgleich er spürte, dass sie ihn am liebsten noch mehr gefragt hätten. Er konnte die unterschiedlichsten Charaktere darstellen. Wenn er wollte, trat er als äußerst charmanter Zeitgenosse auf. Das hatte zur Folge, dass die Leute sich gern mit ihm unterhielten. Manchmal ließ er es auch zu. Es war eine gute Übung. Manchmal dachte er sich die Lügen schneller aus als sein Gegenüber Fragen stellen konnte. Aber heute war er nicht in der Stimmung. Es gab andere Dinge, auf die er sich konzentrieren musste.

Er warf einen Blick auf seine Uhr. In wenigen Minuten würde das FBI den Vorort stürmen, weil sie irgendwo einen großen Knall erwarteten. Und er war kilometerweit weg. Artie fand den Plan einfach genial, auch wenn er leider nicht dabei sein konnte. Er hatte aber eine gute Vorstellung von der ganzen Prozedur. Sie brachten sicher eine Spezialeinheit und ein Team zur Bombenentschärfung mit. Allerdings würden sie nicht auf das vorbereitet sein, was sie erwartete. Sie dachten so geradlinig. Das, was geschehen würde, schien geradezu eine gerechte Strafe dafür, dass ihnen das nicht klar war.

Er schob seinen vollgestopften Rucksack auf den Sitz neben sich. Normalerweise wirkte das auf etwaige Nachzügler abweisend, solche Touristen, die meinten, wenn sie allein eine Rundfahrt machten, könnten sie irgend so einen anderen Versager volllabern, der ebenfalls allein reiste.

Gerade als er an Versager dachte, kam eine Frau von dieser Sorte den Gang entlang auf ihn zu. Er erkannte es an ihrem umherwandernden Blick auf der Suche nach einem Gleichgesinnten, während sie nach einem Sitzplatz Ausschau hielt. Sie trug ein rotes Sweatshirt mit aufgestickten Schmetterlingen und verblichene Bluejeans und hatte eine riesige schwarze Handtasche dabei, die wie eine Satteltasche aussah. Als sie den Kopf in seine Richtung drehte, wandte sich Artie ab, blätterte in der Broschüre und tat wieder so, als würde er interessiert darin lesen, obgleich er diese Tour bereits in- und auswendig kannte.

Sie glitt auf den Sitz vor ihm. In der Fensterscheibe konnte er beobachten, wie sie die Tasche auf ihrem Schoß absetzte und begann, darin herumzuwühlen. Kurz darauf hörte er das leise Knipsen einer Nagelschere. Die nervöse Energie einer Versagerin, die einer Situation hilflos ausgeliefert ist, dachte er sofort.

Wie unhöflich. Was war nur mit den allgemeinen Umgangsformen los? Die Leute kämmten sich die Haare in der Öffentlichkeit, kratzten sich an intimen Körperteilen, bohrten in der Nase und schnitten sich die Nägel. Aber ihm gefiel das, seit er wusste, wie er sich diese schlechten Angewohnheiten zunutze machen konnte.

Artie holte ein Taschentuch aus seinem Rucksack und ließ wie zufällig seine Broschüre fallen. Während er sie mit einer Hand aufhob, wischte er mit dem Papiertuch, das er in der Hand verborgen hatte, über den Boden. Er knüllte es zusammen und steckte es in die Büchertasche, ohne dass jemandem auffiel, wie er die gesammelten Fingernägel verstaute.

Dann lehnte er sich sehr zufrieden zurück. Die Fahrt hatte noch nicht einmal begonnen, und schon konnte er einen Erfolg verbuchen und hatte ein paar Vorräte für die Zukunft gesammelt. Erneut blickte er auf seine Uhr und grinste breit. Ja, es sah so aus, als würde dies ein guter Tag werden. Ein sehr guter Tag.

6. KAPITEL

Elk Grove, Virginia

Maggie hatte die Hand unter der Jacke, ihre Fingerspitzen lagen auf dem Kolben der Smith & Wesson, als die Tür geöffnet wurde. Das musste ein Irrtum sein oder eine brillante Inszenierung. Das kleine Mädchen, das ihnen die Tür öffnete, konnte nicht viel älter als vier, höchsten fünf Jahre alt sein.

„Ist deine Mom zu Hause?“, fragte Cunningham, und er klang nicht das kleinste bisschen überrascht. Seine Stimme hörte sich warm und freundlich an, so wie die eines Mannes, der selbst ein Kind in diesem Alter hatte.

Maggie versuchte den Raum dahinter zu erfassen. Ihr Blick fiel zuerst auf einen lärmenden Fernseher, dann auf diverse Kissen, schmutziges Geschirr und überall herumliegendes Spielzeug.

In dem Zimmer herrschte das reine Chaos, aber es waren die Spuren von Nachlässigkeit, und es sah nicht nach einer Geiselnahme aus.

Genauso erbärmlich wirkte das Mädchen. In ihren Mundwinkeln klebten Krümel auf Resten von Erdnussbutter und Konfitüre. Ihr langes Haar hing ihr unordentlich ins Gesicht, und die Kleine strich es sich nach hinten, um die Besucher besser sehen zu können. Sie trug einen pinkfarbenen Pyjama mit Gesichtern von Cartoonfiguren, die jetzt mit Flecken übersät waren.

„Wollen Sie was verkaufen?“ Maggie ahnte, dass die Kleine diese Frage wohl öfter stellte, sie klang gut einstudiert, und auch das abweisende Stirnrunzeln fehlte nicht.

„Nein, Kleine, wir verkaufen nichts“, erwiderte Cunningham. „Wir wollten nur mit deiner Mom reden.“

Das Mädchen blickte über die Schulter zurück, ein Zeichen, dass die Mutter tatsächlich zu Hause war.

„Wie heißt du denn?“, erkundigte sich Cunningham, während Maggie sich unauffällig an ihm vorbei zum Eingang schob.

Sie konnte zwei Türen erkennen, die eine stand offen und

führte in ein Bad. Das Zimmer zur Rechten war verschlossen. Sie erinnerte sich an das Bild auf dem Computermonitor, das eine zweite Wärmequelle auf der anderen Seite angezeigt hatte.

„Ich heiße Mary Louise, aber eigentlich darf ich mit niemandem reden."

Das kleine Mädchen war jetzt abgelenkt und musterte Maggie. Die war im Umgang mit Kindern nicht so geübt wie Cunningham, und irgendwie spürten Kinder das auch immer.

Hunde schienen ja in der Lage zu sein, sofort jeden zu erkennen, der sich in ihrer Gegenwart unwohl fühlte, um sich dann besonders von demjenigen angezogen zu fühlen, als ob sie versuchen würden, ihn für sich zu gewinnen. Mit Hunden wurde Maggie fertig. Bei Kindern dagegen fühlte sie sich völlig hilflos.

Aus dem Kopfhörer in ihrem rechten Ohr hörte sie einen der FBI-Techniker „Neun Minuten noch" flüstern und sah sich nach Cunningham um. Er tippte sich ans Ohr, um ihr zu signalisieren, dass er die Nachricht ebenfalls empfangen hatte. Ihnen lief die Zeit davon. Maggies Instinkt riet ihr, das kleine Mädchen einfach zu schnappen und wieder zu verschwinden.

„Schläft deine Mom, Mary Louise?" Cunningham deutete auf die verschlossene Tür.

Mary Louise wandte sich zu dem Zimmer um, auf das Cunningham zeigte, und Maggie schlüpfte hinter ihr ins Haus.

„Ihr geht es nicht so gut", gestand das kleine Mädchen. „Ich hab auch Bauchschmerzen."

„Oh, das tut mir aber leid." Cunningham strich ihr tröstend über den Kopf. Das Ablenkungsmanöver wirkte. Mary Louise blickte sich nicht einmal nach Maggie um, die auf Zehenspitzen durch den Raum schlich und dabei alles um sich herum, von den Zeitschriften, die auf dem Kaffeetisch lagen, den verstreuten M&Ms auf dem Teppich bis hin zum Plastikkruzifix an der Wand, registrierte. Sie hielt nach Drähten Ausschau. Über den Lärm der Zeichentrickserie im Fernsehen versuchte sie irgendwelches Summen oder ein Klicken zu hören. Sie schnüffelte sogar, ob es nach Schwefel roch.

„Vielleicht kann ich ja dir und deiner Mom helfen", sagte Cunningham zu dem Mädchen, das zu ihm aufsah und nickte.

Maggie bemerkte, dass die Kleine nahe daran war, in Tränen auszubrechen, und sich auf die Unterlippe biss, um es zu verhindern.

Diese Geste kannte sie noch aus ihrer eigenen Kindheit, und sie fand es schrecklich, dass Erwachsene heute noch immer diesen dummen Trick mit „Große Mädchen weinen nicht" benutzten.

Aber es war nicht zu übersehen, dass Cunningham das Vertrauen von Mary Louise gewonnen hatte. Sie griff nach seiner Hand. „Mom ist wirklich ganz krank", sagte sie mit einem unterdrückten Schluchzen und wischte sich schnell über die Nase. Dann zog sie Cunningham zur Tür.

In diesem Moment hörte Maggie erneut die Stimme in ihrem Ohr: „Noch vier Minuten."

7. KAPITEL

Quantico, Virginia

R. J. Tully konnte es nicht fassen, dass er den Einsatz verpasst hatte. Und das nur, weil Emmas Mitfahrgelegenheit zur Schule ausgefallen war. Dass sie die ganze Sache inszeniert haben könnte, nur um ihn von der Notwendigkeit eines eigenen Wagens zu überzeugen, wollte er sich lieber nicht vorstellen. Er konnte sich einfach nicht eingestehen, dass ihn seine siebzehnjährige Tochter womöglich manipulierte. Und zum Nachgeben war er erst recht nicht bereit. Der Gedanke, dass sie ein eigenes Auto bekam, gefiel ihm überhaupt nicht. So ein Wagen bedeutete eine große Verantwortung. Er hatte drei Jahre gejobbt – angefangen als Fünfzehnjähriger –, bevor man ihm so etwas erlaubt hatte oder besser, bevor er sich einen eigenen Wagen hatte leisten können. Ein Fahrzeug bedeutete ein gewisses Maß an Selbstständigkeit, die er Emma noch nicht zugestand. Sie sollte sich das irgendwie verdienen. Obwohl ihm eigentlich nicht so recht klar war, womit sie das tun konnte.

„Wie viele Donuts?" Keith Ganzas monotone Stimme brachte Tully wieder zurück in die Gegenwart und ins FBI-Labor. Durch seine Verspätung war ihm nun der Fall übertragen worden, deshalb stand er hier in Ganzas gläsernem Arbeitskäfig.

„Keine Ahnung", entgegnete Tully. „Ist das so wichtig?"

„Das ist es, wenn sie präpariert waren." Ganza hatte sich mit seinem knochigen Körper und den hängenden Schultern über den Tresen in der Mitte gebeugt, wo er einen glasierten Krapfen zerlegte.

Vielleicht stimmte was nicht mit ihm, dachte Tully, aber der Anblick des Gebäcks, ob nun präpariert oder nicht, ließ ihm das Wasser im Mund zusammenlaufen. Er hatte nur Kaffee zum Frühstück gehabt und das meiste davon in seinem Wagen verschüttet. Und es war bereits zwei Stunden über die Mittagszeit. Er wandte den Blick ab und sah zu zwei weiß gekleideten

Wissenschaftlern in den durch Glas abgetrennten Labors auf der anderen Seite des Flurs hinüber. Tully gefiel sein kleines enges Büro im vierten Stock der BSU nicht besonders, aber er wusste, dass er niemals hier in diesen Labors arbeiten könnte, wo man ständig beobachtet wurde. Jeder Raum – im Fachjargon hießen sie „Biovestibül" – bestand tatsächlich aus einer Glaskabine, in der sich ein steriler Arbeitsplatz mit Metallapparaturen, Reagenzgläsern in Trägergestellen und Mikroskopen, die mit einem Computer verbunden waren, befand. Der glasierte Donut schien auf Ganzas rostfreiem Stahltablett irgendwie völlig fehl am Platz zu sein.

„Donut-Läden haben doch wohl keinen Lieferservice, oder?", dachte Tully laut.

Ganza blickte zu ihm hoch. Blassblaue Augen hinter den halben Brillengläsern, die ihm auf seiner Adlernase nach unten gerutscht war. Er erinnerte Tully an eine freundliche Version eines verrückten Forschers oder an eine große Vogelscheuche mit einer Baseballkappe der Boston Red Sox. Wegen der Kappe stand Ganzas dünnes graues Haar über den riesigen Ohren ab, was die Karikatur noch vervollständigte. In seinem faltigen, hageren Gesicht hatte sich das Stirnrunzeln bereits eingegraben, und jetzt warf er Tully einen Blick zu, der zeigte, dass er offensichtlich an dessen Verstand zweifelte, auch wenn er das nicht aussprach. Tully wusste aber, dass so manche alberne Frage dazu führen konnte, einen Fall zu lösen.

„Vielleicht gibt es in der Region ja einen Laden, der auch liefert, aber hier draußen in Quantico? Ich würde eher sagen, nein."

„Wir haben jeden überprüft, der heute Morgen hier ein- oder ausgegangen ist. Es hat keine besonderen Vorkommnisse gegeben", sagte Tully.

Er registrierte, dass der Karton einfach nur weiß war, ohne jedes Logo auf der Außenseite oder irgendwo innen.

„Die Nachricht klingt eher so, als wären die Donuts nur das Mittel zum Zweck gewesen, um die Drohung zu transportieren, und selbst ungefährlich", sagte Tully.

„Man kann nie wissen." Ganza ließ ein paar Krümel des Krapfens in eines der Reagenzgläser fallen.

Ganza arbeitete vollkommen mechanisch, mehr Naturwissenschaftler als Polizist. Er überlegte nicht lange, was getan werden musste, er tat es einfach, ohne sich auf Zufälle, Glück oder Spekulationen zu verlassen. Es war immer das Beweisstück, das Ganza die Geschichte erzählte. Es war keine bloße Requisite, die nur dazu diente, eine bereits bestehende Theorie zu belegen.

Er goss eine klare Flüssigkeit in das Röhrchen, verschloss es mit einem Gummipfropfen und schüttelte es. Tully beobachtete ihn, wie er beim Schütteln vor und zurück wippte, fast wie jemand, der ein Baby in den Schlaf wiegte.

Tullys Magen knurrte, und Ganza sah ihn mit hochgezogenen Augenbrauen an. Beide blickten automatisch zu den restlichen Donuts in dem Karton hinüber.

„Im Kühlschrank ist ein Thunfisch-Sandwich. Sie können gern die Hälfte abhaben", bot Ganza an und deutete mit einer Kopfbewegung zum Kühlschrank in der Ecke, von dem Tully wusste, dass er auch Laborproben enthielt. Wahrscheinlich Gewebeteilchen und Blutröhrchen. Alles wurde natürlich in festen Behältnissen aufbewahrt, eingetütet und abgedeckt in einem Extrafach, aber für Tully war das immer noch zu dicht.

„Nein, danke", erwiderte er und versuchte, dankbar und nicht angewidert zu klingen.

Er hatte gesehen, wie Ganza und seine Kollegin Maggie inmitten all der Proben gefrühstückt hatten – Maggie aß ihr Wurstbrötchen während einer Autopsie –, aber Tully betrachtete das als die letzte Grenze der Zivilisation, die er nicht übertreten würde. In seinem Job gab es nicht mehr sehr viele solcher Barrieren, die noch nicht eingerissen waren. Jedenfalls sagte er das immer. Tatsache war, dass ihm eine Gänsehaut über den Rücken lief, wenn er sich vorstellte, neben dem Blut und den Eingeweiden eines Mörders zu essen.

Tully war in Gedanken immer noch bei seinem Magen, als er die beiden Plastiktüten hochnahm. Die eine enthielt die Nachricht, die andere den Umschlag. Der Typ hatte normales weißes Papier benutzt, das man überall kaufen konnte. Die Tinte, mit der er geschrieben hatte, würde sich wahrscheinlich genauso als normal und überall gebräuchlich herausstellen. Außerdem war der Umschlag nicht zugeklebt, also auch keine Chance, Speichelreste zu finden, keine Möglichkeit, DNA-Proben zu finden.

Bevor er zu Ganza gegangen war, hatte Tully bei George Sloane angerufen. Seit dem Milzbranderreger-Fall im Herbst 2001 arbeitete Cunningham bevorzugt mit Sloane zusammen, wenn es um die Analyse von Indizien ging. Tully war der Meinung, dass diese Beweismitteluntersuchung mehr Glückssache als alles andere war, aber er fand, dass es nicht schaden könne, wenn Sloane seine Zauberkräfte mal anwandte. Natürlich war Tully auch klar, dass manche Leute Täterprofiling für genauso einen Voodoozauber hielten wie er Sloanes Arbeit. Beides hing davon ab, wie man sich in die Verhaltensweise eines Mörders hineindenken konnte, die aber meistens nicht so vorhersehbar war, wie manche es hofften.

Ganza hatte das Reagenzglas beiseitegelegt und hantierte wieder an dem Karton herum. Mit einer langen Metallpinzette nahm er, wie es schien, mikroskopisch kleine Stückchen heraus und tat sie in eine durchsichtige Plastiktüte. Er schob sich die Brille wieder nach oben und fischte erneut mit der Pinzette im Karton, bis er plötzlich ganz aufgeregt hochsah.

„Das könnte von ihm sein“, sagte Ganza und zeigte Tully ein kurzes schwarzes Haar, das er in die Pinzette geklemmt hatte.

Tully musste sich zusammenreißen, um sich nicht zu schütteln. So viel zu seinem Appetit auf diese Donuts.

Ganza legte das Haar auf einen Objektträger und schob ihn unter das Mikroskop. „Ich habe genug von der Wurzel, um die DNA zu bestimmen.“ Er drehte an der Schärfe und beugte sich dichter über das Okular, um besser sehen zu können. „Auf den ersten Blick würde ich sagen, dass er kein Weißer ist.“

„Es könnte auch von jemand aus dem Donut-Laden stammen“, bemerkte Tully.

Ein weiteres Mal warf er einen Blick auf die Nachricht und den Briefumschlag. „Wie viele Menschen kennen denn diese Apothekerfaltung?“

„Er könnte es irgendwo gelesen haben. Kann reine Angeberei sein“, entgegnete Ganza.

Tully hob die Beute mit den beiden Beweismitteln hoch, sodass beide von dem fluoreszierenden Licht des Labors beschienen wurden. Da sah er es, fast unsichtbar in einer Ecke auf der Rückseite des Umschlages. Manchmal brauchte man keinen Spurenexperten, um solche Sachen zu finden.

„Vielleicht haben wir hier was“, sagte Tully, während er die Plastiktüten immer noch gegen das Licht hielt und wartete, dass Ganza sich vom Mikroskop abwandte und um den Tisch herum zu ihm kam.

„Verdammt noch mal!“, rief Ganza, bevor Tully ihn auf die fast unsichtbaren Druckstellen auf dem Umschlag aufmerksam machen konnte. „Ich wette, das hat er nicht mit Absicht da draufgelassen!“

8. KAPITEL

Elk Grove, Virginia

Maggie presste die Smith & Wesson in ihrer Hand fest an ihre Seite, um sie vor Mary Louise zu verbergen. Cunningham schob das kleine Mädchen in die Ecke hinter sich, um sie vor dem zu schützen, was immer sie gleich vorfinden würden.

„Die Verstärkung steht an der Vordertür", hörte Maggie jetzt im Kopfhörer. Sie widerstand dem Impuls, sich umzudrehen. „Das Bombenkommando prüft gerade die Umgebung. Sie sind bereit, ins Haus zu gehen. Kommt ihr raus?"

Maggie blickte zu Cunningham.

„Negativ", sagte er kaum hörbar, während er Mary Louise anlächelte. Die Kleine berichtete ihm gerade, dass sie eine ganze Tüte M&Ms vertilgt habe, die sie wirklich sehr, sehr gern mochte und die wahrscheinlich der Grund dafür seien, dass ihr der Bauch so wehtat.

Maggie wusste, dass ihnen die Zeit davonlief. Warum zögerte Cunningham? Sie beobachtete, wie er immer wieder den Türrahmen begutachtete. Sie konnte nichts Ungewöhnliches erkennen. Jedenfalls nicht auf dieser Seite. Cunningham drehte den Kopf etwas, um auf irgendwelche Geräusche aus dem Nebenzimmer zu lauschen. Er legte die rechte Hand um den Türgriff. Dabei drückte er sich fest gegen die Wand. Die linke hatte er ausgestreckt wie ein Verkehrspolizist, um Mary Louise zurückzuhalten.

Bei einer Razzia würden sie mit gezogenen Waffen die Tür eintreten. Doch die Möglichkeit, dass irgendwo jemand Sprengstoff angebracht hatte, der mit versteckten Drähten verbunden war, verlangte besondere Vorsicht. Maggie war klar, dass sie ab hier das Bombenräumkommando übernehmen lassen sollten.

Cunningham rührte sich nicht.

„Bereit?", fragte er Maggie.

Sie wollte es hinter sich bringen. Es war schon viel zu viel

Zeit vergangen. Sie nickte zur Bestätigung, und er schob langsam die Tür auf.

Kein Klicken ertönte. Kein Knall.

Nichts.

Nur ein beunruhigendes Keuchen. Jemand hier in diesem Zimmer hatte Atemprobleme.

Mary Louise schoss an ihnen vorbei, bevor Cunningham sie zurückhalten konnte. Sie rannte zum Bett hinüber, das aussah, als hätte jemand einen Haufen Laken dort in die Mitte geworfen. Das Sondereinsatzkommando flutete in die Diele, alle bewegten sich so leise, dass Maggie kaum mitbekam, wie sie sich hinter ihr im Schlafzimmer aufstellten.

„Mami, Mami, da kommt jemand, der hilft", berichtete Mary Louise dem in Decken gewickelten Bündel aufgeregt.

Cunningham stürzte darauf zu, riss das Mädchen hoch und drückte es an seine Brust. Dann erstarrte er und drehte sich langsam zu Maggie um. In seinem Blick erkannte sie einen Funken von Panik, aber seine Stimme klang ruhig und bedacht, als er sagte: „Da blutet jemand."

Eine Pause, ein weiterer Blick. „Und zwar sehr stark."

Maggie kam näher heran. Sie konnte nur den Kopf der Frau erkennen, verfilztes Haar klebte ihr an der Stirn. Ein angestrengtes Keuchen, ein Gurgeln kam aus ihrer Kehle. Aus Mund und Nase sickerte das Blut ins fleckige Kissen. Überall auf dem Bettzeug war Blut. Doch Maggie konnte keine Wunden bei der Frau erkennen.

Dann erinnerte sie sich an die Warnung auf dem Zettel. Und ihr wurde klar, dass es bereits zu spät war. Es gab keine Bombe. Keine Zündschnur.

„Hier geht es nicht um Bomben und einstürzende Gebäude", sagte sie. Statt erleichtert zu sein, zog sich ihr Magen schmerzhaft zusammen.

„Wie meinst du das?" Cunningham hielt das sich windende Mädchen im Arm und kam ein Stück näher, um die Szene besser erfassen zu können.

„Statt der Bombenentschärfer hätten wir besser das Hazmat-Team mitbringen sollen." Sie spürte, wie alle im Raum erstarrten.

In diesem Moment begann Mary Louise zu würgen und übergab sich. Rotes und grünes Erbrochenes ergoss sich über Cunninghams Brust und Kinn und spritzte bis zu Maggie herüber.

„Himmel noch mal", fluchte er und wischte sich das Zeug vom Gesicht.

9. KAPITEL

Quantico, Virginia

R. J. Tully beobachtete Ganza, wie er den Umschlag mit dem Abdruck durch den elektronischen Detektor schickte. Er musste daran denken, wie er als Kind mit einem weichen Bleistift die Abdrücke auf einem Notizblock schraffiert hatte, um das sichtbar zu machen, was auf die Seite darüber geschrieben worden war.

Wahrscheinlich hatte er bei *Encyclopedia Brown* von diesem Trick gelesen. Mit neun oder zehn, lange bevor er überhaupt wusste, was ein FBI-Agent war oder tat, war er verrückt nach diesen Kinderkrimis gewesen. Sie hatten ihn zweifellos beeinflusst. Hatten ihm gezeigt, wie viel Spaß es ihm machte, Rätsel zu lösen. Wenn Emma doch nur auch etwas anderes als die *Bride* und *Glamour* lesen würde. Er hatte keine Ahnung, was sie zurzeit interessierte. Sollte Simsen irgendwann mal zu einem Beruf werden, hätte sie darin jedenfalls schon ihren Meister.

Er fand es erstaunlich, wie sehr diese Generation von Computern abhängig war. Die Kids wussten, wie man E-Mails verschickte und MySpace-Profile anlegte, aber mit Logik, Erfindungsreichtum und vor allem damit, Rätsel zu lösen, hatten sie nichts am Hut. Während Tully Ganza bei der Arbeit zusah, kam ihm unwillkürlich der Gedanke, dass es mit dem Bleistifttrick womöglich schneller gegangen wäre. Zumindest hätten sie dann schon gewusst, ob es überhaupt etwas gab, das man sich näher ansehen sollte. Aber dieser teure Detektor hatte natürlich den Vorteil, das Beweismaterial nicht zu zerstören.

Ganza stellte das Licht in dem Gerät richtig ein. Den Umschlag hatte er zwischen die Metallplatte und die Mylarauflage geklemmt. Danach würde er eine Mischung aus Toner und winzigen Glasperlen über das Mylar streuen. Die Maschine baute dann eine elektrostatische Ladung auf, sodass die Glasteilchen den Toner verteilten und ihn an den eingedrückten Stellen auf dem Papier fixierten, als würde man ein Relief ausmalen. Jedenfalls glaubte Tully, dass es so funktionierte. Sobald das Bild sichtbar war, konnte man es fotografieren und vergrößern.

Manchmal hatte man Pech, und die Zeichen entpuppten sich nur als Gekritzel. Aber diesmal sah es nach mehr aus. Der Briefumschlag hatte ganz eindeutig unter einem Stück Papier gelegen, auf das jemand etwas geschrieben und dabei stark genug aufgedrückt hatte, um Spuren zu hinterlassen. Das schien schon fast zu einfach. Aber auch Kriminelle, vor allem wenn sie von sich eingenommen waren, wurden irgendwann mal nachlässig. Konnte es sein, dass sie solches Glück hatten?

„Was glauben Sie, ist das seine Handschrift?“, fragte Tully. „Oder nur irgendwas Belangloses? Vielleicht war es jemand aus der Bäckerei?“

„Er hätte den Zettel sicher nie aus den Augen gelassen und wird ihn erst in die Packung gelegt haben, als er so weit war, die Schachtel abzuliefern.“ Ganza nahm das Dia mit Handschuhen zwischen die Fingerspitzen und legte es so vorsichtig auf den Leuchtkasten, als könne es zerbrechen.

Er drückte ein paar Tasten, und plötzlich wurde das Bild immer deutlicher und bekam Kontur. Es würden keine weiteren Maßnahmen nötig sein. Die Schrift sah aus wie schnell hingekritzelt, war aber leicht zu entziffern. Dort stand:

Nathan R. anrufen
19:00 Uhr.

Die Punkte waren besonders stark eingedrückt.

Tully hielt die Plastiktüte mit der ursprünglichen Nachricht hoch und versuchte sich als Handschriftenanalytiker.

„Blockschrift, aber die Buchstaben sehen nicht alle aus wie in der Nachricht“, sagte er, nachdem er beide Notizen verglichen hatte. „Scheint so, als hätte er sich keine große Mühe gegeben, seine Schrift zu verändern.“

„Weil er nicht damit gerechnet hat, dass wir das überhaupt finden.“

In dem Moment klingelte Ganzas Handy. Er riss sich die Latexhandschuhe herunter und klappte das Telefon auf, während er ans andere Ende des Labors ging. Ganza hatte sich kaum gemeldet, als Tullys Handy einen Klingelton von sich gab, der sich anhörte wie ein chinesischer Gong. Er hatte gestern etwas eingeben wollen und dabei aus Versehen den Klingelton verändert. Dieses verfluchte Ding machte ihn wahnsinnig. Ständig vermasselte er irgendwelche Einstellungen, wenn er nach eingegangenen Anrufen oder Nachrichten auf der Mailbox suchte. Jetzt musste er sich mit Emma zumindest so lange vertragen, bis sie alles wieder in Ordnung gebracht hatte.

„R. J. Tully", meldete er sich nach dreimaligem Gong.

„Wir haben ein Problem." Er erkannte Maggie O'Dells Stimme sofort an ihrem Klang.

Bevor er Näheres zu dem Problem erfuhr, kam Ganza quer durchs Labor und sah Tully in die Augen, während er weiter in sein Handy sprach. „Sobald ich hier alles zusammengepackt habe, können wir kommen." Zu Tully sagte er: „Wir müssen sofort dahin, bevor das Militär dieses Indiz in die Finger kriegt."

„Ah, gut, du bist bei Ganza", sagte Maggie.

„Was ist los?", wollte er von Ganza wissen, aber der war schon wieder losgestürmt und sammelte seine Ausrüstung zusammen, während er weitertelefonierte. Seine Schritte wirkten so staksig, als ginge er in hohen Stöckelschuhen.

Es war Maggie, die Tullys Frage beantwortete. „Wir stecken hier ziemlich tief in der Scheiße."

10. KAPITEL

U.S. Army Medical Research Institute of Infectious Diseases Fort Detrick, Maryland

Militärarzt Colonel Benjamin Platt akzeptierte die Anordnungen Commander Janklows. Er war es gewohnt, Befehle auszuführen, egal ob von ihm verlangt wurde, in kompletter Tauchausrüstung aus einem Flugzeug in den Persischen Golf zu springen oder ein Team für biologische Kampfstoffe zusammenzustellen und in einen Vorort einzurücken. Auch wenn er zu der Zeit, als er noch solche Sprünge gemacht hatte, etwas jünger und vor allem viel idealistischer gewesen war. Aber er würde sich auch heute nicht gegen die Anweisungen stellen. Mit selbstsicheren Schritten lief er den Flur hinunter. Die Absätze seiner blank polierten Schuhe klickten laut auf den Fliesen, das einzige Zeichen der Energie, die von ihm ausging.

Platt würde sich nicht gegen die Befehle des Commanders stellen, aber er fragte sich trotzdem, ob der Mann nicht vielleicht ein bisschen übertrieb. Commander Jeremy Janklow, der neu auf seinem Posten war und erst drei Monate auf dem Buckel hatte, war ein Außenseiter, eher eine politische Entscheidung. Fast jeder sah ihn mehr als einen Begünstigten statt als kompetenten Befehlshaber des USAMRIID – dem medizinischen Forschungslabor der US-Armee für Infektionskrankheiten, einem der auf diesem Gebiet angesehensten Institute der Welt. Platt befürchtete, dass Janklow in den letzten zehn Jahren zu viel Zeit hinter dem Schreibtisch verbracht hatte. War der Mann womöglich auf der Suche nach einer Krise? Einem Feuer, das er löschen konnte, um sich zu profilieren?

Eine der Labortüren wurde geöffnet, bevor Platt am Ende des Flurs angelangt war, und der massige bärtige Mann, der herauskam, winkte Platt in das Büro nebenan. Keiner von beiden sagte ein Wort, nicht mal zur Begrüßung, bevor sie in den Raum hineingegangen waren und die Tür hinter sich geschlossen hatten.

Michael McCathy legte seinen Laborkittel ab und zog seine marineblaue Strickjacke an, reines Kaschmir ohne die winzigste Staubflocke darauf. McCathy war älter und größer als Platt. Die früheren Spuren seiner lange zurückliegenden Karriere als Linebacker waren verschwunden, ersetzt durch blassen Teint, Hängebacken, leichten Bauchansatz und tief liegende, müde Augen hinter der randlosen Brille. Platt war dagegen von seinem täglichen Training, zu dem ein Achtkilometerlauf und eine halbe Stunde Gewichtheben gehörten, schlank und fit. Erst jetzt begann seine Sommerbräune etwas zu schwinden, sein dunkles Haar war noch immer von den vielen Stunden in der Sonne, während derer er die Jugendliga und zwischendurch die Fußballmannschaft trainiert hatte, leicht gebleicht. Platt strahlte knisternde Energie aus und war somit fast das genaue Gegenstück zu McCathy, der sich stets langsam und bedächtig bewegte.

Selbst jetzt zog McCathy seinen ordentlich glatt gestrichenen Laborkittel äußerst sorgfältig auf den Bügel und hängte ihn an den Kleiderständer in der Ecke, als hätte er alle Zeit der Welt. Platt beobachtete die systematischen Bewegungen seines Gegenübers und wurde immer nervöser. Dieser Mann schien unter gewissen Zwängen zu leiden. Er war egoistisch, egozentrisch und ging einem ausgesprochen auf die Nerven. Platt vertrug seine Gegenwart nur in kleinen Dosen. Doch der neue Commander Janklow war der Ansicht, bei McCathy handele es sich um ein Genie, und er bestand darauf, ihn in diesen Fall einzubeziehen.

Als Aussteiger aus dem Polizeidienst war McCathy irgendwann ziviler Mikrobiologe am USAMRIID geworden, ein Experte für Epidemien, offensichtlich zufrieden damit, seine Tage mit Teströhrchen und Mikroskopen zu verbringen, sich Terrorszenarien auszudenken und über Situationen zu spekulieren, in denen biologische Waffen zum Einsatz kamen.

Platt und McCathy hatten wenig gemeinsam, bis auf ihre Faszination für Krankheitserreger, vor allem Viren und Filo-Viren. Platt hatte außerhalb von Sierra Leone in einem provisorischen

Isolationszelt einen Behälter mit dem Lassa-Virus der Stufe vier in den mit Handschuhen geschützten Händen gehalten. McCathy war zur Untersuchung von biologischen Waffen im Irak stationiert gewesen und behauptete, es mit Kanistern voller Keime zu tun gehabt zu haben. Er meinte, es hätten noch Hunderte davon existiert, für die man noch eine Methode zur strategischen Verbreitung gesucht hatte. McCathy und sein Team waren die Letzten vor dem Krieg gewesen, die Saddam Hussein des Landes verwies, und ihre Aussagen waren ein wichtiger Bestandteil der Begründung für den Angriff gewesen. Platt respektierte die Arbeit, die McCathy geleistet hatte. Aber das hieß noch lange nicht, dass er den Mann mochte.

„Ich dachte, Ihr Team käme in Zivil." McCathy musterte Platts Uniform eingehend und verzog das Gesicht wie ein mit einem Schüler unzufriedener Schuldirektor.

„Zivilkleidung und Zivilfahrzeuge, bis auf den Einsatzwagen."

Platt versuchte seine Ungeduld im Zaum zu halten. Er musste sich vor McCathy nicht rechtfertigen. Es würde fünf Minuten dauern, im Umkleideraum schnell Jeans, T-Shirt und seine Bomberjacke anzuziehen. „Das Team ist jeden Moment einsatzbereit. Haben Sie alles, was Sie brauchen?"

McCathy nickte, nahm aber erst mal seine Brille ab, um sie in aller Seelenruhe zu putzen. „Das wird etwas eng, wenn wir uns im Transporter umziehen müssen. Und eine Ewigkeit dauern. Wahrscheinlich einer nach dem anderen, mit einem Hilfsteam von zwei Mann. Meinen Sie nicht, wir könnten uns vor Ort einen Bereitstellungsraum organisieren?"

Platt nervte es, dass McCathy seine Anordnungen hinterfragte und ihn auf die Folter spannte. McCathy musste jeden daran erinnern, dass er als Zivilist von niemandem Befehle entgegenzunehmen brauchte außer von seinem direkten Vorgesetzten, dem Commander.

„Es ist ein Wohnhaus", erklärte ihm Platt, obwohl er es McCathy bereits am Telefon gesagt hatte.

„Was ist mit dem Nachbarhaus?“, wollte McCathy wissen, während er ein Fläschchen mit Desinfektionsmittel aus der Hosentasche zog und etwas davon auf seine Hand spritzte.

„Die Anordnung lautet, nicht zu evakuieren. Wir wollen keine Panik auslösen.“

„Sie wollen mich wohl auf den Arm nehmen“, schnaubte McCathy angewidert. „Was passiert denn, wenn es wirklich was ist?“

„Dann sind wir darauf vorbereitet, abzuriegeln und zu isolieren.“

McCathy schüttelte feixend den Kopf. „Wir wissen doch beide, dass das nicht ausreichen würde, sollte es sich um Anthrax oder das verdammte Ricin handeln.“

„Das Evakuierungsteam ist in Bereitschaft.“

„In Bereitschaft“, wiederholte McCathy erneut feixend, und zwar ziemlich abschätzig. Das war auch an seinem Tonfall nicht zu überhören, der gleiche, den McCathy gern bei Besprechungen einsetzte, um seiner Verachtung gegenüber Autoritäten und Reglementierungen im Allgemeinen Ausdruck zu verleihen. Platt fragte sich, warum McCathy überhaupt in einem Militärlabor arbeitete. Er gab sich als ein Mann mit gewissen Ansprüchen, erschien in dieser schicken Kaschmirjacke, so als wäre er der einzige kompetente Typ, der so brillant war, dass ihm die Unfähigkeit der anderen sofort ins Auge fiel, die, wie er fand, in seinem Umkreis langsam überhandnahm.

McCathy war älter als Platt und arbeitete schon viel länger am USAMRIID, genug Gründe für den Wissenschaftler, um Platt gering zu schätzen. Als Zivilperson musste McCathy sich nicht in die Hierarchie einfügen und an die Regeln halten. Für ihn machte es keinen Unterschied, ob Platt ein Sergeant oder ein Colonel war. Er nahm so oder so keine Anordnungen von ihm entgegen. Abgesehen davon hatte McCathy es irgendwie geschafft, sich Commander Janklows Wohlwollen zu sichern.

Das alles interessierte Platt jedoch überhaupt nicht. McCathy konnte ihn nicht im Geringsten einschüchtern. Platt hatte bereits

Dinge gesehen und erlebt, angesichts derer der blasse McCathy, der hier in seiner abgeschirmten kontrollierten und sterilisierten Laborwelt hantierte, entsetzt gewesen wäre. Nein, Männer wie McCathy konnten Platt nicht einschüchtern. Sie nervten ihn ganz einfach nur. Er hatte einen Auftrag auszuführen und würde sich nicht dazu verleiten lassen, einen Pinkelwettstreit zu veranstalten, vor allem nicht mit einem wie McCathy.

„Ich sehe Sie dann in zehn Minuten an der Laderampe", sagte er zu McCathy und wartete dessen Antwort gar nicht mehr ab.

11. KAPITEL

Elk Grove, Virginia

Maggie besaß eine vorklinische Ausbildung, weil ihr Vater sie früher dazu ermutigt hatte, Ärztin zu werden. Wie auch immer, nachdem sie in ihrer Jugend in die Rolle der Aufpasserin für ihre alkoholkranke und suizidgefährdete Mutter gedrängt worden war, hatte Maggie festgestellt, dass es sie viel mehr interessierte, wie die Psyche funktionierte als die Organe.

Trotzdem hatte sie aus einem Loyalitätsgefühl ihrem verstorbenen Vater gegenüber einige Semester Medizin studiert. Schließlich war sie bei der Psychologie gelandet und dann in der Gerichtsmedizin. Aufgrund ihres Studiums konnte sie bei den Autopsien assistieren, und manchmal waren ihre Kenntnisse auch am Tatort sehr hilfreich. Wie zum Beispiel jetzt, wo sie sofort erkannte, dass Mary Louise und ihre Mutter nicht vergiftet, sondern infiziert worden waren.

Maggie dachte unwillkürlich an die Beschreibung „zusammenbrechen und ausbluten“, den Militär und Mediziner im Zusammenhang mit lebensgefährlichen Krankheitserregern benutzten. Der Zusammenbruch erfolgte, wenn der biologische Organismus seinen Wirt vollkommen zerstört hatte, und das geschah gewöhnlich von innen nach außen.

Das Sondereinsatzkommando hatte die Lage ebenso richtig erkannt. Man musste sie nicht lange überreden, das Haus zu verlassen, obwohl sie Gasmasken trugen, die eigentlich genug Schutz bieten sollten. Zuerst hatte Cunningham angeordnet, dass Maggie mit ihnen ging. Dann konnte sie an seinem Blick erkennen, dass er plötzlich einsah, wie unmöglich das war. Sie sah Bedauern und Schuldgefühle in seinen Augen, vielleicht ein bisschen Angst, als ihm das Ausmaß klar wurde. Er konnte sie nicht gehen lassen. Sie mussten beide bleiben.

Nach einer kurzen Auseinandersetzung einigten sie sich schließlich darauf, das Schlafzimmer zu verlassen. Maggie sah ein, dass Cunninghams Anordnung vernünftig war. Sie wussten nicht, womit sie es hier zu tun hatten. Doch trotz ihrer medizinischen Kenntnisse und ihres Instinkts meldete sich Maggies Verantwortungsgefühl. Wenn sie nun etwas für Mary Louises Mutter tun könnte? Der schwere Atem der Frau wurde von einem rhythmischen Zischen begleitet. Es klang, als würde sie demnächst an ihrem eigenen Blut und Schleim ersticken. Maggie wusste, wie man einen notfallmäßigen Luftröhrenschnitt vornahm, damit die Frau frei atmen konnte.

Doch Cunningham befahl Maggie, den Raum zu verlassen. Als sie sich weigern wollte, stellte er sich vor die Kranke und deutete zur Schlafzimmertür. Maggie blieb nichts anderes übrig, als sich umzudrehen und zu gehen. Cunningham hätte es nicht zugelassen, dass sie der Frau half. Er selbst brachte stattdessen Mary Louise ins Bad, um sie und sich selbst zu säubern. Er verhinderte, dass Maggie ihnen folgte. Sie wusste, er wollte sie beschützen. Eine tapfere, aber sinnlose Geste. Denn es war höchstwahrscheinlich schon zu spät. Als Mary Louise sich erbrochen hatte, war sie ebenfalls mit dem Sekret in Berührung gekommen.

Aus irgendeinem Grund fiel Maggie plötzlich ihr erstes Erlebnis an einem Tatort ein. Vielleicht weil Cunningham sie da ebenfalls versucht hatte zu beschützen. Sie war gerade mit ihrer einjährigen Ausbildung als Agentin der gerichtsmedizinischen Abteilung in Quantico fertig gewesen. Es war Hochsommer, heiß und feucht, und im Inneren dieses doppelt breiten Wohnwagens musste es um zwanzig Grad wärmer gewesen sein. Noch nie zuvor hatte sie so viel Blut gesehen. Es war überall verspritzt: an den Wänden des Wohnwagens, auf den Möbeln, den Tellern auf dem Küchentresen. Doch es war dieser süßlich-saure Geruch von verrottendem Fleisch und die herumschwirrenden Fliegen, was sich in ihr Gedächtnis eingebrannt hatte.

Sie hatte sich übergeben müssen und so Spuren am Tatort zerstört, ein Neuling, der beim ersten richtigen Fall die Beherrschung verlor. Doch Assistant Director Cunningham, der während ihrer gesamten Ausbildung so streng gewesen war –

sie unter Druck setzte, ständig nachfragte und nörgelte –, hatte ihr eine Hand auf die Schulter gelegt, während sie würgte und spuckte. Danach hatte er sie nicht gemaßregelt oder bestraft. Stattdessen hatte er mit seiner tiefen, ruhigen und sanften Stimme zu ihr gesagt: „Das passiert jedem mindestens einmal."

Jetzt, hier, in diesem kleinen Haus in einem ruhigen Vorort, schien dieser Tag so lange her zu sein. Maggie sah sich im Wohnzimmer um, ohne auf die Stimmen und Soundeffekte in dem Trickfilm zu achten, der im Fernsehen lief.

Wie hat er das gemacht?

Wieder ließ sie den Blick über die Szenerie schweifen und überlegte diesmal, welche Art der Lieferung, so etwas Ähnliches wie die Donut-Schachtel, wohl denkbar wäre. Nirgendwo lagen Pizzaboxen herum oder irgendwelche Verpackungen für Außer-Haus-Lieferungen, auch keine Kuchenschachteln. Er hatte sicher etwas ganz Normales ausgewählt, irgendeine Wegwerfpackung, und vor allem, was noch wichtiger war, etwas ganz Unauffälliges.

Die Auswahl seiner Opfer sagte viel über einen Killer. Also, warum hatte er sich ausgerechnet Mary Louise und ihre Mutter ausgesucht? Maggie betrachtete die Einrichtung des Zimmers. Es war eine bunt zusammengewürfelte Kombination: ein selbst gebautes Bücherregal, ein abgenutztes Sofa mit einem nicht dazu passenden Sessel, ein geflochtener Teppichvorleger und ein nagelneuer Flachbildfernseher. Der Kaffeetisch aus Holz mit den abgewetzten Ecken schien das Zentrum des Familienlebens zu sein. Die Fernbedienung lag darauf, eine Lesebrille, benutzte Teller und Tassen, die auf einem Ring von Milch standen, zerkrümelte Kartoffelchips, ausgekippte Tüten M&Ms, ein Malbuch neben einer Kiste mit vierundsechzig Kreidestücken, einige davon auf dem Boden verstreut und zerbrochen.

In der Ecke neben dem Schreibtisch befanden sich zwei Stapel mit Zeitschriften, die sich gefährlich zur Seite neigten. Ein Haufen Post – Warenkataloge, Briefumschläge und Päckchen, manche waren geöffnet oder ausgepackt – bedeckten die

Schreibtischplatte, ein Teil davon war auf den Stuhl davor gerutscht.

Am Regal hingen verschiedene Fotos: Mary Louise in den unterschiedlichsten Abschnitten ihrer Kindheit, manchmal zusammen mit ihrer Mutter. Eins zeigte sie mit einem älteren Paar, vermutlich ihre Großeltern. Doch es gab keines mit einem Vater, und auch nicht irgendeins, das aussah, als hätte man ihn aus dem Foto herausgeschnitten.

Sie schienen ganz normal und glücklich und harmlos. Und vielleicht war allein dies der Grund für den Killer gewesen, sie auszusuchen.

Plötzlich fiel Maggie etwas auf. Auf dem Schreibtisch ragte ein wattierter Umschlag aus dem wackligen Stapel Post heraus. Sie konnte nur den Absender lesen, doch das reichte, um sie neugierig zu machen. Die Adresse war in Blockbuchstaben geschrieben und sah der Schrift, die sie vor etwa einer Stunde gesehen hatte, ziemlich ähnlich.

Maggie blickte sich erneut in dem Zimmer um. Cunningham hatte ihr bereits erklärt, dass sie das am nächsten liegende Zentrum zur Eindämmung von ansteckenden Krankheiten und für Quarantänemaßnahmen informieren mussten. Es war Fort Detrick, und das bedeutete, die Armee würde das Kommando übernehmen. Höchstwahrscheinlich würden sie die Wohnung versiegeln – wahrscheinlich das ganze Haus. Die höchste Priorität wäre für sie die Isolierung und Behandlung der Kranken. Erst danach wäre die Beweisaufnahme vor Ort ein Thema. Würden sie überhaupt wissen, wonach sie suchen mussten?

Im Küchenschrank fand sie einen Karton mit großen, durch Ziplock verschließbaren Plastiktüten. Zurück im Wohnzimmer, nahm sie den oberen Teil des Stapels herunter, sodass sie den Brief nicht herausziehen musste und damit riskierte, etwaige Spuren zu verwischen. Vorsichtig, nur mit den Fingerspitzen, hob sie den Umschlag an einer Ecke hoch und ließ ihn in die Plastiktüte fallen. Sie versiegelte die Tüte und legte sie noch einmal in eine weitere, nur um sicherzugehen.

Sie redete sich ein, dass sie der Armee lediglich etwas Arbeit abnahm. Natürlich wären die dankbar dafür, aber trotzdem schob sie sich den doppelt verpackten Umschlag im Rücken unter das Bündchen ihrer Jeans und zog das T-Shirt und ihre Jacke darüber, nur für den Fall, dass sie vielleicht doch nicht so dankbar waren.

12. KAPITEL

North Platte, Nebraska

Patsy Kowak klemmte sich das Päckchen unter den Arm und begutachtete den Umschlag mit dem Strafportovermerk. Roy, ihr Postbote, würde nie eine Postsendung zurückhalten. In der Beziehung konnte man sich auf ihn verlassen. Aber das war wirklich peinlich. Als Absender war die Adresse vom Büro ihres Sohnes angegeben. Vielleicht die neue Assistentin. Trotzdem gab es dafür keine Entschuldigung. Fast zwei Dollar Strafgebühr.

Sie steckte den Umschlag in die Tasche ihrer Jeansjacke und ließ den Blick über die lange Schotterauffahrt schweifen. Unnötig, ihren Mann Ward deshalb in Rage zu bringen. Sie sprachen sowieso kaum miteinander.

Patsy atmete tief die frische Morgenluft ein und versuchte sich zu entspannen. Sie lauschte dem entfernten Pfeifen eines Zuges und dem Krächzen der Krähen auf ihrem Flug zu den Feldern, wo sie Futter suchten. Sie liebte diese Jahreszeit. Die Ahornbäume und die Pappeln, die im Umkreis der Ranch wuchsen, zeigten nicht mehr nur erste Zeichen des Herbstes, sondern standen in voller Farbenpracht mit roten und goldenen Blättern. Sie roch den Rauch aus ihrem Kamin, ein beruhigender Duft nach Pinie und Walnussholz. Ward meinte, es wäre noch zu früh, um die Heizung anzuwerfen, aber er schaffte es, mit einem morgendlichen Kaminfeuer die Kälte aus dem Haus zu vertreiben.

Ja, sie liebte diese Jahreszeit, und sie liebte ihre Spaziergänge zum Briefkasten, ein tägliches Ritual, bei dem sie nie vergaß, ihre Taschen mit Pfefferminz für Penny und Cedrick zu füllen. An diesem Morgen hatte sie außerdem noch Apfelstreifen für das Duo mitgenommen. Ward brummte immer, sie würde die beiden Pferde, die sich schon längst im Ruhestand befanden, zu sehr verwöhnen und sie verderben, trotzdem war er derjenige, der die kiloschweren Säcke mit dem Pfefferminz vom Wal-Mart mitbrachte. Ihr ruppiger und barscher Ehemann besaß einen weichen Kern, den er selten zeigte. Am meisten öffnete er sich bei ihrer Enkeltochter Regan, manchmal auch bei Patsy. In Gegenwart der Tiere immer. Doch bei ihrem Sohn Conrad eigentlich nie.

Sie erinnerte sich an ihre letzte Auseinandersetzung wegen Conrad. Das schien das einzige Thema, über das sie sich überhaupt noch stritten. Der Junge war der erfolgreiche Vizepräsident einer großen Pharmafirma. Er besaß ein Wirtschaftsdiplom, eine Eigentumswohnung, konnte den firmeneigenen Privatjet benutzen, und trotzdem wollte Ward Kowak nichts davon hören. Was für ihren Mann Erfolg bedeutete? Etwas Wertvolles besitzen, das man weitervererben konnte. So wie dieses Land. Oder einen guten Namen.

Seinen guten Namen.

Bei dem Gedanken musste sie den Kopf schütteln. Das war erst der Anfang gewesen, als Conrad offiziell die Schreibweise seines Namens von Kowak auf Kovak ändern ließ. Er meinte, es wäre wichtig, dass die Geschäftspartner seinen Namen richtig aussprachen, und da das „W“ im Polnischen wie ein „V“ ausgesprochen wurde, was machte das dann? Das war jedenfalls die Erklärung ihres Sohnes gewesen. Wie konnte er davon ausgehen, dass so etwas seinem Vater nichts ausmachen würde?

Die Namensänderung stellte jedoch nur die Spitze des Eisberges dar. Als Conrad am vierten Juli dann ankündigte, er würde heiraten, sank die Titanic endgültig. Patsy hätte nicht glücklicher darüber sein können. Conrads jüngere Schwester war bereits seit fünf Jahren verheiratet und hatte eine wunderschöne Tochter, ihr Engel Regan. Selbst Ward schien sich danach ein wenig mit dem Jungen auszusöhnen, da er dachte, vielleicht auch hoffte, dies wäre endlich das Zeichen dafür, dass Conrad reifer wurde und sich niederließ. Das war, bevor sie erfuhren, dass die Frau fünfzehn Jahre älter war als Conrad, geschieden und eine Tochter im Teenageralter hatte.

Für Patsy machte das keinen Unterschied. Sie wollte nur, dass ihr Sohn glücklich war. Aber Ward schien das als eine weitere Beleidigung aufzufassen, eine Trotzreaktion Conrads, nur um den Namen der Familie durch den Dreck zu ziehen. Ihr Mann führte sich absolut kindisch auf, und Patsy hatte ihm das auch gesagt.

Als sie sich dem Haus näherte, stellte sie erleichtert fest, dass Wards Pick-up immer noch nicht dort stand. Er hatte beim Frühstück irgendetwas von „Besorgungen“ gemurmelt, die er in der Stadt zu erledigen habe.

Auf dem Weg die Stufen hoch tätschelte sie Festus, ihren alten Deutschen Schäferhund, der auf der Terrasse auf einem sonnigen Fleckchen lag. Sonst hatte der Hund sie immer auf ihren Spaziergängen zum Briefkasten begleitet. Sie wollte gar nicht daran denken, wie sehr er abgebaut hatte, seit er umgerechnet in ihr Alter gekommen war.

Als Patsy ins Haus kam, ließ sie die Post auf den Küchentresen fallen. Bis auf das Päckchen. Sie kramte eine Schere aus dem Schubfach mit allerlei Zeug heraus, um damit den braunen Umschlag zu öffnen, und ließ den Inhalt auf die Arbeitsplatte rutschen.

Kein Brief, nicht einmal eine kleine Notiz. Das war typisch ihr Sohn – außerordentlich gut organisiert bei der Arbeit, doch auf sein Privatleben färbte das nicht ab. Immer war er in Eile, erledigte Dinge auf den letzten Drücker, selbst wenn ihm etwas wichtig war.

Jetzt war ihm offensichtlich etwas wichtig, das bewies der Inhalt des Päckchens.

Wieder und wieder hatten Conrad und Ward in der Vergangenheit über das Thema Geld gestritten. Zuletzt war es zu einer Eskalation gekommen, als Ward die Einladung zu Conrads Hochzeit unter dem Vorwand ablehnte, dass die Flüge so teuer waren.

Das Päckchen war vermutlich Conrads Retourkutsche. Warum sollte er sonst eine Plastiktüte schicken, in der sich, soweit

Patsy erkennen konnte, mehrere Hundertdollarscheine befanden?

Das war lächerlich. Ihr Sohn verhielt sich genauso kindisch wie der Vater. Sie würde diese alberne Familienfehde einfach nicht zulassen und das Geld stattdessen irgendwo verstauen, wo Ward es nicht finden konnte.

13. KAPITEL

Elk Grove, Virginia

Es war zu spät.

Das war Tully klar, sobald sie in die Straße einbogen. Selbst Ganza hörte auf zu kauen. Immer noch einen Bissen seines Thunfischbrötchens im Mund, schimpfte er. „Verdammter Mist, die sind uns zuvorgekommen."

Ein Typ mit kurz geschnittenem Haar, athletisch gebaut und mit selbstsicheren Bewegungen, winkte den Klempnerwagen des FBIs vom Straßenrand weg, damit er Platz für einen weißen Lieferwagen machte. Tully kannte die Art und Weise, wie der Mann sich bewegte, seine Körperhaltung, die starke Kinnpartie, den aufmerksamen Blick, mit dem er alles um sich herum registrierte. Er sah aus wie ein Typ, der es gewohnt war, Befehle zu erteilen, und obwohl er Jeans und eine Bomberjacke trug, wusste Tully, dass es sich um einen Militärangehörigen handelte.

„Sie schicken unsere Leute von der Spurensicherung weg", sagte Tully und fuhr einen halben Block entfernt an den Straßenrand.

Ganza legte sein Thunfischsandwich auf die Konsole und begann in seinen Taschen zu wühlen. Tully starrte auf die Krümel, die sich überall in seinem Wagen verteilt hatten. Er musste an den verschütteten Kaffee von heute Morgen denken. Es schien Tage her zu sein statt Stunden. Ganza tippte eine Telefonnummer in sein Handy, während Tully den Soldaten beobachtete, der den Lieferwagen auf eine Rasenfläche dirigierte und weiter bis zum hinteren Teil des Hauses. Er hätte wetten können, dass dieser Typ bestimmt nie ein halb gegessenes Sandwich in seinem Wagen liegen hatte oder sich Kaffeeflecken auf seinen Sitzpolstern befanden.

„Wir sind direkt davor", sagte Ganza jetzt in sein Handy. „Sie schicken unseren Wagen weg. Was sollen wir machen?" Ganza redete so monoton und ruhig, niemand hätte an seiner Stimme erkannt, wie brenzlig die Situation war. Das zeigte sich nur an der Art, wie er mit seinen langen knochigen Fingern auf das Armaturenbrett trommelte.

Ein weiterer Lieferwagen fuhr an ihnen vorbei. Er trug auf beiden Seiten in schwarzen Lettern das Logo der Wasserwerke von Virginia. Der Wagen war zu weiß, zu sauber. Von seinem Blickwinkel aus bemerkte Tully, dass die Reifen kaum abgenutzt waren. Zwei Männer in weißen Overalls mit demselben Logo auf den Taschen und blank geputzten schwarzen Stiefeln ohne den winzigsten Fleck stiegen aus dem Wagen. Sie zogen Sägeböcke von der Ladefläche und sperrten die Straße ab. Die Nachbarn dachten wahrscheinlich, dass es in dem Haus, vor dem sie geparkt hatten, einen Wasserrohrbruch oder ein undichtes Gasrohr gab. Zumindest wenn ihnen die glänzenden Schuhe und kaum abgefahrenen Reifen nicht auffielen. Der alte Mann, der in seinem Garten das Laub harkte, hielt kurz inne, um zuzusehen, aber auf Tully wirkte er nicht besonders beunruhigt oder großartig interessiert. Nach einigen Minuten harkte er weiter.

Der Wagen des FBIs passierte den schmalen Durchgang zwischen den Sägeböcken. Er blieb neben Tullys Auto stehen, und die Scheibe an der Fahrerseite wurde heruntergekurbelt. Tully öffnete sein Fenster ebenfalls. Der Agent im anderen Wagen kam Tully bekannt vor, aber lediglich vom Sehen. Den Namen wusste er nicht. Das war auch egal. Er blickte an Tully vorbei und redete mit Ganza. „Die schicken uns einfach weg. Das ist jetzt ein militärischer Einsatz der Heimatschutzbehörde. Wir können nichts tun."

„Was ist mit der Beweisaufnahme?" Ganza telefonierte immer noch und sprach gleichzeitig mit dem Agenten draußen und demjenigen am anderen Ende der Leitung, wer immer das auch war. Unwillkürlich fragte Tully sich, ob Ganza eine direkte Verbindung zum FBI-Chef hatte.

„Sichern und Abriegeln", sagte der Agent. „Das hat angeblich Priorität. Sie gehen wie bei einem Terrorangriff vor, nicht wie bei einem gewöhnlichen Tatort. Das ist jetzt deren Party. Und wir sind nicht eingeladen."

„Aber wir haben zwei Agenten da drinnen", sagte Tully und drehte sich zum Haus um. Maggie und Cunningham waren nicht bei den FBI-Leuten, die jetzt das Haus verließen und in den zweiten Wagen kletterten. „Sie befinden sich immer noch im Gebäude, oder?" Tully sah den Agenten an, der jetzt den Blick abwandte und sich das Kinn rieb.

„Ja, sie sind noch drinnen. Das ist auch der Grund, warum Assistant Director Cunningham die Truppen angefordert hat." Er drehte sich wieder zu Tully und Ganza um. Die beide schwiegen und warteten, obwohl sie bereits wussten, was kam. „Sie sind beide mit dem Erreger in Berührung gekommen."

14. KAPITEL

Elk Grove, Virginia

Colonel Benjamin Platt wusste, dass es bei einer Aktion zur Verhinderung der Ausbreitung von Krankheitserregern vor allem auf eines ankam: die Ausbreitung von Informationen zu verhindern.

Commander Janklow hatte sich ziemlich klar ausgedrückt. Sie mussten alle möglichen Vorsichtsmaßnahmen ergreifen, um die Medien da rauszuhalten. Wenn das nicht gelang, dann musste Platt sie davon überzeugen, dass es sich um einen Routineeinsatz bei einem ganz gewöhnlichen Vorfall handelte. Er sollte sich hüten, irgendeinen „beängstigenden Ausdruck" – so Janklows Worte – zu verwenden, der eventuell eine Panik auslösen könnte, Ausdrücke wie „zusammenbrechen und ausbluten", „große Ansteckungsgefahr", „Evakuierung", „Gesundheitsrisiko" oder „Seuche". Und unter keinen Umständen sollte er so etwas sagen wie „dem Erreger schutzlos ausgeliefert".

Die Wahrheit war, dass sie keine Ahnung hatten, ob es überhaupt ein Problem gab. Platt hoffte immer noch, dass es sich um eine übertriebene Reaktion handelte, dass sich jemand zu schnell aufgeregt hatte. Nach der Hysterie wegen des Anthrax-Falls im Herbst 2001 hatte es Hunderte von fingierten Briefen gegeben, durch die sich die Absender Ruhm oder Rache erhofften. Platt wusste, dass die Chancen, hier den gleichen Fall zu haben, fünfzig zu fünfzig standen. Dass sich jemand zu fünf Minuten Ruhm in den Sechsuhrnachrichten verhelfen wollte.

Platt sah zu McCathy, der an der hinteren Tür des Lieferwagens auf ihn wartete, während er sich mit gerunzelter Stirn den Bart kratzte und mit dem Fuß auf den Boden tippte, um zu zeigen, dass er ungeduldig wurde. Jetzt war McCathy an der Reihe zu warten.

Als Platt schließlich zufrieden feststellte, dass alles und jeder sich an seinem Platz befand, klopfte er an die rückwärtige

Autotür. Innerhalb von Sekunden war das Klicken eines Schlosses zu hören, und mit einem lauten Quietschen glitt die Metalltür nach oben. Platt hatte den Lieferwagen rückwärts zum Hintereingang des Hauses dirigiert, auf der einen Seite von einem Zaun verdeckt, von der anderen durch einen Werkzeugschuppen. Es wäre schwierig für jemanden, in den Wagen hineinzusehen, und sie mussten nur drei Schritte bis zum Haus gehen. Die Hintertür führte zu einem Wintergarten, und von dort aus gelangte man in die Küche. Platt überlegte, dass sie die Küche später, auf dem Weg nach draußen, als Dekontaminationskammer benutzen konnten.

McCathy wollte in den Wagen steigen, aber Platt hielt ihn zurück.

„Es ist mein Auftrag, ich gehe zuerst. Sie kommen nach."

McCathy nickte und trat einen Schritt zurück. Das hatte nichts mit Höflichkeit zu tun, die Sache war riskant. Und McCathy würde nicht lange diskutieren. Er sah eher erleichtert aus.

Zwei von Platts Sergeants, zwei seiner besten, sowie die Spezialeinheit warteten im Lieferwagen auf ihn. Er kletterte auf die Ladefläche und zog die dicke Plastikplane hinter sich herunter, damit man nicht hineinsehen konnte. Drinnen begann er sich auszuziehen, um die Ausrüstung anzulegen, die Sergeant Herandez ihm reichte. Sobald er den Gürtel öffnete, wandte sie den Blick ab. Sie war jung, er war ihr Vorgesetzter. In wenigen Sekunden würde er ihr und Sergeant Landis sein Leben anvertrauen, da es ihre Aufgabe war, ihn gegen eventuelle Krankheitserreger ausreichend zu schützen. Trotzdem wurde sie beim Anblick seiner Unterwäsche rot. Er musste sich ein Grinsen verkneifen.

Platt hatte zweimal so viele Frauen in seiner Spezialeinheit wie sein Vorgänger am USAMRIID, der kein Geheimnis daraus machte, dass er Frauen für die Arbeit in einem Gefahrenbereich für ungeeignet hielt, da sie meistens in Panik gerieten oder hysterisch wurden. Platt wusste es besser und ignorierte die Geschichten seines Vorgängers über Frauen. Aber in Situationen wie diesen staunte er doch über die unterschiedlichen Reaktionen, manchmal amüsierten sie ihn sogar, obwohl es in letzter Zeit nicht viel gab, was ihn zum Lachen brachte.

Landis hielt den Racal-Anzug hoch, um Platt hineinzuhelfen. Anders als die blauen Schutzanzüge, die sie innerhalb des USAMRIID auf der Sicherheitsstufe vier benutzten, war der Racal-Anzug hier orange, ein grelles Orange und extra für Außeneinsätze mit Batteriebetrieb für die Sauerstoffzufuhr ausgestattet, die so für eine Dauer bis zu sechs Stunden ausreichte.

Platt zog sich ein doppeltes Paar Gummihandschuhe über, und Herandez befestigte die Manschetten des Anzugs mit Klebestreifen daran, während Landis die Hosenbeine an den Stiefeln festklebte, um so eine luftdichte Versiegelung herzustellen. Der Helm, eine durchsichtige Kugel aus weichem Kunststoff, war der letzte Teil der Ausrüstung und normalerweise der unangenehmste. Platt hatte gesehen, wie sowohl Männer als auch Frauen, mutige Soldaten, ausgezeichnete Wissenschaftler, in diesem Raumanzug einen klaustrophobischen Anfall erlitten und sich das Ding vom Leib gerissen hatten. Er dachte daran, wie er in Afghanistan einmal sechsunddreißig Stunden hinter der feindlichen Linie in einem Panzer festgesessen hatte, in Schach gehalten von einer sogenannten *unkonventionellen Sprengvorrichtung* und in der Hoffnung, dass ihn jemand anders als die Taliban fand, während er seine Soldaten versorgte, einen mit einer offenen Kopfwunde, den anderen mit einem halb abgerissenen Arm. Es gab nicht viel, was mit einer solchen Situation mithalten konnte. Eine Gefahrenzone in einem luftdicht verschlossenen Schutzanzug zu betreten erschien ihm dagegen wie ein Kinderspiel.

Er wartete, bis Herandez und Landis den Anzug noch einmal überprüft hatten. Schon bevor sie den Batteriebetrieb einschalteten, kam er ins Schwitzen. Die Schweißperlen liefen an seinem Rücken herunter. Der Motor heulte auf, und er hörte, wie die Luft in seinen Anzug gepumpt wurde, der sich immer weiter aufblähte.

Herandez streckte aufmunternd die Daumen nach oben. Es war schwierig, sich trotz des Lärms des elektrischen Gebläses zu unterhalten. Platt zeigte mit der von Handschuhen geschützten Hand auf das Tape und machte eine Bewegung, als würde er ein Stück davon abreißen. Herandez nickte, sie hatte sofort verstanden und riss ein paar Streifen ab, die sie so auf Platts Ärmel klebte, dass er leicht heranreichen konnte. Sollte sein Anzug irgendwo eine undichte Stelle bekommen, konnte er die Streifen benutzen, um das Loch schnell zuzukleben, bevor die Luft entwich.

Es war schon eine Weile her, dass Platt bei einem solchen Einsatz mitgemacht hatte. Das letzte Mal war es 2001 beim *Miami Herald* gewesen, als ein an Jennifer Lopez adressierter Brief von einem Fotografen geöffnet worden war. Jemand hatte die Sendung mit Milzbranderregern kontaminiert. Der Fotograf war Wochen später gestorben. Platt hoffte noch immer, dass es sich diesmal nicht um so etwas wie Anthrax handelte.

Schließlich streckte er ebenfalls seine Daumen in die Luft. Dann watschelte er wie ein Kleinkind, das Laufen lernt, mithilfe der beiden Sergeants zur Hintertür des Lieferwagens. Er wartete, bis er die Balance halten konnte. Dann war er mit drei Schritten an der Eingangstür des Hauses und bereit hineinzugehen.

15. KAPITEL

Elk Grove, Virginia

Als kleines Mädchen hatte Maggie gern die alten in schwarzweiß gedrehten Horrorfilme gesehen. „Das Ungeheuer aus der Schwarzen Lagune“ war ihr Lieblingsfilm gewesen, aber auch Alfred Hitchcock und die Folgen aus der „Twilight Zone“ liebte sie. Als sie den Mann in dem orangefarbenen Raumanzug erblickte, der durch die Küchentür kam, erwartete sie fast, die Stimme Rod Sterlings zu hören, der die bizarre Szene beschrieb.

Cunningham hatte vorher widerwillig die zuständige Stelle der Armee verständigt. Dabei handelte es sich entweder um das USAMRIID, eine Einrichtung des US-Militärs zur Erforschung von Viruskrankheiten, oder um das CDC-Zentrum zur Seuchenbekämpfung. Im Gegensatz zum CDC befand sich das USAMRIID allerdings nur etwa eine Stunde Fahrtzeit von hier entfernt. Cunningham hatte Director Frank vom FBI und Commander Janklow die wichtigsten Informationen durchgegeben, zusammen mit einem Plan der Gegend. Alle drei Männer waren sich darüber einig, dass die Situation außerordentliche Maßnahmen erforderte und alles unternommen werden musste, um eine Panik zu verhindern. Dann hatte Cunningham Maggie darum gebeten, die Küchentür aufzuschließen und abzuwarten.

Sie hatten ein Team vom USAMRIID erwartet. Maggie war auch der weiße Lieferwagen am Hintereingang des Hauses auf dem Rasenstück nicht entgangen. Sie hatte ebenfalls die Crew gesehen, die den Durchgang zur Straße abgesperrt hatte. Trotzdem war sie sich nicht sicher, was sie eigentlich wirklich erwartet hatte – Männer und Frauen mit Gasmasken vielleicht. Oder mit OP-Masken und Schutzkitteln. Aber sicher keine Raumanzüge.

Es ist lediglich eine Vorsichtsmaßnahme, sagte sie sich. Natürlich mussten sie sich absichern, so gut sie konnten. Aber während sie sich das einredete, wurde ihr ziemlich flau im Magen.

Der Mann in dem Schutzanzug sah sie zuerst gar nicht. Er musste sich einmal um seine eigene Achse drehen, um alles zu erfassen. Und hören konnte er sie wahrscheinlich auch nicht. Sein Anzug zischte laut, weil ein batteriebetriebener Motor dafür sorgen musste, dass der Luftdruck aufrechterhalten blieb. Maggie konnte sich vorstellen, dass es innerhalb dieser Kunststoffblase noch viel lauter war.

Der Mann bewegte sich langsam und vorsichtig, ein Mondspaziergang im Wohnzimmer. Die Stiefel sahen schwer aus. Seine Arme hatte er leicht ausgebreitet, weil er sie in dem aufgepumpten Anzug gar nicht herunterhängen lassen konnte. Er stand weniger als zwei Meter von ihr entfernt, als er sich umdrehte. Durch den Nebel, der sich am Helm gebildet hatte, konnte sie sein Gesicht nicht erkennen. Er hob die mit Handschuhen geschützte Hand, drückte die Plastikhülle gegen sein Gesicht und schaffte es auf diese Art, den feuchten Niederschlag abzuwischen.

Ihre Blicke trafen sich, und sie sah eindrucksvolle dunkelbraune Augen. Er runzelte die Stirn. Wahrscheinlich überlegte er, was er zu ihr sagen sollte. Am Plastikhelm setzte sich erneut Dunst ab, und diesmal schlug er heftig dagegen, sodass der Elektromotor zu stottern begann. Die Luftzufuhr verstärkte sich mit einem Zischen, dann stoppte sie, bis die Luft wieder angesogen wurde. Als er Maggie erneut anblickte, versuchte er mit den Schultern zu zucken, als wolle er sagen, er wisse nicht, was da gerade passiert sei. Und dann grinste er plötzlich völlig unerwartet. Damit war das Eis gebrochen. Maggie musste lachen.

In dem Moment kam Cunningham herein, Mary Louise folgte dicht hinter ihm. Das kleine Mädchen sah den Mann im Schutzanzug und begann wie am Spieß zu schreien.

16. KAPITEL

Elk Grove, Virginia

Tully tippte die Nummer ein weiteres Mal in sein Handy. Aus Sicherheitsgründen speicherte er keine Nummern in seinem elektronischen Verzeichnis. Oder besser gesagt, er würde es auch nicht tun, wenn er wüsste, wie es funktionierte.

Immer noch keine Antwort.

Nach dem zweiten Läuten wurde wieder auf die Mailbox umgeschaltet. Er klappte das Mobiltelefon zu. Sowohl Maggie als auch Cunningham hatten ihr Handy abgeschaltet. Jedenfalls war ihm diese Erklärung lieber als die andere Möglichkeit – dass die US-Army ihnen nicht erlaubte, Anrufe entgegenzunehmen.

Nicht dass Tully das Militär der Vereinigten Staaten nicht respektierte ... Okay, das traf nicht ganz zu. Ihm gefielen diese Offiziere nicht. Vor allem solche Typen wie der von vorhin, der die Wagen dirigiert hatte. Die Anordnungen und Kommandos gaben, indem sie nur kurz nickten oder mit der Hand wedelten. Wie viele Soldaten hatte derselbe Offizier wohl schon mit einer dieser Gesten in den Tod geschickt? Jedes Mal wenn Tully bei irgendwelchen Fällen in der Vergangenheit mit dem Militär zusammengetroffen war, hatte ein Offizier das Kommando übernommen, ohne sich groß zu erklären oder zu entschuldigen. Mit diesen Typen war nicht zu spaßen, und normalerweise bevorzugten sie es, ihre Operationen im Geheimen durchzuführen. Und soweit Tully das hier alles überblickte, taten sie genau das auch in diesem Moment.

Tully hatte seinen Wagen zum anderen Ende der Straße gefahren. Dort parkte er zwar am Bürgersteig, aber in einem Winkel, von dem aus er die Lücke zwischen dem Lieferwagen und der hinteren Tür des Hauses einsehen konnte. Es war nur ein schmaler Spalt, aber er reichte, um den orangefarbenen Schutzanzug zu erkennen, der sich vor wenigen Minuten vom Lieferwagen zum Haus bewegt hatte. Und jetzt konnte er einen zweiten orangefarbenen Anzug auf demselben Weg sehen, der kurz in der Lücke aufblitzte.

Er sah zur Seite, um Ganza zu beobachten, der gerade quer über die Straße auf Tullys Wagen zugetrottet kam. Ganza war nicht viel größer als Tully – vielleicht zwei, drei Zentimeter –, aber er bewegte sich, als trüge er schwer an seinem Gewicht. Mit seinen langen, dünnen Beinen und den knochigen Knien in den braunen Hosen, dem schmalen Hals und den hängenden Schultern erinnerte er Tully an eine Giraffe. Selbst sein weißer Laborkittel – er hatte sich nicht damit aufgehalten, ihn vor der überstürzten Abfahrt zum Tatort abzulegen – wirkte wie das Tarnfell einer Giraffe mit den grauen und braunen Flecken an den Stellen, wo Ganza vergeblich versucht hatte, Verschüttetes zu entfernen. Nachdem Tully geschieden war, hatte er sich einen Sport daraus gemacht, zu raten, welcher Mann, dem er begegnete, verheiratet war und welcher Single. Caroline hätte nie zugelassen, dass er das Haus mit einer befleckten Krawatte verließ. Jetzt wären Flecken ein Bestandteil seiner Garderobe, hätte er keine Frauen in seinem Leben – Maggie, Gwen, Emma –, die ständig an seinen Hemdsärmeln, seiner Krawatte oder dem Revers seines Jacketts herumwischten. Anfangs hatte Tully vermutet, dass Ganza nie verheiratet gewesen war. Nicht nur das, er hatte offensichtlich nie viel mit Frauen zu tun gehabt, die seine Flecken vom Kragen wischten.

Ganza öffnete die Beifahrertür, stieg ein und warf die Tür mit mehr Wucht zu als notwendig. Eine so emotionsgeladene Geste kannte Tully bei ihm gar nicht.

„Die verdammten Idioten lassen uns nicht nach Spuren suchen“, erklärte Ganza mit seiner charakteristischen monotonen Stimme, obwohl er vorher wütend die Tür zugeschlagen hatte. „Sie werden alles abriegeln und versiegeln.“

Tully hätte ihm das vorher sagen können, um Ganza zu ersparen, den Soldaten, die sich als Installateure getarnt hatten, seine Polizeimarke zu zeigen.

„Sie haben recht, wenn sie das machen.“ Tully brauchte

Ganza nicht anzusehen, um zu wissen, dass er ihm einen wütenden Blick zuwarf. Das war nicht notwendig. Er konnte es fühlen. „Sie dürfen nicht riskieren, dass sich noch mehr Leute infizieren, wenn es da in dem Haus was gibt."

„Das weiß ich auch. Aber sie verwischen sämtliche Spuren. Sie wissen ja gar nicht, wonach sie suchen müssen." Ganza griff nach seinem halb gegessenen Thunfischsandwich auf der Konsole. Es hatte dort die ganze Zeit gelegen, in der brütenden Sonne. Er biss einmal ab, dann noch mal und sagte mit vollem Mund: „Ich habe angeboten zu helfen und die Beweismittel sicherzustellen."

„Du meinst, in einem von diesen Raumanzügen?"

„Klar, warum nicht?"

„Hast du schon mal in so einem Ding gesteckt?", fragte Tully.

„Kann ja auch nicht viel anders sein als mit einer Gasmaske." Ganza lehnte sich zurück und musterte Tully von der Seite. „Und? Hast du schon mal in einem gearbeitet?"

„Einmal. Ist schon ziemlich lange her", entgegnete Tully und beließ es dabei.

Er war mit Ganza nicht befreundet und nicht der Typ, der mehr als nötig erzählte, ein Charakterzug, der, wie Gwen Patterson ständig behauptete, „ziemlich ärgerlich" war. Natürlich gefiel ihr das nicht. Sie war Psychologin von Beruf. Sie konnte Leute dazu bringen, ihr die größten und dunkelsten Geheimnisse anzuvertrauen. Und wenn Tully wollte, dass sie ein Teil seines Lebens wurde, dann müsste er lernen, ihr von seinen größten und dunkelsten Geheimnissen zu erzählen.

Aber Ganza … er schuldete Ganza nichts. Abgesehen davon wollte Tully nicht an diese vierstündige Episode zu Beginn seiner FBI-Ausbildung erinnert werden. Damals war es Teil der Grundausbildung – schließlich herrschte 1982 immer noch der Kalte Krieg –, dass sie alle ein paar Stunden in einem Schutzanzug verbrachten, auch wenn diese Übung mehr dazu diente, die Agenten gefügig zu machen, als ihnen etwas zur Eindämmung von Epidemien beizubringen.

Da bemerkte Tully etwas. In dem Spalt zwischen Hintertür und Lieferwagen gab es Bewegung. Schnell beugte er sich vor und quetschte sich am Lenkrad vorbei, um besser sehen zu können. Er hatte gehofft, sich geirrt zu haben, aber das war nicht der Fall. Es sah so aus, als würden sie jemanden aus dem Haus in den Lieferwagen tragen. Und zwar auf einer Blasentrage, die aussah wie ein durchsichtiger Leichensack.

17. KAPITEL

USAMRIID
Fort Detrick, Maryland

Sie nannten es den Knast, und Maggie kannte es nur vom Hörensagen. Sie hätte es lieber dabei belassen.

Der Knast war ein Quarantäne-Krankenhaus der Sicherheitsstufe vier, eine Isolierstation im USAMRIID in Fort Detrick. Die Armee benutzte es für Patienten mit Infektionskrankheiten bzw. solchen, die mit einem Krankheitserreger in Berührung gekommen waren. Diese Patienten standen so lange unter Verdacht, hochansteckend zu sein, bis das Gegenteil bewiesen war.

Zum größten Teil wurde der Knast nach Maggies Informationen benutzt oder war einsatzbereit, falls einer der Wissenschaftler im Institut durch einen Unfall in einem der Untersuchungslabors mit einem Erreger in Berührung gekommen war. Im USAMRIID wurden alle möglichen gefährlichen Organismen, Viren und andere Krankheitserreger, in den Kühltruhen aufbewahrt. Während des Kalten Kriegs hatte es zu den Hauptaufgaben des Instituts gehört, biologische Waffen herzustellen und zu sammeln. Zurzeit wurden, soweit Maggie wusste, in den Forschungslabors lediglich Impfstoffe entwickelt, und die Einrichtung war dazu da, Infektionskrankheiten oder Epidemien einzudämmen.

Nach dem 11. September und dem Schock über die Milzbrandangriffe, die folgten, gehörte es auch zu den Aufgaben des USAMRIIDs, im Falle von terroristischen Bedrohungen, bei denen auch die Möglichkeit bestand, dass tödliche Krankheitserreger zum Einsatz kamen, eine Lösung zu finden.

Sollte einer von USAMRIIDs Pathologen, Veterinärmedizinern oder Mikrobiologen mit einer verseuchten Spritze in Berührung gekommen sein, sich an einem Teströhrchen geschnitten haben oder von einem Laboraffen gebissen worden sein, musste man in der Lage sein, sie zu behandeln. Man konnte die Betroffenen nicht in ein öffentliches Krankenhaus bringen und riskieren, dass dort weitere Menschen angesteckt wurden oder die Medien davon erfuhren. Also wurden sie in ihr eigenes Krankenhaus gebracht, dem sie im Institut selbst den Spitznamen Knast gegeben hatten, denn genau das war es, eine Quarantänezelle für Einzelpersonen. Maggie fragte sich, ob Assistant Director Cunningham klar gewesen war, dass er Maggie und sich selbst geradewegs in den Knast schickte, als er der Armee den Fall übertrug.

Auf den ersten Blick wirkten die Räume wie normale Krankenhauszimmer, wenn man sich nicht daran störte, dass die Wände aus Glas waren und die Türen aus Stahl und nur von außen zu öffnen. Maggie hatte angenommen, dass sie und Cunningham jeder einen eigenen Raum bekamen, seine eigene Zelle. Mary Louise und ihre Mutter befanden sich ebenfalls dort irgendwo. Maggie hoffte, dass sie zusammen waren.

Eine Frau in einem blauen Schutzanzug begleitete Maggie zu ihrem Zimmer, das sie durch eine Reihe von Schleusen erreichten. Jede war mit dicken, schweren Türen versehen. Und jede fiel hinter ihnen zu. Aber erst nach der letzten Tür, die durch Druckluft geschlossen wurde, fühlte Maggie Panik in sich aufsteigen. Es begann langsam und unauffällig und war ihr anfangs gar nicht bewusst. Es tickte im Unterbewusstsein wie ein Herzschlag, nur dass dieser Herzschlag nicht zu ihr zu gehören schien. Die Luft hier in diesem Zimmer war anders. Anders als im Flur. Anders als in den Schleusen, die sie gerade durchquert hatten.

Maggie sagte sich, es wäre nur ein leichter Anflug von Klaustrophobie. Es würde schon besser werden. Wenn sie ihnen sagte, dass sie vergangenes Jahr von einem Verrückten in eine Kühlkammer gesperrt worden war, würden sie dann vielleicht Mitleid haben und sie gehen lassen?

Wahrscheinlich nicht.

Wenn Maggie ehrlich war, so hatte sich dieses Gefühl der Panik bereits früher gemeldet, bei Mary Louise zu Hause. Und zwar als Maggie die beiden Typen im orangefarbenen Raumanzug gesehen hatte, die Mary Louises Mutter in einem verschlossenen Plastiksack durch die Hintertür aus ihrem Haus trugen. In diesem Moment bekam Maggie eine Gänsehaut und spürte, wie ihr der Schweiß über den Rücken rann. Sie befürchtete schon, dass sie alle in einer Blasentrage hinausgebracht würden, und wusste, dass sie es darin nicht eine Minute aushalten würde. Es tat nichts zur Sache, dass diese Dinger ihre eigene Sauerstoffversorgung besaßen. Sie wäre in Panik ausgebrochen, hätte sich den Weg mit den Fingernägeln freigekämpft. Und ihr Herz hatte in jenem Moment bereits zu rasen angefangen, ihr Atem war schneller gegangen. Ja, in jenem Moment war die Panik bereits in ihr aufgestiegen.

Der Mensch im Raumanzug, über den sie später erfuhr, dass es sich um Colonel Platt handelte, musste wohl das Entsetzen in Maggies Augen gesehen haben. Er hatte sich bereits um ein kreischendes Kind zu kümmern und darum, eine schwer kranke, blutende Frau transportbereit zu machen. Hatte er befürchtet, dass bald eine weitere Person hysterisch wurde und die teure Spezialtrage zerstörte?

Später erfuhr Maggie, dass sie schlicht und einfach nicht genug solcher Blasentragen dabeigehabt hatten, deshalb wurden Maggie und Cunningham letztendlich in der Küche durch eine Dekontaminationsbrause geschickt. Das Spray setzte sich auf ihrer Haut, auf dem Haar und den Kleidern fest, aber es zog nicht durch den Stoff.

Die Plastiktüte blieb sicher unter ihrem Bündchen im Rücken stecken, unsichtbar für andere, feucht und klebrig von ihrem Schweiß. Sie hatte den Geruch des Desinfektionsmittels immer noch in der Nase. Es schien sich in ihren Lungen festgesetzt zu haben, und ihre Bronchien brannten jedes Mal, wenn sie es wagte, tief durchzuatmen.

„Über Nacht!“, rief die Frau in dem Raumanzug gegen das Zischen des Luftdrucksystems an. Sie reichte Maggie ein Krankenhaushemd, das über dem Stuhl gelegen hatte. „Wir müssen Sie über Nacht hierbehalten!“

Dann machte sie Maggie ein Zeichen, sich aufs Bett zu setzen, während sie ein Plastikstäbchen und einen Baumwolltupfer auspackte. Daneben legte sie eine vakuumverpackte Spritze. „Ich brauche einen Abstrich von der Schleimhaut und muss etwas Blut abnehmen!“, rief sie und bewegte dazu die Lippen übertrieben deutlich für den Fall, dass Maggie sie nicht richtig hören konnte. Dann hielt sie ihr ein Proberöhrchen hin. „Und ich möchte Sie bitten, das hier zu füllen!“

Hinter der Glaswand sah Maggie andere, die sie beobachteten. Aber die Frau in dem Raumanzug musste ihren Blick missgedeutet haben, denn sie wies zu einer Tür in der Ecke, wo Maggie, wie sie feststellte, zumindest ihr eigenes Bad hatte.

Trotzdem fragte sie sich, ob es normal war, dass sie ihr Herz so laut hörte. Seit wann schlug es so heftig in ihrer Brust? Es gab keinen Zweifel mehr. Dieser Herzschlag war ihr eigener. Sie bemühte sich, ihn zu ignorieren. Als die Frau so weit war, öffnete Maggie den Mund und versuchte sich durch die Tatsache, dass sie nicht schlucken oder atmen konnte, auch wenn es nur für Sekunden war, nicht nervös machen zu lassen. Die Frau leistete gute Arbeit, sie war routiniert und schnell. Gott sei Dank.

Sie tütete den Tupfer ein, dann nahm sie die Spritze. Maggie blickte zur Seite, als sich die Nadel in ihre Haut bohrte. Sie sah Röhrchen und andere medizinische Utensilien, in einer Ecke hingen Monitore an der Decke, die blinkten und piepsten, obwohl Maggie noch an keines der Geräte angeschlossen war.

Von ihrem letzten Mal im Krankenhaus, kurz nach dem Vorfall im Kühlraum, erinnerte sie sich noch daran, dass sie aufgewacht war und sich erschreckt hatte, weil überall an ihrem Körper Schläuche und Drähte angeschlossen waren, Plastikbeutel mit Flüssigkeiten über ihrem Bett hingen und Monitore im Rhythmus ihres Herzschlags piepten. Man hatte ihr gesagt, dass der Kühlraum nach einer weiteren Minute oder zwei ihr eisiger Sarg geworden wäre.

Sie hatten ihr das Blut aus dem Körper gesaugt, es aufgewärmt und wieder eingeführt. Sie war nicht sicher, wie so etwas möglich war. Das wollte sie sich trotz ihrer medizinischen Kenntnisse nicht vorstellen. Noch Wochen später hatte sie deshalb Albträume. Andererseits erinnerte sie sich kaum an diese ganze Tortur, bis auf die Kälte, die Panik, das klaustrophobische Gefühl, all das, was schließlich zu einem totalen Zusammenbruch geführt hatte.

Die Frau im Raumanzug verschloss das erste Röhrchen und begann bereits, ein zweites zu füllen. Maggie konzentrierte sich auf das Fenster. Wenigstens war es kein Spiegelglas. Sie sah die Gesichter im Nebenraum. Es waren vier, vielleicht fünf Personen, die auf Tastaturen einhämmerten, Monitore und Computerbildschirme beobachteten. Alle waren ziemlich beschäftigt – bis auf einen. Einen, der wohl gerade erst dazugekommen sein musste, da sie ihn bisher noch nicht bemerkt hatte.

Er stand dicht am Fenster und beobachtete sie. Jemanden zu sehen, den sie wiedererkannte, beruhigte sie irgendwie, auch wenn er die Stirn runzelte und sie besorgt ansah. Sie seufzte und fühlte sich, als hätte sie die ganze Zeit den Atem angehalten.

Sie lächelte R. J. Tully zu, und er winkte etwas steif, ohne dass sich seine Miene aufhellte. Sie erinnerte sich an den Umschlag, doppelt verpackt und verschlossen, sorgfältig in ihrem ordentlich zusammengelegten Jackett verborgen. Sie musste einen Weg finden, ihm den Inhalt zu übergeben. Aber jetzt formte sie erst mal mit den Lippen „Harvey“, weil sie wusste, dass er sie durch das dicke Glas nicht verstehen würde. „Bitte kümmer dich um Harvey!“

Er nickte nur.

18. KAPITEL

Reston, Virginia

Emma Tully zog den Brief aus dem vergilbten Umschlag. Zuerst war sie auf den mit einem orangefarbenen Gummiband zusammengehaltenen Stapel Briefe aufmerksam geworden, weil auf dem obersten, den sie jetzt in der Hand hielt, eine Zwanzigcentbriefmarke mit einer Frau darauf klebte: Ethel Barrymore. Sie hatte noch nie von Ethel Barrymore gehört. Vielleicht war das Drews Großmutter? Egal. Emma war deshalb so neugierig geworden, weil sie einfach nicht glauben konnte, dass es mal Briefmarken für zwanzig Cent gegeben hatte.

Sie fragte sich, ob dieser Stapel Briefe schon lange in Vergessenheit geraten war.

Sie hatte ihn bei ihrem letzten Besuch im Haus ihrer Mutter in Cleveland gefunden. Das Bündel war in einer hinteren Schublade des Schreibtischs im Gästezimmer verstaut gewesen.

Wahrscheinlich vergessen, aber wichtig genug, um es aufzuheben. Und ihre Mutter gehörte sicher nicht zu den Menschen, die alles bunkerten. Die Briefe waren sogar chronologisch geordnet. Also, das hätte ihre Mutter sicher nicht getan, wenn es sich nicht um etwas Besonderes handeln würde.

Emma kannte überhaupt niemanden, der noch richtige Briefe schrieb. Schon das machte Emma neugierig. Und erst recht, wenn ihre Ahnung sich bestätigen sollte. Waren das hier alte Liebesbriefe, die ihr Dad an Mom geschrieben hatte, bevor sie verheiratet gewesen waren? Das war doch wahnsinnig romantisch. Ihr kam es vor, als würde sie einen Blick auf ihre eigene Geschichte werfen.

Sie machte es sich in ihren Kissen bequem.

26. August 1982
Liebe Liney,
ich bin gestern Abend gegen acht hier angekommen. Ja, ge-

sund und munter. Du hättest Dir keine Sorgen zu machen brauchen. Obwohl ich jetzt ja zugeben kann, dass ich ein bisschen Bammel vor dem Flug hatte. Ich weiß, ich habe Dir gesagt, es würde mir nichts ausmachen, und ich weiß, dass die Wahrscheinlichkeit von zwei großen Unfällen innerhalb von zwei Monaten sehr gering ist. So was passiert einfach nicht.

Aber für ein paar Minuten, als ich im Flugzeug saß und wir noch auf dem Rollfeld in O'Hare standen, musste ich plötzlich an all die verbrannten Leichenteile denken, die überall in der Gegend von New Orleans verstreut lagen. Ich habe mir einfach gesagt, ich bin der Kerl, der herausfinden wird, was schiefgegangen ist.

Du solltest diesen Ort hier sehen. Quantico ist wie eine richtige kleine Stadt mitten in einem Pinienwald. Ich glaube, ich hatte eher Militärbaracken erwartet.

Ich bin schon in mein Zimmer gezogen. Drei Kerle in einem Raum, und der ist noch nicht mal besonders groß. Aber es ist in Ordnung. Die anderen Jungs scheinen gar nicht so übel zu sein. Hey, wir wollen ja alle FBIler werden, das haben wir gemeinsam.

Es ist schon komisch, wir haben uns fast sofort alle Spitznamen gegeben. Nun, so ganz stimmt das nicht, denn „Razzy" brachte seinen bereits mit und meinte, wir anderen bräuchten auch einen. Also ist Reggie jetzt GB, weil der Typ Geleebonbons isst, als würde sein Leben davon abhängen. Ganz im Ernst, er hat seine eigene Vorratspackung mitgebracht. Ich glaube, es sind zwei Kilo. Er meint, Präsident Reagan würde sie auch essen. Ich weiß nicht, ob das stimmt. Ich habe die letzte Time vom Flughafen mitgebracht, weil da ein Interview mit Reagan drinstand. Da wurden jedenfalls keine Geleebonbons erwähnt. Nur was über die Rezession und dass er gern mit der Queen ausreitet. Aber ich meine, wenn er tatsächlich diese Geleebonbons isst, das wäre schon witzig.

Ach ja, mein Spitzname – ich wette, darauf kommst Du nie. Es ist „Indy". Ja, okay, offensichtlich weil ich aus Indiana bin. Diese Typen haben nicht die geringste Ahnung, wo Indiana liegt, ganz zu schweigen von Terre Haute.

Ich weiß, ich habe Dir mal gesagt, dass ich Spitznamen schrecklich finde. Daran erinnerst Du Dich doch, oder? Größtenteils weil mein Dad mich früher immer „Dummkopf" oder „Trottel" genannt hat. So blödes Zeug jedenfalls. Aber im Grunde habe ich nichts gegen Spitznamen. Eigentlich finde ich meinen ganz gut. Er erinnert mich an den Film, Du weißt schon, Indiana Jones. Das war der zweite Film, den wir im Sommer zusammen gesehen haben, erinnerst Du Dich? Natürlich weißt Du das noch. Wie könntest Du das vergessen, was?

Also, jedenfalls gefällt mir der Gedanke, dass ich irgendwie was mit einem Typ gemeinsam habe, der mit einer Peitsche herumläuft und großen Schlag bei den Mädchen hat. Das gefällt mir zweifellos besser als „Trottel". Besser als alles, was mein Vater so für mich auf Lager hatte.

Er hat mir heute Morgen schon wieder Vorwürfe gemacht, weil ich das Familienunternehmen im Stich lasse. Hey, ich sehe Harrison Ford sogar ein bisschen ähnlich, findest Du denn nicht auch? Nebenbei gesagt geht Indiana Jones, Indy, auch eher in die Richtung dessen, was ich selbst so über mich denke.

Ja, Quantico ist erst der Anfang von meiner wunderbaren Laufbahn, ich habe große Pläne.
Bis zum nächsten Mal,
Dein Dich liebender
Indy.

Emma zog den nächsten Brief heraus, hielt aber inne, als sie hörte, wie die Haustür geöffnet wurde. Die Schritte kamen direkt auf ihr Zimmer zu. Was nun? Sie schnappte sich den Stapel und schob ihn schnell unter die Bettdecke, da klopfte es auch schon.

„Hallo, Süße“, rief ihr Vater. Es klang nicht verärgert. Sie seufzte erleichtert. „Ich muss Maggie einen Gefallen tun. Hast du Lust auf eine Runde mit mir?“

Normalerweise hätte sie gestöhnt und sich eine Ausrede ausgedacht. Aber heute Abend hatte sie ausnahmsweise nichts dagegen. Vielleicht war sie einfach nur neugierig und wollte sehen, ob sie noch eine Spur von Indiana Jones in ihm finden konnte.

19. KAPITEL

Razzy's
Pensacola, Florida

Rick Ragazzi war mit der Kassenabrechnung fertig und schob die Lade mit einem lauten Knall zu in der Hoffnung, sein Cousin Joey, der auch sein Partner war, würde den Wink mit dem Zaunpfahl verstehen. Joey schien nicht zu kapieren, dass dies hier ein Geschäft war, kein Privatasyl, wo man die Gäste unterhielt. Heute Abend hatte Joey Crème brulée zubereitet, aufs Haus, für eine Gruppe von sechs Leuten, die nach einer Abendvorstellung des Saenger-Theaters am Ende der Straße hier vorbeikam. Es wäre eine nette Geste für ein paar Leute, die vielleicht ein paar Hundert Dollar für ein Dinner ausgegeben hätten, aber diese Typen hatten nur Kaffee bestellt.

„Was? Kein Dessert?", hatte Joey gewitzelt, nachdem er auf seinem üblichen Rundgang, um die Gäste zu begrüßen, an ihrem Tisch stehen geblieben war, während die Küchenbelegschaft schon alles sauber machte. Er bat Rita, den Leuten noch mehr Kaffee einzuschenken, während er in die Küche zurückging. Innerhalb von Minuten kam er wieder und präsentierte seine Kreation. Das brachte ihm Jubel und Applaus ein. Cousin Joey, der Küchenchef, war nichts anderes als ein Schauspieler, der ständig um Aufmerksamkeit buhlte und sich dann im Lob aalte.

Sie waren so dermaßen verschieden, dass Rick sich manchmal fragte, wie sie überhaupt verwandt sein konnten. Natürlich war das auch der Grund, warum sie so gute Partner waren. Rick hatte ein gutes Gespür fürs Geschäft. Er konnte sicher mit Zahlen umgehen, war ein Unternehmergeist. Er hatte die Gehälter berechnet, laufende Geschäftskosten und Warenwerte, daraufhin einen Plan zusammengestellt, komplett mit Prognose, Nettoeinkommen und Profit. Aber es kam nicht von seiner sparsamen und effizienten Führung, dass sie nach nur acht Monaten im Business einen Gewinn verzeichnen konnten. Selbst Rick war klar, dass der brillante Geschäftsplan ohne seinen charmanten Cousin, den ausgezeichneten Chefkoch, nichts wert gewesen wäre. Mit vierundzwanzig war Joey ein kulinarischer Magier, jedenfalls hatte ihn das *Gourmet Magazin* so genannt.

Die Leute kamen zuerst mal aus reiner Neugierde ins Restaurant. Sie kehrten dann immer wieder zurück, weil ihnen das Essen gefiel. Und das lag allein an Joey. Rick kümmerte sich darum, dass die Belegschaft gut eingearbeitet wurde, höflich und schnell bediente. Aber selbst wenn es um sein Leben gegangen wäre, er hätte kein Ei pochieren oder einen Fisch filettieren können. Er blickte auf seine Hände, die voller Kratzer und Schnitte waren in den unterschiedlichsten Stadien der Heilung. Die letzte Erinnerung an seine Unfähigkeit war ein Schnitt im Zeigefinger, als er beim Gemüseschneiden helfen wollte. Joey war zweifellos das Talent, das Produkt, um das es ging. Rick war lediglich der Geschäftsführer.

Die trendigen Spring Breaker und die Sommertouristen hatten ihnen noch zu einem letzten geschäftlichen Hoch verholfen. Aber jetzt kam der schwierige Teil. Sie mussten bis zur nächsten Urlaubssaison durchhalten. Im September war bereits ein leichter Rückgang zu verzeichnen. Der Oktober würde am härtesten werden. Und gerade gestern hatte ihr Hauptkühlschrank, das teure Monstrum, das Joey unbedingt hatte haben wollen, zu mucken begonnen. Natürlich war die Garantie im vergangenen Monat abgelaufen, und der Handwerker behauptete, das Ding bräuchte einen ganz neuen Kompressor – siebenhundert Dollar, die nicht eingeplant gewesen waren.

Rick beobachtete Joey und sein Publikum. Man konnte ihm nichts lange übel nehmen. Als sie dieses Lokal ausgebaut hatten, war Rick auf die Idee gekommen, die Küchenwand durch ein Fenster zu ersetzen, damit die Gäste Joey in Aktion sehen konnten. Das hatte sich aber als zu teuer herausgestellt und wurde verworfen. Sonst hätten sie es getan. Rick war es gewohnt, dass Joey immer im Zentrum der Aufmerksamkeit stand. Das machte ihm überhaupt nichts aus. Manchmal spielte er auch mit und mimte Joeys strengen Gegenpart. Als Kids hatten sie auf Familienzusammenkünften öfter Stücke aufgeführt, bei denen Rick die Spannung aufbaute und Joey dann die Pointe brachte. Alle fanden das niedlich, denn Rick war zwei Jahre älter und damals ein bisschen breiter und ein paar Zentimeter größer als Joey.

Als Teenager waren sie die besten Freunde gewesen. Im Sommer hatten sie sich immer an die Mädchen am Pensacola Beach herangemacht, bis Rick zugab, dass er Mädchen eigentlich gar nicht mochte. Selbst dieses Eingeständnis war etwas, mit dem sie fertiggeworden waren, wobei Joey als Erster versicherte, es würde ihm nichts ausmachen. Schließlich habe er so einen Konkurrenten weniger.

Auf dem College belegte Joey Kulinarische Kunst und Rick Geschäftsführung. Es schien für beide außer Frage zu stehen, dass sie zusammen ein Restaurant eröffnen würden. Aber es wäre wahrscheinlich eher ein Wunder, wenn es ihnen nun auch noch gelänge, es am Leben zu erhalten. Vor allem da sie keinen stillen Teilhaber hatten, keinen reichen Gönner oder irgendwelche Verwandten, die aushalfen.

Ricks Familie hatte kein Interesse an dem Geschäft, und Joey weigerte sich, von seinem Vater Hilfe anzunehmen. Rick wusste nicht, warum sein Cousin so dickköpfig war. Zumindest Onkel Vic wollte helfen, und im Gegensatz zu Ricks Vater hatte Onkel Vic ihn niemals als Schwuchtel bezeichnet oder den beiden erklärt, das würden sie nie schaffen. Kaum zu glauben, dass diese beiden Männer Brüder waren.

Rick hatte sich nach Joeys Wünschen gerichtet. Aber Joey hatte keinen blassen Schimmer, wie viel es kostete, so einen Laden Monat für Monat und Woche für Woche am Laufen zu halten. Rick wusste, dass sie mit dem mageren Sommerprofit niemals über den Winter kamen. Wenn sie irgendwann schließen mussten, würde jedes Restaurant in dieser Gegend die Gelegenheit nutzen, um Joey Ragazzi anzuheuern. Aber Rick? Was sollte er tun? Sich einen Job bei einem Steuerberater in der Gegend suchen?

Zum Teufel, das hier war seine einzige Chance. Als dann der Brief von Onkel Vic vor etwa einer Woche kam – an Rick, nicht an Joey gerichtet –, hatte er beschlossen, es Joey nicht zu sagen, aber ihn auch nicht zurückzuschicken. Das machte doch Sinn. Selbst Onkel Vic wusste, dass sein Sohn keine Hilfe annehmen wollte, sein Cousin aber vielleicht schon. Der Umschlag enthielt tausend Dollar in bar. Rick hatte die Scheine zweimal gezählt und dann wieder in den mit einem Ziplock verschlossenen Plastikbeutel zurückgelegt, in dem sie verstaut gewesen waren.

Er rechtfertigte seine Geheimniskrämerei damit, dass tausend Dollar nicht genug waren, um das Geschäft zu retten. Es war keine große Sache. Und doch konnten in dieser Woche mit dem kaputten Kühlschrank tausend Dollar alles ändern.

20. KAPITEL

Newburgh Heights, Virginia

R. J. Tully pürierte gekochte Karotten in der Stahlschüssel. Er wusste noch, was zu tun war, doch für den Fall, dass er es vergessen hätte, hatte Maggie an der Innenseite der Schranktür einen Pappdeckel mit Anweisungen befestigt. Seine Kollegin bat ihn sehr selten um einen Gefallen, und bei den wenigen Malen war es immer darum gegangen, sich um Harvey zu kümmern.

Tully blickte aus dem Küchenfenster zu dem weißen Labrador, der den mit Leuchtfarbe bemalten Frisbee jedes Mal von Neuem fing, egal wie abenteuerlich Emma ihn auch warf. Tully schüttelte den Kopf. Sie war noch nie besonders gut in Sport gewesen. Vielleicht seine Schuld. In die freizeitlichen Vater-Tochter-Ausflüge waren öfter Fernbedienung und Liegestühle einbezogen gewesen als Fanghandschuh und Baseball.

Er schob seine aufgekrempelten Hemdsärmel noch höher und tat trockenes Hundefutter dazu. Dann rührte er das Ganze mit dem Karottenbrei zusammen. Er war froh, dass er noch zu Hause vorbeigefahren war, um seine Tochter abzuholen. Sie hatte ein besonderes Verhältnis zu Maggies Hund Harvey. Tully sah den beiden gern zu. Es war einer der wenigen Momente, in denen Emma aus sich herauskam. Sie konnte herumrennen und lachen und irgendwelche Albernheiten mit dem Hund anstellen. Es war, als würde er einen gelungenen Schnappschuss betrachten, gemacht zu einer Zeit, die noch nicht lange her war. Und es rief in Tully wieder diesen Schmerz wach – eine Mischung aus Furcht und Beschützerinstinkt. Dieses Gefühl hatte ihn jedes Mal beschlichen, wenn er sie als Baby oder später als Kleinkind betrachtet hatte. Dabei war es ihm immer unvorstellbar gewesen, wie er der Vater eines so wunderschönen, klugen und lustigen kleinen Mädchens hatte sein können.

„Wie wär's denn, wenn du dir ein Sweatshirt überziehen würdest?", rief er ihr von der Hintertür aus zu.

Sie achtete nicht auf ihn. Das war zu erwarten gewesen, auch wenn er kurz in Erinnerungen an andere Zeiten geschwelgt hatte. Er würde ihnen noch ein paar Minuten lassen, bevor er Harvey zeigte, dass sein Abendbrot auf ihn wartete.

Tully füllte die Wasserschüssel und wischte den Tresen sauber. Die Küche war riesig. Das Haus, der Garten, das gesamte Grundstück war enorm, vor allem verglichen mit seinem Zweizimmerbungalow in Reston. Soweit er wusste, hatte Maggie dieses Haus hier in dem vornehmen Viertel mit einer Erbschaft von ihrem Vater finanziert. Sie hatte es hier immer gepflegt und sauber, wahrscheinlich könnte man sogar sagen, niveauvoll gehalten, mit ein paar Accessoires, die es gemütlich machten. Andererseits erschien es ihm auch ein bisschen leer, vielleicht nur im Vergleich zu seinem vollgestopften, unordentlichen Zuhause.

Aber er wusste, das Haus und die Einrichtung waren nicht der Grund, warum Maggie hier lebte. Wichtiger waren die natürliche Grenze, die der Fluss hinter dem Haus darstellte, und der Privatzaun mit dem hochmodernen Sicherheitssystem, der das Ganze umgab.

Tully blickte sich in der gut ausgestatteten Küche um und fragte sich, ob Maggie das alles jemals benutzte. Ihre beste Freundin, Gwen Patterson, war Gourmetköchin, und das war nur eines der vielen Talente, die er an ihr schätzte. Seit einigen Monaten hatten sie so etwas wie ein Verhältnis miteinander. Obwohl er nicht wusste, ob sie auch der Meinung war, dass es sich um ein „Verhältnis" handelte. Sie hatten sich nie so direkt darüber geäußert, und er hatte keine Ahnung, welche Kriterien sie dafür anlegte. Vielleicht existierte das ja nur in seiner Einbildung. Seit seiner Scheidung von Caroline war er mit keiner anderen Frau zusammen gewesen. Gwen dachte, er würde ihr einen Gefallen tun, indem er die Sache langsam anging. Tully ließ sie in diesem Glauben. Auf diese Weise erschien er wie der perfekte Gentleman. Tatsache war, dass er eine fürchterliche Angst vor einem Verhältnis hatte, das ein bisschen ernsthafter war.

„Er hat Hunger." Emma kam in die Küche gerannt, Harvey

trottete ihr hinterher. Sie wartete nicht ab, bis Tully reagierte, sondern griff nach der Schüssel auf der Arbeitsplatte und hielt sie dem Hund hin, dirigierte ihn zu seinem Futterplatz, befahl ihm, sich zu setzen, und stellte die Schüssel auf den Boden.

Ja, sie erinnerte ihn jetzt wirklich an die Zeit, als sie noch klein gewesen war. Mit glänzenden Augen und einem schiefen Grinsen setzte sie sich neben den Hund auf den Boden, die Knie angezogen, auf denen eine hellrote Narbe durch den aufgeschlitzten Jeansstoff leuchtete. Sie wirkte – glücklich. Erstaunlich, dass der Hund schaffte, was dem Vater nicht gelang.

„Geht es Maggie gut?", fragte sie.

Die Frage überraschte Tully. Zuerst mal war es eine Frage, die eine Erwachsene stellen würde, und er sah sie immer noch als kleines Mädchen. Zweitens erkundigte sich Emma ganz selten nach irgendjemandem, es sei denn, es betraf sie selbst. Das war nicht wirklich unhöflich, sondern eben das Verhalten eines Teenagers. Es war die Zeit im Leben, in der einfach nichts anderes auf der Welt existierte als die unmittelbare Umgebung und man selbst.

„Es wird schon alles gut werden", entgegnete er. Und trotz Maggies Panik hatte er das Gefühl, dass es auch so war. Tatsächlich hatte sie ihre Angst ganz gut verborgen. Wahrscheinlich hatte es niemand anders bemerkt. Er wünschte fast, er wäre ebenfalls nicht so aufmerksam. Es war ihm so fremd erschienen, eine dermaßen verletzliche Maggie zu sehen.

„Was ist denn nun mit diesen Blumen, die gebracht worden sind?"

Emma zeigte auf den Strauß, den sie, sorgfältig in Papier gewickelt, vor Maggies Haustür gefunden hatten. Für Tully hatte es so ausgesehen, als wüsste der hiesige Blumenhändler genau, wo auf der Terrasse er sie hinterlegen musste, geschützt vor dem Wind und von draußen nicht sichtbar, so als wäre der Florist es schon gewohnt, solche Lieferungen an dieser Adresse zu hinterlegen. Tully erinnerte sich, dass Maggie in Quantico ebenfalls Blumensendungen bekommen hatte. Und obwohl sie nichts dazu gesagt hatte, war ihm nicht entgangen, dass sie nicht allzu glücklich darüber war, es schien sie aber andererseits auch nicht besonders zu beunruhigen.

Frauen. Manchmal glaubte Tully, sie nie zu verstehen.

„Ein heimlicher Verehrer", sagte er zu Emma.

„Ach so, dann ist sie also nicht krank oder liegt im Sterben oder so was?"

„Nein. Um Himmels willen!", rief er, bevor er sich zurückhalten konnte. Dann lächelte er, um etwaige Andeutungen, die man hätte heraushören können, zu neutralisieren. Er hoffte, dass er recht behielt, dass sie nicht ernsthaft krank war. Natürlich war das nicht der Fall.

„Du hast gesagt, sie bleibt über Nacht weg?", hakte Emma nach.

„Ja, sie kommt morgen zurück."

„Wir werden doch Harvey hier nicht die ganze Nacht allein lassen, oder?"

„Er wird schon klarkommen, Süße. Das wäre ja nicht das erste Mal, dass er allein ist." Aber sie wirkte nicht überzeugt. Sie tätschelte den Hund, während der die letzten Reste aus seiner Schüssel leckte, an seiner schwarzen Nase klebten noch orangefarbene Karottenstücke.

„Wenn wir ihn mitnehmen, brauchen wir morgen früh nicht herzufahren, um ihn zu füttern."

Sie hatte wieder diesen Blick. Diesen „Bitte-bitte-Blick".

„Und es ist Samstag", sagte sie. „Ich werde zu Hause bleiben und auf ihn aufpassen."

„Und was ist, wenn deine Freundinnen anrufen?" Er wusste, dass sie an so etwas nicht dachte. Emma und den ganzen Samstag zu Hause? Tully war sicher, dass mehr als ein Hund dazugehörte, selbst ein Hund, den sie über alles liebte, um sie davon abzuhalten, im Einkaufszentrum herumzuhängen oder an einem Samstag ins Kino zu gehen.

„Ich sag ihnen einfach, dass ich keine Zeit habe. Dass wir einem Freund einen Gefallen tun. Das werden sie schon verstehen. So was macht man doch für Freunde, oder?" Sie umarmte den Hund, und Harvey schlug mit dem Schwanz rhythmisch auf den Boden. „Und Harvey und ich sind ja Freunde, nicht, Harvey? Außerdem habe ich am Montag auch keine Schule. Herbstferien, falls du dich erinnerst."

Ihm gefiel der Gedanke, dass Emma zu Hause war, obwohl er es erst richtig glauben würde, wenn sie mal drei Tage am Stück blieb. Am nächsten Wochenende fand die Hochzeit statt, da wäre sie abgelenkt und nicht da. Aber sie hatte recht. Wenn sie noch einmal hierherkommen mussten, wäre das wieder eine Fahrt von einer Dreiviertelstunde. Tully war sich ziemlich sicher, dass Maggie morgen noch nicht entlassen werden würde, wahrscheinlich das ganze Wochenende über nicht. Er hoffte nur, dass ihr selbst das nicht klar war.

„Das ist ja irgendwie cool", bemerkte Emma, und Tully hatte keine Ahnung, was sie meinte, bis sie wieder auf den Blumenstrauß deutete. „Ich finde es süß, wenn einem jemand Blumen schickt." Dann verpasste sie ihm einen kleinen Seitenhieb, indem sie fragte: „Hast du Mom eigentlich jemals Blumen geschickt?"

Tullys Handy klingelte, bevor er antworten konnte.

Gerettet.

Er zuckte entschuldigend die Schultern und blickte aufs Display, erkannte aber die angezeigte Nummer nicht.

„Agent Tully."

„Also, was gibt es?", bellte jemand ins Telefon.

„Wie bitte?"

Für einen Moment herrschte Stille am anderen Ende. „Hier ist George Sloane, verdammt noch mal. Du hast mich angerufen, schon vergessen?"

Tully hatte vor einigen Stunden eine Nachricht für George Sloane hinterlassen. Sie waren sich schon lange nicht mehr begegnet, aber Sloanes unhöflicher Ton nach dem Motto „Warum belästigt ihr den großen Magier?" war immer noch der Gleiche.

„Ich weiß es wirklich zu schätzen, dass du so schnell zurückrufst", erwiderte Tully sarkastisch, obwohl ihm klar war, dass

Sloane die Ironie überhaupt nicht mitbekommen würde. Eigentlich war diese Art ja unter Tullys Niveau, aber irgendwie kitzelte George Sloane immer das Schlechteste aus ihm heraus. „Assistant Director Cunningham würde gern die Meinung eines Experten zu einer besonderen Lieferung hören, die wir heute Morgen erhalten haben."

„Und warum ruft Cunningham mich dann nicht selbst an?"

Tully unterdrückte einen Seufzer. Sloane ging es nicht um die hierarchische Ordnung. Es ging ihm ums Prestige. Es sollte heißen, dass er wichtig genug war, um von jemandem aus den höheren Rängen angesprochen zu werden und nicht von einem Trottel wie Tully.

„Er ist im Moment leider etwas verhindert", entgegnete Tully, was ihn wieder daran erinnerte, dass er seit heute Morgen nicht mit seinem Boss hatte sprechen können. Er hatte versucht, Cunningham im USAMRIID zu besuchen. Das war ihm nicht erlaubt worden. Zumindest hatte man ihm widerwillig gestattet, Maggie zu sehen, und das schien eher so etwas wie ein Trostpflaster gewesen zu sein. Am Telefon hatte er auch keinen Kontakt zu Cunningham bekommen.

„Wann könntest du dir das mal ansehen?", wollte Tully von Sloane wissen.

„Ich habe jetzt Zeit."

„Heute Abend?" Tully sah, wie Emma bei dem Wort zusammenzuckte, und fragte sich, wie oft er sie wohl einer solchen Situation ausgesetzt hatte. „Wo bist du gerade?"

„Hier, an der Universität."

Tully beobachtete, wie Emma Hundefutter in eine Plastikdose schüttete. Sie gab vor, nicht zuzuhören. „Er wird noch mehr brauchen, Em", sagte er. Sie nickte und begann die Kammer zu durchsuchen.

„Ach, so ist das", sagte Sloane am anderen Ende, und Tully konnte sein süffisantes Grinsen förmlich hören. „Ein heißes Date. Verstehe."

„Em ist meine Tochter."

„Natürlich, deine Tochter Emma. Wie alt ist sie denn jetzt? Sie muss ja schon in der Highschool sein."

„Sie ist im Abschlussjahr", erwiderte Tully und sah noch, wie Emma die Augen verdrehte. Sie hasste es, wenn er über sie sprach.

„Ich gebe morgen früh um neun Unterricht in Quantico. Tatortsicherung für Idioten im Polizeidienst. Ich könnte mir Cunninghams Zeug vorher ansehen, während die Zuspätkommer ihre Plätze suchen."

Obwohl Sloane seine übliche überhebliche Art an den Tag legte, wunderte sich Tully, dass er so ganz ohne Widerspruch zu einem Kompromiss bereit war. Sie kannten sich nun schon so viele Jahre, und Tully konnte die Male an einer Hand abzählen, bei denen George Sloane nachgegeben hatte.

„Das würde sehr gut passen, danke, George."

„Dann sehen wir uns morgen früh."

Tully klappte sein Handy zu und drehte sich zu Emma um, die ihn anstarrte und wartete.

„Ich gehe heute Abend nirgends mehr hin, sondern bleibe bei dir zu Hause, Süße", sagte er.

Sie verdrehte wieder die Augen, als wäre ihr das völlig egal, aber ihr Lächeln war echt. Allerdings war es Harvey, der die Umarmung bekam.

„Hilf mir mal, überall das Licht auszuschalten."

Tully knipste den Schalter für den Garten aus und ging zum Eingang, um das komplizierte Alarmsystem wieder zu aktivieren. Als er an einem Seitenfenster vorbeilief, fiel ihm ein Wagen auf, der etwas weiter weg am Straßenrand parkte. Er schaltete das Licht aus und ging ein Stück zurück, um erneut hinauszusehen, ohne selbst entdeckt zu werden. Hier in dieser Gegend mit den kreisförmigen Auffahrten und den zurückgesetzten Häusern parkte gewöhnlich niemand auf der Straße. Vor allem nicht abends um diese Zeit.

21. KAPITEL

Artie hörte die Affen am anderen Ende des Flurs wieder kreischen. Es war spät, und wer auch immer sie hätte füttern müssen, hatte es wohl vergessen oder meinte, es würde am Freitagabend niemandem auffallen. Arschlöcher! Und es würde auch tatsächlich niemand bemerken. An den Wochenenden kam kein Mensch abends dort vorbei. Und genau deshalb war er da. Es war ruhig, und er brauchte sich keine Sorgen zu machen, dass ihn jemand überraschte und wissen wollte, was er hier zu suchen habe.

Er beschloss, wenn er fertig war und die Affen immer noch kreischten, dann würde er seine Schlüsselkarte benutzen und ihnen wenigstens ein paar Kekse hinwerfen. Das waren neugierige Biester, und Artie hatte sie nicht besonders gern um sich. Sie erinnerten ihn an kleine alte Männer mit hellen Augen und Bärten, und sie sahen ihn an, als wüssten sie etwas, das er nicht wusste. Er konnte es nicht erklären, aber es wurde ihm in ihrer Gegenwart immer etwas mulmig. Er traute ihnen nicht über den Weg, aber sie taten ihm leid. Er könnte sich nicht vorstellen, die ganze Zeit in einem Käfig hocken zu müssen und auf andere angewiesen zu sein.

Artie ließ die Affen schreien, während er bis zum anderen Ende des Flurs ging. An der Tür hing ein Metallschild, auf dem in roten Lettern „Quarantäne“ stand. Er benutzte seine Schlüsselkarte, um in das kleine verlassene Labor zu gelangen. Es wurde nicht mehr benutzt, außer als Stauraum.

Früher hatten sie hier kranke, infizierte Affen gehalten, während sie Tests an ihnen vornahmen. Er fragte sich, ob sie die Affen absichtlich infiziert hatten, um ihre Versuche machen zu können. Das taten sie jedenfalls mit den anderen am anderen Ende des Flurs. Nur die hier in dem kleinen Labor waren anders gewesen. Er wusste nicht genau, warum. Niemand sprach darüber. Wahrscheinlich, weil jeder dieser Affen letztendlich abgekratzt war.

Seitdem war das Labor nicht mehr benutzt worden. Die Affenkäfige standen immer noch aufgereiht an der einen Wand. Es war, als wenn sich hier überhaupt niemand mehr um irgendetwas kümmerte. Zumindest hatte man alles sauber gemacht und sterilisiert. Der Geruch von Chlorbleiche hing immer noch im Raum, und dazu hatte er in letzter Zeit auch noch beigetragen. Er fand es schon ziemlich dumm, dass Wissenschaftler, logisch denkende Menschen, so abergläubisch waren.

Bei dem Gedanken daran musste er grinsen. Eigentlich gefiel es ihm, dass Menschen – selbst Wissenschaftler – so durchschaubar waren. Das war doch etwas, worauf man sich verlassen konnte. Egal aus welcher Gesellschaftsschicht sie kamen, welchen Hintergrund sie besaßen, welchen Beruf, es gab bei jedem die grundlegenden Eigenschaften wie Habgier und Misstrauen – und sogar Aberglauben, zumindest in kleinen Dosen. So als wäre das bereits in der menschlichen DNA angelegt. Und Artie gab bereitwillig zu, dass er sich da selbst mit einschloss. Ja, er war ein bisschen abergläubisch. Ein wenig tat zweifellos nicht weh. Wenn er eine Sache auf bestimmte Art anfing und etwas Gutes daraus wurde, dann wiederholte er diese Schritte. Vielleicht, so dachte er, war es mehr ein Ritual als ein Aberglaube.

Er schlüpfte aus seiner grauen Kapuzenjacke und warf seinen Rucksack auf den langen, schmalen Stahltisch, der die ganze Mitte des Raumes einnahm. Hinter ihm standen deckenhohe Schränke. Er wischte sich die schweißnassen Handflächen an seinem weiten T-Shirt ab und drehte am Kombinationsschloss des einen Schranks.

Dann begann er sein Ritual, nahm alles heraus, was er benötigte: einen Fünfliterkanister Chlorbleiche, Latexhandschuhe, eine OP-Maske, die Schutzbrille, ein Tablett mit OP-Utensilien und eine Schachtel mit Ziplock-Plastiktüten. Aus seinem Rucksack holte er eine kleine Box und öffnete sie.

Diesen Teil konnte er noch nie leiden. Vorsichtig nahm er die gefüllte Spritze und zog den Verschluss ab. Er wusste, der Impfstoff war so gut wie flüssiges Gold und auf dem Schwarzmarkt ein Vermögen wert. Zumindest hatte ihm das sein Lehrer gesagt, als er Artie dazu angehalten hatte, das Zeug sparsam zu benutzen.

Artie biss die Zähne zusammen, machte eine Faust und stach sich die Nadel in den Arm. Dann setzte er die OP-Maske auf und die Schutzbrille und zog zwei Paar Latexhandschuhe an. Er tat das immer in derselben Reihenfolge – das konnte man Aberglauben nennen oder eben ein Ritual –, was immer es war, bisher hatte es jedenfalls funktioniert. Dann holte er noch etwas aus seinem Rucksack: einen Plastikbeutel mit abgeschnittenen Fingernägeln, die er vom Boden des Reisebusses aufgesammelt hatte. Außerdem zog er zwei Briefumschläge hervor, die bereits mit Adressaufklebern versehen waren. Die Blockschrift sah richtig amateurhaft aus, fast wie das Gekritzel eines Kindes. Vielleicht dachte derjenige in der Benjamin Tasker Middle School, der das Päckchen annahm, sogar, es sei von einem der Schüler.

Als Artie schließlich fertig war, ging er zum alten Gefrierschrank, der in der Ecke vor sich hin rumpelte. Er drehte am Kombinationsschloss der Tür. Die öffnete sich, und zum Vorschein kam ein toter Affe in einem durchsichtigen Plastiksack auf dem Rücken liegend, die Arme und Beine von sich gestreckt, sodass er aussah, als versuche er, sich aus dem Beutel zu befreien. Artie vermied es, ihm in die Augen zu blicken. Sogar im gefrorenen Zustand verursachte ihm der kleine Mistkerl eine Gänsehaut. Er schnappte sich eine Plastiktüte aus der einen Ecke des Kühlschranks, schob die Tür wieder zu und ließ das Zahlenschloss einrasten.

Er ließ die Plastiktüte immer wieder von einer Hand in die andere fallen, darin befand sich ein gefrorener Klumpen, ein Eis am Stil aus Blut. Er benötigte lediglich einen kleinen Splitter davon.

22. KAPITEL

Newburgh Heights, Virginia

Tully kletterte mühelos und ohne irgendwelchen Lärm zu machen an einer dunklen Stelle über Maggies Zaun. Er war groß, hatte lange Beine und war immer noch in guter Kondition, wenn man von seinem kaputten Knie absah. Natürlich half es auch, dass dort ein Teil einer alten Klimaanlage stand, das er als Stufe benutzen konnte. Behutsam ließ er sich auf der anderen Seite zu Boden gleiten und wartete, bis sich seine Augen an die Dunkelheit gewöhnt hatten. Er warf einen Blick zurück auf Maggies Haus und hoffte, dass Emma seinen Anweisungen folgte und Harveys Leine und Spielzeug einpackte, ohne aus dem Fenster zu sehen, um zu verfolgen, was ihr Vater denn genau überprüfen wollte.

Dabei musste er erneut an Caroline denken. Als er sie kennengelernt hatte, schien sie sehr von seiner Berufswahl angetan zu sein. Erst als sie bereits Jahre verheiratet gewesen waren und Emma auf der Welt war, begann Caroline ihn zu drängen, keinen Außendienst mehr zu machen, mehr zu Hause zu bleiben und aufzuhören, über Zäune zu springen und Mörder zu jagen.

„Warum arbeitest du nicht als Ausbilder?", hatte sie ihn immer wieder gefragt.

Und gerade als er den ultimativen Lehrerjob bekommen hatte – oder zumindest fand er, dass es in Quantico der ultimative Lehrerjob war –, hatte Caroline ironischerweise beschlossen, dass sie die Scheidung wollte. Als Reaktion auf seine vielen Reisen hatte sie nun selbst begonnen, als Geschäftsführerin einer großen Werbeagentur in der Gegend herumzureisen. Und wovon er geglaubt hatte, es wäre die Sorge um das Wohl ihrer Tochter gewesen – nämlich zu versuchen, ihn aus dem Außendienst zu holen, aus der Reichweite von gefährlichen Killern –, war letztendlich nur eine merkwürdige, egoistische Eifersucht gewesen. Sie wollte das Abenteuer, aber nicht die Verantwortung, die ein Kind mit sich brachte.

Stattdessen war es nun Tully, der sich ständig darüber Sorgen machte, dass Emma durch seinen Job in Gefahr gebracht werden könnte. Sie hatte sich schon einmal hart an der Grenze befunden. Einmal zu oft, um sich zu entspannen. Und jetzt war es genau das Gleiche.

Tully gefiel es eigentlich nicht, irgendwo herumzuschleichen, während Emma sich nur wenige Meter entfernt aufhielt. Aber wenn jemand Maggies Haus beobachtete, musste Tully herausfinden, warum. War es möglich, dass derselbe Typ, der Maggie und Cunningham zum Kellerman-Haus geschickt hatte, nun vor Maggies Grundstück stand? Vielleicht waren ihm Tully und Emma bei seinem Plan in die Quere gekommen.

Tully hielt sich im Schatten des Zauns. Bei den wenigen Straßenlaternen handelte es sich um dekoratives schmiedeeisernes Handwerk mit blassen gelben Glühbirnen, ein weiteres Zeichen von Arroganz der vornehmen Gegend mit ihren teuren Alarmsystemen, die sich in scheinbarer Sicherheit wiegte. Tully hatte bereits herausgefunden, welche Route er nehmen musste, damit er sich dem Wagen unbemerkt von hinten nähern konnte.

Er schob die Hand ins Jackett und legte die Finger um den Griff seiner Glock. Dann richtete er sich auf und schlenderte an den letzten Büschen vorbei, näherte sich dem Kofferraum des Wagens, umrundete ihn schnell und zog seine Waffe. Er hatte die Mündung ans Fenster gepresst, seine FBI-Marke daneben, noch bevor der Fahrer aufblicken konnte.

Als der Mann die Fensterscheibe herunterkurbelte, schüttelte Tully den Kopf und steckte den Revolver wieder ein.

„Was zum Teufel machen Sie denn hier, Morrelli?“

23. KAPITEL

Samstag, 29. September
Im Knast

Es wurde Mitternacht, und es wurde Morgen, aber die Zeit schlich im Schneckentempo dahin. Maggie zappte durch die Sender. Sie hatte um einen Roman gebeten, eine Zeitung oder irgendwelche neuen Zeitschriften, vielleicht auch einen Stift und Papier. Die Frau in dem blauen Raumanzug sagte, sie würde sehen, was sie machen könne, aber als sie wieder zurückkehrte, hatte sie nur eine weitere Spritze dabei, um ihr noch mehr Blut abzunehmen.

Die Gesichter auf der anderen Seite der Glaswand erschienen und verschwanden. Je später es wurde, desto weniger waren es. Sie hatten ihr das Handy abgenommen, erlaubten ihr aber, ein Festnetztelefon in ihrem Raum zu benutzen.

Sie erklärten ihr entschuldigend, dass alle ihre Telefonate aufgezeichnet würden, und „erinnerten" sie dann daran – obwohl es mehr nach einer Maßregelung klang –, dass sie mit niemandem über das, was passierte, sprechen und auch mit keinem Wort ihren Verbleib erwähnen sollte. „Verbleib", so hatte die Frau in dem Raumanzug es genannt.

Maggie hatte zwei Anrufe getätigt. Beim ersten Mal hatte sie eine Nachricht auf der Mailbox hinterlassen müssen mit der Gewissheit, dass ein Rückruf nicht möglich sein würde. Sie hatte ihrer Freundin Gwen Patterson gesagt, dass es ihr gut ging. „Sprich mit Tully", hatte sie ihr geraten und sich geärgert, dass es so mysteriös klang, obwohl sie doch eigentlich ihrer Freundin nur die Sorge um sich hatte nehmen wollen.

Der zweite Anruf ging an Julia Racine. Detective Racine nahm gleich nach dem ersten Läuten ab. Vor weniger als einer Stunde hatten die beiden zu ihrem Wochenendtrip nach Connecticut aufbrechen sollen.

„Hier ist Maggie. Tut mir leid, ich kann nicht mitkommen."

„Mist", war Racines Antwort.

Sie hatte erwartet, dass die reizbare Agentin einen Anfall bekäme, zumindest etwas enttäuscht wäre. Stattdessen war Maggie selbst über die geringe Anteilnahme bedrückt. Sie waren nicht gerade Freundinnen. Sondern kannten sich von der Arbeit und hatten sich hin und wieder gegenseitig einen Gefallen getan. Keine große Sache. Okay, diese Gefallen waren mehr oder weniger ein Handel von der Sorte „Du hast meine Mom gerettet, also rette ich deinen Dad". Vielleicht doch ein bisschen was Größeres.

Daraus ergab sich, dass sie sich mit Racines Vater etwas angefreundet hatte, obwohl er sich aufgrund eines früh einsetzenden Alzheimerleidens nicht immer an sie erinnern konnte. Die beiden Frauen hatten innerhalb kurzer Zeit viel durchgemacht, waren durch Killer und den Antrieb, diese Killer vor Gericht zu bringen, zusammengekommen. Was vor einigen Jahren mit Konkurrenzdenken und Misstrauen begonnen hatte, war letztendlich zu einem Verhältnis voller Respekt und Verständnis geworden. Aber wenn man Racine jetzt hörte, war es wirklich nichts Besonderes.

„Hast du einen wichtigen Fall oder so was?", fragte die Agentin erstaunt.

„So was in der Art. Ich kann jetzt nicht darüber sprechen."

„Klar, verstehe", fiel ihr Racine sofort ins Wort. „Jill drängelt mich sowieso die ganze Zeit, dass ich mehr Zeit mit ihr verbringen soll."

Maggie wusste nicht viel über die mysteriöse neue Liebe ihrer Kollegin, außer dass Racine sie manchmal G.I. Jill nannte, was zumindest klarmachte, dass sie in der Armee war. Zuerst hatte Maggie vermutet, Racine mache so ein Geheimnis aus ihrer Freundin, weil sie früher einmal auf Maggie scharf gewesen, aber abgewiesen worden war. Doch diese Geschichte hatten sie inzwischen überwunden. In mancher Hinsicht hielt es Racine wohl genauso wie Maggie. Ihr Privatleben ging niemanden etwas an. Das war alles.

Maggie versprach, sich mit Racine am Montag beim Stützpunkt zu treffen. Vielleicht könne man am folgenden Wochenende einen Ausflug machen. Aber nachdem sie den Hörer aufgelegt hatte, empfand Maggie eine merkwürdige Leere. Es gab niemanden sonst, den sie hätte anrufen können.

Obwohl sie damit gerechnet hatte, zum Wochenende den Gerichtsanthropologen Adam Bonzado in Connecticut zu treffen, hatten sie sich nicht richtig verabredet. So in etwa sah ihre Beziehung zueinander aus. Locker, spontan, nach dem Motto: „Ruf doch mal an, wenn du in der Gegend bist" oder „Ach übrigens, falls du dieses Wochenende noch nichts vorhast …" Nun konnte sie ihn nicht mal anrufen, um ihm zu sagen, dass sie diesen kurzfristig geplanten Ausflug doch nicht unternehmen würde. Es sollte diese reife Art von Beziehung sein, ohne jede Fessel, die sie sich gewünscht hatte, die optimale Unverbindlichkeit.

Dann musste sie wieder an Nick Morrelli denken. Seit ihrem Trip nach Nebraska im Juli drängte Morrelli sie, sich mit ihm zu verabreden. Es gab Gerüchte, dass er seine Hochzeit abgeblasen hatte. Früher einmal hatte Maggies Mutter ihn beschuldigt, die Heiratspläne ihrer Tochter zerstört zu haben. Was nicht im Mindesten stimmte. Jetzt allerdings fürchtete Maggie, sie sei der Grund dafür, dass Nick seine Verlobung gelöst hatte.

Sie und Nick Morrelli hatten vor vier Jahren zusammen an einem Fall gearbeitet, dem Mord an vier kleinen Jungen und der Entführung von Nicks Neffen. Zwischen ihnen war nichts passiert. Da war eine gewisse Anziehung zwischen ihnen gewesen. Eine sexuelle Spannung. Aber hauptsächlich war ihnen der Fall sehr aufs Gemüt geschlagen, und er war körperlich anstrengend gewesen. Wie konnte man wissen, ob die Gefühle tiefer gingen, wenn man so unter Adrenalin stand?

Das Schlimmste war, dass sie bei dem Gedanken daran, dass er seine Verlobung gelöst hatte und sich plötzlich so sehr für sie interessierte, keinerlei Freude empfand. Sie hatte das nicht gewollt. Sie hatte es nicht erwartet und es sich auch ganz sicher nicht gewünscht.

Maggie versuchte, nicht mehr über ihr Liebesleben nachzugrübeln und sich auf ihre momentane Situation zu konzentrieren. Sie hatte die Frau in dem blauen Raumanzug gefragt, wie es Mary Louise und ihrer Mutter ging. Ihre Aufpasserin, ihre Informantin, ihr Kontakt zur Außenwelt sagte, sie wisse es nicht. Maggie fragte, ob sie Mary Louise besuchen dürfe, und bekam die Antwort: „Ich weiß nicht." Mehrere Male bat sie darum, wenigstens mit Assistant Director Cunningham sprechen zu können. Jedes Mal wurde ihr geantwortet, er wäre bis zum nächsten Morgen nicht zu erreichen. Das war eine merkwürdige Antwort, vor allem nach dem ständigen „Ich weiß nicht".

Es gab noch ein weiteres Telefon, das vor der Glaswand stand. Es hatte keine Wählscheibe, keine Tasten, und Maggie wusste, dass es sich um eine Verbindung zum Nebenraum handelte, dem Raum auf der anderen Seite der Scheibe, in dem blinkende Monitore standen, flackernde Computerbildschirme und jede Menge medizinische Geräte. Es war das Kommunikationssystem für den Patienten mit den Ärzten oder Assistenten oder wer immer dort stand. Obwohl bisher niemand von denen Kontakt zu ihr aufgenommen hatte. Eigentlich machten sie den Eindruck, als würden sie sich nicht groß um sie scheren, und überließen das Reden der Frau in dem blauen Schutzanzug.

Maggie überlegte, ob sie einfach den Hörer aufnehmen und verlangen sollte, dass man sie über den Stand der Dinge informierte. Dann zwang sie sich, Ruhe zu bewahren. Es würde auch nichts helfen, wenn sie die Leute, die sich um sie kümmerten, gegen sich aufbrachte, ihre Aufpasser, ihre Beschützer. Sie würde diese Nacht schon irgendwie überstehen. Das war das Einzige, was sie tun musste: einfach nur diese Nacht überstehen.

Im Laufe des Abends hatte ihr die Frau im blauen Raumanzug Wasser, aber nichts zu essen gebracht. Auch hier keine Entschuldigung, aber zumindest eine Erklärung. Sie würden die ganze Nacht durch Blut- und Urinproben nehmen, deshalb dürfe sie nichts essen. Maggie fragte, wonach sie suchten. Die Frau zögerte und erwiderte dann, sie wisse es nicht. Maggie erkundigte sich, ob sie die Möglichkeiten schon eingegrenzt hätten.

Wieder eine Pause, dann zuckte die Frau nur mit den Schultern. Nachdem sie kurz nachgedacht hatte, erklärte sie: „Diese Fragen müssen Sie Colonel Platt stellen!“

Aber als Maggie wissen wollte, ob sich Colonel Platt denn bald bei ihr sehen ließe, meinte die Frau nur, sie wisse es nicht.

„Können Sie ihm bitte ausrichten, dass ich ihn gern sprechen möchte?“

„Natürlich!“, rief die Frau gegen den Krach des Gebläses an. Aber die Antwort war zu schnell gekommen, und Maggie fragte sich, ob Colonel Platt nicht bereits vor Stunden nach Hause gegangen war.

24. KAPITEL

Newburgh Heights, Virginia

„Irgendwie hätte ich Sie nie für einen Stalker gehalten, Morrelli!“ Tully war nicht besonders erfreut darüber, den Bezirksstaatsanwalt von Boston zu sehen.

„Ich wollte Maggie ein paar Blumen bringen. Sie war aber nicht zu Hause. Da habe ich sie vor die Tür gelegt. Ist doch ganz normal.“

„Waren Sie verabredet?“

„Nein. Nicht, dass es Sie was anginge.“

„Sie sitzen vor Maggies Haus im Auto. Ich überprüfe das Haus. Also geht es mich was an.“

Es war ein langer Tag gewesen. Tully fragte sich, ob er anders reagiert hätte, wenn Emma nicht ein paar Meter entfernt warten würde. Dass er mit gezogener Waffe herumlaufen musste, während seine Tochter ganz in der Nähe war, machte ihn nervös. Und da Morrelli ihn in diese Situation gebracht hatte, würde er ihn nicht so einfach vom Haken lassen. Außerdem, hätte Maggie Morrelli nicht angerufen, wenn er ihr wichtig genug gewesen wäre? Boston war acht Stunden Fahrzeit entfernt, mit dem Flugzeug anderthalb Stunden. Nicht gerade die besten Voraussetzungen für einen spontanen Abstecher, um ein paar Blumen vorbeizubringen.

„Also haben Sie die Blumen vor die Tür gelegt“, sagte Tully und lehnte sich gegen das Mietauto, um zu zeigen, dass er sich die Zeit für eine längere Erklärung gern nehmen würde. „Maggie ist nicht zu Hause. Warum sitzen Sie dann noch hier?“

„Ich habe gesehen, wie jemand ins Haus gegangen ist. Da dachte ich, ich könnte noch einen Moment bleiben, um mich zu vergewissern, dass auch alles in Ordnung ist.“

Tully schüttelte den Kopf. Morrelli war gut. Überzeugend. Klassisch gutes Aussehen, verbunden mit einem natürlichen Charme. Kein Wunder, dass er Bezirksstaatsanwalt war. Tully kannte ihn nicht besonders gut. Das erste Mal, als er ihn gesehen hatte, war er ihm nur aalglatt vorgekommen. Zu gut aussehend. Zu anmaßend. Inkompetent. Tully und Gwen waren nach Boston gereist, zum Gericht von Suffolk County. Morrellis Territorium. Gwen sollte nur mit einem Jugendlichen im Bundesgefängnis reden und war in dem Befragungsraum fast erstochen worden. Morrelli hatte den Fall damals unter sich gehabt. Für Tully reichte das aus, um eine ziemliche Wut auf den Kerl zu haben.

„Sie meinen also, dass Einbrecher immer einen Teenager dabeihaben?"

„Teenager? Ich habe nur eine hübsche junge Frau gesehen."

Er grinste zu Tully hoch, offensichtlich wusste er nicht, dass Emma dessen Tochter war. Tully gab sich alle Mühe, die Hände nicht zu Fäusten zu ballen. Morrelli hatte mit seiner Bemerkung gerade kräftig danebengegriffen. „Sie gehen mir sowieso schon auf die Nerven, Morrelli. Seien Sie froh, dass Sie jetzt nicht den Betonboden küssen."

„Ist Maggie was zugestoßen?" Morrelli sah ihn plötzlich beunruhigt an. Vielleicht war ihm endlich klar geworden, dass Tully tatsächlich nicht gut aufgelegt war.

„Es geht ihr gut. Sie ist übers Wochenende nicht in der Stadt. Das ist alles."

Morrelli spähte an Tullys Schulter vorbei.

Tully wandte den Kopf, dann fuhr er herum. Emma kam zusammen mit Harvey, der an seiner Leine zerrte, die Auffahrt herunter.

„Ist alles in Ordnung, Dad?"

25. KAPITEL

USAMRIID

Colonel Benjamin Platt rieb sich mit beiden Händen das Gesicht und presste die Handballen auf die Lider. Dann fuhr er sich mit den Fingern durch das kurz geschorene Haar. Es half nichts. Er war erschöpft. Vor seinen Augen verschwamm immer noch alles, weil er die vergangenen Stunden ständig auf die Monitore und Computerbildschirme gestarrt hatte. Er lehnte sich in seinem Lederstuhl zurück und drehte sich damit herum, um durch die Glaswand zu sehen.

Glücklicherweise war sie vor einer Stunde eingeschlafen. Was für ein Albtraum das für sie sein musste. Da kam ein Mann im Raumanzug in ihr Haus und brachte ihre Mom in einer Plastiktüte weg. Um sie dann hierher zu bringen. Der Aufenthalt im Knast machte selbst den stabilsten Personen zu schaffen. Es war schlimm genug, eingesperrt zu sein, und dann wurde man noch ständig von Ärzten in Raumanzügen mit Nadeln traktiert. Es gab eine Menge Studien zur psychologischen Wirkung von menschlichem Kontakt, Berührungen und natürlich auch darüber, wie Menschen reagierten, wenn das alles fehlte. Im Knast zeigten sich diese Auswirkungen auf extremste Weise.

Trotzdem konnten sie es nicht verantworten, das Kind in ein normales Krankenhaus zu bringen, wo es sich sicher wohler fühlen würde. Sie durften nicht riskieren, dass sich das medizinische Personal ansteckte, das auf solche Fälle nicht vorbereitet war. Und sie konnten es auch nicht riskieren, dass die Medien davon erfuhren. Platt wusste, dass dies Janklows Argumentation war. Seine Anordnungen waren ziemlich klar gewesen.

Platt trank den letzten Schluck Kaffee aus seinem Becher, auch wenn der inzwischen bitter und lauwarm war. Er konnte sich nicht erinnern, wann er das letzte Mal etwas gegessen hatte. Wieder rieb er sich die Augen. Egal wie sehr er es versuchte, er konnte nicht aufhören, an Ali zu denken. Mary Louise hatte bei ihm irgendetwas ausgelöst, und so geschwächt, wie er jetzt war, kam er nicht mehr dagegen an. Diese großen blauen, neugierig blickenden Augen des kleinen Mädchens und die langen Locken erinnerten ihn so sehr an seine Tochter. Der Schmerz, den diese Erinnerung mit sich brachte, war unvorstellbar. Er vermisste sie immer noch, und es erschreckte ihn, wie sehr. Es war nun fast fünf Jahre her. Mehr Jahre, die sie schon aus seinem Leben verschwunden war, als er sie bei sich gehabt hatte.

Als es passierte, hatte er sich in Afghanistan aufgehalten. Er war erst einige Monate zuvor weggefahren, hatte seine geliebte Frau und seine wunderbare Tochter zurückgelassen und eine vielversprechende Laufbahn als Militärarzt angetreten. Er wusste, wie gefährlich das werden würde. Aber auch spannend, denn er gehörte zu den wenigen Auserwählten, die die Truppen gegen biologische Waffen schützen sollten. Es klang wie eine heldenhafte Aufgabe, und nach dem elften September schien es eine würdige Pflichterfüllung. Es war auch eine Gelegenheit, all sein Wissen aus den Büchern anzuwenden, Experimente, die im Labor gemacht worden waren, auf dem freien Feld zu wiederholen. Leben zu retten.

Er war bereit gewesen, ein Risiko einzugehen, ohne zu wissen, dass die wirkliche Gefahr zu Hause drohte. Er würde all seine Erfahrung, seine exzellenten Berufsaussichten aufgeben, nur um noch einmal ein paar Minuten mit seiner wunderbaren Ali zu verbringen. Und wenn es auch nur wäre, um ihre Hand zu halten, bevor sie für immer ging. Doch das Schicksal hatte anders entschieden und ihm diesen kleinen Gefallen verwehrt.

Ein Klopfen schreckte ihn auf. Hinter ihm wurde die Tür geöffnet, Platt drehte sich um und sah Sergeant Landis vor sich stehen.

„Sir, hier sind die Informationen, die Sie haben wollten."

„Haben Sie was gefunden?" Er sagte „was", wo er doch eigentlich hoffte, dass Landis „jemanden" gefunden hatte.

„Auf der Geburtsurkunde ist kein Vater verzeichnet", kam Landis gleich zur Sache.

„Wie sieht es mit Großeltern aus?“

„Eine Großmutter. Lebt in Richmond. Der Großvater ist vor Kurzem verstorben.“

Er reichte Platt ein zusammengefaltetes Stück Papier. Da er Landis kannte, konnte Platt sicher sein, dass er darauf die notwendigen Daten finden würde, wahrscheinlich mehr, als benötigt wurden.

„Ein Problem gibt es, Sir.“ Landis stellte sich vor ihn und entfaltete ein zweites Stück Papier. „Commander Janklow hat vor ein paar Minuten eine Nachricht für Sie hinterlassen.“

Landis las jetzt vom Zettel ab: „Er meint: Unter keinen Umständen soll Platt vor Montagmorgen einen Angehörigen der isolierten Personen anrufen. Wir müssen erst wissen, womit wir es zu tun haben.“

Landis reichte Platt die Notiz, blieb aber vor ihm stehen, als warte er darauf, entlassen zu werden oder neue Anordnungen zu erhalten.

Platt nahm das Stück Papier und schlug mit der Kante des Zettels gegen die Schreibtischkante. Er blickte zu dem kleinen Mädchen im Krankenzimmer hinüber, dann wieder auf die Monitore, die weiterblinkten und sich mit Daten füllten.

Als Janklow ihm die Aufgabe übertrug, hatte er Platt erklärt, es läge alles in seinen Händen und er erwarte, dass er tue, was notwendig sei. Was auch immer Platt für notwendig hielt. Dann bestand Janklow darauf, dass McCathy mit einbezogen wurde. Und nun das.

Janklow hatte Platt die Aufgabe übertragen, weil er wusste, dass der immer alles gewissenhaft erledigte, allen Anordnungen folgte, einer war, der sozusagen peinlich genau arbeitete. Und trotzdem traute ihm Janklow nicht.

„Haben Sie Kinder, Sergeant Landis?“

„Wie bitte, Sir?“

„Kinder. Haben Sie und Ihre Frau welche?“

„Zwei Jungen, Sir.“ Landis starrte ihn jetzt an, eher neugierig als verwirrt. Platt hatte noch nie persönliche Fragen gestellt.

„Wann ist Ihre Schicht zu Ende gewesen, Sergeant?“

Landis brauchte nicht auf die Uhr zu sehen. „Etwa vor einer Stunde, Sir.“

„Gehen Sie nach Hause zu Ihrer Frau und Ihren Jungs, Sergeant.“

„Sir?“ Nun sah er wirklich verwirrt aus, fast verunsichert, ob er den Chef verlassen konnte, der sich plötzlich so merkwürdig verhielt. „Gibt es noch etwas, das ich tun kann?“

„Nein, Sie haben mir alles besorgt, was ich brauche.“ Platt wedelte mit dem ersten Stück Papier, das Landis ihm gegeben hatte, um ihm zu zeigen, dass diese Informationen gemeint waren. Bei dem Gedanken daran, dass Mary Louise bis zum Montagmorgen niemand Vertrautes bei sich haben würde, zog sich ihm der Magen zusammen. Wie lange war sie bereits allein gewesen?

Sergeant Landis verließ den Raum und machte Platz für Dr. Sophie Drummonds, die gerade erschien.

„Sir, tut mir leid, wenn ich störe.“ Sie blieb an der Tür stehen, bis er nickte. „Agent O'Dell möchte gern mit Ihnen sprechen.“

„Jetzt schon unruhig und unkooperativ?“

„Sehr kooperativ. Vielleicht ein bisschen verschreckt.“

„Knastkoller?“

„Vielleicht.“

„Irgendwas von McCathy?“

„Noch nicht.“

Er nickte wieder, und sie verließ den Raum.

Dass er nichts von McCathy hörte, machte Platt nervös. Wenn McCathy so vorging, dass er eine Möglichkeit nach der anderen eliminierte, sollte er inzwischen in der Lage sein, das Schlimmste auszuschließen. Diese Ungewissheit machte ihn fertig. Er wusste nur zu gut, wie Agent O'Dell sich fühlen musste.

26. KAPITEL

Artie verschloss die zweite Plastiktüte. Unwillkürlich musste er lächeln. Die vergangenen drei Wochen hatte er sämtliche schriftlichen Anweisungen befolgt. Es machte ihm nichts aus. Das tat man eben so als Anfänger, als Fußsoldat, als Schüler. Man erwartete vom Meister, vom General, vom Lehrer, dass er einem sagte, wo es langging, und man war dankbar, dem Könner zur Hand zu gehen. Aber ab einem bestimmten Punkt, so glaubte Artie, wollte der große Meister auch sehen, was sein Schützling gelernt hatte.

Artie hatte das Spiel schnell durchschaut, auch wenn er nicht in die Regeln eingeweiht worden war und auch nicht wusste, welche Zielrichtung es gab. Er sah, wie sich die einzelnen Teile des Puzzles langsam zusammenfügten. Die Idee war brillant, wirklich Ehrfurcht gebietend, und er wollte mehr sein als nur ein Handlanger. Er verspürte den Wunsch zu zeigen, dass er durchaus etwas dazu beitragen konnte. Seit seinem dreizehnten Lebensjahr träumte er vom perfekten Verbrechen, spielte es in Gedanken immer wieder durch. Er liebte authentische Kriminalromane, verschlang sie in einem Zug, speicherte die Einzelheiten in seinem Gedächtnis, unterstrich Passagen und markierte die Seiten mit Eselsohren. Seine Mom fand es immer „cool", dass ihr Sohn so gern las, und kümmerte sich nicht darum, um welche Lektüre es da ging.

Er trug immer noch ein paar von seinen Lieblingstaschenbüchern, von denen er meinte, es wäre ein Sortiment von brillanten Verbrechen mit wahren Meistern als Täter, im Rucksack mit sich herum. Dazu gehörten der Unabomber, die Milzbrandanschläge, die Beltway-Sniper-Attacks und der Zodiac-Killer. Diese zerlesenen Taschenbücher waren wie Handbücher, wertvolle Gebrauchsanweisungen. Er fand, dass er aus diesen Werken mehr gelernt hatte, als ihm irgendjemand hätte beibringen können.

Er legte die beiden Plastikbeutel nebeneinander, bevor er sie in einen Briefumschlag steckte. Die beiden sahen genauso aus wie die anderen. Der einzige Unterschied war, dass diese hier fünfhundert Dollar enthielten statt tausend. Der Stapel mit den fünfhundert war genauso dick wie der mit den tausend. Ein einfallsreicher Ersatz. Artie hatte vor Kurzem erst die Idee, dass er fünfzig Zehndollarnoten benutzen könnte statt fünfzig Zwanziger. Der Stapel wäre nach wie vor verlockend. Wie konnte der Empfänger widerstehen, den Beutel zu öffnen, und sei es auch nur, um die Scheine nachzuzählen?

Indem er die Geldsumme teilte, konnte Artie nun für jeden „offiziellen" Brief seines Mentors selbst einen verschicken. Er würde nach denselben Regeln arbeiten. Und von den Viren hatte er genug. Ein winziger, fast unsichtbarer Tropfen, irgendwo zwischen den Scheinen platziert, war alles, was er brauchte. Dazu gehörte nicht viel. In dem luftdicht verschlossenen Plastikbeutel wartete der Krankheitserreger auf einen warmen, feuchten menschlichen Körper. Er benötigte nur einen Zugang – ein Kratzer, das Auge, die Nasenöffnung oder die Mundschleimhaut. Er war sich nicht ganz sicher, wie genau es funktionierte. Das gehörte nicht zu seinen Aufgaben. Er wusste nur, wenn der Erreger ins Schwarze traf, war er so gut wie eine Revolverkugel. Besser sogar, denn er hinterließ keine Spuren. Die perfekte Waffe. Praktisch unsichtbar.

Bei seiner ersten Lieferung, dem ersten „perfekten Mord", war Artie den Fußstapfen seines Meisters gefolgt, hatte eine seiner favorisierten Taten und die dazugehörige Adresse gewählt: Benjamin Tasker Middle School in Prince George's County, Maryland. Am Montag, dem 7. Oktober, hatten die Beltway-Snipers ihr jüngstes Opfer erschossen, einen Dreizehnjährigen auf dem Weg zur Schule, praktisch auf den Eingangsstufen. Der Junge überlebte, im Gegensatz zu den anderen dreizehn Opfern. Anders als die anderen fand Artie es verwegen, gewagt, vollkommen unberechenbar, ein Kind zu erschießen. Also wollte er etwas machen, das genauso dreist war. Wenn man ein tödliches Virus verbreiten wollte, welchen besseren Ausgangspunkt als eine Schule gab es da?

Stolz auf sich und zufrieden mit den beiden Sendungen steckte Artie sie in die vorbereiteten Umschläge und begann mit der Säuberungsaktion. Er hasste den Geruch von Chlorbleiche, aber er benutzte sie, um alle Oberflächen zu säubern. Der Geruch hing in seiner Nase. Auch wenn er so gewissenhaft war, sich jedes Mal zu impfen, versäumte er es nie, seine Haut zu desinfizieren. Die M291-Harz-Ausrüstung vom Militär beinhaltete sechs einzelne Dekontaminations-Pads. Das trockene schwarze Harzpulver war dazu da, irgendwelche kontaminierten Stellen sichtbar zu machen. Man hatte ihm gesagt, das sei das beste Dekontaminationsmittel, das es beim Militär gab.

Doch das reichte Artie noch immer nicht. Nach dem Harzpulver mischte er dazu noch eine Lösung von 0,05-Prozent-Natriumchlorid mit einer alkalihaltigen Seife und wusch sich die Hände ein weiteres Mal, bis zu den Ellenbogen. Er hatte in einem seiner Taschenbücher gelesen, dass diese Lösung seit dem Zweiten Weltkrieg vom Militär benutzt wurde, bevor man die M291-Harz-Ausrüstung zur Verfügung hatte. Artie fand, dass es eine doppelte Sicherung darstellte, noch etwas, das sein Meister von ihm erwarten würde – seine eigenen Recherchen anstellen und selbst Sicherheitsmaßnahmen ergreifen.

In dem kleinen Waschraum legte er seine Schutzkleidung ab, um wieder seine normale Straßenkleidung anzuziehen, packte alles in Tüten, inklusive der Papiergesichtsmaske und der Schuhhüllen. Er würde alles draußen auf dem Parkplatz in die Mülltonne werfen. Es bestand keine Notwendigkeit, sie zu reinigen. Im Schrank befanden sich noch eine Menge davon.

Als er das Labor verließ, war er aufgeregt und verspürte … wie sollte man es bezeichnen? Ein paar Affen am anderen Ende des Flurs kreischten noch, aber Artie achtete nicht auf sie. Sein Gang war leicht, fast stolzierte er. Zum ersten Mal in seinem Leben fühlte er sich … Und dann fiel ihm das richtige Wort ein. Er hatte das Gefühl, Macht zu besitzen.

27. KAPITEL

Reston, Virginia

Emma brauchte unbedingt etwas Schlaf. Es war spät gewesen, als sie und ihr Vater nach Hause gekommen waren. Er war so sauer auf Maggies Freund, diesen Nick Morrelli gewesen, dass Emma die Ader an seiner Schläfe pulsieren sah, ein Zustand, von dem sie geglaubt hatte, dass nur sie ihn so weit bringen konnte. Es war schon eine Weile her, seit sie ihren Dad derart sauer gesehen hatte. Und dieser arme Kerl, ein richtig scharfer Typ, hatte doch Maggie nur Blumen bringen wollen, sie besuchen, und war dann misstrauisch geworden, als er gesehen hatte, wie andere Leute zu ihr ins Haus gingen.

Emma fand das alles total romantisch.

Sie überzeugte sich auf dem Flur, dass überall das Licht ausgeschaltet war, dann ging sie in ihr Zimmer zurück und schloss die Tür. Harvey streckte sich auf dem Boden neben ihrem Bett aus. Er blickte zu ihr hoch, und sie flüsterte: „Ist schon okay. Ich gehe nicht weg."

Maggie hatte ihr einmal erzählt, dass sie Harvey schwer verletzt und blutend unter dem Bett eines Nachbarn gefunden hatte, nachdem er sein Herrchen hatte verteidigen wollen – leider vergeblich. Der Hund verhielt sich jetzt Maggie gegenüber besonders beschützend. Seit Emma sich um ihn kümmerte, hatte er dieses Verhalten auf sie übertragen, was Emma ziemlich cool fand.

Sie streichelte ihn und schlüpfte dann zurück ins Bett. Dann lud sie ihn noch ein letztes Mal ein, zu ihr hochzukommen. Aber er machte es sich lieber auf dem Boden bequem, und Emma zog den Stapel Briefe unter der Bettdecke hervor. Nur noch einen, sagte sie sich.

2. September 1982
Liebe Liney,

danke für Deinen langen Brief. Razzy und GB sind richtig neidisch. Ich habe diese blöden Fotos von uns beiden. Erinnerst Du Dich? Die wir am Automaten im Einkaufszentrum gemacht haben. Ich habe sie an die Wand gepinnt, um die anderen daran zu erinnern, wie neidisch sie sein sollten.

Es war eine harte Woche. Ich habe Muskelkater von dem Hindernisparcours. Vielleicht habe ich mir auch die Schulter verrenkt. Keine Angst, körperlich bin ich in fabelhafter Verfassung. Wahrscheinlich habe ich das meinem Vater zu verdanken. Diese ganzen Kisten zu schleppen hat wahrscheinlich einiges gebracht. Obwohl ich das ihm gegenüber nie zugeben würde. Es scheint so, als würde er meiner Mom immer noch die Hölle heißmachen, dass ich nach Hause kommen sollte. Der Mistkerl hat wahrscheinlich endlich gemerkt, wie viel Arbeit ich ihm abgenommen habe. Wenn erst mal die Inventur fällig ist, wird er richtig schlechte Laune kriegen. Vielleicht bittet er ja dann zur Abwechslung mal meine teure kleine Schwester, was zu tun. Obwohl ich das bezweifle. Womöglich bekommt sie noch Schwielen an ihren kostbaren Musikerhänden.

Tut mir leid, ich wollte mich da nicht reinsteigern. Aber wenn ich mich an dieses Höllenloch erinnere, hilft es mir, das harte Training hier zu überstehen. An Dich zu denken hilft mir auch. Ich meine damit natürlich angenehme Gedanken. Wirklich sehr angenehme, Du wirst schon verstehen, glaube ich. Ich habe daran gedacht, wie Du mich in diesem Sommer zum Kunstinstitut mitgenommen hast. Und zu all den anderen Ausstellungen. Ich in einer Kunstgalerie. Und dann noch Kunst aus dem Vatikan. Irgendwann wirst Du mal eine berühmte Künstlerin werden, Liney. Warte es nur ab. Wenn ich Dir das sage, wird es auch so geschehen.

Wir haben heute Abend frei. Razzy hat einen von diesen Videoplayern gemietet. Er und GB haben ein paar Filme besorgt. Ich kann es gar nicht abwarten, sie zu sehen. Ein

Männerfilm mit dem Titel „Mad Max“. Ich rieche schon die Butter und das Popcorn. Ich mache besser Schluss, bevor die anderen alles allein aufessen. Später schreibe ich Dir mehr, versprochen.
Dein
Indy

Sie konnte nicht widerstehen, sich noch den nächsten Brief anzusehen. Er trug das Datum des folgenden Tages. Vorsichtig, fast ehrfürchtig, faltete sie ihn auseinander. Sie fand es so wunderbar romantisch, dass er es nicht erwarten konnte, wieder zu schreiben … dass er das Bedürfnis gehabt hatte, jeden Tag einen Brief zu schicken.

3. September 1982
Liebe Liney,
wir haben unseren ersten Fall. Es handelt sich zwar um eine Hausarbeit, aber es ist ein echter Fall. Ganz schön aufregend. Ich darf leider mit niemand anders als meinen Kommilitonen darüber reden, aber Du wirst es ja nicht weitererzählen, was? Im Mai hat ein Typ eine Bombe an die Vanderbilt Universität geschickt. Und zwar als Päckchen mit der guten alten Post. Kannst Du Dir das vorstellen? Es ist tatsächlich zugestellt worden, obwohl noch nicht mal genug Briefmarken drauf waren. Deshalb haben sie sich gefragt, ob vielleicht der falsche Absender das eigentliche Ziel war. Ziemlich interessant.

Am 2. Juli ist dann eine weitere Bombe gefunden worden, und zwar in einem Aufenthaltsraum einer Universität in Berkley. Wir denken, es war derselbe Täter, obwohl die zweite Bombe direkt dort abgelegt und nicht hingeschickt worden ist. Wir sind … Sieh Dir das an, ich rede schon so, als würde ich dazugehören! Na jedenfalls sind die Sprengsätze aus allem möglichen Müll zusammengebastelt gewesen. Deshalb haben sie ihn den Schrottplatzbomber ge-

nannt. Jetzt haben sie einen anderen Namen für ihn, ein Akronym, aber den sollte ich Dir wohl lieber nicht verraten.

Wir sollen das Profil anhand dieses Falles erstellen. Sie meinen, dass derselbe Typ womöglich für eine Reihe von Bombenanschlägen Ende der 70er-Jahre verantwortlich sein könnte. Kannst Du Dir das vorstellen? Das soll 1978 gewesen sein, und sie haben den Typ immer noch nicht gefunden! Ich habe schon ziemlich genaue Vorstellungen für mein Profil. Razzy und GB sind schon ganz scharf drauf, mit mir darüber zu reden, aber ich werde noch nichts verraten. Warum sollte ich auch? Sie können ruhig allein darauf kommen.

Ich bin sicher, alle gehen davon aus, dass es sich bei diesem Typ um einen Einzelgänger handelt, der einen Groll gegen die Vanderbilt oder generell Universitätseinrichtungen hegt. Dass er womöglich als Student exmatrikuliert oder als Dozent entlassen wurde. Aber ich glaube, da steckt noch viel mehr dahinter. Mit Sicherheit ist er ziemlich gewitzt. Vielleicht hat er diese Schrottteile benutzt, um die Polizei in die Irre zu führen. Wie soll man die Herkunft eines Holzstücks oder eines einfachen Eisennagels zurückverfolgen? Man kann eigentlich nicht anders, als jemanden, der so was zustande bringt und nicht erwischt wird, zu bewundern.

Morgen werde ich Dir ein paar weitere Einzelheiten schildern. Heute Abend bin ich total geschafft. Dann bis morgen ... Hey, habe ich schon erwähnt, dass ich Dich vermisse?
Indy

28. KAPITEL

Der Knast

Weil sie nicht schlafen konnte, wanderte Maggie umher. Das Zimmer war sechzehn Schritte lang und vierzehn breit, bis auf den Teil, wo die Ausbuchtung vom Bad hereinragte, welches wiederum drei mal sechs Schritte maß.

Da es kein Außenfenster gab, richtete sich ihr Zeitgefühl nach der Armbanduhr und dem Fernsehprogramm. Sie wusste, in vierzig Minuten würde sie wieder in einen Plastikbecher pinkeln müssen. Und das Schlimmste war, sie freute sich schon auf den Besuch der Frau in dem blauen Raumanzug, obwohl der wieder mit einer Blutabnahme oder einem Halsabstrich oder eben dem Pinkeln in einen Becher verbunden war. Und jedes Mal, wenn die Frau ins Zimmer kam, bat Maggie darum, mit Colonel Platt reden zu dürfen. Und jedes Mal nickte die Frau und sagte: „Natürlich!"

Beim letzten Besuch ihrer Aufpasserin hatte Maggie sie daran erinnert, dass man ihr gesagt habe, sie müsse über Nacht bleiben. Sie hatten genug Körperflüssigkeit von Maggie gesammelt, um bestimmen zu können, ob sie infiziert war oder nicht. Im USAMRIID gab es die fortschrittlichsten Labors des Landes. Sollten sie nicht inzwischen herausgefunden haben, welcher Krankheit Mary Louises Mutter zum Opfer gefallen war? Sie versuchte, sich nicht alle möglichen Varianten vor Augen zu führen.

Um sich von diesen Gedanken abzulenken, konzentrierte sie sich auf das, was ihr zuverlässiger erschien. Auf jenes Thema, das sie davon abhielt, sich zu sehr mit dem halb offenen Krankenhausnachthemd zu befassen, den Geräuschen der Apparaturen und dem klaustrophobischen Gefühl, das jedes Mal wieder in ihr aufstieg, wenn sie hörte, wie die Tür durch das Druckluftsystem zugezogen wurde. Sie versuchte das zu tun, was sie am besten konnte: im Kopf Fälle durchzuarbeiten und die Puzzleteile zusammenzusetzen, obwohl sie in diesem Fall nur wenige Teile zur Verfügung hatte.

Sie atmete einmal tief durch. Wo sollte sie anfangen? Am nächsten Morgen würde sie Agent Tully irgendwie den Briefumschlag übergeben oder ihm zumindest sagen, wer der Absender war. Sie hatte den Verdacht, dass der Inhalt des Umschlags die Ursache für Mrs Kellermans Erkrankung war. Doch nach dem, was Maggie im Haus der Kellermans gesehen hatte, erschienen ihr Mary Louise und ihre Mutter als sehr untypische Opfer eines solchen Killers ... Nein, das stimmte nicht ganz, verbesserte sich Maggie in Gedanken. Er hatte ja noch niemanden getötet, bis jetzt jedenfalls nicht. Aber sie gehörten nicht zu den typischen Opfern eines Terroristen, der eine Donut-Schachtel mit einer Drohung in Quantico einschmuggelt. Nicht einfach in Quantico, sondern in der BSU, der Abteilung für Verhaltensforschung.

Sie fragte sich, ob Mrs Kellerman vielleicht mit einem FBI-Agent oder irgendeinem anderen Angehörigen des FBIs verwandt war. So etwas könnte man leicht herausbekommen. Zu leicht womöglich. Dieser Typ würde sich nicht die Mühe machen und ein so ausgeklügeltes System konstruieren, um das FBI auf die von ihm gewünschte Spur zu lenken, wenn man die Opfer ohne große Mühe mit ihm in Verbindung bringen konnte. Nein. Wahrscheinlicher war, dass es keine Verbindung zwischen dem Terroristen und Mary Louise und ihrer Mutter gab, das hieß aber auch nicht, dass er sie nicht aus einem bestimmten Grund ausgesucht hatte.

Maggie versuchte sich an den Wortlaut der Nachricht zu erinnern. Sie hatte geklungen, als hätte man verschiedene Versatzstücke zusammengefasst. Oder das wollte er alle glauben machen, dass es einfach nur zusammengewürfelte Wörter waren, wenn auch emotional ziemlich aufgeladen. Tatsächlich aber war jedes Wort genau kalkuliert. An irgendetwas erinnerten sie die Sätze, die er verwendet hatte. Aber vielleicht hatte sie ja auch zu viele Drohbriefe von brutalen und gestörten Tätern gelesen. Die Aussagen von Kriminellen in ihrem Gedächtnis zu speichern war ein Berufsrisiko. Manchmal bedeuteten die Worte gar nichts. Manchmal waren sie wohldurchdacht, stellten wertvolle Schlüssel dar, so wie eine Geheimschrift, die man nur zu entziffern brauchte. Zum Beispiel das Wort „Zusammenbruch".

Trotz ihrer Bemühungen, nicht daran zu denken, sah sie ständig Mrs Kellerman in dem blutbesudelten Bett vor sich, hörte noch den röchelnden Atem dieser armen Frau, als das Blut in ihrem Rachen Blasen schlug, das Pfeifen ihrer Bronchien. Sie hatte noch immer diesen säuerlichen Geruch von Erbrochenem in der Nase, diesen fürchterlichen Gestank im Schlafzimmer. Es hatte gerochen, als wenn eine Jauchegrube übergelaufen wäre, nur war der Gestank von Mrs Kellermans Bett gekommen.

Die fachliche Bezeichnung lautete „Zusammenbrechen und ausbluten". Maggie wusste, es gab verschiedene Giftstoffe und Krankheitserreger, die, wenn sie sich im Organismus angesiedelt hatten, schwere innere Blutungen hervorriefen. Die befallenen Zellen explodierten förmlich. Das Immunsystem brach zusammen, die Organe funktionierten nicht mehr, eines nach dem anderen setzte aus, mit dem Resultat, dass der Kranke letztendlich kollabierte und von innen her ausblutete.

Maggie und Cunningham hatten die Nachricht in der Donut-Schachtel falsch gedeutet. Mit dem Zusammenbruch wurde nicht auf ein Bombenattentat angespielt. Gemeint war Mrs Kellerman.

Das Telefon an der Wand läutete, und Maggie zuckte zusammen. Sie fuhr herum und sah einen Mann hinter der Scheibe stehen. Er hielt den Hörer seines Apparats ans Ohr und bedeutete ihr, ihren abzunehmen. Es klingelte noch zweimal, bevor sie hinüberging und den Anruf annahm.

„Guten Morgen, Agent O'Dell."

Die Stimme klang leise vor Müdigkeit, etwas tiefer als vorher, als kämpfe er mit einer Halsentzündung. Fast hätte sie ihn nicht erkannt, bis sie ihm in die Augen sah.

„Colonel Platt, ich dachte, Sie hätten mich vielleicht vergessen."

„Niemals. Ich erinnere mich sehr gut. Obwohl Sie allerdings in Ihrem neuen Outfit ganz anders aussehen."

Sie wurde sich wieder bewusst, dass sie dieses dünne, halb offene Krankenhausnachthemd trug, widerstand aber der Versuchung, nach hinten zu greifen, um sicherzustellen, dass es ihren Rücken bedeckte. Sie war die ganze Zeit in ihrem Zimmer hin und her gewandert, ohne sich darum zu kümmern. Bei seinem Lächeln schoss ihr die Hitze ins Gesicht. Warum sollte es sie stören, wenn er ihr nacktes Hinterteil gesehen hatte?

„Ich hätte ja meine Reisetasche mitgebracht, wenn ich gewusst hätte, dass ich im Hotel USAMRIID übernachte."

„Bitte entschuldigen Sie, dass es hier nicht mehr Komfort gibt", sagte er. Dann verblasste sein Lächeln, und er wurde ernst. „Wir müssen noch ein paar Stunden warten, dann kann ich Ihnen ein Frühstück bringen lassen."

„Aber zuerst reden wir." Es war weder eine Frage noch eine Bitte.

Er schwieg einen Moment, ohne den Blick abzuwenden. Einen Augenblick dachte sie schon, er würde ihr die Panik ansehen, die sie so sorgfältig zu verbergen suchte. Er zeigte auf einen Stuhl auf ihrer Seite der Glaswand, während er sich auf einen ähnlichen auf seiner Seite setzte.

„Aber zuerst reden wir", stimmte er zu.

29. KAPITEL

Pensacola, Florida

Rick Ragazzi schreckte aus dem Schlaf hoch. Den Krach draußen vor dem Apartment und unter ihm war er schon gewohnt, aber deshalb ärgerte er sich nicht weniger. Er warf einen Blick auf die Leuchtziffern des Weckers auf seinem Nachttisch. Es klang, als würde sich sein Cousin Joey mal wieder die Nacht um die Ohren schlagen. Rick hörte zwei Mädchen kichern und schüttelte den Kopf. Joey würde nie erwachsen werden. Manchmal war Rick fast geneigt, seinem Onkel Razzy zuzustimmen, der behauptete, sein Sohn würde niemals lernen, Verantwortung zu übernehmen, bis er mal ein „Mädchen geschwängert" hätte.

Erstaunlich genug, die „Schürzenjägerei", wie Onkel Razzy es gern nannte, schien Joeys kulinarisches Talent nicht zu schmälern.

Er schlief bis mittags, ging zum Fitnesstraining und erschien dann um drei im Restaurant, bereit, sich einer weiteren Dinnergesellschaft zu widmen. Natürlich war Rick bereits seit dem Morgengrauen auf den Beinen, während Joey schlief, wartete auf Lieferungen, bezahlte Rechnungen, füllte die Vorräte auf und bereitete alles vor, wechselte die Tischdecken und stellte die Arbeitspläne der Kellner zusammen. Heute wartete er außerdem noch auf den Installateur, der den Kompressor des Kühlschranks auswechseln wollte.

Irgendwann zwischendurch schnitt er dann Gemüse, zerkleinerte Hühnerfleisch und zog Shrimps ab. Seine Hände sahen schon aus wie die eines Messerwerferlehrlings.

Jetzt streckte er sich erst noch einmal aus. Er hatte mindestens noch zwei Stunden, bevor der erste Lieferant kam. Die Samstage waren lang. Er brauchte eigentlich besonders viel Schlaf. Wenn bloß Joey und sein Harem ein bisschen leiser wären. Rick stand auf und ging zum Fenster, um es zu schließen. Plötzlich gaben seine Knie nach, und er musste sich auf dem Fensterbrett abstützen. In seinem Kopf hämmerte es, und Schüttelfrost überfiel ihn. In dem Moment bemerkte er erst, dass er vollkommen nass geschwitzt war. Er kroch ins Bett zurück und zog sich die Decke bis zum Kinn.

Mit den Fingern wischte er sich über die Stirn. Sie war heiß. Außerdem war sein Kissen feucht. Selbst die Laken fühlten sich klamm an.

Er hatte Fieber. Das war verrückt. Er war doch nie krank. Vielleicht hatte er irgendetwas Falsches gegessen, aber sein Magen tat nicht weh. Er hatte eher Rückenschmerzen, sein Kopf tat weh. Er hatte so ein dumpfes Klopfen in den Schläfen. Vielleicht war das eine Vierundzwanzigstundengrippe oder so was?

Er schloss die Augen und dachte an Wellen, die ans Ufer rollten, an das türkisgrüne Wasser und den weißen Puderzuckersand vom Pensacola Beach. Er stellte sich vor, dass die Sonne heiß auf ihn niederschien und die Hitze nicht aus seinem Innern kam. Er wollte von einer kühlen Brise träumen, vom Wellenreiten auf einem frisch gewachsten Brett, wie er die Zehen um den Rand krümmte und den wilden Ritt auf dem Wellenkamm genoss. Fast war er schon dort, entspannt und zufrieden, als er etwas Feuchtes auf dem Kinn spürte, das weiter bis zum Hals hinuntertropfte.

Er streckte die Hand aus, um die Nachttischlampe anzuschalten. Das war verrückt. Er wurde nie krank, und jetzt hatte er auf einmal Fieber, und seine Nase fing auch noch an zu bluten.

30. KAPITEL

Der Knast

„Ich möchte wissen, mit welchem Krankheitserreger ich in Berührung gekommen bin“, sagte Maggie, ohne lange Zeit zu verschwenden.

„Das wissen wir nicht“, entgegnete Platt sofort, was Maggie an die Frau im blauen Raumanzug erinnerte. War das deren Mantra des Tages hier im USAMRIID? Die neueste Technologie, und sie wussten nichts. Na ja.

„Inzwischen müssen Sie doch einen Verdacht haben.“ Sie räumte ihm noch eine Chance ein.

„Nein, noch nicht.“

Eigentlich hörte er sich überzeugend an, nur sah er ihr nicht in die Augen. Stattdessen wanderte sein Blick zur Seite, wo sich die Monitore an der Wand befanden, scheinbar gedankenverloren, aber ganz offensichtlich war es ein Ausweichmanöver.

„Sie würden einen ziemlich miesen Pokerspieler abgeben“, sagte sie, und diesmal sah er sie an. Unwillkürlich ging ihr durch den Kopf, wie intensiv sein Blick war, eindrucksvolle Augen, die einem bis zum Grund der Seele zu blicken schienen. „Die Wahrheit kann kaum schlimmer sein als die Ungewissheit.“

Er rieb sich das Kinn, wandte aber den Blick nicht ab, so als suche er etwas in ihrem Gesicht, das ihm zeigte, wie er weiter vorgehen sollte. Hoffte er, Stärke und Entschlossenheit in ihren Augen zu finden, oder musste er selbst Mut fassen?

„Ich habe noch nichts vom Labor gehört.“

„Aber Sie haben doch sicher schon Ihre eigenen Vermutungen angestellt.“ Sie musterte ihn und überlegte, ob er etwas vor ihr verbarg. Er machte es ihr schwerer als erwartet. Es schien wohl ziemlich schlimm zu sein. Inzwischen mussten sie einige der naheliegenden Möglichkeiten ausgeschlossen haben.

„Es hat keinen Sinn zu spekulieren“, entgegnete er. „Warum sich das antun?“

„Weil Sie mir keine andere Möglichkeit lassen."

Er nickte übertrieben, als wolle er sagen, dass er sie verstünde. „Sie haben Kabelfernsehen."

„Die Grundausrüstung. Kein AMC. Kein FX. Wie wäre es mit einem Computer mit Internetzugang?"

„Ich werde sehen, was ich tun kann. Bis dahin sollten wir etwas Besseres für Sie finden, um sich die Zeit zu vertreiben."

Sie dachte, er würde sich gönnerhaft verhalten, aber er sah ganz ernst aus.

„Ich habe mal vier Tage in einem Quarantänezelt verbracht", sagte er, „außerhalb von Sierra Leone. Kein Kabelfernsehen. Nicht mal die Grundausstattung. Nicht viel Zerstreuung. Nur tote Moskitos zählen. Da wünscht man sich nur, dass man genug Gin oder Wodka hat, um sich besinnungslos zu trinken."

„Ich sollte meinen Wunsch nach Frühstück erweitern und noch einen Scotch dazubestellen." Das sollte ein Witz sein. Er hatte es aber ernst gemeint. „Was haben Sie dann gemacht in den vielen Stunden im Zelt?"

„Aber nicht lachen", sagte er und zog die Augenbrauen wieder zusammen. „Ich habe versucht, in Gedanken den *Schatz der Sierra Madre* durchzuspielen." Er zögerte kurz und rieb sich die Augen, als müsse er erst noch Kraft schöpfen für den längeren Bericht. Sie kam ihm zuvor.

„Hmmm ... *Der Schatz der Sierra Madre*, ein schlaues Statement zur dunklen Seite der menschlichen Natur. Kein schlechter Film", sagte sie und genoss sein erstauntes Gesicht. „Ist aber nicht der beste Humphrey Bogart."

Er hatte sich schnell wieder gefangen und ging auf ihr Spiel ein. „Lassen Sie mich raten, Sie sehen ihn lieber zusammen mit Lauren Bacall."

„Nein, nicht unbedingt. Wenn ich mich recht erinnere, hat er seinen Oscar für *African Queen* bekommen, aber ich finde, er hätte ihn mehr für *Die Caine war ihr Schicksal* verdient."

„Als Crazy Queeg?" Er schenkte ihr ein schiefes Grinsen, dann setzte er sich auf dem billigen Plastikstuhl zurecht, rollte die Schultern und streckte die Füße aus. Er sah aus, als wäre er mit ihrer Antwort zufrieden und beabsichtigte, noch ein Weilchen zu bleiben. „Wenn Sie zwischen Bogart und Cary Grant wählen könnten, wen würden Sie nehmen?"

Ohne lange nachzudenken, erwiderte Maggie: „Jimmy Stewart."

„Sie machen wohl Witze? Sie bevorzugen den unbeholfenen Trottel statt der lässigen, charmanten Typen?"

„Jimmy Stewart ist charmant. Mir gefällt sein Humor." Sie lehnte sich in dem unbequemen Plastikstuhl zurück und verschränkte die Arme vor der Brust. „Und wie sieht es bei Ihnen aus? Bacall oder Grace Kelly?"

„Katherine Hepburn", entgegnete er genauso schnell und zog die Augenbrauen wieder hoch, nur hieß das diesmal wohl, das Spiel kann ich auch spielen.

Sie nickte ihm gefällig zu. „Haben Sie jemals die Serie *Twighlight Zone* gesehen?"

„Ja, aber meine Mom wollte das nicht. Sie meinte, davon bekäme ich Albträume."

„Meine Mom hat nie interessiert, was ich sah, solange ich sie nicht in ihrem Alkoholrausch gestört habe." Kaum hatte Maggie das gesagt, tat es ihr auch schon leid. Sie bemerkte eine leichte Veränderung in seinem Gesichtsausdruck und wünschte, sie hätte nicht so viel von sich preisgegeben. Was dachte er jetzt? Er schwieg und sah sie an. Wahrscheinlich machte er gleich eine Bemerkung wie „Tut mir leid, Maggie", ein Spruch, der für sie nie Sinn ergeben hatte. Warum sagten die Leute, es täte ihnen leid, wenn sie überhaupt nichts damit zu tun hatten?

„Kennen Sie diese Episode mit der Frau im Krankenhaus, deren Gesicht vollkommen bandagiert ist?", fragte er.

Er überraschte sie. Mit so etwas hatte Maggie überhaupt nicht gerechnet.

„Sie wartet darauf, dass man ihr die Verbände abnimmt, und hat Angst, dass sie darunter hässlich, vernarbt und verunstaltet sein wird."

„Und das medizinische Personal steht um ihr Bett versammelt“, fuhr Maggie fort. „Die Kamera zeigt aber nur sie. Manchmal sieht man den Rücken der Ärzte, aber mehr nicht.“

„Die Verbände werden abgenommen, und alle holen entsetzt Luft und wenden sich enttäuscht von ihr ab.“

„Aber sie sieht ganz normal aus“, sagte Maggie. „Dann kann man sehen, dass die anderen alle deformierte, verzerrte Gesichter haben, Schweineschnauzen und hervorquellende Augen.“

„Manchmal ist das Normale einfach nur, was wir gewohnt sind“, sagte er. Dann ließ er die Bemerkung etwas sacken. Vielleicht war es seine Art zu sagen, dass ihre unglückliche, schwierige Kindheit noch lange kein psychisches Wrack aus ihr machte.

Die Tür hinter ihm wurde geöffnet, und eine Frau im Laborkittel erschien. Maggie konnte durch das schalldichte Glas nicht hören, was sie sagte. Er nickte, und die Frau ging wieder.

„Ich muss gehen“, sagte er zu Maggie und stand auf.

Sie wäre gern mit ihm gegangen. Hatten sie endlich etwas gefunden? Vielleicht hatte er das kurze Aufflackern von Panik in ihrem Gesicht, in ihrem Blick bemerkt, denn er zögerte kurz.

„Lieutenant Commander Queeg hat die Caine irrtümlich über ihr eigenes Zugseil gesteuert. Fangen Sie dort an“, sagte er mit einem schiefen Grinsen. „Ich bin sicher zurück, bevor Sie an der Stelle landen, wo Queeg die gestohlenen Erdbeeren sucht.“

Er wartete noch, bis sie lächelte. Dann legte er den Hörer auf und verließ den Raum. Und plötzlich erschien ihr das kleine, isolierte Zimmer noch viel stiller als vorher.

31. KAPITEL

Bei jedem Schritt spürte Platt, wie sein Herz klopfte. Er fühlte den Adrenalinschub, eine Mischung aus Angst und Vorahnung machte ihn plötzlich hellwach.

In den Fluren war alles ruhig, einige lagen im Dunkeln. Er benutzte keinen Fahrstuhl, nahm stattdessen die Treppen. Er musste sich bewegen. Automatisch nahm er zwei Stufen auf einmal. Immer ruhig, sagte er sich, als er schon fast anfing zu rennen.

Dr. Drummond hatte gesagt: „Dr. McCathy braucht Sie im vierten Stock. Er meint, das sollten Sie sich selbst ansehen."

Im besten Fall reagierte McCathy wie üblich etwas melodramatisch. Im schlimmsten hatte McCathy etwas gefunden, das seine Melodramatik rechtfertigte.

Entgegen dem, was er Agent O'Dell gesagt hatte, war Platt nach einigen kurzen Untersuchungen und Beobachtungen von Mrs Kellerman zu bestimmten Schlüssen gelangt. Sie hatte Blut gehustet und hatte Atemprobleme, dazu rote Augen und offensichtlich erhebliche Bauchschmerzen. Ihr Fieber war so hoch und hatte bereits so lange angedauert, dass sich in ihrem Rachen zahlreiche Fieberbläschen fanden.

Ihr Bettzeug war voller Erbrochenem und Durchfall gewesen. Das alles hatte sie in den letzten vierundzwanzig Stunden dermaßen geschwächt, dass sie nicht mehr in der Lage gewesen war aufzustehen. Sie befand sich im Schock, reagierte nicht, wenn sie angesprochen wurde, und schien verwirrt. Die neuesten Tests hatten ergeben, dass ihre Nieren nicht mehr arbeiteten. Wenn die erste Einschätzung sich als richtig erwies, würden ihre anderen Organe bald ebenfalls aussetzen.

Aufgrund der schweren Symptome hatte er die Möglichkeiten auf drei eingegrenzt. Drei biologische Waffen, die ein Terrorist vermutlich anwenden würde. Keines der drei Krankheitsbilder wäre leicht zu behandeln. Eine Milzbrandinfektion, je nachdem welcher Art, könnte man womöglich mit Antibiotika unter Kontrolle bekommen. Hoffentlich wären sie in der Lage, die Ausbreitung der Keime in Mrs Kellermans Haus zu verhindern und die Infektionskette zu unterbrechen. Bei Ricin müsste man ebenfalls versuchen zu isolieren. Aber eine tödliche Dosis Ricin, mit der Nahrung aufgenommen, führte zu einem schmerzvollen Tod. An die dritte Möglichkeit wollte er lieber gar nicht erst denken. Wenn der Terrorist es jedoch geschafft hatte, Krankheitserreger wie Typhus oder Marburg-Viren, womöglich sogar Ebola-Viren zu verbreiten, dann wäre die Behandlung und ihre Eindämmung so gut wie unmöglich. Mrs Kellermans Haus würde zur *Hot Zone* erklärt, und jeder, der sich in ihrer Nähe aufgehalten hatte, könnte die Seuche weiterverbreiten.

Platt ging langsamer, als er in den vierten Stock kam. McCathy würde die Proben im Schutzanzug auf Sicherheitsstufe vier präparieren und versiegeln müssen. Nachdem sie versiegelt waren, konnten sie sich die Gewebeteile auf dem Objektträger ansehen, ohne Angst haben zu müssen, mit dem Erreger in Berührung zu kommen. Platt wusste, dass er McCathy jetzt im Schutzraum der Stufe drei finden würde, wo sich das Elektronenmikroskop befand. Dieser teure Apparat sah aus wie ein Metallturm, der Platt bis an die Stirn reichte. Unter dem Licht dieses Gerätes konnten sie die mikroskopisch winzigen Zellen wie eine geografische Landkarte betrachten.

Platt tauschte im äußeren Umkleideraum seine Jeans und sein Sweatshirt gegen OP-Kittel, Latexhandschuhe, Schutzbrille, eine Papiermaske und Schuhschützer. Dann ging er zu McCathy hinein.

Der Mikrobiologe saß über ein Mikroskop gebeugt. Als er sich zu Platt umdrehte, wirkten seine Augen riesig und wild. Unter der Schutzmaske trug er noch seine dicken Brillengläser. Das Gesicht war schweißbedeckt, und selbst die Maske war feucht geworden. Mit seinem kurz getrimmten Bart, den die Maske nicht ganz verdeckte, sah er aus wie der typische verrückte Wissenschaftler, worüber sich Platt normalerweise amüsiert hätte. Heute jedoch begann sein Herz bei diesem Anblick noch heftiger zu schlagen.

„Das ist einfach erstaunlich", bemerkte McCathy. „Wenn es nicht so verdammt gefährlich wäre, könnte man es fast schon als schön bezeichnen."

„Und was haben Sie da?"

„Die Zellen von Mrs Kellerman. Sie platzen vor Würmern."

„Vor Würmern?" Jetzt schlug Platt der Puls bis in die Schläfen. „Das kann nicht sein." Es musste ein Irrtum sein.

„Sehen Sie selbst." McCathy sprang auf, schob seinen Stuhl beiseite und bedeutete Platt, selbst durch das Mikroskop zu sehen.

Platt schluckte und setzte sich. Seine Hände in den Latexhandschuhen waren bereits schweißnass. Er atmete tief durch und beugte sich mit der Schutzbrille über das Okular. Was er vorfand, sah aus wie Spaghetti oder dünne sich windende Schlangen, aus deren Seitenrändern Fäden austraten. Sie lösten sich aus einem Klumpen in der Mitte und drückten gegen die Zellwand.

Platt musste sich bemühen, ruhig zu atmen. Ohne sich aus seiner Position wegzubewegen, immer noch ins Okular starrend, sagte er: „Könnte es eine Kontamination aus unserem Labor sein?"

„Unmöglich. Unsere Proben befinden sich in Gefriertruhen, die durch drei Schutzwände von den Laborräumen getrennt sind."

„Es gibt noch andere Möglichkeiten, was es sein könnte." Aber Platt fiel keine einzige ein. Es sah aus, als würden aus einer geplatzten Zelle eine Menge Würmer herausschlüpfen oder ein Haufen ineinander verknäulter Schlangen. „Sie sind nicht wirklich ineinander verschlungen. Und sie sind zu lang. Sollte man nicht auch eine Art Krümmung am Ende sehen können? So ähnlich wie bei einem Hirtenstab?"

„Es gibt nur eine Art von Viren, die dieses fadenförmige Aussehen haben, egal ob die Fäden verschlungen oder verhakt sind", erwiderte McCathy trocken. „Ich habe das Marburg-Virus vor Jahren gesehen. Es waren Proben von einem Ausbruch im Kongo. Hat ein ganzes Dorf innerhalb von Wochen ausradiert."

Platt hatte etwas Ähnliches zu Gesicht bekommen. Die Quarantäne, von der er Agent O'Dell erzählt hatte, war wegen eines Ausbruchs von Lassa-Fieber eingerichtet worden, ein weiteres fadenförmiges RNA-Virus. Aber Lassa brachte die Zellen nicht so zum Explodieren.

„Wie können wir es beweisen? Ich meine, zusätzlich zum Elektronenbild. Wir müssen sicher sein, alle Zweifel ausschließen." Sie durften keine Zeit mehr verlieren.

„Wir können Mrs Kellermans Zellen testen."

„Was müssen wir dafür tun?"

„Wir nehmen noch eine Blutprobe und tropfen das Serum auf Zellen aus dem Gefrierschrank, von denen wir hundertprozentig wissen, dass es das Virus ist. Wenn sie dann leuchten ...", McCathy zuckte die Schultern, „... dann haben Sie Ihre Bestätigung. Zweifel ausgeschlossen."

„Und was haben wir im Kühlschrank?"

„Marburg, Lassa und zwei Varianten von Ebola: Ebola Reston und Ebola Zaire."

„Wie lange wird das dauern?"

„Ich kann mich sofort in den Anzug werfen." McCathy blickte auf seine Armbanduhr. „Dauert ungefähr dreißig bis vierzig Minuten, um die Proben aus dem Kühler zu präparieren. Wenn ich Mrs Kellermans Zellen auf die Viren gebe, ist es nur noch eine Sache von Minuten."

„Okay, dann machen wir das."

„Moment. In der Stufe vier arbeite ich allein."

Platt war nicht überrascht, dass McCathy sich selbst in einer Situation wie dieser querstellte. Er ließ sich nicht aus der Ruhe bringen. Ohne die Stimme zu erheben und irgendwelche Anzeichen von Ärger zu zeigen, erwiderte er: „Diesmal nicht."

32. KAPITEL

Saint Francis Hospital
Chicago

Dr. Claire Antonelli war früh dran für ihre Morgenvisite, obwohl sie das Krankenhaus erst sechs Stunden zuvor verlassen hatte. Gerade genug Zeit, um sich kurz hinzulegen, sich dann umzuziehen und ihrem noch schlafenden kleinen Sohn einen Kuss zum Abschied zu geben, was er mit einem Grunzen quittierte. Aber dann lächelte er – immer noch mit geschlossenen Augen – und fragte, ob sie denn etwas gegessen hätte.

„Wer kümmert sich denn hier um wen?", hatte sie gefragt.

Wieder lächelte er, immer noch die Augen geschlossen, und drehte sich zur anderen Seite, während er etwas von einem Stück Pizza murmelte, das er für sie aufgehoben habe.

Sie nahm das Stück Pizza, aß es auf der Rückfahrt zum Krankenhaus kalt und spülte es mit ihrer morgendlichen Diät-Pepsi herunter.

Jetzt lief sie die sterilen Flure entlang, von einer Woche Dienst ziemlich erschöpft, aber doch wieder etwas erholt, in etwa wie ein benutzter Lappen, den man ausgewrungen und zum Trocknen aufgehängt hatte, ausgefranst an den Ecken, aber bereit zum weiteren Gebrauch. Außerdem war sie froh, ihre schicken High Heels gegen ein paar bequeme flache Schuhe ausgetauscht zu haben.

Ihren neuesten Patienten hatte sie bereits besucht, einen tausendsiebenhundert Gramm schweren kleinen Kerl auf der NICU, der Neugeborenenintensivstation, beim Krankenhauspersonal zurzeit bekannt unter dem Namen „Brüller", denn das war seine Hauptbeschäftigung, seit er auf der Erde weilte. Inzwischen war er endlich eingeschlafen, verbunden mit zahlreichen Monitoren, die man an seinen winzigen Körper angeschlossen hatte. Und die Werte waren genau so, wie Claire es sich wünschte. Der Junge machte sich gut dafür, dass er viel zu früh auf die Welt gekommen war.

Ihren anderen Patienten, der Grund, warum Claire so früh hier war, würde man nicht so leicht stabilisieren und ihm helfen können. Markus Schroder hatte sich vor zwei Tagen einverstanden erklärt, von Claire ins Krankenhaus eingewiesen zu werden, obwohl ein bisschen Druck dazugehört hatte, dieses „Einverständnis" von ihm zu erhalten. Eigentlich hatte seine Frau Vera ihn geradezu dazu zwingen müssen. Nach weniger als vierundzwanzig Stunden war er zu schwach und verwirrt gewesen, um noch mit seiner Frau oder seiner Ärztin zu diskutieren. Doch am frustrierendsten war, dass Claire auch nach einer ganzen Reihe von Untersuchungen immer noch nicht sagen konnte, was mit dem Fünfundvierzigjährigen los war, der noch vor einer Woche behauptet hatte, genauso fit zu sein wie „ein Kerl, der halb so alt" sei wie er.

Sie hoffte, wenn sie früh genug erschien, allein mit Markus reden zu können, bevor seine Frau kam. Vera meinte es sicher gut, aber sie besaß auch die ärgerliche Angewohnheit, immer für ihren Mann zu sprechen. Das hatte sie schon getan, als er noch gesund und munter gewesen war. Claire brauchte ein paar Antworten auf ihre Fragen und hoffte, dass Markus ihr dabei behilflich sein konnte.

Zuerst ging sie zur Schwesternstation, um die Akte herauszusuchen und nachzusehen, ob es bereits Ergebnisse aus dem Labor gab. Doch bevor sie nachsehen konnte, kam eine kleine Schwester um die Ecke.

„Der Ausschlag ist schlimmer geworden", sagte Amanda Corey.

„Und das Fieber?"

„Ist auf einundvierzig gestiegen. Wir haben eine Infusion gelegt, aber er übergibt sich immer noch." Die Schwester zeigte auf einen Plastikbehälter mit rotem Schraubverschluss. „Ich habe Ihnen was aufgehoben."

Claire begutachtete den Inhalt, eine schwarz-rote Flüssigkeit mit kleinen Brocken darin. Claire wusste aber, dass der Mann nichts mehr im Magen gehabt haben konnte. Das sah nicht gut aus. Sie war erleichtert, dass Schwester Corey den Behälter zweifach verpackt und bereits mit einem Etikett für das Labor versehen hatte.

„Irgendwelche Ergebnisse aus dem Labor seit gestern Abend?"

Corey hob den Zeigefinger und ging zur anderen Seite des Tresens. „Ich habe gesehen, dass Jasper vor einer Stunde hier irgendwas abgelegt hat." Sie nahm einen Stapel Papiere aus dem Eingangskorb. „Mal sehen, ob was dabei ist." Nachdem sie die Hälfte durchgesehen hatte, zog sie drei Seiten aus dem Stapel und reichte sie Claire.

Claire brauchte gar nicht so genau hinzusehen. Die Kreuze befanden sich alle auf der Negativseite. Normalerweise wäre sie darüber erfreut. Keine Ärztin wünschte sich für ihren Patienten, dass der Test auf Gelbsucht, Gallensteine, Malaria oder Leberzirrhose positiv ausfiel. Aber in diesem Fall fühlte sie sich, als hätte man ihr Bleigewichte auf die Schultern gelegt. Sie fuhr sich mit den Fingern durch das kurze dunkle Haar und versuchte, ihre Enttäuschung vor Amanda Corey zu verbergen.

„Vielen Dank", sagte sie nur, drehte sich um und ging den Flur entlang zum Krankenzimmer.

In Gedanken ging sie alle Möglichkeiten durch, überlegte, was sie übersehen haben könnte. Ihr Patient litt unter einer gefährlichen Infektion, die nicht auf Antibiotika reagierte. Sie konnte die Infektionsquelle nicht ausfindig machen. Jetzt erbrach er Stücke von seiner Magenwand, wie sie nach einem Blick auf den Plastikbehälter annahm. Claire wusste nicht mehr, wonach sie suchen sollte. Sie hoffte, dass Markus ihr einen Anhaltspunkt geben konnte. Denn ihr lief die Zeit davon.

Er lag flach auf dem Rücken. Den Kopf zur Seite gedreht, beobachtete er die Tür, auch wenn er nicht den Eindruck machte, auf irgendjemanden zu warten. Mit einem müden Blinzeln registrierte er ihre Ankunft, die Lider fielen müde zu. Die Augen waren blutunterlaufen, seine Lippen angeschwollen und die gelblich verfärbte Haut fast vollständig von violettblauen Markierungen überzogen, sodass es aussah, als würde sich sein gesamter Körper blauschwarz färben. Die blutunterlaufenen Augen, dann das Fieber und die gelbliche Haut hatten sie auf Malaria tippen lassen. Auch wenn Markus Schroder sich nirgendwo aufgehalten hatte, wo er mit dieser Krankheit in Verbindung hätte kommen können. Man mag sich zwar im Sommer in Chicago wie in den Tropen fühlen, aber ein Malariaausbruch in dieser Region wäre keinesfalls unbemerkt geblieben.

Glücklicherweise war das St. Francis ein Schulungs- und Forschungskrankenhaus, sodass Claire schnellen Zugang zu den Labors hatte und schnell Resultate bekam, doch im Moment konnte sie nur Vermutungen anstellen. Sie war eigentlich Familienärztin, und durch ihre Privatpraxis hatte sie öfter im Krankenhaus zu tun, um bei Entbindungen zu helfen, kleinere Wunden zu nähen oder Diagnosen bei Frühsymptomen von allgemeinen Krankheiten zu stellen. Was immer Markus Schroders Immunsystem zusammenbrechen ließ, lag außerhalb ihres Erfahrungsbereichs.

„Guten Morgen, Markus." Sie ging ans Krankenbett und legte ihm eine Hand auf die Schulter. Schon sehr früh hatte sie gelernt, dass die Patienten selbst für die kleinste Berührung dankbar waren, eine winzige freundschaftliche Geste als Ausgleich für die kalten Geräte und Spritzen, die ansonsten das Verhältnis zwischen Ärzten und Kranken bestimmte.

Er streckte eine violett verfärbte Hand nach ihr aus, aber bevor er ihre Geste erwidern konnte, wurde er von einem Krampf befallen und krümmte sich. Das Erbrochene spritzte über die weiße Bettdecke, und Claires weißer Kittel war sofort mit schwarzen und roten Flecken übersät, die sie an Kaffeesatz erinnerten. Aber es war der Geruch, der Dr. Claire Antonelli in Panik versetzte. Markus Schroders Erbrochenes roch wie die Abfälle aus einem Schlachthaus.

33. KAPITEL

Der Knast

Maggie hätte der Frau im blauen Raumanzug am liebsten gesagt, sie solle sie in Frieden lassen. Es war noch früh, und Maggie hatte genug davon, ständig mit Nadeln traktiert zu werden. Sie blieb zusammengerollt im Bett liegen. Warf der Frau nicht mal einen Blick über die Schulter zu. Eigentlich wollte sie nur darauf warten, dass Colonel Platt zurückkam. Doch diesmal brachte die Frau lediglich einen Laptop und verließ das Zimmer wieder ohne ein weiteres Wort.

Maggie stand auf, startete den Computer und stellte überrascht fest, dass sie ganz leicht durch ein kabelloses Netzwerk Zugang zum Internet bekam. Innerhalb von Minuten versuchte sie bereits, irgendwelche Informationen zu dem Umschlag im Haus der Kellermans zu finden, den sie mitgenommen hatte.

Frankiert war der Brief mit einer Briefmarke vom Postamt in DC, aber als Absender war eine Adresse in Oklahoma angegeben. Warum machte sich jemand die Mühe, es so aussehen zu lassen, als käme er aus Oklahoma, wenn er doch offensichtlich aus DC abgeschickt wurde? Wenn dies der Umschlag mit der gefährlichen Substanz war, durch die Mrs Kellerman erkrankt war, dann musste der angegebene Absender irgendeinen Schlüssel darstellen.

Es hatte früher schon Kriminelle gegeben, die mit dem Absender etwas ausdrücken oder auch nur die Polizei in die Irre führen wollten. Wenn Maggie sich richtig erinnerte, dann war bei einem der Unabomber-Opfer nicht der Empfänger das Ziel der gefährlichen Sendung gewesen, sondern die Person, die er als Absender angegeben hatte. Theodore Kaczynski hatte das Päckchen ungenügend frankiert, damit es an den Absender zurückgeschickt wurde. Eine ziemlich gerissene Art, die Spuren zum Opfer zu verwischen, indem die Wahl des Empfängers letztendlich dem Zufall überlassen wurde. Noch verwirrender wurde es, als die Polizei keinen Zusammenhang zwischen dem Opfer und dem Tatverdächtigen herstellen konnte. Die intelligentesten kriminellen Köpfe, die besonders gefährlichen, machten sich dieses Wissen zunutze.

Maggie nahm an, dass der Täter in diese Kategorie gehörte. Es war klar, dass er Aufmerksamkeit erregen wollte, sonst hätte er diese Nachricht dem FBI nicht praktisch in den Schoß geworfen. Er hatte sie mit der Nase darauf stoßen wollen, zeigen, wie gerissen er war. Aber er wollte nicht nur, dass man beim FBI wegen seiner faulen Tricks Untersuchungen anstellte, sondern sie gleich in den Mittelpunkt stellen. Er wollte, dass sie alles direkt an der Seite der Opfer miterlebten. Und aus irgendeinem verdrehten Grund, so glaubte Maggie, hatte er sich genau Mrs Kellerman und Mary Louise ausgesucht. Es bestand für sie kein Zweifel, dass die beiden keine zufälligen Opfer waren.

Maggie rief die Google-Karten auf und gab die Adresse des Absenders auf dem Päckchen ein: 4205 Highway 66 West, El Reno, OK 73036. Sie erwartete, auf einen James Lewis zu stoßen, der als Versender des Päckchens angegeben war. Was auf dem Bildschirm erschien, ließ sie stutzen.

Sie überprüfte noch einmal alle Eingaben. Vielleicht hatte sie sich bei den Zahlen vertippt. Der Absender gehörte der US Federal Correctional Institution for the South Central Region.

„Okay", sagte sie sich. Die Insassen des Bundesgefängnisses hatten in diesen Tagen Zugang zu allem Möglichen, aber sie wären sicher nicht in der Lage, einen tödlichen Virus zu verschicken.

Sie gab „James Lewis" und „Bundesgefängnis" ein. Verschiedene neuere Artikel erschienen daraufhin. Alle bezogen sich auf die Tylenol-Morde im Herbst 1982 in Chicago. Maggie rutschte auf ihrem Stuhl nach vorn.

Jetzt wurde es interessant.

Zu jener Zeit war Maggie noch ein kleines Mädchen gewesen. Ihr Vater hatte noch gelebt, und sie hatten in Green Bay gewohnt, nahe genug an Chicago, dass sie sich erinnern konnte, wie beunruhigt ihre Eltern damals gewesen waren. Aber egal. Sie kannte diesen Fall. Es war eines der bekanntesten ungelösten Verbrechen der Geschichte.

Sie überflog einige der Artikel, um ihr Gedächtnis aufzufrischen und ein paar Details nachzulesen. Sieben Menschen starben, nachdem sie mit Zyankali versetzte extra starke Tylenol-Kapseln genommen hatten. Der Mörder hatte die Fläschchen aus den Läden der Ortschaft mitgenommen, geleert und mit dem Gift versetzt wieder gefüllt und sie in der Verpackung in die Regale zurückgestellt. Schwer vorzustellen, wie einfach das noch in den Zeiten vor der Einführung der Sicherheitsverschlüsse gewesen war.

Als Maggie auf den Namen James Lewis stieß, las sie weiter. Lewis war ein Mann aus New York, der angeklagt und verurteilt worden war, aber nicht wegen der Morde. Es hatte keine Beweise dafür gegeben, dass er mit den Fläschchen in Berührung gekommen war. Lewis war verurteilt worden, weil er eine Million Dollar von den Tylenol-Unternehmern Johnson & Johnson erpressen wollte. Er saß dreizehn Jahre seiner zwanzigjährigen Haftstrafe im Bundesgefängnis von El Reno in Oklahoma ab. Wie auch immer, 1995 wurde er entlassen und lebte nun in Cambridge in Massachusetts.

Maggie lehnte sich zurück. Offensichtlich hatte Lewis das Päckchen nicht verschickt. Er würde sich nicht selbst in die Pfanne hauen. Aber die Person, von der die Sendung kam, wollte das Augenmerk auf diesen ungelösten Fall lenken. Oder war das ganz einfach nur ein makabrer Witz?

Maggie ging die anderen Artikel über den Tylenol-Fall durch. Gab es vielleicht irgendwo eine Verbindung? Aber das war alles fünfundzwanzig Jahre her.

Sie überprüfte das Datum und rutschte noch ein Stück weiter nach vorn.

Es waren *ganz genau* fünfundzwanzig Jahre!

Das erste Opfer starb am neunundzwanzigsten September

1982. Und dann sah sie es und wusste, sie hatte recht. Das war kein Zufall gewesen. Im Gegenteil.

Das erste Opfer der Tylenol-Morde war ein zwölfjähriges Mädchen aus Elk Grove Village in Illinois, und ihr Name war Mary Kellerman.

34. KAPITEL

USAMRIID

Platt kam es vor, als würde alles eine Ewigkeit dauern. Er mochte es, wenn alles seinen geordneten Gang ging, wenn die Dinge nach einer gewissen Logik und mit Sinn und Verstand abliefen. Aber plötzlich schien ihm die Vorbereitung auf das Betreten der Hot Zone in der vierten Sicherheitsstufe eine mühevolle, unerträglich lange Prozedur. Alles nahm viel zu viel Zeit in Anspruch. Jeder schien sich in Zeitlupe zu bewegen. Trotzdem wagte er nicht, das Verfahren zu beschleunigen oder gar eine Etappe zu überspringen. Er wusste es besser, und er brauchte sich nur an die Zellen zu erinnern, die er gerade durchs Mikroskop betrachtet hatte. Das reichte.

Sein Herz klopfte immer noch heftig gegen seinen Brustkorb. Zumindest war das starke Pochen in den Schläfen inzwischen zurückgegangen. In Situationen wie diesen war seine Nervosität und Impulsivität fast beängstigend. Dieses Übermaß an Energie wurde er gewöhnlich in der Badmintonhalle los oder beim Laufen. Jahre der Selbstdisziplin hatten ihm geholfen, es zu kontrollieren. Doch hier, innerhalb dieser fensterlosen Räume, war es schon immer eine Herausforderung für ihn gewesen.

Er hatte zuerst McCathy in seinen Schutzanzug geholfen. Platt konnte seinen Anzug allein anlegen. Im Außendienst gestaltete sich das ein bisschen schwieriger. Hier drinnen war es reine Routine, und Platt hatte genug Zeit. McCathy musste die gefrorenen Proben, die sie für den Test benötigten, präparieren, eine Sache, um die Platt ihn nicht beneidete. Bei den Proben handelte es sich um das Serum menschlicher Opfer des Filo-Virus, Proben, die aus dem Gefrierschrank des USAMRIID stammten, ihrer eigenen Sammlung von gefährlichen Krankheitserregern. Platt versuchte positiv zu denken, sich daran zu erinnern, dass nicht alle Filo-Viren gleich waren. Wenn auch durchweg hochansteckend, so wirkten sie doch nicht alle tödlich.

Ebola Reston war vor ungefähr zwanzig Jahren im Affenhaus eines Privatlabors in Reston in Virginia aufgetaucht. Platts Dozent am USAMRIID hatte zu der Spezialeinheit gehört, deren Aufgabe es gewesen war, die Seuche einzudämmen. Das Virus hatte sich unter den Affen wie ein Buschfeuer ausgebreitet, aber es wirkte bei Menschen nicht genauso. Die Probe, die sie im Kühlfach hatten, stammte von einem Arbeiter, der krank geworden war, aber überlebt hatte. Durch Ebola Reston war nicht ein einziger Mensch gestorben. Trotzdem sah es unter dem Mikroskop aus wie ein Bündel von Schlangen oder Würmern mit Tausenden von Fäden, die sich aus ihrem Innern abspalteten. Vom Aussehen her wirkte es genauso gefährlich wie das Ebola Zaire.

Ebola Zaire hatte aus gutem Grund den Spitznamen „Abräumer". Die Todesrate lag bei neunzig Prozent. Die Probe, die sie besaßen, stammte von einer Krankenschwester aus dem Norden Zaires südlich des Ebola. Im September 1976 hatte sie eine römisch-katholische Nonne gepflegt, die sich mit diesem Virus infiziert hatte. Soweit Platt über die Seuche unterrichtet war, hatte sie ein ganzes Dorf in der Bumba-Zone im nördlichen Zaire ausradiert. Das Virus war von einem Dorf ins nächste übergesprungen, bis die Regierung einzelne Regionen des Landes abgesperrt und denen mit Erschießung gedroht hatte, die eine Zone verlassen oder in sie eindringen würden. Das war Ebola Zaire. Die einzige Möglichkeit der Eindämmung dieser Seuche war, sie aussterben zu lassen und damit natürlich auch diejenigen, die sich infiziert hatten.

Dazwischen lagen Marburg und Lassa. Marburg war nicht viel harmloser als Ebola Zaire. Diejenigen, die die Infektion überlebt hatten, sahen aus wie Opfer radioaktiver Verstrahlung. Der Unterschied bestand darin, sie hatten es tatsächlich überlebt. Die Probe der Marburg-Zellen stammte von einem solchen Überlebenden, einem Arzt aus Nairobi.

Das Lassa-Fieber war ebenso wenig in jedem Fall tödlich. Wenn man es früh genug erkannte, konnte man es mit antiviralen Mitteln behandeln, doch bei einem von drei Kranken trat eine permanente Taubheit ein. Die Probe des Lassa-Fiebers, die sie im Kühlschrank lagerten, stammte von einem Mann namens Masai. Platt hatte ihn in Sierra Leone behandelt, bevor er selbst in Quarantäne gesteckt worden war.

Der Test, den McCathy vorbereitete, war ziemlich einfach. Er würde dieselbe Prozedur an dem Blut aller Personen vornehmen müssen, die mit dem Erreger in Verbindung gekommen waren: Mary Louise, Assistant Director Cunningham und Agent O'Dell. McCathy begann zunächst mit Mrs Kellerman, indem er einen Tropfen ihres Blutserums auf jede Probe aus dem Kühlschrank gab.

Wieder aufgetaut, waren die Viren genauso gefährlich wie zu dem Zeitpunkt, als man die Proben gesammelt hatte. Wenn Mrs Kellermans Blut bei einer dieser Proben reagierte und sie ein leichtes Leuchten feststellen konnten, dann hieß dies, dass der Test positiv ausgefallen war. Das Aufleuchten zeigte, dass die Viren die Organismen in Mrs Kellermans Blut „wiedererkannten". Platt hoffte aber, dass die Tests bei allen Proben negativ ausfielen und die Chance bestand, dass es sich gar nicht um ein Virus handelte.

Noch immer im OP-Kittel, setzte er sich auf die Bank in der grauen Zone, stützte die Ellbogen auf die Knie und legte das Kinn in die Handflächen. Er war vollkommen erschöpft. Er wusste, dass McCathy auch ziemlich müde sein musste. Platt würde es dank seines Trainings und Adrenalinspiegels durchstehen. Er hatte sich bereits in Kriegsgebieten aufgehalten, körperlich und geistig ausgelaugt, und war gezwungen gewesen, in provisorisch eingerichteten Operationsräumen mit von Generatoren angetriebenen Lampen und begrenztem sterilen Wasser zu operieren. Irgendwie hatte er gelernt, das Letzte aus sich herauszuholen und die nächsten Minuten, die nächsten Stunden, den folgenden Tag zu überstehen. Täte er es nicht, könnte das jemanden das Leben kosten. Ein Kriegsgebiet unterschied sich nicht sehr von einer Hot Zone.

Er starrte auf die glänzenden Stahlwände, an denen Duschköpfe für die spätere Dekontamination angebracht waren. Die graue Zone war neutrales Territorium. Oder wie Platts Vorgänger es bezeichnet hatte, „die letzte Chance, es sich anders zu überlegen, bevor man in die Hot Zone überwechselt".

Platt sah auf seine Armbanduhr, dann nahm er sie ab und begann seinen Schutzanzug anzuziehen. Es war verboten, bis auf den OP-Kittel irgendetwas unter dem Anzug zu tragen, das mit der Haut in Kontakt kam. Platt wusste allerdings, dass mehrere Leute ihre Amulette und Talismane darunter umbehielten. Hier in der grauen Zone außerhalb der luftdicht verschlossenen Sicherheitsstufe vier war es nicht ungewöhnlich, dass man verschiedene abergläubische Rituale beobachten konnte. Platt hatte gesehen, wie Wissenschaftler sich bekreuzigten. Er erinnerte sich an einen Veterinärmediziner, der ein Foto seiner Frau und der Kinder herausholte und lange betrachtete, bevor er in den Schutzanzug stieg. Andere machten eine Reihe von Atem- oder Entspannungsübungen.

Was Platt betraf, so wünschte er, er hätte noch immer eine Familie oder zumindest eine Fotografie von ihr. Manchmal dachte er, es wäre schön, wenn er noch an solche Gesten wie Sichbekreuzigen glauben könnte, so wie es in seiner Kindheit der Fall gewesen war. Doch er hatte keine Rituale, keine abergläubischen Angewohnheiten. Obwohl er nie vergaß, vorher noch einmal die Toilette zu benutzen. Sechs Stunden in einem Raumanzug hatten ihn das ziemlich schnell gelehrt.

Er rollte mit den Schultern und dehnte den Hals. Dann atmete er ein paarmal tief durch, bevor er den Helm aufsetzte. Er legte die Hand auf den Griff der luftdruckbetriebenen Stahltür und betrat die Hot Zone.

35. KAPITEL

Reston, Virginia

R. J. Tully hatte sein Handy aufgeklappt, bevor es ein zweites Mal klingelte. Es war kurz nach sieben am Samstagmorgen, aber es überraschte ihn nicht, die Stimme seines Vorgesetzten zu hören. Er war erleichtert.

„Guten Morgen, Agent Tully."

„Sir, wie geht es Ihnen?" Tully wischte sich die Krümel seines Bagels vom Kinn, als fühle er sich ertappt. Dabei stieß er an der Stelle, wo er sich beim Rasieren geschnitten hatte, auf einen Fetzen Kleenex.

„Mir geht es gut. Was ist mit Agent O'Dell?"

Die Frage verblüffte Tully. Er hätte eigentlich erwartet, dass Cunningham über Maggies Zustand besser informiert war als er. Soweit er es verstanden hatte, befand sie sich nur ein paar Meter weiter auf demselben Flur.

„Gestern Abend ging es ihr noch gut. Heute Morgen habe ich noch nicht mit ihr gesprochen."

„Colonel Platt leitet die Spezialeinheit", fuhr Cunningham geschäftsmäßig wie immer fort. „Er kümmert sich um Eindämmung und Behandlung, wenn das möglich ist. Das bedeutet, dass der Tatort immer noch bewacht wird, aber Sie und Ganza werden sich um alle Beweismittel kümmern, die Sie eventuell finden."

„Sie waren in dem Haus, Sir. Gibt es denn dort irgendwas?"

Das Schweigen am anderen Ende hielt so lange an, dass Tully schon glaubte, die Verbindung sei irgendwie unterbrochen worden.

„Es muss etwas geben", sagte Cunningham schließlich. „Was auch immer dahintersteckt, ich glaube, es ist was Persönliches."

„Persönlich, Sir?"

„Warum sollte jemand das Risiko eingehen und die Nachricht direkt an die BSU schicken? Ich glaube, er wollte ganz sichergehen, dass ich sie bekomme."

Tully war nicht unbedingt derselben Meinung. Es war genauso möglich, dass dieser Typ ihnen generell eine lange Nase hatte zeigen wollen, indem er bewies, wie dicht er an sie herankam, ohne bemerkt zu werden. Aber Tully pflegte nicht mit seinem Boss zu streiten. Aus Cunninghams Perspektive gesehen, vor allem nach einer Nacht im Knast, war es wahrscheinlich naheliegend, an eine persönliche Attacke zu glauben.

„Haben Sie Sloane darauf ansetzen können?", erkundigte sich Cunningham.

„Ja. Ich werde ihn übrigens heute Morgen in Quantico treffen, bevor er seinen Unterricht beginnt." Dann erinnerte sich Tully an die Spur, die er und Ganza auf dem Umschlag gefunden hatten. Wenn es tatsächlich persönlich wäre, könnte Cunningham womöglich etwas mit der Nachricht anfangen. „Sir, kennen Sie jemanden mit dem Namen Nathan, der damit zu tun haben könnte?"

„Nathan?"

„Wir haben auf dem Briefumschlag aus dem Donut-Karton den Abdruck von einer Notiz gefunden. Die Nachricht lautete: Nathan R. anrufen, neunzehn Uhr."

Einen Moment herrschte Schweigen am anderen Ende der Leitung. „Der Name meiner Tochter ist Catherine", sagte Cunningham schließlich, und Tully glaubte, Besorgnis in seiner Stimme zu hören. „Wir nennen sie Cather. Meine Mutter liebt Willa Cather. Wäre es möglich, dass es Cather heißt?"

Wenn Cunningham glaubte, die ganze Sache sei etwas Persönliches, konnte Tully sich gut vorstellen, was er jetzt dachte. Aber er hatte sich zu sehr in die Idee verrannt, dass diese Stücke zum Puzzle gehörten. Tully hatte das vergrößerte Bild des Abdrucks noch genau vor Augen. Die Namen waren nicht zu verwechseln gewesen.

„Nein, Sir. Ich bin sicher, dass es Nathan hieß." Er hörte, wie Cunningham unwillkürlich erleichtert ausatmete. „Gibt es noch irgendetwas, nach dem Ganza und ich suchen sollten,

Sir?", erkundigte sich Tully. Wusste Cunningham etwas, das er ihm verschwieg?

„Nichts, außer ..." Cunningham zögerte. „Es ist nur so ein Gefühl. Ich glaube nicht, dass es seine einzige Tat war. Es gibt sicher weitere, oder es wird sie geben."

Tully schrieb eine Telefonnummer auf, die Cunningham ihm durchsagte, eine direkte Durchwahl zu seinem Krankenhauszimmer im USAMRIID. Er versprach, sich zu melden, sobald er etwas herausgefunden hätte. Bevor er sein Handy zuklappte, fiel ihm der pinkfarbene Umschlag in der Ecke seines Displays auf; eine Nachricht war eingegangen, während er mit Cunningham telefoniert hatte. Von Gwen. Sie sagte, sie habe eine mysteriöse Nachricht von Maggie erhalten und könne sie nicht erreichen. Was war los? Sie erinnerte ihn ebenfalls daran, dass sie heute Abend zusammen essen wollten.

Tully war sich sicher gewesen, dass Maggie bereits mit Gwen gesprochen hatte. Jetzt würde er wirklich Ärger bekommen. Und um es noch schlimmer zu machen, hatte Gwen in ihrer Nachricht angeboten, eine Pizza vorbeizubringen. Schon seit Wochen hatte sie Andeutungen bezüglich einer Einladung in seine „Höhle" gemacht. Vielleicht könnte er ja mit diesem kleinen Zugeständnis den Ärger, weil er nicht angerufen hatte, irgendwie ausbügeln.

Er blickte sich im Wohnzimmer um: Schuhe lagen mitten im Raum herum, Briefe und schmutzige Gläser waren überall auf dem Kaffeetisch verteilt, Stapel von Zeitschriften kämpften mit den Staubschichten um einen Platz auf der Tischplatte. Er verdrehte die Augen, dann wählte er Gwens Nummer.

In diesem Moment stolperte Emma mit Harvey durch die Hintertür. Ihr Haar war zerzaust, der Pyjama zerknautscht und die Augen leicht geschwollen und rot, als hätte sie nicht genug geschlafen. Und plötzlich schien der Staub nicht mehr so wichtig zu sein. Viel schlimmer war, dass seine Tochter und die Frau, mit der er ein Verhältnis hatte, im selben Haus, im selben Zimmer zusammen sein würden.

36. KAPITEL

USAMRIID
In der Hot Zone

Jedes Mal wenn Colonel Benjamin Platt ein Labor der höchsten Sicherheitsstufe betrat, wunderte er sich von Neuem, wie normal alles aussah. Draußen vor der dicken Tür mit der Luftschleuse und dem leuchtend roten Warnschild vor gefährlichen Keimen neben der Aufforderung „Diesen Raum nur im Überdruckschutzanzug betreten!“ hatte man immer den Eindruck, dahinter erwarte einen etwas Außerordentliches. Die Konsole für die Identifikationsprozedur sah aus wie das Keyboard eines Rechners und hätte gut zu einem Cockpit gehören können. Vor dem Eintreten musste man den richtigen Code eingeben und eine lange Liste von Angaben machen, wonach man mit einem blinkenden grünen Licht belohnt wurde, das einem „Zutritt gestattet“ signalisierte. Das alles, dazu das Fauchen der Luft, wenn sich die Schleuse öffnete, ließ einen etwas Spektakuläres auf der anderen Seite erwarten. Und auch wenn der Raum enttäuschend kahl und steril war, so fühlte Platt immer wieder so etwas wie Ehrfurcht, wenn er ihn betrat.

Gelbe Luftschläuche wanden sich aus den weißen Wänden, die mit den überall verstreuten dicken Klumpen von Epoxydharz wie eine Jackson-Pollock-Ausstellung wirkten. Um die Abzüge und Steckdosen herum klebte ganz ähnliches weißes Zeug, das zur Isolierung der Zwischenräume diente. Von der Decke hingen ein Stroboskoplicht und eine Alarmanlage, die anschlug, sobald das Luftdrucksystem ausfiel. An den Wänden befanden sich Reihen von Metallschränken, ein langer Tresen und ein Fenster zur Außenwelt.

Platt griff nach einem gelben Schlauch und schloss seinen Schutzanzug daran an. Sofort schoss mit einem Tosen Luft in seinen Helm und dröhnte ihm in den Ohren. McCathy hatte kaum aufgesehen, zu sehr war er auf seine Arbeit konzentriert, die er mit doppelt übereinandergezogenen Schutzhandschuhen ausführte. Er hatte vier Objektträger vorbereitet, und vier Mikroskope standen nebeneinander, sodass man alle Proben gleichzeitig beobachten konnte. Schließlich blickte er hoch und winkte Platt zu sich heran. Er schob die Objektträger in den vorgesehenen Schlitz. Dann blickte er nacheinander durch jedes Okular und drehte manchmal noch an einem, um die Schärfe genau einzustellen.

„Von links nach rechts!“, rief McCathy gegen den Lärm der Maschinen an und trat zurück. Platt sah den Schweiß auf dem Gesicht des älteren Mannes, durch den das Innere seines Helms beschlug. McCathy kam mit der Plastikschale gegen sein Gesicht und hinterließ einen Schmierstreifen, aber das lenkte ihn nicht weiter ab. Er deutete auf die Mikroskope. „Ebola Reston, Lassa, Marburg, Ebola Zaire.“

Platt nickte. McCathy hatte die Viren in ihren Gefährlichkeitsstufen angeordnet. Sosehr Platt hoffte, es wäre Ebola Reston, war er sich doch klar, dass dies keine Erklärung für Mrs Kellermans Zustand war.

„Ich muss die Lichter ausschalten“, erklärte McCathy und hielt eine Fernbedienung hoch. „Es wird hier schwarz wie die Nacht. Wir dürfen nicht riskieren, dass wir uns umrennen!“

Platt nickte wieder. Sein Herz hämmerte in der Brust, fast lauter als das Druckluftsystem in seinem Anzug. Es war nicht der Gedanke an die bevorstehende Dunkelheit, auch wenn er brillante Wissenschaftler kannte, die sich dieser Kombination aus Klaustrophobie, Dunkelheit und einer Hot Zone niemals aussetzen würden.

„Sie bleiben hier und beobachten diese beiden Mikroskope.“ McCathy zeigte auf die zwei Geräte direkt vor Platt. „Ich nehme diese beiden.“

Platt starrte auf die Mikroskope. McCathy hatte die Proben mit Ebola Reston und Lassa-Fieber, er Marburg und Ebola Zaire. Lass keins von beiden leuchten! dachte er. Totale Finsternis wäre ihm am liebsten gewesen.

„Fertig?“, fragte McCathy und hielt die Fernbedienung wieder hoch.

Platt legte die Hände jeweils auf eine Ecke der beiden Mikroskope, sodass er im Dunkeln nicht danach tasten musste. Er nickte wieder.

Der Raum wurde schwarz. Nirgends gab es eine Lichtquelle. Nicht ein einziges rotes Lämpchen von einem Monitor. Nicht ein Spalt, durch den Licht fiel. Keine Spiegelung. Er konnte nicht mal McCathy erkennen, der direkt neben ihm stand.

Vorsichtig beugte er sich über das erste Okular und blickte hinein. Sein Helm machte es etwas schwierig. Zuerst sah er nur Schwärze. Inzwischen klopfte sein Herz so heftig, dass er fürchtete, die Vibration könnte das Bild stören. Da der Helm aus flexiblem Kunststoff war, presste Platt es dichter ans Okular, bis er den Druck des Gerätes spürte. Erkennen konnte er immer noch nichts.

„Sehen Sie was?“, rief McCathy neben ihm.

„Beim ersten nichts.“

„Hier auch nichts.“

Platt wartete. Manchmal dauerte es einen Moment, bis die Seren sich vermischten und eine Reaktion stattfand. Aber es passierte noch immer nichts. Er erinnerte sich: Marburg auf der linken, Ebola Zaire auf der rechten Seite. Er zog sich kurz zurück, atmete tief durch und beugte sich erneut über das Okular.

„Hier ist nichts!“, rief McCathy, nachdem er die zweite Probe begutachtet hatte.

Platt hatte kaum den Helm auf das Okular gedrückt, da sah er es bereits. Es war kein schwaches Leuchten, sondern ziemlich hell. Er holte Luft und drückte das Auge noch fester gegen das Gerät. Da unten sah es aus wie ein Nachthimmel mit einer Menge leuchtender Sterne.

„Heilige Scheiße“, fluchte er. Er richtete sich ruckartig auf und blickte erneut ins andere Mikroskop. Dort war nichts zu sehen. Wieder zurück zum anderen. Immer noch das Leuchten, sogar noch heller.

„Was ist?“, rief McCathy.

„Eins leuchtet bei mir!“

„Das dachte ich mir! Welches?“

Platt musste sich zusammenreißen. Er musste seinen hektischen Atem beruhigen. Er musste nachdenken. Sich erinnern. Marburg links. Ebola Zaire rechts. Sein Herzklopfen war jetzt nicht mehr das Problem. Es war, als würde plötzlich jedes Geräusch um ihn herum verschluckt, als sei mit einem Schlag alles still geworden. Und sein Magen zog sich mit einem Mal schmerzhaft zusammen.

„Es ist Ebola Zaire!“

37. KAPITEL

Saint Francis Hospital, Chicago

Dr. Claire Antonelli starrte auf die Aufnahme von Markus Schroders Leber. Auf dem Schreibtisch vor ihr lagen noch verschiedene andere Bilder und Testergebnisse. Sie hatte sich alles bereits mehrmals angesehen. Der Mann, der hinter ihr stand, sah es zum ersten Mal, und selbst er sagte keinen Ton. Eigentlich fand Claire es beunruhigend, wie still Dr. Jackson Miles wurde.

Sie wandte sich zu ihm um. Sein von Falten durchzogenes Gesicht wirkte, als hätte sich das Stirnrunzeln für immer dort eingegraben. Sie erinnerte sich, dass er einmal gemeint hatte, seine Falten wären „wohlverdiente Lebenslinien". Diese Lebenslinien besaß er schon so lange, wie Claire ihn kannte, auch schon während ihrer harten Studienzeit, in der er sie unter seine Fittiche nahm, nachdem ihre durchweg männlichen Kommilitonen ihr klargemacht hatten, dass sie eine Außenseiterin war. Dr. Jackson Miles hatte ihr damals erklärt, wenn er das erste schwarze Schaf unter den Chirurgen hatte werden können, dann würde sie sicher ebenfalls die Diskriminierung überstehen, mit der sie sich konfrontiert sah.

„Die Leber ist vergrößert", sagte sie, was offensichtlich war.

„Aber ansonsten sieht sie nicht ungewöhnlich aus." Er hatte seine dunklen Augen ununterbrochen auf das Bild gerichtet und studierte es, als habe er ein Puzzle vor sich. „Wie sieht es mit Typhus oder Malaria aus?"

„Ich habe dem Patienten Antibiotika gegeben, aber er spricht nicht darauf an. Nicht mal das Fieber ist runtergegangen."

„Kolibakterien oder Salmonellen?"

„Nicht nach den Bluttests", erwiderte Claire und seufzte. All diese Fragen hatte sie sich bereits selbst gestellt. Das alles noch einmal ihrem ehemaligen Dozenten zu erzählen machte die Sache nicht einfacher. „Ich dachte zuerst an ein Lebergeschwür oder eine Gallenblasenkolik, aber das hat sich beim Ultraschall nicht bestätigt."

„Könnte vielleicht nicht sichtbar sein."

Claire beobachtete, wie Jackson Miles sich das Kinn mit dieser großen Hand rieb, die bei Operationen immer wieder zu erstaunlich feiner Arbeit mit winzigsten Schnitten imstande war.

„Ich habe noch weitere umfassende Bluttests in Auftrag gegeben, aber ich weiß nicht, ob ich noch warten kann. Er ist schon kaum mehr ansprechbar. Ich befürchte, er wird ins Koma fallen."

„Besteht die Möglichkeit, dass er mit einem Erreger in Berührung gekommen ist?"

„Nach Aussage seiner Frau ist bereits eine Ansteckung mit Malaria oder Typhus ziemlich unwahrscheinlich. Zuerst habe ich auf Escherichia coli oder Milzbrand getippt. Da war letztes Jahr dieser Farmer, erinnern Sie sich, der sich irgendwie von seinen eigenen Kühen einen Milzbrand geholt hat. Vera, Schroders Frau, hat mir erzählt, dass sie regelmäßig nach Indiana fahren. Da ist ein Familienbetrieb, der ihr immer noch gehört, obwohl er jetzt von jemand anderem geleitet wird. Sie meint, sie würde aus sentimentalen Gründen daran festhalten." Claire verstummte, als ihr klar wurde, dass sie ins Schwafeln kam. Zu viele Informationen. Sie brauchte das nicht alles zu erzählen. „Markus arbeitet in Chicago als Buchhalter in einer Anwaltskanzlei."

„Ist in der Kanzlei noch jemand anders erkrankt?"

„Daran habe ich auch schon gedacht." Claire fuhr sich mit den Fingern durchs Haar und versuchte sich zu beruhigen. Sie hatte in letzter Zeit wenig Schlaf bekommen und sich von solchen Sachen wie kalter Pizza ernährt. Ihr Adrenalinspiegel, der sich beim Anblick des gesunden und fröhlichen kleinen Haney aufgebaut hatte, war inzwischen wieder abgesackt. „Eine Mitarbeiterin ist im Mutterschaftsurlaub", erklärte sie ihm. „Jemand anders hat sich ein Bein gebrochen. Niemand mit grippeähnlichen Symptomen."

„Meinen Sie, seine Frau würde einer OP zustimmen?"

„Woran denken Sie?"

„Es könnte etwas an der Leber oder den Nieren sein, das im Ultraschall nicht zu sehen ist."

„Werden Sie operieren?", fragte sie und bemühte sich, nicht so zu klingen wie eine Studentin, die ihren Dozenten um einen Gefallen bittet.

Er nickte. „Holen Sie sich die Einwilligung seiner Frau. Wir ziehen uns beide um und sehen uns das mal an."

Bei ihm klang es so lässig und zuversichtlich, dass Claire fast glaubte, es wäre so einfach. Dann tätschelte er ihr in seiner väterlichen Art den Arm und lächelte ihr zu.

„Wir werden unser Bestes tun", sagte er, als er ihre Besorgnis und Skepsis bemerkte. „Mehr können wir nicht leisten."

Claire hoffte inständig, dass Markus und Vera Schroder das auch so sahen.

38. KAPITEL

Der Knast

Wieder fuhr Maggie beim Klingeln des Telefons erschrocken hoch. Sie war so in ihre Internetrecherche vertieft gewesen, dass sie gar nicht bemerkt hatte, wie jemand den Nebenraum betrat und sich vors Fenster setzte.

Als sie hinübersah, war Platts Blick auf sie gerichtet, so intensiv und eindringlich, dass es ihr unheimlich wurde. Er hatte etwas erfahren, und es waren keine guten Neuigkeiten. Sie nahm sich Zeit, schloss die Datei, die Website, während er dort stand, und ließ es die ganze Zeit klingeln.

„Danke für den Computer", sagte sie, nachdem sie schließlich den Hörer abgenommen hatte. „Sie werden mir jetzt sicher sagen, dass ich ihn noch eine ganze Weile benutzen kann, richtig?"

Er starrte sie nur weiter an, und sie konnte sehen, wie fest er die Kiefer aufeinanderpresste.

„Sie versuchen immer, mir zuvorzukommen", sagte er mit unverändertem Gesichtsausdruck.

„Tut mir leid, ist so eine Angewohnheit. Normalerweise bin ich immer die Überbringerin schlechter Nachrichten. Ich bin es nicht gewohnt, dass es jetzt andersherum läuft."

„Sind Sie immer so zynisch?"

„Ich verdiene mir meine Brötchen mit der Jagd nach Mördern."

„Aah." Er grinste, als erkläre das alles. „Sie sind es gewohnt, die Leute in den Knast zu werfen, nicht selbst dort gefangen zu sein."

Er deutete auf ihren Stuhl und ging zu dem auf seiner Seite, blieb aber noch stehen und wartete, dass sie sich setzte. Aber sie wollte nicht sitzen. Schlechte Nachrichten würde sie lieber im Stehen empfangen oder noch besser, während sie umherlief. Doch er wirkte völlig erschöpft. Sein frisch gewaschenes Haar schien noch feucht zu sein. Unter den Augen hatte er dunkle Tränensäcke. Etwas Weißes an seinem Kinn – vielleicht Seife – blitzte hell auf den dunklen Stoppeln. Und er hatte sich umgezogen, ein William-and-Mary-T-Shirt und marineblaue Jogginghosen. Aber er trug noch immer die weißen Nikes.

„Also, irgendetwas sagt mir, dass Sie nicht gerade von einem gemütlichen Waldlauf zurückkommen?“, bemerkte sie, während sie sich setzte.

„Kein Jogging heute Morgen.“ Er folgte ihrem Beispiel, aber statt sich zurückzulehnen und sich auszustrecken wie letztes Mal, blieb er aufrecht sitzen.

„Ich habe vielleicht etwas gefunden“, sagte sie, weil sie sich nicht sicher war, ob sie seine Neuigkeiten jetzt schon hören wollte. „Ich glaube, dieser Typ versucht, verschiedene frühere ungelöste Verbrechen zu kopieren.“

„Wie kommen Sie darauf?“ Er sah sie neugierig an.

„Ich habe den Absender des Briefumschlags, den ich im Kellerman-Haus gefunden habe, überprüft ...“

„Sie haben Beweismittel vom Tatort mitgenommen? Aus einer Hot Zone?“ Jetzt saß er vorn auf der Stuhlkante.

„Ich habe ihn doppelt eingetütet.“ Als er sie immer noch stirnrunzelnd ansah, erklärte sie weiter: „Ich hatte ihn die ganze Zeit hier bei mir in diesem Zimmer. Also schätze ich mal, er ist genauso ausreichend dekontaminiert wie ich im Augenblick.“ Sie hielt seinem Blick stand, ohne mit der Wimper zu zucken. „Wollen Sie nicht wissen, was ich gefunden habe?“

„Es ist Ihnen doch klar, dass ich Sie dafür belangen könnte, eine medizinische Maßnahme der Vereinigten Staaten zu behindern.“

„Ja sicher, tun Sie das. Was werden Sie mit mir anstellen? Mich in den Knast werfen?“

Sie starrten sich gegenseitig an wie zwei Revolverhelden, niemand wollte als Erster nachgeben. Schließlich blickte er weg. Mit der freien Hand rieb er sich müde die Augen, dann das Kinn, dabei verwischte er das Weiße. Inzwischen war er wieder tiefer in den harten Plastikstuhl gesunken, hielt aber den Hörer weiter ans Ohr gedrückt.

„Ich muss ihn an die zuständigen Stellen weiterleiten."

„Er gehört Ihnen."

Vielleicht hatte er erwartet, dass sie protestierte. Vielleicht war er einfach müde.

„Also ... was haben Sie herausgefunden?"

Sie berichtete ihm von der Sache mit der Absenderadresse, von James Lewis und den Tylenol-Morden im September 1982, von Mary Kellerman und Mary Louise Kellerman, davon, dass die Namen der Orte fast identisch waren und dass der Täter das Jubiläum mit einem „Zusammenbruch" zelebrieren wollte.

„Was war in dem Umschlag?", fragte Platt.

„Nichts außer einem leeren Plastikbeutel mit Ziplock. Ich habe ihn nicht geöffnet. Es ist ja ein Beweismittel." Sie lächelte ihn an.

„Nun, die Kellermans wurden definitiv irgendeiner Substanz ausgesetzt", sagte er. „Aber es handelt sich nicht um Zyankali. Ich wünschte fast, es wäre so."

„Es war kein Gift?"

„Nein, es war kein Gift." Er schüttelte den Kopf, als würde er diese Tatsache bedauern. „Gift war es nicht."

Sie wartete.

„Ich weiß, dass Sie eine medizinische Ausbildung haben."

„Grundstudium Medizin im College", sagte sie. „Es ist schon eine ganze Weile her." Er machte sie zur Kollegin, weil sie dann seine Angst nachvollziehen konnte. Noch vor wenigen Minuten hatte er sie wie eine Gegnerin behandelt, die eine Untersuchung behinderte. Vielleicht war es nur seine Erschöpfung. Sie hatte ebenfalls nicht geschlafen. „Bitte sagen Sie es mir einfach", platzte sie schließlich heraus und konnte ihre Ungeduld nicht mehr im Zaum halten. „Sie müssen es nicht in Zuckerwatte verpacken, aber diesen ganzen wissenschaftlichen Kram will ich auch nicht hören."

Er atmete tief durch. Setzte sich wieder aufrecht hin, ohne sie aus den Augen zu lassen.

„Mrs Kellerman ist mit einem Virus in Kontakt gekommen. Es hat sich bei ihr eingenistet. Nachdem es sich vermehrt hat, sprengt die Masse der Viren praktisch ihre Zellwände und lässt sich durch das Blut in die nächsten Zellen schwemmen."

Maggie war sich sicher, dass er bei dem Wort „Virus" zunächst gezögert hatte. Sie brauchte gar nicht mehr zu hören, aber Platt redete weiter.

„Es handelt sich um einen Parasiten, von dem wir gehofft haben, dass er uns nicht wieder begegnet. Ein Parasit, der nach dem perfekten Wirt sucht." Er schwieg einen Augenblick, als versuche er einen besseren Weg zu finden, um es auszudrücken. „Das größte Problem ist, dass der Mensch nicht der perfekte Wirt ist. Er hält es sieben bis einundzwanzig Tage durch. Das Virus zerstört den menschlichen Organismus fast immer, bis er ausblutet. Dann wird es ausgeschwemmt und sucht sich einen neuen potenziellen Wirt."

„Sie klingen, als hätten Sie das schon einmal erlebt?"

„Es war das Dorf, von dem ich Ihnen erzählt habe, außerhalb von Sierra Leone. Ich hatte etwas Ähnliches dort in einem Behälter." Er sagte das fast andächtig, leise, wie ein geflüstertes Gebet.

„Aber Sie sind nicht erkrankt." Es ärgerte Maggie, dass sie so hoffnungsvoll klang, wo er alles andere als das wirkte.

„Das war Lassa-Fieber. Auch ein Krankheitserreger der Stufe vier. Dieselbe Familie. Aber nicht vergleichbar mit diesem hier."

Sie schloss die Augen und sank in ihren Stuhl zurück.

„Es ist Ebola, habe ich recht?", fragte sie mit geschlossenen Augen und legte den Kopf in den Nacken.

Sie hatte den Hörer immer noch fest gegen das Ohr gepresst, sodass sie ihn gut verstehen konnte, obwohl sie heftig atmete und ihr Herz laut in ihrem Brustkorb hämmerte.

„Ja", sagte er. „Es ist Ebola Zaire."

39. KAPITEL

Wallingford, Connecticut

Diesen Teil liebte Artie. Er mochte diese Rundfahrten, auch wenn sie nicht gerade zu exotischen Orten führten. Er fuhr gern auf den Bundesstraßen, auf langen offenen Strecken, wo er viel Gelegenheit zum Nachdenken hatte. Manche seiner besten Ideen waren ihm während seiner „Lieferfahrten" gekommen.

Heute hatte ihm sein Mentor wieder den SUV mit dem Nummernschild der Kommunalverwaltung überlassen. Artie hatte ihn sauber gemacht, innen und außen. Er mochte es, wenn die Dinge eine gewisse Ordnung hatten. Er bemühte sich immer, dass alles nach einem bestimmten Plan verlief, reine Routine mit einem Schuss Selbstdisziplin. Wahrscheinlich war das der Grund, warum man ihn ausgesucht hatte.

Er sah sich selbst als eine Art Enzyklopädie kriminellen Verhaltens, ähnlich seinem Mentor, einem begeisterten Anhänger des perfekten Verbrechens. Die Perfektion des Denkprozesses, die Kreativität und das Know-how, alles, was notwendig war, um einen Mord zu begehen, ohne dafür belangt zu werden, besaß seine bedingungslose Anerkennung. Es war also nichts Merkwürdiges dabei, dass er historische Kriminalfälle zusammengetragen und in seinem Kopf abgespeichert hatte. Das machte ihn zu etwas Besonderem. Und äußerst kompetent für diese Aufgabe. Dabei nicht jede Einzelheit zu kennen gehörte zum Reiz an der Sache und war ein Teil des Lernprozesses, bei dem er zeigen konnte, wie schnell er in der Lage war, die einzelnen Puzzlestücke zusammenzufügen. Welche bessere Möglichkeit gab es, seine Berufung zu vervollkommnen?

Nein, Artie erwartete nicht, dass man ihm etwas schenkte. In seinem Leben hatte er nie viel besessen. Schon früh hatte er gelernt, sein Ziel durch Geduld, Charme und mit seinem außergewöhnlichen Gedächtnis zu erreichen. Und er lernte schnell dazu. Er nahm an, selbst sein Meister wäre angenehm überrascht, wenn er feststellte, wie rasant Artie lernte, seinen Teil beizusteuern. Wahrscheinlich hätte er nicht erwartet, dass sein Schüler so gut war.

Die Anweisungen lauteten, die Päckchen einfach von so weit wie möglich und so diskret wie möglich zu verschicken. Artie hatte alles durchdacht. Er wusste, dass die Adressen der Absender und Empfänger sorgfältig ausgesucht waren. Warum also nicht auch die Orte, von denen aus man sie verschickte? Also spielte Artie sein eigenes Spielchen mit dem FBI und machte sich einen Spaß daraus, dem Stempel auf jeder Sendung noch eine eigene Bedeutung zu geben.

Zuerst war er nie besonders weit gefahren, um seine Sendungen abzuschicken. Schließlich gab es Hunderte von Briefkästen, die man benutzen konnte. Vor diesem Trip war das Weiteste, wohin er gefahren war, vor einigen Wochen Murphy in North Carolina gewesen. Das Päckchen war an Rick Ragazzi in Pensacola in Florida adressiert und mit dem Absender Victor Ragazzi in Atlanta versehen gewesen. Warum also Murphy in North Carolina?

Das war ein Kinderspiel für Artie. Er dachte, er sollte den Typen vom FBI mal etwas auf die Sprünge helfen. Zu Murphy gab es nicht viele Verbindungen, die mit einem bekannten Verbrechen zu tun hatten. Sicher würden die Agenten das durchschauen, vor allem, wo es sich um einen Fall handelte, den sie vor Jahren total verbockt hatten. Es war ihnen bestimmt klar, dass Murphy ausgesucht wurde, weil dort ein Eric Rudolph gelebt hatte, bevor er sich auf die Flucht begab. Gerüchte besagten, dass die Einwohner des Ortes ihn sogar gedeckt und die Beamten mit falschen Informationen in die Irre geführt hatten. Aber würde das FBI diesen Witz verstehen? Diesen satirischen Schlenker zu würdigen wissen? Diese subtile Aufforderung: Fangt mich doch, wenn ihr könnt?

Alles, was Artie tun musste, war, das Päckchen bei der dortigen Poststelle einzuwerfen, sodass es einen Stempel von Murphy in North Carolina bekam. So gern er das auch getan hätte, er durfte das Risiko nicht eingehen und in dem Restaurant der Stadt einkehren, das auf der Markise diese unverschämt freche Werbung „Rudolph isst hier“ stehen hatte. Stattdessen begnügte sich Artie auf der Rückfahrt an der Interstate 95 mit einem Burger bei McDonald's. Was kein großes Opfer bedeutete. Artie liebte die Big Macs von McDonald's.

Die Fahrt nach Murphy hatte acht Stunden gedauert, siebenhundertfünfzig Kilometer. Wallingford war fünfzig Kilometer näher. Wie auch immer, Wallingford als Ausgangsort auszuwählen war etwas kniffliger gewesen. Er wusste, dass es diesmal für das FBI nicht so offensichtlich sein würde, auch wenn es sich um einen weiteren Fall handelte, den sie vor einigen Monaten vermasselt hatten.

Er gratulierte sich, dass er alle Details über diesen Fall recherchiert hatte. Es handelte sich um ein prägnantes Beispiel dafür, wie Unschuldige zufällig ins Kreuzfeuer geraten konnten. Es war genau das, was vom FBI oder dem Militär als „Kollateralschaden“ bezeichnet wurde. Artie nannte es lieber einen „Bonus-Mord“. Aber würden die Typen vom FBI das überhaupt bemerken?

Warum also Wallingford in Connecticut? Im Herbst 2001 lebte dort eine über neunzigjährige Witwe – okay, das genaue Alter wusste er nun nicht mehr –, die zu den Opfern der Milzbrandanschläge gehörte. Ottilie W. Lundgren hatte in Oxford in Connecticut gewohnt. Sie hatte das Haus selten verlassen, und soweit man es zurückverfolgen konnte, war sie kein direktes Ziel der Killer gewesen. Irgendwie war ihre Post unglücklicherweise mit einem präparierten Brief in Berührung gekommen, der über das Postamt von Wallingford im Süden Connecticuts verschickt worden war.

Das FBI hatte nirgends in ihrem kleinen Haus Spuren von Milzbranderregern gefunden. Aber im etwa fünf Kilometer entfernten Seymour. „Fremdkontamination“ hatte die Erklärung schließlich gelautet. Von den Behörden wurde es als unglücklicher Zufall bezeichnet. Ihre Verwandten behaupteten, es sei „so sinnlos“ gewesen. Artie störte das nicht.

Während Artie den Geländewagen um den zweiten Speichersee lenkte, blickte er auf die Google-Karte auf dem Beifahrersitz. Er musste in die falsche Richtung gefahren sein. Von der Interstate 91 hatte er die Center-Street-Abfahrt genommen. Hier gab es offensichtlich kein Postamt.

Er fand eine Stelle zum Wenden. Zum Sightseeing hatte er leider keine Muße, auch wenn die sich durch die Landschaft windenden Straßen sehr einladend wirkten und das sich verfärbende Laub ziemlich cool aussah. Was Artie noch mehr interessierte, war die Tatsache, dass man nicht weit von hier in einem verlassenen Steinbruch ein paar Leichen in Zweihundertliterfässern gefunden hatte, Leichen mit fehlenden Gliedmaßen. Ja, es war gar nicht so leicht, ein Krimifan zu sein, wenn man sich so dicht am Ort eines Verbrechens befand, aber nicht in der Lage war, ihn zu besuchen. Wahrscheinlich war das so ähnlich wie für einen Bürgerkriegsfreak, der sich nahe bei Gettysburg aufhielt und so gern einen Fuß auf den heiligen Boden gesetzt hätte.

Ein anderes Mal vielleicht. Artie drehte um und fuhr in die entgegengesetzte Richtung, fand diesmal von Osten her das Zentrum ziemlich schnell und begab sich auf die Hauptstraße, wo er das Postamt sah. Er lenkte den Wagen in die Einfahrt, in der die Briefkästen standen. Die getönten Scheiben der Limousine würden verhindern, dass die Überwachungskameras ihn erfassten, falls es dort welche geben sollte. Er griff nach den beiden Päckchen auf dem Boden des Wagens.

Dann warf er sie mit Schwung durch den Schlitz des Briefkastens, eines adressiert an die Benjamin Tasker Middle School in Bowie in Maryland, das andere an Caroline Tully in Cleveland, Ohio.

40. KAPITEL

North Platte, Nebraska

Patsy Kowak freute sich immer auf samstagmorgens. Da pflegte sie ihre Tochter abzuholen, und die beiden gingen dann zusammen in die Stadt zu ihrem Bücherklubtreffen. Normalerweise frühstückten sie in einem Café. An einem Ecktisch, der Platz für alle sieben bot. Der Besitzer des örtlichen Buchladens „Bücher von A bis Z" sprach gewöhnlich Empfehlungen aus, und in den vergangenen zwei Jahren hatten sie im Klub Romane gelesen, die sie nie von sich aus ausgewählt hätte. In dieser Woche fiel die Wahl auf eine ortsansässige Autorin, eine mysteriöse Patricia Bremmer. Patsy hatte das Buch innerhalb von zwei Tagen ausgelesen, was zum Teil der Tatsache zu verdanken war, dass Ward nicht mit ihr redete. Wenn dieses Schweigen so weiterging, würde sie sicher noch alles Mögliche erledigen können.

Nur noch eine Woche bis zur Hochzeit. Sie musste sich eingestehen, dass sie aufgeregt war. Nicht nur wegen ihres Sohnes und dieses besonderen Tages, sondern weil sie mal wegkam. Sosehr sie auch ihr Zuhause und diese Farm liebte, so sehr freute sie sich auch auf die Abwechslung, die eine Reise mit sich brachte. Es war Ewigkeiten her, seit sie mit Ward einen Ausflug gemacht hatte. Okay, es war nur Cleveland gewesen mit einem Abstecher nach O'Hare, aber selbst Cleveland kam ihr im Moment exotisch vor. Obwohl es nur wenige aus der Familie und dem Freundeskreis gab, die in der Lage waren, die weite Fahrt von Nebraska zu machen, hatte Conrad ihr erzählt, dass sie ungefähr zweihundert Leute erwarteten, hauptsächlich Freunde und Kollegen. Patsy fand es erstaunlich, dass jemand dermaßen viele Freunde und Kollegen hatte, sogar die Geschäftsführerin einer Werbeagentur und der Vizepräsident einer Pharmafirma. Aber Conrad war aufgeregt und glücklich, und das war das einzig Wichtige.

Diese Frau schien ihrem Conrad gutzutun wie kein anderer Mensch zuvor.

Patsy ging mit der Bürste durchs Haar. Es sah gar nicht schlecht aus, trotz ihrer Angewohnheit, manchmal einfach Strähnen herauszuschneiden, die falsch lagen. Es war eine nervöse Reaktion, die noch schlimmer wurde, wenn sie unter Stress stand. So konnte Ward sofort sehen, wenn sie einen schlechten Tag hatte. Zum Anfang der Woche hatte er sie gefragt, ob ihr Pony kürzer sei. Auf ein einfaches Ja hin hatte er nur genickt und sich zurückgezogen.

Aber statt ihrer Haare fielen ihr jetzt mehr ihre Hände auf. Sie waren vom Pferdestriegeln und dem Umgraben des Gemüsegartens noch stärker gerötet und rissiger als sonst. Sie legte die Bürste weg und nahm die kleine Schere, um trockene Hautpartikel wegzuschneiden, damit ihre Finger ein bisschen präsentabler aussahen. Aber sie fingen nur an zu bluten.

Es war schon Jahrzehnte her, dass sie sich eine professionelle Maniküre geleistet hatte, aber sie wusste, das stand ganz außer Frage. Ward hatte ihr bereits einen Vortrag über die zu häufige Verwendung ihrer Kreditkarte gehalten. Obwohl es nur seine gewisse Art war, seinen Unmut über die Hochzeit auszudrücken, da die einzigen Ausgaben, die sie getätigt hatte, diejenigen für ein neues Kleid und für Koffer für die Reise gewesen waren. Sie weigerte sich, die alten abgewetzten Taschen auch nur hervorzuholen. Sie waren wirklich altmodisch und hatten noch nicht mal Rollen. Kein Wunder, dass Conrad meinte, sein Vater wäre geizig. Was sie wieder daran erinnerte, dass sie kein Bargeld hatte und es nicht mehr schaffen würde, zur Bank zu gehen.

Patsy öffnete die unterste Schublade ihres Schranks und holte die Schachtel mit den Münzen und dem Schmuck heraus. Dort hatte sie auch die Plastiktüte mit den Scheinen von Conrad versteckt. Ward würde nie in Patsys Kleiderschrank wühlen, deshalb wusste sie, dass sie dort sicher lag. Eigentlich hatte sie nicht vorgehabt, das Geld zu benutzen. Sie könnte nach dem Frühstückstreffen bei der Bank vorbeigehen und es dann später ersetzen. Was konnte das schon ausmachen, wenn sie es jetzt nahm und dann wieder zurücklegte?

Sie öffnete die Plastiktüte und zog einen der Zwanzigdollarscheine heraus.

41. KAPITEL

Quantico, Virginia

Tully hatte es schon beim ersten Mal verstanden. George Sloane brauchte ihm und Ganza nicht noch einmal zu sagen, dass er in „genau fünfzehn Minuten" zum Unterricht zurückmusste.

Tully beobachtete Sloane, der geradezu eine Zeremonie daraus machte, sich zu setzen und die Beweismittel zu begutachten, wie ein Priester, der das heilige Abendmahl vorbereitete. Er spielte die Rolle des Meisters sehr gut, hatte sich sogar entsprechend gekleidet – schwarzer Rollkragenpullover, eng genug, um zu zeigen, dass er noch gut in Schuss war, dazu ordentlich gebügelte Hosen und ein dazu passendes Jackett. Er war nicht groß, ungefähr eins siebzig, aber wenn er den Raum betrat, strahlte er eine gewisse Autorität aus, ohne jedoch dabei zu viel Aufmerksamkeit zu erregen.

Er war in Tullys Alter, hatte aber im Gegensatz zu ihm noch keine grauen Schläfen. Sein dichtes Haar, das lang genug war, um sich über dem Rollkragen zu kringeln, war pechschwarz. Tully hatte den Verdacht, dass Sloane dies eher einer Firma für Haarfärbemittel verdankte als seinen jugendlichen Genen.

„Das Licht hier drinnen ist schrecklich", verkündete Sloane anstelle einer Begrüßung. „Erwartet Cunningham von mir, dass ich Wunder bewirke?"

Tully hätte am liebsten geantwortet: „Nein, dein ganz normaler Voodoozauber reicht." Stattdessen sagte er jedoch etwas, das den Mann besänftigen würde, um nicht ihre kostbaren fünfzehn Minuten zu verschwenden. „Wir sind wirklich froh, dass du dir die Zeit nimmst, uns zu helfen, George, und sind für jeden Tipp dankbar."

„Sehen Sie zu, dass Sie eine bessere Lampe für mich finden", sagte Sloane zu Ganza und komplimentierte den Laborleiter mit einer Handbewegung hinaus, als hätte er einen seiner Studenten vor sich.

Ganza starrte ein, zwei Sekunden auf Sloanes Rücken, dann blickte er Tully an, der nur mit den Schultern zucken konnte. Nachdem Ganza auf seine Armbanduhr gesehen hatte, zog er seine Red-Sox-Schirmmütze tiefer in die Augen und machte sich auf den Weg zum Schrank mit dem Zubehör für den Konferenzraum.

„Also schicken Terroristen ihre Drohungen jetzt in Donut-Schachteln?", fragte Sloane und zog sich seinen Stuhl näher an den Tisch heran. „Wo warst du denn zu dem Zeitpunkt?", erkundigte er sich bei Tully. „Wenn ich mich richtig erinnere, kannst du keinem Schokoladen-Donut widerstehen."

„Bin im Verkehr stecken geblieben", entgegnete Tully und bemühte sich, seinen Ärger und seine Ungeduld nicht zu zeigen. Sloane hatte bereits fünf Minuten mit seinen Vorbereitungen verbracht.

„Gott segne die morgendliche Rushhour, was?"

Ganza hatte aus dem Geräteschrank ein langes Metallding gezogen, das aussah wie vom Flohmarkt. Er stellte es auf den Tisch neben Sloane.

„Was zum Teufel soll das denn sein?" Sloane zuckte zurück, als würde das Gerät ihn belästigen.

Ganza achtete nicht auf ihn. Er rollte das Kabel auseinander, steckte den Stecker in die Steckdose und knipste die Neonlampe an. Sie gab genug Licht ab, sodass selbst Sloane sich nicht beschweren konnte, obwohl er vor sich hin grummelte, bevor er seinen Stuhl wieder in die richtige Position zurückschob.

Er nahm zuerst die Plastiktüte mit dem Umschlag, hielt sie hoch und begutachtete sie eingehend, spitzte die Lippen und runzelte die Stirn. Tully musste unwillkürlich an Carnac, den Magier, von Johnny Carson denken.

„Blockschrift", murmelte Sloane vor sich hin, als habe er nichts anderes erwartet. „Jeder Wahnsinnige vom Unabomber bis zum Zodiac-Mörder benutzt Blockschrift. Normalerweise schreibt kaum jemand ganze Wörter oder Sätze mit Großbuchstaben, deshalb sind sie auch schwerer vergleichbar."

„Also ist es so einfacher, die Handschrift zu manipulieren", bemerkte Ganza, der hinter Sloane saß und ihm über die Schulter blickte.

„Das habe ich gerade gesagt. Warum hat Cunningham mich dann gerufen, wenn Sie das alles schon wissen?"

Tully beobachtete von der anderen Seite, wie die beiden sich finster anstarrten. Ganza war vollkommen harmlos, überhaupt nicht der Typ, der sich auf einen Wettstreit einließ, wer am weitesten pinkeln konnte. Er war ein Profi und eigentlich auch ein wenig introvertiert. Vielleicht brachte George Sloane einfach bei jedem die schlechtesten Charaktereigenschaften ans Licht.

Als Sloane zufrieden feststellte, dass Ganza ihn nicht länger unterbrach, richtete er sich noch ein bisschen mehr in seinem Stuhl auf.

„Es geht nicht nur darum, die Handschrift zu verändern", fuhr Sloane fort. „Mit Blockbuchstaben geschrieben sieht die Nachricht noch dringender aus. Als würde er schreien. Aber sehen Sie mal hier." Sloane hielt den Umschlag in der Plastiktüte hoch und zeigte auf eine Stelle. „Er hat bei den Punkten, wie zum Beispiel nach Mister, viel stärker aufgedrückt. Er hat sich Zeit gelassen, diese Nachricht zu schreiben, Buchstabe für Buchstabe, aber die Punkte drücken sich fast durch das Papier. Da zeigt er ein bisschen Emotion."

„Was soll das überhaupt, warum macht er bei ‚FBI' nach jedem Buchstaben einen Punkt?", wollte Ganza wissen, und Tully wäre fast zusammengezuckt. Hatte Ganza nicht kapiert, dass er ruhig bleiben musste, damit das alles nicht so lange dauerte? Und weniger schmerzhaft wurde? Tully wartete auf Sloanes hochkochende Wut und wurde auch nicht enttäuscht. Ganza schien das alles jedoch nicht mitzubekommen.

„Offensichtlich sieht er es nicht als Initialwort", sagte Sloane langsam und betonte jede Silbe, als würde er mit jemandem reden, der seine Sprache nicht verstand. „Für ihn ist es das Federal Bureau of Investigation."

„Dann handelt es sich also um jemanden, dem die Jungs vom FBI auf den Geist gehen", stellte Ganza unbeirrt fest.

Sloane starrte den Laborleiter genervt an, statt etwas darauf zu erwidern. Er legte den Umschlag zur Seite, blickte auf seine Armbanduhr und nahm den zweiten Beutel in die Hand.

„Die Nachricht wurde geöffnet", sagte Tully. „Aber sie war so gefaltet, damit sie genau in den Briefumschlag passt. Man kann an den Kniffen sehen, dass es ..."

„Eine Apothekerfaltung war", führte Sloane den Satz zu Ende. Er blickte mit hochgezogenen Augenbrauen zu Tully. „Eure Leute haben das geöffnet, obwohl es so gefaltet in dem Briefumschlag lag?"

„Der Brief war nicht zugeklebt." Tully versuchte, nicht so zu klingen, als würde er sich rechtfertigen wollen, obwohl Sloane ihn immer noch vorwurfsvoll ansah. Tully war noch nicht einmal dabei gewesen, als der Umschlag geöffnet wurde, und trotzdem verspürte er den Drang, alles zu erklären. Vielleicht hatte das etwas mit dem Professorenjob zu tun – eine Aura von Überlegenheit, die jedem das Gefühl gab, ein unwissender Student zu sein. „Es war nichts drin", sagte er schließlich und verkniff sich die Bemerkung, dass Cunningham derjenige gewesen war, der den Umschlag geöffnet hatte. Das hätte sicher ziemlich kindisch geklungen.

Wie auf ein Stichwort spitzte Sloane erneut die Lippen und erinnerte Tully jetzt an ein schmollendes Kind. Er blickte auf seine Armbanduhr.

„Komm schon, George", sagte Tully. „Wir wissen bereits, dass es nach einem Killer aussieht, der einen gern ein bisschen fernsteuert. Dieser Typ ist womöglich schon dabei, die nächste präparierte Sendung loszuschicken. Was kannst du uns über ihn sagen? Würden wir ihn irgendwo versteckt im Wald finden, oder müssen wir in einer Vorortgarage suchen?"

Sloane lehnte sich zurück und verschränkte die Arme vor der Brust.

„Er wird sich nicht irgendwo in einer Blockhütte im Wald verkrochen haben", erklärte er und ließ ein leichtes Schnauben vernehmen, um seine Missachtung kundzutun. „Er wird auch nichts mit der Pharmaziebranche zu tun haben. Wahrscheinlich hat er nur seine Hausaufgaben gemacht. Der Milzbrand-Killer hat 2001 die gleiche Faltung benutzt. Ich würde sagen, er hat es bis hin zu den einen halben Zentimeter hohen Seitenrändern genauso gemacht."

„Sie haben an dem Fall mitgearbeitet?", wollte Ganza wissen.

„Was meinen Sie, wer dazu geraten hat, lieber unter den Wissenschaftlern in den eigenen Labors zu suchen, statt sich auf einen Muslim zu konzentrieren, der irgendwo in Afghanistan in einer Höhle sitzt?" Sloane rutschte genervt auf seinem Stuhl herum. „Eigentlich sollte ich ja nicht überrascht sein, dass Sie das nicht wissen. Hier wird einem ja nicht unbedingt viel Anerkennung gezollt, oder?"

Er zögerte, als würde er überlegen, ob er noch mehr verraten solle. „Nicht dass es wichtig wäre ...", sagte er und wedelte mit der Plastiktüte. „Ihr FBI-Typen glaubt ja sowieso, was ihr glauben wollt, so wie es mit dem Profil des Beltway-Snipers war. Ihr Jungs hattet euch so auf die typische Beschreibung eines jungen Weißen versteift, eines Einzelgängers mit einem weißen Lieferwagen, dass ihr euch nicht hattet vorstellen können, dass es womöglich zwei schwarze Typen mit einem aufgemotzten Auto hätten sein können."

„Ich war zu der Zeit nicht in DC", erklärte Tully.

„Ach ja, richtig, du warst noch in Cincinnati."

„Cleveland."

„Bitte um Entschuldigung, mein Fehler." Es klang nicht wie eine Entschuldigung. Sloane hob den Zettel hoch und las die Nachricht laut vor, dabei bellte er wie ein Sportreporter:

SAGT GOTT ZU MIR.
HEUTE WIRD ETWAS ZUSAMMENBRECHEN.
IN DER ELK GROVE 13949.

UM ZEHN UHR MORGENS.
DAS SOLLTET IHR NICHT VERSÄUMEN.
ICH BIN GOTT.
PS: EURE KINDER SIND NIRGENDS MEHR SICHER.

Dann legte Sloane die Plastiktüte wieder auf den Tisch und schob seinen Stuhl zurück. Ganza und Tully blickten ihn erwartungsvoll an.

„Er ist ziemlich gerissen", sagte Sloane, ohne zu ihnen hochzublicken. „Nicht nur gerissen, sondern auch gebildet. Dazu präzise und detailverliebt. Er will alle glauben machen, dass die Sache einen religiösen Hintergrund hat, aber ich denke, seine Hinweise auf Gott sind eher wörtlich gemeint. Er denkt ganz einfach, dass er euch überlegen ist. Auch diese Apothekerfaltung ist so eine Art Masche, ein …" Sloane wedelte mit der Hand, und Tully dachte unwillkürlich an einen Pfarrer, der seinem Sermon Nachdruck verleiht. „Er spielt mit euch, versucht euch aus dem Konzept zu bringen."

Dann zuckte der Professor die Schultern, stand auf und signalisierte, dass er nicht mehr darüber sagen konnte. Trotzdem fügte er noch etwas hinzu: „Seine Wahl der Uhrzeit könnte etwas bedeuten, die Adresse oder die Nummer des Hauses. Ich kann unmöglich mehr dazu sagen, ohne weitere Informationen zu haben."

„Was schätzt du denn so nach dem ersten Eindruck?", fragte Tully und sah, wie Sloane zusammenzuckte.

„Schätzen? Stellt ihr so eure Profile auf? Ich jedenfalls bezeichne meine ganz sicher nicht als Schätzungen."

Tully verkniff sich ein Stöhnen, während Sloane den Blick von Ganza zu ihm schweifen ließ, als überlege er, ob sie ihm leidtun sollten.

„Ich vermute, dass er ein Insider sein könnte. Vielleicht solltet ihr euch wieder mal in den hiesigen Forschungslabors umsehen. Der Milzbrand-Mörder wurde ja nie geschnappt. Er wäre nicht der Erste, der nach einer Weile wieder auftaucht, weil er nach mehr Aufmerksamkeit giert. Manche Killer halten es eben nicht aus. So wie zum Beispiel der sogenannte BTK-Mörder. Niemand hätte den Mann gefunden, wenn er nicht auf einmal so scharf auf noch mehr Ruhm gewesen wäre."

„Vielleicht kannst du ja damit was anfangen", sagte Tully und zog das Foto des Abdrucks hervor, den sie auf dem Brief entdeckt hatten. Er reichte es Sloane. „Das haben wir vom Umschlag."

Sloane nahm es und hielt es ans Licht. Seine Lippen verzogen sich zu einem Grinsen. Wenn Tully sich nicht irrte, dann hatten sie den Professor doch tatsächlich gerade irgendwie beeindruckt.

„Verdammt noch mal", sagte er anerkennend. „Das habt ihr tatsächlich gefunden?"

42. KAPITEL

Der Knast

Die Frühstückszeit war lange vorbei, als sie Maggie ein Tablett hereinbrachten. Inzwischen war Essen das Letzte, woran sie dachte. Sie aß ein wenig von den Eiern, knabberte an ihrem Toast, nahm zwei Schluck Orangensaft und ließ den Rest stehen. Auf ihrer Brust lastete ein Gewicht, das ihr den Atem nahm, etwas Schweres, das sich hart gegen ihre Rippen zu pressen schien und sie niederdrückte.

Selbst das Schlucken wurde zu einer mühsamen Angelegenheit. Sie ertappte sich dabei, wie sie ihrem eigenen Herzschlag lauschte. Zwei Finger gegen ihre Halsschlagader drückte. Erwartete sie, dass sie das Virus ertasten konnte, während es sich in ihrem Körper ausbreitete? War das dieses Gewicht, das auf ihr lag?

Colonel Platt hatte sie gefragt, ob sie irgendjemanden anrufen oder eine Nachricht übermitteln lassen wolle. Ihr fiel beim besten Willen kein einziger Mensch ein. Vielleicht Gwen. Ganz sicher nicht Nick Morrelli. Wahrscheinlich auch nicht ihr Stiefbruder, den sie gerade erst im vergangenen Jahr kennengelernt hatte. Wie wäre *das* Gespräch wohl ausgefallen?

„Hi, Bro, stell dir vor: Ich sitze hier mit einem hochansteckenden Virus in Quarantäne. Kann sein, dass ich es bis zu unserem ersten Familientreffen am Thanksgiving gar nicht mehr schaffe."

Und ihre Mutter konnte sie auch nicht anrufen. Irgendwie würde die es hinkriegen, alles nur auf sich selbst zu beziehen, ohne einen Gedanken daran zu verschwenden, wie es Maggie ging.

„Aber Mom", hörte Maggie sich sagen, „ich bin diejenige, die an der Virusinfektion stirbt."

„Und wie soll ich das den anderen erklären?" Das wäre die Reaktion ihrer Mutter, nachdem sie sich erkundigt hätte, ob es ansteckend sei.

Nein, Maggie fiel niemand ein. Nachdem sie sich von Greg hatte scheiden lassen, war sie von dieser Beziehung dermaßen geschlaucht gewesen, dass sie zunächst nur Erleichterung statt Bedauern verspürte. Sie hatten noch während des Studiums geheiratet. Er war für sie so etwas wie ein Ankerplatz gewesen, der Wunsch nach Normalität, die Chance, ein richtiges Familienleben zu führen. Aber dann hatte er sie von dem einen, dem Einzigen wegreißen wollen, das ihr jemals das Gefühl gegeben hatte, jemand zu sein – ihrer Karriere beim FBI.

Sie war verletzt, aber auch erleichtert aus dieser Beziehung herausgekommen. Doch danach hatte sie immer das Gefühl gehabt, dass sie niemals jemanden finden würde, der ihren Beruf akzeptierte, oder, noch wichtiger, der verstand, dass ihre Karriere beim FBI für sie immer das Wichtigste sein würde. Das betraf auch Adam Bonzado und Nick Morrelli. Natürlich war es nicht deren Schuld. Maggie hatte es einfach nicht zugelassen, dass jemand ihr lange genug nahe genug kam, um ihm eine echte Chance zu lassen. Sie wusste, dass es an ihr lag, nicht an den anderen. Vielleicht hatte sie die Lektion ihres Mentors A. D. Cunningham zu ernst genommen. Das war aber nichts, was sie Colonel Platt erzählen wollte. Als er ihr also anbot, jemanden anzurufen, schüttelte sie lediglich den Kopf.

Colonel Platt hatte ihr jede Menge Informationen gegeben. An das meiste konnte sie sich nur noch verschwommen erinnern. Er hatte erklärt, das Virus sei nicht in ihrem Blut gefunden worden – noch nicht. Mit dem letzten Zusatz hatte er ihre aufkeimende Hoffnung wieder vernichtet. Er hatte sie über die Inkubationszeit unterrichtet, ihr alles erklärt, ohne sie mit Samthandschuhen anzufassen.

Sei vorsichtig, was du dir wünschst, sagte sie sich.

Sie kannte sich ein wenig mit diesen Viren aus. Sie wusste, selbst wenn sie noch keine Symptome zeigte, hieß das noch lange nicht, dass sie sich nicht bereits irgendwo in ihrem Organismus verbargen.

Nachdem Colonel Platt gegangen war, hatte Maggie auf die

Glaswand gestarrt, die Monitore auf der anderen Seite beobachtet, dem Summen und Piepen der Geräte gelauscht. Das alles erschien ihr so irreal, wie etwas, das eher aus der „Twilight Zone" stammte. Sie wusste nicht, wie lange sie so dagesessen hatte, bevor sie sich wieder zusammenriss.

Immer wieder hörte sie in Gedanken Platts Erklärungen. Er hatte ihr zu viele Einzelheiten zukommen lassen, wahrscheinlich weil er dachte, dass ihre medizinischen Kenntnisse ihr eine Art Sicherheitsnetz boten. Doch das Wissen half nicht notwendigerweise. Manchmal hatte es auch den gegenteiligen Effekt. Vor allem in diesem Fall trug es dazu bei, dass sie sich noch ohnmächtiger fühlte, nachdem sie wusste, wie unaufhaltsam und raffiniert dieses Virus war.

Platt hatte mit seinen Erklärungen dafür gesorgt, dass sie nun mit rasendem Herzschlag hier saß. Immer wieder gingen ihr seine Fragen durch den Kopf: „Haben Sie Mrs Kellerman berührt? Sind Sie mit ihrem Blut in Kontakt gekommen? Mit ihren Bettlaken? Haben Sie Mary Louise angefasst? Sie an die Hand genommen? Haben Sie etwas von dem Erbrochenen ins Gesicht bekommen? In die Augen? Den Mund?"

Maggie erinnerte sich, dass etwas auf ihre Jacke gespritzt war, als die Kleine sich übergeben hatte, aber sie glaubte nicht, dass es mit ihrem Gesicht in Berührung gekommen war. Doch Cunningham? Maggie sah ihn noch vor sich, wie er sich das Kinn abwischte. Er hatte Mary Louise auf dem Arm gehabt, als sie sich erbrach. Er hatte das kleine Mädchen mit ins Bad genommen, um ihm das Gesicht abzuwaschen, und Maggie befohlen, draußen zu bleiben.

Und was war mit Mary Louise, diesem hübschen kleinen Mädchen, das zu seiner Mutter auf das blutverschmierte Bett gekrochen war, das wer weiß wie viele Tage inmitten des Chaos verbracht hatte?

Da fiel Maggie wieder der eine Satz in der Drohung ein:

EURE KINDER SIND NIRGENDS MEHR SICHER.

Diese Worte hatten sich bestätigt und sein Vorhaben deutlich gemacht, ebenso dass Mary Louise und ihre Mutter den Namen und teilweise auch die Adresse mit einem der Opfer aus dem Tylenol-Fall gemeinsam hatten. Doch Maggie wusste, dass diese Sätze nicht von dem Täter stammten. Sie vermutete, dass er den Wortlaut ebenso kopiert hatte. Aber wo?

Sie setzte sich wieder an den Computer, klappte ihn auf, zögerte aber dann. Als sie sich mit den Fingern durchs Haar fuhr, bemerkte sie, dass ihre Hände zitterten. Sie saß einen Moment nur da und wartete, dass sie ruhiger wurde, dass dieser plötzliche Schwindel sich legte, das hämmernde Herz leiser wurde. Nichts änderte sich. Sie durfte nicht auf die aufsteigende Panik achten, musste sie unterdrücken. Das hatte sie auch schon früher geschafft. Es würde ihr wieder gelingen, zumindest lange genug, um sich auf die Arbeit zu konzentrieren.

Erneut rief sie die Suchmaschine auf und tippte mit immer noch zitternden Fingern den Satz ein, so wie sie sich an ihn erinnerte: „Eure Kinder sind nirgends mehr sicher".

Sofort öffneten sich ein Dutzend Seiten. Sie wollte es kaum glauben. Auf dem Bildschirm flackerte ihr exakt dieser Satz entgegen. Er stand als Nachwort zu einer anderen Nachricht dort. Warum war ihr das nicht schon früher aufgefallen?

Es gab noch andere Sätze, weitere Wiederholungen: „Sagt Gott zu mir. Ich bin Gott". Statt „Mr F.B.I.-Agent" stand dort etwas Ähnliches: „Für den Mr Polizeibeamten".

Und genauso, wie sie es vermutet hatte, waren diese Sätze alle aus den Nachrichten eines anderen Killers entnommen, vielmehr eines Mörderduos. Sie stammten von den Beltway-Snipers John Muhammad und Lee Malvo im Oktober 2002.

43. KAPITEL

USAMRIID

Platt hätte das Gespräch mit Janklow lieber bis Montag verschoben. Der Commander hatte Platt diesen Fall übertragen, und trotzdem schien er jeden seiner Schritte zu überwachen. Wie sonst ließe sich erklären, dass er jetzt schon eine neue Nachricht, einen neuen Befehl erhalten hatte? Platt hatte gerade seine vier Patienten so gut wie möglich versorgt, da wurde er schon ins Büro des Commanders zitiert.

Er nahm an, dass der Commander von McCathy alarmiert worden war, nachdem der die Würmer durch das Mikroskop gesehen hatte, wahrscheinlich noch bevor er sich an Platt gewandt hatte.

Die Tür zum Büro des Commanders stand offen, seine Sekretärin saß nicht an ihrem Platz. Das erinnerte Platt daran, dass Samstag war. Der Commander stand am Fenster und blickte hinaus. Da erst bemerkte Platt, dass es regnete. Hinter der Glasscheibe zeigte sich ein trüber grauer Tag, durchsetzt mit goldenen und roten herumwirbelnden Farbklecksen. Seit wann hatten sich die Blätter verfärbt? In den vergangenen vierundzwanzig Stunden hatte er jegliches Gefühl für die Zeit verloren.

„Colonel Platt." Janklow wandte sich kurz zu ihm um, dann starrte er wieder aus dem Fenster, als hätte er dort noch etwas Wichtiges zu beobachten.

„Ja, Sir." Platt wartete.

Er hatte sich nur durch seinen hohen Adrenalinspiegel auf den Beinen gehalten. Janklow durfte aus einer ganzen Nacht Schlaf Kraft schöpfen. Platt kannte diese Situation bereits von anderen Vorgesetzten. Er rechnete damit, dass Janklow ihn nun daran erinnerte, ihm diese wichtige Aufgabe in dem Vertrauen darauf übertragen zu haben, dass Platt sich nicht nur darum kümmerte, sondern auch die volle Verantwortung übernahm. Mit anderen Worten wollte er Platt klarmachen, dass, sollte etwas schieflaufen oder zu den Medien durchsickern, Platt derjenige wäre, der dafür belangt wurde.

Er presste beide Hände an seine Seiten, obwohl er den Drang verspürte, sich die müden Augen zu reiben. Dann wischte er sich verstohlen übers Kinn, um sicherzugehen, dass sich dort keine Milchreste befanden. Er hatte Mary Louise Kellerman erst dazu überreden können, ihr Frühstück zu essen, nachdem er daraus ein Spiel gemacht hatte, ein Spiel, bei dem er die Fruit Loops mit ihr zusammen essen musste.

Trotz der trennenden Glaswand zwischen ihnen bestand das kleine Mädchen darauf, dass sie jeden Happen abzählten und die gelben Fruchtstücke zuerst aßen. Es war eigentlich eine angenehme Abwechslung gewesen – auch wenn die Situation etwas Surreales hatte. Gerade war er noch im hochgesicherten Labor gewesen, um die sich windenden und verschlungenen länglichen Viren zu beobachten, eine der gefährlichsten Arten der Welt, und kurz darauf aß er mit einer Fünfjährigen Fruit Loops. Er musste unwillkürlich an Alice im Wunderland denken, die sich mit dem verrückten Hutmacher zum Teetrinken zusammensetzte.

„Das Schlimmste ist also eingetroffen", sagte Janklow plötzlich, ohne sich zu Platt umzudrehen. Platt zuckte erschrocken zusammen. So merkwürdig es auch sein mochte, er wäre in diesem Moment lieber wieder bei Mary Louise gewesen, hätte den verrückten Hutmacher gespielt und Cerealien mit Milch gegessen, als Janklow die ganze Situation zu erklären.

„Ja, Sir." Er nahm an, dass Janklow eine Zusammenfassung seiner Strategie erwartete, deshalb begann er mit dem Grundlegenden. „Das Haus der Kellermans ist immer noch abgeriegelt und wird bewacht."

„Zivile Beamte?"

„Ja, Sir. Ein Bautrupp mit Autos der Stadtwerke. Das CDC-Zentrum zur Seuchenbekämpfung kann sich mit jedem in Verbindung setzen, der Kontakt zu den Kellermans hatte. Wir könnten sofort mit dem Impfen beginnen. Ich habe angeordnet, dass ..."

„Sie haben doch das CDC noch nicht benachrichtigt, oder?“, unterbrach ihn Janklow und fuhr zu ihm herum.

„Nein, noch nicht.“

Der Commander nickte und verschränkte die Hände hinter dem Rücken. Offensichtlich versuchte er, seine Zufriedenheit darüber nicht allzu deutlich zu zeigen. Dann ging er zu seinem Schreibtisch in der Mitte des Büros. Platt wusste, jetzt hieß es abwarten. Janklow würde ihm schon ein Zeichen geben, wenn er fortfahren sollte.

„Im Moment sind die vier Personen, die Sie gerade im Knast haben, die Einzigen, von denen wir wissen, dass sie mit dem Erreger in Kontakt gekommen sind. Ist das richtig?“, erkundigte sich Janklow.

„Ja, Sir.“

„Eine Mutter, ihr Kind und zwei Staatsbeamte, richtig?“, wollte Janklow wissen.

„FBI Assistant Director Cunningham und einer seiner Special Agents.“

„Ich habe gehört, die Mutter befindet sich im Endstadium?“

Platt gefiel es nicht, das zuzugeben, aber er sagte: „Ja, es sieht so aus. Ihre Nieren versagen bereits. Wir haben sie auf …“

Janklow hob die Hand, um ihn zum Schweigen zu bringen. Platt hasste diese Art, aber er redete nicht weiter. „Sie wird es nicht schaffen“, erklärte Janklow gleichgültig, so als unterhielten sie sich über die Börsenkurse. „Habe ich recht?“

Platt hatte die ganze Nacht sein Möglichstes getan. Als Arzt war er noch nicht bereit, sein Versagen zuzugeben.

„Wahrscheinlich haben Sie recht“, stimmte er zu. „Allerdings habe ich auch schon Fälle gesehen …“

Wieder hob Janklow die Hand. Diesmal musste Platt einen frustrierten Seufzer unterdrücken.

Janklow wanderte von seinem Schreibtisch zum Fenster zurück, die Hände immer noch auf dem Rücken verschränkt, das Kinn gesenkt. Vielleicht war das seine Version von Rodins Denker. Soweit Platt über Janklows Laufbahn Bescheid wusste, war dies der bisher größte Fall, mit dem er sich konfrontiert sah. Und wahrscheinlich auch der größte, den er in Zukunft würde handhaben müssen. Der Mann wirkte nicht, als würde ihn diese Herausforderung in Panik versetzen. Eigentlich fand Platt, dass der Commander ziemlich ruhig aussah, zu ruhig. So wie ein Mann, der überlegte, ob er eine Investition tätigen oder lieber die Finger davon lassen sollte.

„McCathy sagte mir, das Virus wäre hochansteckend", führte Janklow weiter aus, während er seinen gemächlichen Gang durchs Zimmer fortsetzte, ohne Platt anzusehen. Er sah aus, als würde er einen Vortrag über dieses Thema halten. „Dass es in Afrika ganze Dörfer ausradiert hätte."

Offenbar stellte sich Platts Annahme als richtig heraus. McCathy und Janklow hatten sich bereits darüber unterhalten. So viel zur Hierarchie.

„McCathy meint, dass allein ein mikroskopisch kleiner Erreger, der luftdicht verpackt irgendwohin gelangt, vielleicht sogar durch die Post verschickt, eine Epidemie auslösen kann. So was", bemerkte er, „kann leicht eine Massenhysterie hervorrufen."

Platt widersprach dem nicht und wartete darauf, dass er Instruktionen zur Geheimhaltung vor den Medien erhielte. Mit dem, was Commander Janklow nun sagte, hatte er allerdings nicht gerechnet.

„Was wäre, wenn sie einfach verschwinden?"

Zuerst war er nicht sicher, ob er den Commander richtig verstanden hatte.

„Wie bitte?"

„Es sind im Moment nur vier. Zwei sind so gut wie verloren." Janklow blieb vor Platt stehen. „Sie sagten selbst, dass die Mutter es nicht überleben wird. Die Tochter kann doch bestimmt nicht so lange im selben Haus verbracht haben, ohne sich anzustecken."

Platt versuchte, seine Überraschung nicht zu zeigen. Janklow musste es wohl als Unverständnis gedeutet haben, denn er fuhr mit seiner Erklärung fort: „Wir sorgen dafür, dass sie die beste Pflege erhalten, und lassen das Virus aushungern."

„Was ist mit dem Impfstoff?"

„Es wurde nie bewiesen, dass er schützt, geschweige denn kuriert. Warum das Risiko eingehen, dass es nicht funktioniert?"

„Wie können wir das Risiko eingehen, es nicht zu riskieren, Sir?"

„Sie denken wie ein Arzt, Colonel Platt, aber Sie sind Soldat. Muss ich Sie daran erinnern, dass es Ihre Aufgabe ist, Epidemien zu isolieren und einzudämmen? Wenn Sie das Virus ausbrennen lassen, gibt es keine Möglichkeit, dass es unter dem Mantel eines Impfstoffes verborgen bleibt, von dem nicht sicher ist, ob er wirkt." Er mied Platts Blick, als er hinzufügte: „Niemand weiß, dass sie hier sind."

„Wir reden über Leute vom FBI", sagte Platt und versuchte, den Kloß in seinem Hals herunterzuschlucken. Er konnte es immer noch nicht fassen, was Janklow vorschlug. Platt war müde.

Nach dem Adrenalinrausch fühlte er sich ausgelaugt und durcheinander. Vielleicht hatte er Janklow ja auch falsch verstanden.

„Das FBI." Janklow schnaufte verächtlich. Dann senkte er wieder das Kinn. „Das FBI – das sind Angestellte des Staates, genauso wie wir. Manchmal müssen Opfer gebracht werden ..." Er drehte sich zu Platt um. „Zum Wohle der Allgemeinheit. In Kriegsgebieten – und in verseuchten Zonen."

Er ging zurück zum Fenster und nahm seine alte Haltung wieder ein, in der Platt ihn beim Hereinkommen vorgefunden hatte.

Platt wartete und hoffte, wenn er geduldig genug wäre, würde Janklow das, was er eben vorgeschlagen hatte, wieder zurücknehmen. Denn Commander Janklow schlug vor, Mrs Kellerman, ihre Tochter, A. D. Cunningham und Agent O'Dell einfach zusammenbrechen und ausbluten zu lassen.

44. KAPITEL

Saint Francis Hospital, Chicago

Es war schon Jahre her, dass sich Dr. Claire Antonelli das letzte Mal neben dem Chefarzt der Chirurgie, Dr. Jackson Miles, für den OP fertig gemacht hatte. Seit sie ihre Privatpraxis führte, waren ihre Aufenthalte im Krankenhaus darauf beschränkt, ihre Patienten nach einer Operation zu besuchen und dann und wann Geburtshilfe zu leisten. Sie war keine Chirurgin. Claire kannte ihre Grenzen und schätzte ihre Stärken. Ein diagnostischer Bauchschnitt gehörte nicht zu ihren Stärken.

Vera Schroder war nicht sehr erfreut gewesen. Ihr Mann war in seinem ganzen Leben noch nie operiert worden und hatte bis heute nicht eine einzige Nacht in einem Krankenhaus verbracht.

„Markus achtet sehr auf seine Gesundheit", hatte sie Claire erzählt, womit sie noch unterstreichen wollte, dass dies alles ein schreckliches Missverständnis sein musste.

„Er hat eine Infektion in seinem Körper", versuchte Claire Vera ruhig zu erklären, während Markus direkt neben ihnen lag und aus seinen rot geäderten Augen vor sich hin starrte. Innerhalb von zwei Tagen war aus seinem Gesicht eine ausdruckslose Maske geworden, und seine Gesichtsmuskeln hingen schlaff herunter. Es gab kaum Anzeichen dafür, dass er ihnen zuhörte. Claire befürchtete, dass er jeden Moment ins Koma fiel.

Zu allem Überfluss beantwortete Vera ständig alle Fragen, ohne ihrem Mann Zeit zu lassen, selbst etwas zu sagen. Sie nahm seine Hand, strich ihm das dünne, feuchte Haar aus der Stirn und schien nicht zu erwarten, dass er auf die Fragen reagierte oder auf ihre Berührungen. Claire hatte ziemlich schnell gemerkt, auch schon als Markus noch wach und munter gewesen war, dass die Beziehung zwischen den beiden wohl auf diese besondere Art verlief – Vera erledigte das Reden, das Gestikulieren, Tätscheln und Streicheln, während Markus einfach nur daneben stand oder saß.

„Es könnte eine Entzündung oder ein Geschwür sein“, beharrte Claire. „Vielleicht sogar ein perforierter Darm, der sich bei den Tests nicht bemerkbar gemacht hat.“

„Sie glauben, es ist Krebs, oder?“, flüsterte Vera.

Claire war aus Überzeugung immer offen zu ihren Patienten. Sie wollte Vera Schroder nicht beunruhigen, aber sie konnte es auch nicht beschönigen. Sie erklärte ihr, dass sie nichts ausschließen durften und sich unbedingt ein genaueres Bild von dem Zustand Markus Schroders machen mussten. Schließlich hatte Vera keine Argumente mehr. Sie wollte, dass ihr Mann wieder nach Hause kam. Sie wollte, dass alles wieder seinen normalen Gang ging.

Jetzt beobachtete Claire, wie Dr. Miles den Bauchschnitt vornahm, und hoffte, dass sie bald eine Antwort finden würden – eine Erklärung, warum ein völlig gesunder Fünfundvierzigjähriger sich plötzlich in einen sich erbrechenden und von Fieber geschüttelten Zombie verwandelte.

„Wir machen eine Checkliste“, sagte Dr. Miles, ohne aufzublicken, während er mit seinen großen Fingern geschickt weiterarbeitete. „Wir fangen mit der Gallenblase an, dann Blinddarm, Bauchspeicheldrüse, Leber.“

Seine Stimme war ruhig, sanft und tröstend. Claire musste daran denken, welches Bild sie während ihrer Studienzeit von ihm gehabt hatte, wie alle ihn damals gesehen hatten. Er war eine übergroße Vaterfigur gewesen, und selbst seine Stimme hätte die von Gott sein können. Wenn Dr. Jackson Miles die Ursache von Markus Schroders Zustand nicht finden konnte, dann würde das niemandem gelingen.

„Bauchspeicheldrüse sieht normal aus“, fuhr er fort. „Scheint nicht so, als hätte sich dort jemand eingenistet.“

Claire tupfte das Blut weg, während Miles’ Assistent, ein junger Asiate namens Urie, den Sauger zurechtrückte. Das Blut quoll weiter hervor. Claire nahm noch mehr Tupfer, Urie fügte Blutgerinnungsgel hinzu. Eine kleine drahtige Schwester stellte sich auf die Zehenspitzen und wischte Miles den Schweiß von den Augenbrauen. Er befestigte eine Klammer am Schnitt. Dann noch eine.

Die Öffnung füllte sich wieder mit Blut.

Normalerweise gerann das Blut während der Einschnitte. Starke Blutungen konnten auch mit Klammern oder durch das Gerinnungsgel gestoppt werden. Die Wunden wurden auch regelmäßig abgesaugt. Doch hier stimmte etwas nicht.

Miles wartete, dass Claire wieder Blut abtupfte, aber die Tupfer saugten sich schneller voll, als sie sie erneuern konnte. Genauso ging es Urie. Kaum hatte er das Gel aufgetragen, war es schon wieder voller Blut. Die Krankenschwester half mit zu tupfen und den blutgetränkten Zellstoff einzusammeln. Selbst die Anästhesistin sah aus, als sei sie bereit, jeden Moment einzuspringen.

Miles warf Claire kurz einen Blick zu. Da war ein Aufflackern von Unsicherheit, etwas, das sie nie zuvor bei ihm gesehen hatte. Claire dachte unwillkürlich: Es ist, als wenn Gott sich Sorgen machte. Ihr Magen zog sich zusammen, als sie ihn so bestürzt sah.

Urie saugte noch mehr Blut ab, während Miles versuchte, mit weiteren Klemmen die Gefäße zu schließen. Claire tupfte weiter. Nichts schien zu helfen. Markus Schroders Bauch füllte sich unaufhörlich mit Blut. Claire fiel unwillkürlich der Vergleich ein, wenn jemand am Strand versuchte, Sand aus einem Loch zu schöpfen. Kaum hatte man eine Handvoll genommen, stürzten die Wände ein und füllten das Loch so schnell wieder auf, wie man schöpfte.

„Das ist nicht gut", sagte Miles schließlich. „Ich werde ein Stück Gewebe herausschneiden, und dann machen wir das hier schnell wieder zu."

Er führte die Biopsie in kürzester Zeit durch, was Claire erstaunlich fand, da sie vor lauter Blut kaum noch etwas erkennen konnte. Miles überreichte der Krankenschwester die Probe. Dann begann er zusammen mit Claire, die Schnitte wieder zuzunähen, während Urie das Blut absaugte und tupfte.

Als sie schließlich fertig waren, richteten sich alle auf und sahen sich an. Niemand sagte einen Ton. Claire fühlte, wie ihr der Schweiß über den Rücken lief, während sie sah, wie ein Tropfen an Miles' Gesicht hinunterrann. Er blickte sie kurz mit seinen dunklen Augen an, und Claire sah darin Besorgnis, Ratlosigkeit und auch eine Spur von Panik.

Urie war schließlich derjenige, der das Schweigen brach. „Dieser Mann hat ein ernstes Problem."

45. KAPITEL

Der Knast

Als diesmal das Telefon klingelte, hätte Maggie es am liebsten ignoriert. Sie hielt den Blick starr auf den Bildschirm des Laptops gerichtet. Solange sie im Internet unterwegs war, brauchte sie nicht daran zu denken, dass dieses Zimmer nur sechzehn Schritte breit und vierzehn Schritte lang war.

Sie musste sich nicht daran erinnern, dass das Virus sich womöglich gerade in ihrem Körper vermehrte. Sich in die Arbeit zu vertiefen hatte ihr bisher immer geholfen, ihre Gefühle beiseitezuschieben, mit Stresssituationen fertigzuwerden, mit dem Chaos in ihrem Innern, dem heftigen Pochen in ihrer Brust. Es würde sicher auch jetzt helfen. Und es könnte ebenso helfen, wenn dieses nervige Klingeln bald aufhörte.

Nachdem es zum sechsten Mal geläutet hatte, blickte sie schließlich verärgert auf.

Als sie die Frau auf der anderen Seite der Glaswand erblickte, sackte Maggie in ihren Stuhl zurück und starrte auf die Scheibe. Schließlich merkte sie, dass sie vor lauter Angst zu träumen den Atem angehalten hatte. Wenn sie Luft holte, wenn sie sich bewegte, würde das Bild dann verschwinden?

Sie stand auf. Wischte sich schnell über die Augen, tat so, als sei es nur die Müdigkeit, keine Tränen.

Das war ja lächerlich.

Vierundzwanzig Stunden an diesem Ort, und schon wurde sie schwach. Sie verließ ihre Zufluchtsstätte vor dem Bildschirm und nahm den Hörer des Telefons an der Glaswand ab.

„Hallo, Kleines", sagte Gwen Patterson lächelnd, konnte aber ihre Sorge damit nicht verbergen.

Die zierliche Rotblonde trug ein dunkles Kostüm, ihr Makeup war tadellos, auch an einem Samstag. Auf die Armeewissenschaftler, die das USAMRIID bevölkerten, wirkte sie wahrscheinlich wie eine toughe Wall-Street-Brokerin. Für Maggie sah sie aus wie ein Rettungsanker, und sie hatte plötzlich Mühe zu schlucken. Die sorgfältig verdrängten Gefühle schienen sich in ihrer Kehle zu sammeln. Sie war kaum in der Lage, eine einfache Antwort zu geben.

„Wie zum Teufel bist du hier reingekommen?"

„Machst du Witze? Ich bin die Psychologin der Hälfte der Colonels hier im District."

Maggie lachte laut. Es war ein gutes Gefühl. Aber sie wusste auch, dass es eigentlich kein Scherz gewesen war. Gwen Patterson hatte eine Patientenliste, auf der Kongressabgeordnete, Senatoren und auch Militäroberste standen.

„Mein Gott, es ist so schön, dich zu sehen", sagte Maggie seufzend, und dann entschlüpfte ihr ein kurzer Schluchzer. Doch es störte sie nicht, ihre Schwäche zu zeigen, jedenfalls nicht vor Gwen.

„Konntest du denn ein bisschen schlafen?" Gwen legte eine Hand an die Glasscheibe, als würde sie ahnen, dass Maggie auch schon eine angedeutete Berührung guttun würde. „Wie sieht es mit Essen aus?"

Maggie lächelte.

„Jetzt mal im Ernst, hast du was gegessen? Brauchst du irgendwas?"

Maggie schüttelte den Kopf und dachte: immer noch die Glucke. Gwen Patterson war fünfzehn Jahre älter als Maggie, und das merkte man in ihrer Freundschaft manchmal.

Schließlich deutete Gwen mit einer Handbewegung an, dass Maggie sich setzen sollte. Sie nahm zur gleichen Zeit auf dem Plastikstuhl auf ihrer Seite Platz, als Maggie sich in ihren fallen ließ. Wieder wischte sich Maggie über die Augen. Verdammt. Sie würde jetzt nicht heulen. Komisch, wie vier Wände hinter einer hermetisch verschlossenen Stahltür es schafften, einen dermaßen durcheinanderzubringen und zu einem Nervenbündel werden zu lassen.

„Du hast meine Nachricht erhalten und mit Tully gesprochen", sagte Maggie.

„Er hätte mich gestern Abend anrufen sollen."

„Sei nicht zu streng mit ihm", riet Maggie ihrer Freundin. „Cunningham und ich haben die Situation fehlinterpretiert. Wir hätten es bemerken müssen."

„Also gut, dann erzähl mir mal alles", sagte Gwen, lehnte sich zurück und schlug die Beine übereinander, als wären sie im Old Ebbitt Grill, ihrem Lieblingslokal, und würden einen gemütlichen Abend vor sich haben. „Und lass bitte nichts aus."

46. KAPITEL

USAMRIID

Colonel Benjamin Platt war sich nicht sicher, wie lange er schon bei geschlossener Tür und ausgeschaltetem Licht in seinem Büro gesessen hatte. Er starrte aus seinem Fenster, einer viel kleineren Ausgabe als dem in Commander Janklows Büro, und beobachtete, wie das trübe Licht des regnerischen Tages langsam in den blauen Nachthimmel überging. Vorhin hatte er sich zurückgelehnt, die Augen geschlossen und darauf gewartet, gehofft, dass dieses permanente Brummen in seinem Kopf endlich aufhörte. Er musste seinen Augen Ruhe gönnen, brauchte für ein paar Minuten körperliche und geistige Entspannung.

Durch die Erschöpfung geschahen merkwürdige Dinge mit ihm. Erinnerungsfetzen flackerten immer wieder auf, bruchstückhafte Bilder: Ali, wie sie mit dem weißen Westie-Welpen schmuste. Ali in ihrem weißen Lieblingssommerkleid. Sie sah aus wie ein kleiner Engel. Dann wieder das Bild von Ali, die, vollkommen mit Schlamm bedeckt, ein breites Grinsen auf ihrem schmutzverkrusteten Gesicht, den hässlichsten Frosch präsentierte, den er je gesehen hatte. „Daddy, sieh mal, was Digger und ich gefunden haben!"

Die plötzliche Enge in seiner Brust ließ ihn aufschrecken und die Augen öffnen. Er saß kerzengerade auf seinem Stuhl, die Hände um die Kante des Schreibtisches gelegt, und er klammerte sich so fest, als könne er sonst stürzen.

Er war der Armee beigetreten, um so das Medizinstudium bezahlen zu können. Aber er stand hinter jedem Einsatz, glaubte an seine Arbeit. Patriotismus war nicht nur ein Schlagwort für ihn. Er respektierte die Autoritäten. Er wusste, was Ehre bedeutete, und schätzte Disziplin. Und er hatte immer seine Befehle befolgt. Es wäre ihm nie in den Sinn gekommen, sich zu widersetzen – bis heute nicht.

Er stand auf und begann umherzulaufen, seine Nervosität gewann wieder die Oberhand. Als er am Schreibtisch vorbeikam, knipste er das Licht an und wanderte weiter herum. Wie lange war es her, dass er und McCathy die Kellermans aus ihrem Haus geholt hatten?

Vierundzwanzig Stunden? Sechsunddreißig?

Ihm kam es vor wie eine Woche. Und dann versuchte er sich zu konzentrieren, einen klaren Gedanken zu fassen.

Was hatte Janklow genau gesagt? Welche Formulierung hatte er benutzt? Janklow hatte gesagt: „Was wäre, wenn ...?“ Platt war sich sicher, das waren die Worte des Commanders gewesen.

„Was wäre, wenn ...?“ klang nicht wie ein Befehl.

Wenn es hart auf hart kam, dann, so war sich Platt sicher, wäre er derjenige, der für diesen Einsatz verantwortlich gemacht wurde, auch wenn er Janklows Anweisungen oder Empfehlungen folgte. Wenn dies hier alles in einem Gerichtsverfahren endete, dann ginge es um Platts Kopf und Karriere, nicht um Janklows. Die uralte Verteidigung „Ich habe nur Befehle befolgt“ hatte in letzter Zeit keinen Soldaten mehr gerettet.

Platt musste eine Entscheidung fällen. Wenn er vorsichtig vorging, konnte er sich über Janklow hinwegsetzen, bevor der es überhaupt mitbekam. Sollte er etwas bemerken, würde Platt zu verhindern wissen, dass Janklow seine ursprünglichen Anweisungen – oder besser Empfehlungen – nachweisen konnte.

Platt rief sich die Daten in Erinnerung, die den Impfstoff betrafen. Es war noch alles in seinem Kopf präsent, obwohl es fast ein Jahr her war, seit er den Bericht gelesen hatte. Der Impfstoff war bisher nur an Makaken getestet worden. Der wichtigste Faktor war, wie schnell der Impfstoff nach Kontakt mit dem Virus verabreicht wurde. Dreißig Minuten nach der Infizierung schützte der Impfstoff neunzig Prozent der Affen. Wurde vierundzwanzig Stunden danach geimpft, war die Überlebensrate fünfzig Prozent.

Die FDA, das zuständige Amt für Lebensmittelzusätze und Medikamente, hatte das Serum bisher noch nicht zugelassen, außer in Fällen, bei denen Labormitarbeiter Unfälle gehabt hatten. Glücklicherweise passierten solche Unfälle mit Ebola Zaire selten. Unglücklicherweise war dies jedoch der Grund, dass es nicht genug Daten bezüglich der Wirksamkeit beim Menschen gab. Auch wenn Platt beschloss, es jetzt zu benutzen, vor allem bei Zivilpersonen, müsste das FDA erst eine Ausnahmegenehmigung erteilen.

Er blickte auf seine Uhr – eine alberne Reaktion.

Er sah sich bereits jetzt bei zwei seiner Patienten mit einer Zeitspanne von mehr als sechsunddreißig Stunden nach Kontakt mit dem Virus konfrontiert. Mehrere Tage bei den anderen beiden. Er konnte es sich nicht leisten, auf die Entscheidung der FDA zu warten.

Platt hörte auf umherzulaufen und blieb vor dem Fenster stehen, doch er interessierte sich nicht für die Szenerie draußen, wo das letzte bisschen Licht von der Dunkelheit vertrieben wurde.

Der Zugang zum Impfstoff war kein Problem. Es gab ihn hier im Haus, zwei Stockwerke über ihm. Und sie besaßen eine Menge davon, da das USAMRIID eines der Versuchslabors gewesen war, das sich mit der Entwicklung dieses Medikaments beschäftigt hatte.

Platt setzte sich, als die Erschöpfung wieder Oberhand gewann. Er stützte die Ellbogen auf den Schreibtisch. Dann rieb er sich die Schläfen und fuhr sich mit den Fingern über die Augenlider. Das Brummen im Kopf war noch immer da.

Wieder blickte er auf die Uhr. Dann traf er seine Entscheidung. „Was wäre, wenn …?“ war keine direkte Anordnung. Janklow hatte es genauso ausgedrückt, wie er es sagen wollte. Er hatte Platt damit aufgefordert, die Entscheidung zu fällen.

Seine Entscheidung.

Für ihn war klar, was er tun musste. Und klar war außerdem, dass er McCathy nicht in seine Entscheidung einbeziehen oder ihn davon unterrichten würde.

47. KAPITEL

Der Knast

Maggie gefiel die aufsteigende Panik in den Augen ihrer Freundin überhaupt nicht. Sie kannte Gwen Patterson bereits zu lange, um auf ihre psychologischen Tricks hereinzufallen.

„Ein gutes Zeichen ist", sagte Gwen in optimistischem Tonfall, ohne zu bemerken, dass ihr Blick sie verriet, „Colonel Platt meint, dass man in deinem Blut nichts nachweisen konnte."

„Noch nicht", entgegnete Maggie. „Er sagte, man konnte *noch* nichts nachweisen."

„Was ich von diesen Viren weiß, ist, dass sie ziemlich schnell arbeiten."

„Sie können aber auch in einem Wirt ruhen."

„Du bist stark und gesund. Du sagst, du fühlst dich nicht krank."

„Die ersten Symptome können sehr subtil sein, fast, als wenn man eine Erkältung bekommt."

„Du meintest doch, du wärst mit dem Erbrochenen des kleinen Mädchens nicht in Berührung gekommen."

„Mein Ärmel. Ich glaube, ich hatte was auf meinem Ärmel." Maggie versuchte zu lächeln, als sie an der Schleife ihres blauen Krankenhausnachthemdes zog. „Ich musste meine Kleidung gegen die neueste Mode aus dem Knast eintauschen."

„Das reicht doch nicht." Gwens Stimme klang angespannt. Dann sah sie, dass Maggie es bemerkt hatte. Sie rutschte auf dem Plastikstuhl herum, schlug die Beine übereinander, strich ihre Hosen glatt und wechselte den Hörer vom rechten Ohr ans linke, als würde die Veränderung ihrer Sitzposition ihr mehr Kraft verleihen. „Auf deinem Ärmel, das reicht nicht. Es wird durch Blut übertragen."

„Generell durch Körpersekrete", korrigierte Maggie sie.

„Okay, dann generell durch Körpersekrete. Aber nicht durch die Luft."

„In Labortests hat es die Fähigkeit entwickelt …"
„Hör auf", rief Gwen dazwischen, sodass Maggie zusammenzuckte.

Gwen sah aus, als würde sie jeden Moment in Tränen ausbrechen. Maggie fragte sich, warum sie diesen Sachbuchjargon angeschlagen hatte. Sie wollte alle beängstigenden Details, von denen sie erfahren hatte, Gwen entgegenschleudern, weil Gwen ihr als Puffer diente, als Krücke. Aber das war nicht richtig. Es war nicht fair. Sie hatte Gwen noch nie so gesehen. Sie biss sich auf die Unterlippe und hatte die freie Hand im Schoß zur Faust geballt. Sie war immer Maggies Vorbild gewesen, der Fels in der Brandung, ihre Ratgeberin. Sie war ausgeglichen, dachte logisch, war optimistisch. Aber deshalb durfte sie nicht alles bei ihr abladen.

Gwen lehnte sich zurück und atmete tief durch. Maggie verspürte erneut diesen Druck auf dem Brustkorb. Gwens Panik war ansteckend. Jetzt fiel ihr das Atmen wieder schwer.

„Du wirst es überstehen", sagte Gwen, als hätte sie Maggies Gedanken gelesen.

Maggie rutschte auf ihrem Stuhl herum, plötzlich überlief sie ein Schauer. Sie zog das Nachthemd enger um sich. Gwen schien inzwischen ihre Gelassenheit zurückgewonnen zu haben, sie wirkte gefasst. War ihr klar geworden, dass sie für sie beide stark sein musste?

Sie blickte Maggie in die Augen. „Soll ich irgendjemanden für dich anrufen?"

„Ich habe dich bereits angerufen."

„Was ist mit deiner Mutter?"

„Sie würde nur die Nerven verlieren."

„Sie ist immer noch deine Mutter."

„Ja, sie ist meine Mutter, aber sie war nie besonders mütterlich. Ich kann mich im Moment nicht um sie kümmern. Und glaub mir, darauf würde es hinauslaufen. Dass ich mich um *sie* kümmern müsste."

Gwen nickte, dann lächelte sie. Ihr Lippenstift war fast vollständig verschwunden. „Du wirst es überstehen. Es wäre was anderes, wenn du Sekret von dem kleinen Mädchen in die Augen oder den Mund bekommen hättest. Aber das ist ja nicht passiert."

„Doch, es ist schon passiert", sagte Maggie, der sich bei der Erinnerung daran der Magen umdrehte, und holte tief Luft. „Und zwar bei Cunningham."

48. KAPITEL

Reston, Virginia

Emma warf Harvey ein Popcorn hin. Eins für sie, eins für Harvey. Die beiden saßen im Wohnzimmer auf dem Boden, um sie herum die neuesten Ausgaben von Emmas Lieblingsmagazinen.

In der *Bride* stand der Artikel „Schönheit in Rosa“ zu Ehren des Monats der Brustkrebsfrüherkennung. Sie konnte es immer noch nicht fassen, dass ihre Mutter ein pinkfarbenes Brautkleid tragen wollte.

Okay, irgendwie war es ja auch cool, aber auch schwer vorstellbar, dass ein Brautkleid nicht weiß sein sollte. Wenn dieser Artikel und noch ein paar andere nicht gewesen wären, hätte Emma gedacht, dass ihre Mutter – die ein absoluter Modefreak war – sich dieses „Rosa-Brautkleid-Ding“ ausgedacht hätte. Trotzdem, wer war denn so politisch engagiert, seine Hochzeit für ein gesellschaftliches Statement zu nutzen?

Nein, Emma vermutete, dass ihre Mutter, die ja im Werbegeschäft tätig war, dieses ganze Pink-Ding zum Vorwand nahm, kein Weiß tragen zu müssen. Ihre Mutter war ziemlich gut darin, Sachen unterschwellig rüberzubringen. „Du bist das, was die Leute in dir sehen“, war eine beliebte Aussage ihrer Mutter. Das passte hundertprozentig zu ihr. Außerdem hatte sie ja dieses Programm mit dem weißen Brautkleid bereits mit Emmas Vater absolviert. Kein Grund, die Leute daran zu erinnern, und außerdem, warum sollte man nicht so tun, als würde man sich um Brustkrebs kümmern?

Emma war sich ganz sicher, dass sie, wenn sie an der Reihe war, auf jeden Fall Weiß wählen würde. Obwohl sie sich im Moment nicht wirklich Gedanken darüber machen musste. Wie konnte sie sich denn auch Zeit für Jungs nehmen, wenn ihr Vater ständig wegen der Collegeanträge, Stipendiengeschichten und besseren Zensuren herumnörgelte? Was Emma im Moment interessierte, waren diese coolen Riemchenschuhe, die zu ihrem Brautjungfernkleid passten. Auch wenn Pink nicht gerade ihre Farbe war, sie wusste, dass sie in diesen Tretern echt heiß aussehen würde.

Sie warf einen Blick auf die anderen Zeitschriften, die überall um sie herum verstreut lagen, alle auf den Seiten aufgeschlagen, die sie unbedingt lesen musste. In der *Cosmo* war es „Die vier Dinge, die er dir nicht zu erzählen wagt". In *Entertainment Weekly* stand was über das „Laufstegprojekt". Die Fernsehserie „Das Büro" war die Titelstory, J. Lo der Renner in der *People.* Aufregendes Zeug; trotzdem beschloss Emma, sich wieder das Päckchen mit den Liebesbriefen vorzunehmen.

16. September 1982
Liebe Liney,
es tat so gut, Dich zu sehen. Ich wünschte, Du wärst immer noch hier. Es ist unglaublich, wie ich Dich vermisse.

GB kann sich immer noch nicht einkriegen wegen der Geleebonbons, die Du ihm mitgebracht hast. Er ist einfach eifersüchtig. Er weiß, dass er nie so wird wie ich und keine Chance hat, so jemanden wie Dich kennenzulernen. Es ist schon witzig, aber ich kann mich gar nicht daran erinnern – geschweige denn daran, es Dir geschrieben zu haben –, dass Weintraube sein Lieblingsgeschmack ist. Du bist schon erstaunlich.

Trägst du denn das T-Shirt, das ich Dir geschenkt habe? Ich wusste, dass es Dir gefallen würde. Ich habe es kaum ausgehalten, bis jetzt zu warten und es Dir nicht schon im Sommer zu geben. Ich habe es an dem Tag gekauft, als wir ins Kunstinstitut gingen. Weißt Du noch, dass ich erst gar nicht mitkommen wollte? Kunst aus dem Vatikan? Wen interessiert das? Erinnerst Du Dich? Aber Du hast so ein Abenteuer aus diesem ganzen Ausflug gemacht, dass ich mich erkenntlich zeigen wollte. Darin bin ich ja gut, wie Du weißt. Ich zeige mich immer erkenntlich. Und es war gar nicht so schwer, wegzuschleichen und es zu kaufen, als Du völlig hingerissen dagestanden hast. Es war übrigens dieses eine Bild von Caravaggio, das Du Dir gerade angesehen hattest, „Die Kreuzabnahme“. Siehst Du, ich erinnere mich noch. Ich habe Dir ja schon mal gesagt, dass ich ein sehr gutes Gedächtnis habe.

Ich wollte mich auch noch bei Dir entschuldigen, dass ich Dich in dem Augenblick allein ließ, als die Pizza ankam. Auch wenn es nur eine Stunde gewesen ist. Meine Schwester ist so eine Nervensäge. Ausgerechnet an einem Samstag musste sie mich anrufen. Sie versucht mir Schuldgefühle einzureden, damit ich nach Hause komme. Wie ich Dir aber bereits sagte, ist das nicht mehr mein Zuhause. Ich weiß, Du hast mir versichert, es wäre nicht so schlimm, und ich weiß auch, dass Du nicht sauer bist oder so was. Manchmal wünschte ich einfach nur, meine Familie würde verschwinden, kannst Du Dir das vorstellen?

Emma hörte, wie eine Autotür zugeschlagen wurde, legte schnell die Briefe wieder zusammen und verstaute sie in der Schachtel. Dann wickelte sie das Päckchen in ihr ausrangiertes Sweatshirt und griff nach der *People,* als ihr Vater zur Tür hereinkam.

49. KAPITEL

USAMRIID

Platt ging in den kleinen Konferenzraum neben seinem Büro. Er machte sich eine Kanne Kaffee und aß einen Apfel, den er in seiner Schreibtischschublade gefunden hatte. Er begann, die notwendigen Informationen herauszusuchen und zusammenzustellen. Innerhalb kürzester Zeit hatte er den Inhalt der Ordner überall auf dem Tisch verteilt. Er fuhr seinen Laptop hoch und loggte sich ins Internet ein. Dann öffnete er Dokumente, überflog die Inhalte und druckte ein paar Seiten aus, die er auf einen gesonderten Stapel legte. Auf einem Institutsblock notierte er eine Reihe von Bemerkungen und Listen.

Auf eine Seite schrieb er Informationen zu Ebola Zaire.

Die Symptome

Erstes Stadium (1-2 Tage nach der Infektion):
Fieber, starke Kopfschmerzen, Halsschmerzen, Muskelschmerzen, Schwächegefühl, Nasenbluten

Zweites Stadium (nach 3-7 Tagen):
Erbrechen, Bauchschmerzen, Gelbsucht, Durchfall, Bindehautentzündung

Letztes Stadium (7-21 Tage):
Zellzerstörung, Organausfall, starke Blutungen, Schock, Atembeschwerden, Tod

Auf einem Extrastapel hatte er alles, was er über den Impfstoff finden konnte, gesammelt, dazu eine Kopie des Berichts, der zuerst im Januar 2007 in der Fachzeitschrift *Public Library of Science Pathogens* erschienen war. Das Forscherteam, das dieses Medikament entwickelt hatte, kam aus dem staatlichen kanadischen Labor für Mikrobiologie in Winnipeg und aus dem USAMRIID direkt hier in Fort Detrick.

Auf einem anderen Blatt notierte er die Stichpunkte zum Impfstoff.

Größter Effekt tritt ein bei Verabreichung in Serie (wie bei der Tollwutimpfung)

Behandlung innerhalb von 30 Minuten nach der Infektion – 90% Überlebensrate

24 Stunden nach der Infektion – 50% Überlebensrate

Als Prophylaxe verabreicht – Schutzfunktion möglich, bis heute aber nicht bewiesen

Tests bis heute nur an Makaken vorgenommen

Erprobung am Menschen nur sporadisch, keine ausreichenden Daten, um die Überlebensrate zu berechnen

Von der FDA nicht zugelassen; Anwendung in Notfällen bedarf einer Ausnahmegenehmigung

Platt unterstrich „in Notfällen". Ihm würde keine Zeit bleiben, seine Begründung an die FDA zu verfassen, aber als Angehöriger des Militärforschungslabors würde er versuchen, eine Ausnahmeregelung zu finden. Er würde tun, was notwendig war. Janklow hatte gesagt, in Kriegsgebieten und auch in verseuchten Zonen müsse man Opfer bringen. Dasselbe galt für Ausnahmesituationen.

Er erinnerte sich an Afghanistan und die provisorische medizinische Einrichtung im hinteren Teil eines Lastwagens. Bei jedem Angriff lautete der Befehl, sich in Sicherheit zu bringen. Doch während einer Amputation konnte man sich nicht aus dem Staub machen. Also blieb man, wo man war, versuchte, die Soldaten auf der Trage vor dem Verbluten zu retten, und hoffte, dass man nicht in die Luft gejagt wurde.

Niemand hatte es jemals infrage gestellt, wenn man in diesem Augenblick dem Protokoll nicht folgte. Unter besonderen Umständen tat man eben, was man tun musste. Und man sah auch nicht zu, wie vier Menschen, die man unter seiner Obhut hatte, hilflos ihrer Krankheit erlagen.

Innerhalb kurzer Zeit war Platt fertig. Er packte zusammen, was er benötigte, ließ das Chaos auf dem Konferenztisch liegen, um es später wegzuräumen, und schloss die Tür hinter sich ab. Dann ging er wieder zu den Labors nach oben, und die Zuversicht war in seine ganze Haltung, in seinen Gang zurückgekehrt. Als Leiter dieser Einrichtung benötigte er keine Unterschrift außer seiner eigenen. Er brauchte auch seinen Chef Janklow nicht. Und auch nicht McCathy. Das Einzige, was er jetzt besorgen musste, war der Impfstoff.

50. KAPITEL

Reston, Virginia

Tully wühlte in den Küchenschränken. Irgendwo musste es Pappteller geben. Es war doch nicht möglich, dass sie keine Pappteller mehr hatten, oder?

Emma lehnte sich über die Durchreiche und beobachtete ihn, half aber natürlich nicht, sondern sah ihm nur zu. Dann fragte sie plötzlich wie aus heiterem Himmel: „Wie habt ihr euch eigentlich kennengelernt, du und Mom?"

„Wie bitte?" Die Frage hatte ihm solch einen Schreck eingejagt, dass er sich den Kopf an der offenen Schranktür stieß.

„Mom. Wo hast du sie kennengelernt?"

„Ich glaube, das war auf einer Party oder so was." Er sagte es so lässig, als wäre es nichts Besonderes gewesen, statt zu erwähnen, dass Caroline ihren hellblauen Pullover mit Perlen getragen hatte. Er erinnerte sich noch, wie ihm durch den Kopf gegangen war, dass sie echt klasse aussah, das Schärfste, was er je gesehen hatte. „Sie war mit einem Kumpel von mir da."

„Du hast sie ihm ausgespannt?"

Er fand die Pappteller, eine neue Packung. „Nicht direkt", entgegnete er. „Ich nehme an, sie fand mich nett."

Er holte einen Gewürzstreuer mit scharfem Paprika und eine Dose geriebenen Parmesankäse und musste plötzlich daran denken, dass Caroline kein scharfes Paprika auf ihrer Pizza mochte. Er stellte beides auf den Tresen.

„Wann hat das aufgehört?", wollte Emma wissen.

„Wann hat was aufgehört?"

„Dass du nett warst."

Er stoppte seine Suchaktion und sah zu ihr hoch. „Das musst du deine Mutter fragen." Dann richtete er sich auf. „Woher kommt denn jetzt auf einmal dieses Interesse an alldem? Ich dachte, du freust dich, dass deine Mutter wieder heiratet?"

„Ich denke, ich freue mich, dass sie glücklich ist. Es ist einfach ... ich weiß nicht. Er ist so anders als du."

„Offensichtlich wollte deine Mutter was anderes."

„Wahrscheinlich. Aber er ist so ein Trottel."

Jetzt musste Tully grinsen. „Ich bin also kein Trottel?"

„Auf keinen Fall. Du bist so wie ... keine Ahnung, so wie Indiana Jones."

„Indiana Jones?" Das von seiner minderjährigen Tochter zu hören kam ihm merkwürdig vor, aber dann erinnerte er sich, dass es jetzt einen neuen Film als Fortsetzung gab. Komisch, dass seine Tochter sich auf jemanden bezog, auch wenn es nur ein Film war, den er gut kannte.

„Indiana Jones. Ziemlich raubeinig, aber cool, nicht immer ganz nett, aber witzig ... alles im positiven Sinn."

„Also, Conrad macht deine Mutter glücklich, das ist doch das Wichtigste, oder?"

„Ja, ich denke schon." Sie kam schließlich um die Durchreiche herum und begann ihm zu helfen, indem sie Servietten und Besteck raussuchte. „Und Dr. Patterson ... ich nehme an, sie macht dich glücklich?"

Tully beobachtete, wie sie sich eine Haarsträhne hinters Ohr klemmte, bevor sie die Gläser aus dem Schrank nahm.

„Ja, das tut sie."

„Was ist mit Maggie?"

„Was soll mit Maggie sein?"

Emma zuckte die Schultern. Sie vermied es, ihm in die Augen zu sehen. Wieder strich sie sich das Haar zurück. „Ich glaube nicht, dass sie sich für diesen Nick interessiert."

„Warum sagst du das?"

„Na ja, man muss doch realistisch sein. Er wusste ja nicht mal, dass sie nicht nach Hause kommt. Offensichtlich hatte sie ihn nicht angerufen."

„Stimmt." Tully hatte Morrelli nicht gesagt, wo Maggie war oder warum er sich um ihren Hund kümmerte. Er hatte nämlich denselben Gedanken gehabt wie Emma – wenn Maggie gewollt hätte, dass er Bescheid wusste, hätte sie ihm selbst Bescheid gesagt.

„Du magst sie, oder?"

„Maggie? Natürlich mag ich sie, Süße. Maggie ist meine Kollegin, meine Partnerin."

„Mom hat eine ganze Weile mit Conrad zusammengearbeitet, bevor sie anfingen, sich zu treffen und so was."

„Das ist etwas anderes." Er war sich nicht sicher, was das alles sollte. „Sie haben nicht in derselben Firma gearbeitet. Deine Mom ist Geschäftsführerin einer Werbefirma. Er ist was? Der Vizepräsident eines Pharmaunternehmens."

Er öffnete den Kühlschrank, um zu sehen, welche Softdrinks da waren; dabei hätte er sich lieber mit Emma hingesetzt, um sie zu fragen, was eigentlich los war. Er wusste, dass es besser war, keine große Geschichte aus ihrer Fragerei zu machen, sonst würde sie nie wieder irgendetwas von ihm wissen wollen. „Maggie und ich sind Freunde", sagte er und überprüfte den Eiswürfelbereiter. „Du wirst Gwen sicher mögen. Das verspreche ich dir."

Sie zuckte lässig die Schultern, als wäre es ihr egal. Dann warf sie ihr Haar zurück, um das noch einmal zu unterstreichen.

Wie aufs Stichwort klingelte es an der Tür, und Harvey kam in die Küche gerannt, umrundete Emma mehrmals, um sich davon zu überzeugen, dass bei ihr alles in Ordnung war. Emma lächelte, aber Tully wusste, das hatte nur etwas mit Harvey zu tun und nichts mit dem, was er gesagt hatte. Er ging zur Tür, und als er sicher war, dass Emma ihn nicht sehen konnte, holte er einmal tief Luft. Es würde schon alles gut werden. Sicher würden sich die beiden Frauen, die ihm am wichtigsten waren, gut verstehen.

51. KAPITEL

Razzy's
Pensacola, Florida

Rick Ragazzi konnte sein Glück kaum fassen. Gerade als der Kühlschrank repariert war – okay, siebenhundertachtundsiebzig Dollar – kam ein Anruf von seinem besten Kellner, der ihm mitteilte, dass er es heute Abend nicht schaffen würde zu kommen. Er sagte irgendwas von einem Skijetunfall und dass er in der Notaufnahme des Baptist Hospitals wäre. Rick hatte Sirenen im Hintergrund gehört.

Samstagabend war der denkbar schlechteste Tag, um eine Vertretung zu finden, besonders eine Stunde bevor die Schicht begann, was bedeutete, dass Rick selbst einspringen musste. Und dabei fühlte er sich hundeelend, hatte voll entwickelte Grippesymptome – Fieber, Kopfschmerzen, Muskelschmerzen und Nasenbluten, das gerade mal lange genug aufhörte, damit er Bestellungen aufnehmen konnte. Kaum kam er in die Küche, ging es wieder los.

Joey machte sich deshalb über ihn lustig, nannte ihn einen Kokser, weil er wusste, dass er damit nicht ins Fettnäpfchen treten konnte. Rick hätte ungefähr so sehr ein Kokser sein können wie Joey ein Messdiener. Das war vielleicht drei- oder viermal ulkig, dann begann sich sein Cousin langsam Sorgen zu machen. Im Laufe des Abends nahm er ihn beim Arm und zog ihn zur Seite.

„Was ist los, Kumpel? Alles in Ordnung? Du siehst nicht gut aus."

„Ist nur eine Erkältung", versicherte Rick ihm.

Dann wurde ihm klar, dass er wahrscheinlich sein Unglück an alle seine Kunden weitergeben würde. Er musste sich besser vorsehen, obwohl ihm bereits einmal aus Versehen ein Finger in eine Suppenschale gerutscht war. Ein kleiner Junge am Tisch fünf schob Rick laufend seine Pommes frites ins Ohr, sobald der sich hinunterbeugte, um den Rest der Familie zu bedienen. Wer weiß, was ihm sonst noch passierte? Er fühlte sich mies. Da war es schwierig, sich vorzusehen. Gegen Ende des Abends wurde es auch immer schwieriger, überhaupt darauf zu achten.

Joey nahm Rick erneut beiseite, als die Dessertkunden kamen. Er sorgte dafür, dass Rick eine sirupartige Flüssigkeit trank, die wie eine Mischung aus Lakritz und Kaffee schmeckte.

„Mein Dad schwört auf das Zeug“, erklärte Joey. „Er meint, das würde alles heilen, vom Kater bis zu Milzbrand. Was den Kater betrifft, so kann ich das bestätigen. Mit Milzbrand habe ich glücklicherweise keine Erfahrung.“

„Was erzählst du denn da? Onkel Vic war in seinem Leben nie betrunken oder krank.“

„Ja, das stimmt“, entgegnete Joey. „Meine Mom sagt, vor seinem FBI-Dasein sei er ein ziemlicher Partylöwe gewesen.“

Rick konnte sich nicht helfen, aber er fand, Joey hörte sich, wenn schon nicht stolz, dann zumindest erfreut darüber an.

„Wir kennen ihn eben nur als Mr FBI-Mann“, sagte Joey. „Oder vielleicht auch als Mr Machoscheißkerl, Mr Friss-oder-stirb.“

„Das klingt verbittert.“

„Nein. Ich bin nicht verbittert. Ich wünschte nur, er würde sich manchmal daran erinnern, dass er nicht immer so perfekt gewesen ist.“

Rick beobachtete Joey, der sich wieder an sein Soufflé machte. Und nun wurde ihm noch mehr als vorher klar, dass er Joey nichts von den tausend Dollar sagen konnte, die sein Vater ihm geschickt hatte.

52. KAPITEL

Reston, Virginia

„Und als Tischschmuck werden sie rosa und weiße Kallas nehmen“, berichtete Emma an Gwen gewandt, während Tully ihnen schlecht gelaunt gegenübersaß und hoffte, dass endlich mal etwas, irgendetwas seine Tochter davon abhalten würde, ständig von der geplanten Hochzeit seiner Exfrau zu erzählen. Er hatte sogar schon überlegt, ob er ihr unter dem Tisch einen Stoß versetzen sollte. Und Gwen verhielt sich höflich, hörte zu und nickte, so wie Tully sich vorstellte, dass sie es bei ihren Patienten tat, vor allem bei den krankhaft narzisstischen. Andererseits, wer konnte schon narzisstischer sein als ein Teenager?

Nach zwei Stücken Pizza – eins von seiner Lieblingssorte Supreme und eins von Emmas Favorit Peperoni – war Tully klar, dass Gwen ihre Vorlieben kannte. Bei ihm konnte er das verstehen. Sie waren oft zusammen Pizza essen gegangen, aber hatte er je eine Bemerkung darüber gemacht, welche Emma am liebsten mochte? War es Zufall, dass sie Peperoni gewählt hatte? Schließlich mochten eine Menge Leute Pizza mit Peperoni.

Er beobachtete Gwen, die Emma anlächelte. Himmel, diese Frau hatte ein wunderbares Lächeln. Sie sagte, sie käme gerade von einem Besuch bei Maggie.

„Wie geht es ihr?“, hatte er gefragt.

„Das sage ich dir später“, war ihre Antwort gewesen, die viel zu schnell gekommen war. Offensichtlich hatte sie das Thema nicht vor dem Dinner und in Gegenwart von Emma besprechen wollen.

Jetzt erkundigte Gwen sich bei Emma nach den Riemchenschuhen, die die Brautjungfern tragen würden. Tully kam unwillkürlich der Gedanke, dass Gwen vielleicht masochistisch veranlagt war, aber andererseits schien sie tatsächlich interessiert.

In diesem Augenblick war Tully klar, dass es sich nicht um

einen Zufall handelte, wenn Gwen die Lieblingssorten für ihn und Emma erraten hatte. Sie war verdammt noch mal Psychologin, natürlich war das kein Zufall. Diese ganzen Fragen von Emma vorhin über ihn und ihre Mutter hatten bei ihm nostalgische Gefühle hervorgerufen. Dass Gwen ihre Lieblingspizzen mitgebracht hatte, erinnerte ihn daran, dass Caroline ihm immer seine bevorzugten Geleebonbons gekauft hatte. Damals war er sich nie sicher gewesen, ob sie das tat, weil ihr etwas an ihm lag oder weil sie einfach ihren Exfreund eifersüchtig machen wollte.

Caroline schien bei allem, was sie tat, immer noch einen Hintergedanken zu haben.

„Sie haben über zweihundert Leute eingeladen", verkündete Emma gerade, als ginge es um einen Wettbewerb.

Tully dachte nur, dass Caroline sich nicht geändert hatte. Es sah so aus, als würde sie ihre Hochzeit dazu benutzen, um Freunde und Kollegen zu beeindrucken. Mehr als einmal hatte er sich während ihrer Ehe gefragt, ob sie nicht die Wahl ihres Ehemannes bereute, vor allem nachdem Tully zum FBI-Außendienstbüro in Cleveland übergewechselt war. Letztendlich war er nicht der Supertyp aus DC, über den man in den Abendnachrichten berichtete, weil er Kriminelle wie den Unabomber und die Beltway-Snipers jagte oder Eric Rudolph in den Wäldern aufspürte.

Sogar jetzt, wo Caroline als Geschäftsführerin in einer Werbefirma selbst erfolgreich war, schien sie immer noch nach etwas oder jemandem zu suchen, um ihr Image zu verbessern. Vielleicht war das nicht fair. Womöglich liebte sie diesen Conrad ja tatsächlich. Tully stellte fest, dass er trotz dieser wehmütigen Anwandlungen nicht mehr so ein Verlustgefühl verspürte, wie es ihn kurz nach der Scheidung befallen hatte. Er konnte nicht mehr sagen, seit wann es verschwunden war. Er hatte erst jetzt bemerkt, dass es nicht mehr existierte. Es war nicht mehr da, und das war das Entscheidende.

Emma holte endlich lange genug Atem, sodass Gwen etwas sagen konnte. Als Tully sich wieder auf das Gespräch konzentrierte, wollte er seinen Ohren nicht trauen. Nachdem die beiden bei rosa Hochzeitskleidern und Riemchenschuhen gewesen waren, erzählte Gwen seiner Tochter gerade von einer New Yorker Universität, die sich auf Fashion Design spezialisiert hatte. Und Emma hörte tatsächlich zu.

Himmel, er liebte diese Frau. Sein Magen vollführte einen freudigen Sprung. Es schien, als sei dies der Abend für Offenbarungen, denn ihm war vorher nicht klar gewesen, wie sehr er Gwen Patterson mochte – vielleicht sogar liebte.

Tully lehnte sich zurück und beobachtete die beiden. Keine von ihnen schien sich daran zu erinnern, dass er auch hier saß, im selben Zimmer und sogar am selben Tisch. Harvey kam herüber und legte ihm die Schnauze aufs Knie. Er tätschelte dem großen Hund den Kopf in stiller Übereinkunft zweier von ihren Frauen Ausgestoßenen. Nur dass Harvey lediglich Tullys Pizzakruste haben wollte.

Emmas Handy klingelte, und sie griff danach, zögerte dann aber. „Das ist Andrea. Wir haben eine Hausaufgabe für Literatur."

Tully wusste sofort, dass es in Wirklichkeit Emmas Rettungsring war. Sie und Andrea hatten diese Unterbrechung wahrscheinlich verabredet. Doch sie wartete jetzt darauf, dass Tully ihr die Erlaubnis gab. Sie sah ihn entschuldigend an, vielleicht konnte er sogar etwas wie Bedauern in ihrem Gesicht erkennen. Seine Tochter war selbst überrascht, dass es ihr Spaß gemacht hatte, mit Gwen Patterson zu reden.

„Geh schon", sagte er mit einer Handbewegung, die sie vom Tisch entließ.

„Es wird nicht lange dauern", sagte Emma zu Gwen.

Tully wartete, bis Emma in ihrem Zimmer verschwunden war.

„Sie mag dich." Er wusste, dass er jetzt wie ein Zwölfjähriger klang.

„Ist das wichtig?"

Das war überhaupt nicht die Antwort, die er erwartet hatte. Natürlich war es wichtig, aber er hielt sich rechtzeitig zurück, bevor er ihr das sagte. Sie wollte es offensichtlich gar nicht hören.

„Ist es falsch, wenn ich mir wünsche, dass die beiden wichtigsten Frauen in meinem Leben sich mögen?"

„Und wenn es nicht so gewesen wäre?"

Das war eine gute Frage. Eine gerechtfertigte Frage. Eine, die er sich nie selbst gestellt hatte.

„Tut mir leid", sagte sie, bevor er dazu kam, ihr zu antworten. Sie stützte die Ellbogen auf den Tisch und legte das Kinn in die Hände. Plötzlich sah sie ziemlich erschöpft aus. „Sie sagen, Maggie und Cunningham sind mit einem Virus in Berührung gekommen."

„Also ist es kein Milzbrand oder Ricin?" Er glaubte, das wäre Grund zur Erleichterung, aber Gwen sah alles andere als erleichtert aus.

„Es ist Ebola."

„Himmel! Wie ist das möglich? Woher soll er das Zeug denn haben? Ebola gibt es doch bei uns in den Staaten gar nicht."

Gwen zuckte die Schultern. „Hier in Reston gab es mal einen Unfall. In den Achtzigerjahren. Die Regierung hat es geheim gehalten. Ein Privatlabor hat eine Schiffsladung mit Affen bekommen. Die Affen sind krank geworden und gestorben. Aber das war 1989. Vor fast zwanzig Jahren."

Tully runzelte die Stirn und fragte sich, woher sie das alles wusste.

„Ich habe recherchiert, nachdem ich mit Maggie gesprochen habe", erklärte Gwen. „Es war Ebola, aber es hat sich nicht auf Menschen übertragen. Ebola Reston, so haben sie es genannt. Sie bezeichnen die verschiedenen Stämme mit den Namen der Orte, an denen sie zuerst auftauchen."

„Maggie und Cunningham. Ist es Ebola Reston?"

„Ebola Zaire."

„Das ist der gefährliche?"

„Er wurde auch der Abräumer genannt."

Tully zuckte zusammen. Gwen bemerkte es und wandte sich ab. Es war zu spät. Er hatte bereits den ängstlichen Ausdruck in ihren Augen gesehen. Er schob ein paar Pizzakrümel auf seinem Pappteller hin und her.

„Das könnte die Möglichkeiten auf der Suche nach dem Täter eingrenzen. Wenn er nicht gerade in den letzten sechs Monaten nach Afrika gereist ist, muss er es aus einem Forschungslabor haben, vielleicht einer staatlichen Einrichtung oder von der Universität. Es ist ja nicht so, dass man sich so was einfach schicken lassen kann."

Tully trommelte auf die Tischplatte. Es war schlimmer, als er dachte. Das bedeutete, dass der Typ noch gefährlicher war. Er hatte nicht nur seine Motive und die Gelegenheit. Er hatte auch den entsprechenden Zugang.

„Der Milzbrand-Fall 2001", sagte Tully und wartete darauf, dass Gwen ihm zuhörte. „Kannst du dich daran erinnern?"

„Nicht an Einzelheiten. Ich weiß noch, dass die Briefe ziemlich normal aussahen und mit der Post verschickt wurden. Einer davon war in Tom Brokaws Büro gelandet. Ein paar andere wurden an Kongressabgeordnete verschickt. Richtig? Das passierte nach dem elften September. Ich kann mich erinnern, dass ich noch zu benommen war, um der Sache wirklich meine Aufmerksamkeit zu schenken."

„Zweiundzwanzig Fälle. Fünf Tote. Niemand wurde angeklagt und verurteilt." Gwen zog die Augenbrauen hoch. „George Sloane", erklärte Tully. „Der Sachverständige. Er sprach es heute Morgen an, deshalb habe ich ein bisschen recherchiert." Tully hörte auf zu trommeln und kratzte sich das Kinn. Dabei stellte er fest, wie angespannt seine Kiefermuskeln waren.

„Einer der wenigen Verdächtigen war ein Wissenschaftler", fuhr er fort. „Ein Wissenschaftler, der vorher fürs USAMRIID gearbeitet hat. Sie haben ihn beschuldigt, Proben von Anthrax aus dem Labor in Fort Detrick geschmuggelt zu haben." Tully gefiel sein nächster Gedanke überhaupt nicht. „Ich kann mir vorstellen, dass es im USAMRIID auch Proben von Ebola Zaire gibt."

53. KAPITEL

Chicago

Dr. Claire Antonelli tat es leid, dass sie Vera Schroder schlechte Nachrichten überbringen musste. Die Züge der Frau waren jetzt genauso eingefallen wie die ihres Mannes, und sie wirkte fast wie ein Zombie, eine leblose Maske. Doch bei Vera war es der Schock, nicht wie bei ihrem Mann der Schmerz, der die Veränderung bewirkte.

Claire begleitete sie vom Warteraum zu einem Zimmer auf derselben Etage, das für Familienangehörige reserviert war. Sie wollte, dass Vera sich ausruhte, bis sie ihr mehr berichten konnten, auch wenn Claire keine Ahnung hatte, was sie ihr eigentlich sagen sollten. Sie hatten Markus zunächst einmal stabilisiert, doch nach dem, was Claire gerade gesehen hatte, erwartete sie nicht, dass er die Nacht überlebte. Und das Schlimmste war, dass sie noch immer keinen Anhaltspunkt dafür hatten, was mit ihm nicht stimmte.

Claire machte kurz eine Pause, um ihren Sohn anzurufen. Sie fragte ihn, was er für diesen Samstagabend geplant habe. Er hätte ihr in diesem Augenblick alles Mögliche erzählen können, und es wäre völlig egal gewesen. Sie wollte einfach seine Stimme hören, sich vergewissern, dass es ihm gut ging, sich daran erinnern, wie viel Glück sie doch hatte.

Er fragte, ob er einen Freund besuchen dürfe, um sich mit ihm College-Football anzusehen. Sie würden sich Footlongs vom *Chicago Dog* bestellen. Kein Bier, versprach er. Ein leeres Versprechen, aber sie wusste, sie brauchte sich um ihn keine Sorgen zu machen. Sie verabredeten eine Zeit, zu der er zu Hause sein sollte. Er wollte wissen, wann sie von der Arbeit käme. Wie war ihr Tag denn so verlaufen? Wollte sie, dass er für sie auch noch ein Footlong besorgte?

Ja, sie war wirklich sehr glücklich.

Dann ging Claire zurück zu Dr. Miles in sein kleines Büro,

das sich ein Stück hinter den OP-Räumen den Flur hinunter befand. Er saß bewegungslos hinter seinem Schreibtisch, die Hände zusammengelegt. Als Claire hereinkam, sagte er nichts, sondern nickte nur. Sie nahm den Stuhl auf der gegenüberliegenden Seite des Schreibtischs. Sie saßen eine ganze Weile einfach so da, Claire kam es wie eine Ewigkeit vor.

Er lehnte sich zurück und seufzte. Dann kratzte er sich seine Bartstoppeln und verschränkte die Arme vor der Brust. Er sagte noch immer keinen Ton.

Claire blickte auf ihre Armbanduhr, und Miles beobachtete sie. Alles, was sie hätte sagen können, war überflüssig. Es war bereits mehrere Stunden her, seit sie Markus Schroders Bauch wieder zugenäht und einen Teil des Gewebes runter ins Labor geschickt hatten. Nun blieb ihnen nur noch zu warten.

Das Telefon auf Dr. Miles' Schreibtisch klingelte, und beide Ärzte zuckten zusammen. Mit seiner Bärentatze griff Miles sofort nach dem Hörer.

„Dr. Miles."

Claire beobachtete ihn, versuchte in seinen Augen irgendetwas zu lesen. Er blickte von der Tür zu ihr, dann hinab auf die Schreibtischplatte, während er zuhörte. Immer wieder wanderte sein Blick unstet umher, sodass sie es unmöglich fand, etwas wie Erleichterung oder Panik bei ihm zu erkennen. Er lehnte sich vor und runzelte die Stirn.

„Was für eine Bestätigung?", fragte er, und diesmal blieb sein Blick auf Claire gerichtet. Der Mann, der für sie immer der Inbegriff von Stärke und Zuversicht gewesen war, wirkte plötzlich entsetzt.

Er hörte noch ein paar Sekunden zu, dann sagte er „Okay" und legte auf.

„Sie müssen eine Probe zur Bestätigung ans CDC schicken", sagte er zu Claire.

„Ist es MRSA?", fragte sie.

Eine Staphylokokkeninfektion war im Krankenhaus nichts Ungewöhnliches. Aber MRSA war die schlimmste Version.

Sie war gegen die meisten Antibiotika resistent. Vor Kurzem hatte man in einer Schule in Virginia einen Fall gehabt. Ein ganzer Bezirk war abgeriegelt worden, während Verwaltungsangestellte und Krankenhauspersonal die gesamte Einrichtung desinfizierten.

„Es ist noch schlimmer“, entgegnete Miles.

„Wie bitte? Noch schlimmer als MRSA?“

„Sie nehmen an, dass es ein Virus ist.“

Claire starrte ihn an und wartete darauf, dass er ihr weitere Erklärungen gab. Wenn sie es zum CDC schickten, mussten sie davon ausgehen, dass es hochansteckend war.

„Es ist nichts, was wir schon mal gesehen haben“, sagte Miles.

Claire überlegte laut. „Blutungen, violette Flecken, Fieber … die Pest? Pocken?“

„Ich denke, wir sollten lieber nicht spekulieren.“ Er stand auf, seine Art, dem Gespräch ein Ende zu setzen. „Außerdem haben wir dafür gar keine Zeit. Wir wurden angewiesen, diese Etage und die OP-Räume zu schließen.“

„Quarantäne?“

Er nickte. „Niemand darf gehen.“

54. KAPITEL

Sonntag, 30. September 2007
Der Knast

Maggie stand in dem kleinen, aber privaten Bad unter der Dusche und versuchte, die Kälte, die ihr bis in die Knochen zu dringen schien, mit heißem Wasser zu vertreiben. Dann zog sie ein frisches Krankenhausnachthemd an – es war ein ganzer Stapel davon da. Sie wollte gar nicht nachzählen, nicht daran denken, wie viel Zeit man für ihren Aufenthalt hier veranschlagt hatte.

Mit noch feuchtem Haar legte sie sich ins Bett und schaffte es, einen Moment zwischen den steifen Laken einzudösen. Sie war sich nicht sicher, wie lange sie geschlafen hatte. Nur für eine Minute oder zwei. Von dem ununterbrochenen Starren auf den Computerbildschirm hatte sie Kopfschmerzen bekommen. Das war alles. Überanstrengte Augen. Zu wenig Schlaf. Stress. Nicht etwa ein Virus, das sich in ihrem Blut vermehrte.

Sie würde sich nicht erlauben, an so etwas zu denken. Das durfte sie nicht; trotzdem überfielen sie die Bilder im Schlaf. Wie von einem alten, ruckelnden Filmprojektor an die Wand geworfen, hüpften die violetten und rosafarbenen Amöben von einer Seite zur anderen, stießen aneinander und teilten sich. Wieder ein Zusammenstoß, wieder eine Spaltung. Aus Dutzenden wurden Hunderte.

Ihre Augenlider flatterten mehrere Male, bevor sie ihn bemerkte. Er stand auf seiner Seite der Glaswand und betrachtete sie, als würde er über sie wachen. So fühlte es sich an. Warme braune Augen – ernst und mitfühlend blickende Augen – beobachteten sie, und für eine Sekunde oder zwei in diesem Zustand zwischen Wachen und Träumen gelang es ihr fast zu glauben, dass er sie beschützen konnte.

Er lächelte ihr zu, als er sah, dass sie aufgewacht war, blieb aber ruhig stehen, rührte sich nicht und winkte sie nicht zu sich heran. Er stand einfach nur so da, die Arme vor der Brust verschränkt, und lächelte. Nur sein Lächeln und diese seelenvollen Augen.

Sie setzte sich auf die Bettkante, stellte enttäuscht fest, dass dieser pochende Kopfschmerz noch immer da war, begleitet von einem beschleunigten Herzschlag, den der Anblick der Amöben verursacht hatte. Der Schlaf hatte sie nicht entspannt.

Sie nahmen beide fast gleichzeitig den Hörer ab, so als hätten sie ihre Bewegungen bereits aufeinander abgestimmt.

„Ich hätte nicht erwartet, Sie so früh wiederzusehen."

„Machen Sie Witze? Sie sind meine Lieblingspatientin."

Für einen Armeeoberst konnte er tatsächlich sehr charmant sein. Seine Grübchen taten ein Übriges.

„Wie fühlen Sie sich?" Er wurde wieder ernst, doch sein Blick ruhte noch immer warm und ehrlich besorgt auf ihr.

„Ich habe Kopfschmerzen." Normalerweise war das nichts, was sie erwähnenswert finden würde, doch sie wusste, dass sie ihn über alles informieren musste, damit er seine Checkliste anfertigen konnte.

„Sagen Sie mir, wo genau Sie die Schmerzen fühlen."

Sie setzte sich. Er folgte ihrem Beispiel. Maggie schloss die Augen und konzentrierte sich auf das Pochen in ihrem Kopf. „Im Hinterkopf", sagte sie, immer noch mit geschlossenen Augen. „Direkt über dem Nacken. Es ist mehr ein Pochen als ein Schmerz."

Sie öffnete die Augen und sah ihn an. An seinem Gesichtsausdruck konnte sie nicht erkennen, was er dachte. Automatisch erinnerte sie sich, dass er seine Besorgnis ganz gut verbergen konnte. Er war Arzt und Soldat, und in seiner Position hatte er es gelernt, Gefühle nicht zu zeigen oder überhaupt erst zuzulassen. Nur seine Augen verrieten ihn immer wieder, sagten ihr, dass es für ihn nicht so einfach war und ständig eine Herausforderung darstellte.

„In Ihrem Blut konnten immer noch keine Viren nachgewiesen werden. Sie haben noch keine Symptome. Normalerweise ist der Kopfschmerz hinter den Augen, bewegt sich von da nach oben, so als würde jemand von innen gegen Ihre Stirn klopfen. Es sieht eher so aus, als wären das Stresssymptome und Übermüdung. Sie haben auch kaum etwas gegessen. Ich werde veranlassen, dass man Ihnen alles Mögliche hochschickt, was appetitlich ist. Sehen Sie zu, dass Sie Ihr Immunsystem stärken. Sie müssen bei Kräften bleiben. Und ich werde Dr. Drummond bitten, Ihnen ein paar Advil-Kapseln zu bringen."

Dr. Drummond. Sie stellte fest, dass sie die Frau im blauen Raumanzug nie mit Namen angesprochen hatte. Erst jetzt, nach fast zwei Tagen, wunderte sie sich, warum sie nie danach gefragt hatte.

Von Haus aus skeptisch, musterte sie Platt eingehend, suchte nach Rissen in seiner Fassade, irgendwelchen Anzeichen dafür, dass er ihr etwas verschwieg.

„Sie trauen mir nicht", sagte er zu ihrem Schrecken. Ihr war nicht klar, dass man sie so leicht durchschauen konnte.

„Ich habe gelesen, das Virus kann auch in einem Wirt ruhen", sagte Maggie schnell. Gleich mit der Tür ins Haus fallen. Kein Herumgerede. Immerhin ging es hier um ihr Leben.

Er zögerte. Wusste sie zu viel? Bereute er, vorher so offen und geradeheraus mit ihr gesprochen zu haben?

„Das Virus lebt irgendwo in Afrika, und ja, wir nehmen an, dass es dort in einem perfekten Wirt ruht, nur sind wir uns nicht ganz sicher, um welches Lebewesen es sich dabei handelt. Man spekuliert, dass es Fledermäuse sein könnten. Wissenschaftler haben in Landstrichen wie Kitum Cave am Fuß des Mount Elgon in Kenia und Uganda praktisch jeden Stein umgedreht, um herauszufinden, wo sich das Ebola aufhält, wenn es nicht auf Primaten oder Menschen übergesprungen ist. Aber eins ist klar ..." Er wartete, bis er sicher sein konnte, dass er ihre ganze Aufmerksamkeit besaß. „Ebola ruht nicht in Primaten oder Menschen. Es vernichtet sie, und das ziemlich schnell."

„Aber es gibt eine Inkubationszeit", wandte Maggie ein.

„Die dauert zwischen zwei und einundzwanzig Tagen. Heißt das, ich könnte mich infiziert haben und es einundzwanzig Tage lang nicht bemerken?“

„Die Symptome treten erfahrungsgemäß zwischen einem und drei Tagen auf. Die Inkubationszeit bezieht sich auf die Phase, innerhalb derer das Virus im Organismus die ersten Symptome verursacht, bis zum Ausbruch der Krankheit, Ausfall der Organe und ...“

„Dem völligen Zusammenbrechen und Ausbluten“, beendete sie den Satz für ihn.

„Ja“, bestätigte er. „Verstehen Sie mich richtig, ich will damit nicht sagen, es wäre ausgeschlossen, dass man sich infiziert hat, zuerst keine Symptome zeigt und dann am einundzwanzigsten Tag krank wird. Ich sage Ihnen, was statistisch möglich ist, welche Erfahrungswerte es gibt und was ich selbst gesehen habe. Das Virus kann normalerweise nicht einfach in einem menschlichen Organismus ruhen. Es ist darauf angelegt, sich zu vermehren, und das schnell.“

Sie nickte. Ihr Blick wanderte unstet umher, ohne dass sie etwas dagegen tun konnte. Sein Gesichtsausdruck sagte ihr, dass er wusste, er hatte sie nicht überzeugt. Seine Offenheit konnte sie nicht beruhigen. Schon hatte sie das Gefühl, als wäre das Pochen inzwischen vom Hinterkopf in die Stirn gewandert. Vor ihren Augen verschwamm alles. Es war ihr egal, dass er sie anstarrte.

Er lehnte sich vor und zog sein Sweatshirt am Halsausschnitt ein Stück vor, als wäre ihm plötzlich zu heiß. Dann atmete er tief durch und nahm kurz den Hörer zur Seite, um nicht laut in die Sprechmuschel zu pusten.

„Selbst wenn sich bei Ihnen Symptome zeigen sollten, bedeutet das nicht, dass es tödlich sein muss.“

„Ebola Zaire? Der Abräumer?“ Sie hob die Augenbrauen. Er sollte ruhig wissen, dass sie wirklich ihre Hausaufgaben gemacht hatte. In diesem Fall konnte er nicht punkten.

Maggie hatte keine Ahnung, warum sie sich so zynisch verhielt, erst bei Gwen, nun bei Platt. Vielleicht war es ihr Überlebensinstinkt. Wenn sie Angst verspürte, suchte sie den Feind und ging zum Angriff über, statt sich zurückzuziehen und darauf zu warten, dass ihr jemand zu Hilfe kam. Und in diesem luftdicht versiegelten Raum war sie zur Untätigkeit verdammt.

Platt seufzte erneut. Aber es war mehr die Erschöpfung. Er rieb sich das Kinn und fuhr sich mit der Hand übers Gesicht. Maggie bemerkte, wie lang seine Finger waren, wie sorgsam manikürt die Nägel, beobachtete die Bewegung der Muskeln und Sehnen, als er sich mit seiner starken, aber sanften Hand die Schläfen massierte. Er interpretierte ihren Blick als Nachdenklichkeit und meinte, nun endlich ihre ganze Aufmerksamkeit zu haben. Mit scinen ausdrucksvollen Augen sah er sie eine ganze Weile an, bevor er sagte: „Sie müssen mir vertrauen."

Er ließ diesen Satz zunächst sacken. Als sie nichts darauf erwiderte, nicht widersprach, fügte er hinzu: „Es gibt einen Impfstoff. Er ist von der FDA noch nicht zugelassen. Bei Primaten hat er sich als sicher und wirkungsvoll erwiesen. Wir hatten bisher aber nur wenige Gelegenheiten, das Medikament bei Menschen anzuwenden, nur in Fällen, bei denen Forscher durch einen Laborunfall mit dem Erreger in Berührung gekommen sind und sich infiziert haben."

Jetzt schoss Maggie in ihrem Stuhl nach vorn. Sie hatte nichts von einem Impfstoff gelesen. In allen Quellen, die sie durchforstet hatte, war nur die Rede von einer „unterstützenden Behandlung" gewesen und dass man versuchte, dem Patienten so weit wie möglich zu helfen, das Unausweichliche durchzustehen.

„Es ist am wirkungsvollsten", fuhr Platt fort, „wenn man es in Serie injiziert, so ähnlich wie bei Tollwutimpfungen. Es hilft dem Immunsystem, gegen das Virus anzukämpfen. Aber es hängt auch davon ab, wie schnell man die Behandlung nach der Infektion beginnt. Ich will Sie nicht anlügen. Wenn das Immunsystem bereits geschwächt ist oder sich schon Symptome zeigen, ist die Chance der Heilung fünfzig Prozent. Was aber in Ihrem Fall nicht zutrifft."

Maggie brauchte nicht nachzufragen. Sie wusste, dass dies bei Mrs Kellerman zutraf. Was war mit Mary Louise? Mit Cunningham?

„Ich möchte den Impfstoff gern bei Ihnen anwenden. Das FDA hat mir noch keine Genehmigung erteilt, es bei Zivilpersonen zu benutzen, also kann ich es erst einsetzen, wenn Sie mir eine Einwilligung unterschreiben, dass ..."

„Ich unterschreibe alles, was Sie brauchen", unterbrach sie ihn. Darüber musste sie nicht erst lange nachdenken.

Er sah fast überrascht aus, dass es so einfach schien. Aber er hatte sie nicht gefragt, ob sie Bedenkzeit brauchte. Sie wusste, dafür war keine Zeit mehr.

„Dr. Drummond wird in Kürze zu Ihnen kommen, um die erste Injektion vorzunehmen." Er stand auf. „Ich lasse Ihnen auch etwas zu essen bringen. Sie müssen unbedingt essen. Irgendwelche besonderen Wünsche?"

„Ja, ich habe einen Wunsch", sagte Maggie, „aber das betrifft nicht das Essen." Er nickte und wartete. „Ich möchte Assistant Director Cunningham sehen."

„Das geht nicht."

„Warum? Ist er nicht hier auf dieser Station?"

„Doch, er ist hier. Wie kommen Sie darauf, dass er nicht hier sein könnte?"

„Ich muss nicht mit ihm reden. Ich will nur ... ich will ihn nur sehen." Platt schien nicht nachgeben zu wollen. „Unbedingt. Ich will mich nur vergewissern, dass es ihm gut geht."

Er trat unruhig von einem Fuß auf den anderen, und Maggie sah, wie er den Mund zusammenpresste. Sie wusste, warum er zögerte. Es ging um die ärztliche Schweigepflicht, er durfte ihr keine Auskunft über andere Patienten geben. Ihre Fälle mussten wahrscheinlich geheim gehalten werden. Sie würden Maggie sicher untersagen, ihren Aufenthaltsort an andere weiterzugeben. Deshalb, so nahm sie an, konnte der Colonel sich nicht entscheiden, wie er darauf reagieren sollte. Ob er sich über die Regeln hinwegsetzen und den Patienten erlauben sollte, sich zu sehen.

„Ich kann Sie nicht zu ihm lassen“, sagte Platt schließlich. „Es geht ihm nicht gut.“

55. KAPITEL

Chicago

Dr. Claire Antonelli lehnte die Stirn gegen das Fenster und blickte in die Säuglingsintensivstation. Die Babys, der kleine Haney inbegriffen, sahen nicht anders aus als vorher. Immer noch rosig, strampelten sie genauso wie vor vierundzwanzig Stunden. Aber jetzt war die gesamte Station ihretwegen in die Quarantäne einbezogen worden.

Claire hatte die ganze Nacht damit verbracht, zusammen mit einem Team bei jedem Blut abzunehmen, der eventuell von Markus Schroder hatte angesteckt werden können. Der Bericht des CDC heute Morgen hatte die wenigen Ärzte und Verwaltungsangestellten, die davon wussten, schockiert. Dr. Miles drängte auf eine Pressekonferenz, um all die zu warnen, die in den letzten Tagen im Krankenhaus gewesen waren. Die Krankenhausverwaltung wollte noch damit warten. Das CDC wollte ebenfalls warten. Niemand wollte eine Panik auslösen. Aber Claire sah bereits alle Anzeichen dafür, wenn sie die schweigend ausgetauschten Blicke beobachtete, das Schulterzucken statt einer Antwort. Eine spürbare Nervosität kratzte bereits an den Nerven aller. Es würde nicht mehr lange dauern. Angestellte mussten ihren Ehepartnern mitteilen, dass sie nach Beendigung ihrer Schicht nicht nach Hause kämen. Familienmitglieder würden eine Erklärung verlangen, warum sie ihre Angehörigen nicht besuchen durften. Eltern würden darauf bestehen, ihre Neugeborenen zu sehen. Nein, Claire war bewusst, dass es nicht mehr lange dauern würde, bis eine Panik ausbrach.

Der Vertreter des CDC, Roger Bix, war heute früh um vier Uhr eingetroffen. Er trug eine Atlanta-Braves-Jacke und spitze Cowboystiefel und sah eher aus wie der Manager eines Sportvereins als ein Spezialist für ansteckende Krankheiten. Und er war jung – zu jung, fand Claire, jung und anmaßend, gab Anweisungen, bevor er sich überhaupt vorgestellt hatte. Keine gute Angewohnheit.

Sie hatte sich eine Pause gegönnt und war in die Neugeborenenabteilung gekommen, nicht um sich ins Gedächtnis zu rufen, dass diese kostbaren kleinen Lebewesen womöglich einem tödlichen Virus ausgesetzt waren, sondern weil sie sich an das Gute und Unschuldige erinnern wollte. Dr. Miles hatte sie gefragt, ob sie wisse, wo Markus Schroder sich mit dem Virus angesteckt haben könnte. Das CDC wollte sich vor Montag noch nicht festlegen, um welches Virus es sich genau handelte, doch Miles hatte Claire bereits eröffnet, dass sie mit einiger Sicherheit davon ausgingen, es würde sich um Ebola handeln.

Markus war Buchhalter in einer Anwaltspraxis in Chicago. Vor Tagen schon, als sie nach einem Anhaltspunkt gesucht hatte, war sie mit Vera Schroder alle Möglichkeiten durchgegangen, wo Markus sich etwas Ungewöhnliches hätte geholt haben können. Doch die einzige Reise, die die beiden gemacht hatten, war nach Terre Haute, Indiana gewesen, wo sie sich Veras Betrieb ansehen wollten, der seit vielen Jahren im Besitz der Familie war. Es gab nichts so Exotisches wie eine Safari in Afrika oder einen Besuch in einem Forschungslabor. Nichts, das erklären konnte, wie Markus mit dem Ebola-Virus in Berührung gekommen sein könnte.

Jetzt saß Vera schweigend an Markus' Bett, Markus bewusstlos und Vera mit dieser maskenhaften Ausdruckslosigkeit. Sie reagierte kaum auf ihre Umgebung, ganz zu schweigen von weiteren Fragen.

Doch Vera, und das musste Claire schnell zur Sprache bringen, um Miles darauf aufmerksam zu machen, schien sich nicht mit dem Virus infiziert zu haben. Zumindest zeigte sie keine Symptome. Sie würden es bald anhand ihrer Blutprobe erfahren – die schwierigste, die sie bisher abgenommen hatte. Vera hatte sich zuerst geweigert. Hatte Claire gesagt, sie wolle nicht, dass sie Vera oder ihren Mann anrühre. Dann gab sie nach, streckte den Arm aus und flüsterte, sie wolle nicht durchmachen, was ihr Mann gerade durchmachte, und für einen Moment legte sie die unbewegte Maske ab und zeigte ihre Angst.

„Geht es Ihnen gut?“, erkundigte sich Dr. Miles hinter ihr. Claire hatte ihn nicht den Flur entlangkommen hören. Hatte ihn nicht mal in der Glasscheibe gesehen.

„Müde, aber nicht schlecht.“ Sie rieb sich den Nacken und drehte sich zu ihm um. „Und wie sieht es bei Ihnen aus?“

„Mir geht es gut.“

Er lud sie mit einer Handbewegung ein, ein paar Schritte mit ihm zu gehen. Auf der Station herrschte Ruhe, nur ab und zu unterbrochen von dem Schreien eines Säuglings, ganz anders als das brodelnde Chaos auf der OP-Station und der Intensivabteilung.

„Jeder, der sich an das Prozedere gehalten hat, müsste eigentlich sicher sein“, begann er. „Wenn alle Handschuhe getragen und Schroders Sekrete ordnungsgemäß entsorgt haben, dürfte es kein Problem geben.“

„Mr Bix hat bestätigt, dass es höchstwahrscheinlich nicht durch die Luft übertragbar ist, sondern nur durch Kontakt mit Körperflüssigkeiten.“

„Das sollte uns beruhigen, aber wir wissen beide, dass es immer wieder jemanden gibt, der irgendwas vernachlässigt.“

„Ich weiß, aber diesmal wird derjenige es nicht abstreiten können. Ich habe die Stationsschwester beauftragt, jeden Einzelnen anzurufen, der seit Schroders Einlieferung in seinem Zimmer gewesen ist, und wenn es auch nur zum Auswechseln einer Glühbirne war.“

Claire bemerkte, dass Miles sie einmal durch die ganze Säuglingsstation führte, ein stiller Rückzugsort voller schlafender Babys.

„Die OP-Abteilung ist eine ganz andere Geschichte.“ Er blickte sie an, lief aber weiter. „Wir haben beide gesehen, was dieses Virus anrichten kann. Es war eine Menge Blut. Wir hatten alle viel davon an den Händen. Wollen wir hoffen, dass niemand undichte Stellen im Handschuh hatte oder sich mal kurz das Gesicht gekratzt hat."

Er lächelte ihr zu. „Was für eine Art, sich davon zu überzeugen, dass unsere Vorsichtsmaßnahmen ausreichen, was?"

Claire musste an ihre Untersuchungen mit Markus denken. Hatte sie jedes Mal Handschuhe getragen? Dann erinnerte sie sich an das schwarze Erbrochene. Die aufsteigende Panik musste sich in ihrem Gesicht gezeigt haben, und Dr. Miles hatte es gesehen.

„Hören Sie, Claire, das Krankenhaus hat dem CDC diesen Fall übertragen müssen. Er fällt in deren Aufgabenbereich." Er senkte die Stimme. „Sie haben von uns allen am meisten mit Markus Schroder zu tun gehabt. Die Notaufnahme richtet eine Abteilung für die Angehörigen des Krankenhauspersonals ein, damit sie sich testen lassen. Sorgen Sie dafür, dass Ihr Sohn so schnell wie möglich herkommt."

56. KAPITEL

USAMRIID

Tully fand, dass Maggie dünner aussah. Sie versicherte ihm, dass es reine Einbildung sei.

„Wir haben uns doch erst vor zwei Tagen gesehen“, erinnerte sie ihn.

Er hob eine weiße viereckige Schachtel hoch, damit sie sie durch die Scheibe sehen konnte.

„Mit besten Empfehlungen von Ganza.“ Tully klemmte sich den Hörer zwischen Schulter und Ohr, um mit beiden Händen den Deckel öffnen zu können. „Er war sich sicher, dass du diesen Spaß zu schätzen weißt.“

„Donuts.“ Es entlockte ihr immerhin ein Lächeln. „Die mit Schokolade sind deine Favoriten.“

„Es sind alles deine.“

„Ich kann gar nicht glauben, dass sie dich damit reingelassen haben.“

„Ich nehme an, sie vertrauen darauf, dass einer vom FBI keine vergifteten Donuts mitbringt. Dr. Drummond hat sogar angeboten, sie dir nachher zu geben. Sie musste vorher einen testen.“

„Echt? Unter dem Mikroskop?“

„Nein, im Mund. Es fehlt also einer aus dem Dutzend.“

Trotz der makabren Situation begannen sie beide ihre übliche Besprechung. Tully wusste, dass Maggie sich danach sehnte, sich in die Arbeit zu stürzen und die persönlichen Dinge außen vor zu lassen. Darin waren sie sich beide vom ersten Tag an einig gewesen.

Maggie berichtete ihm von dem Umschlag im Haus der Kellermans und wie sie aufgrund des Familiennamens und der Adresse die Verbindung zu einem alten Fall – den Tylenol-Morden 1982 in Chicago – gefunden hatte. Dann erklärte sie, wie sie entdeckt hatte, dass die Sätze aus der Notiz in der Donut-Schachtel von Nachrichten der Beltway-Snipers kopiert worden waren.

„Interessant, George Sloane hat gerade heute eine Bemerkung darüber gemacht, wie das FBI den Fall der Beltway-Snipers vermasselt hat."

„Sloane ist an dem Fall beteiligt?"

„Cunningham hat ihn darum gebeten, sich die Notiz anzusehen."

„Er hätte die Sätze wiedererkennen müssen, wenn er an dem Beltway-Snipers-Fall gearbeitet hat."

„Klang nicht direkt so, als wäre er daran beteiligt gewesen. Er wollte nur einen Seitenhieb loswerden. Aber er hat am Milzbrand-Fall gearbeitet und festgestellt, dass die Apothekerfaltung die Gleiche war. Das wären dann drei Fälle, auf die der Täter sich bezieht: die Tylenol-Morde, die Milzbrand-Fälle und die Beltway-Snipers. Will er nur clever sein? Mit seinen Infos angeben? Oder sagt er uns damit, wer er ist und wo er demnächst zuschlägt?"

„Ich glaube, es ist beides. Auf jeden Fall klingt das wie ein Stück aus dem Lehrbuch über krankhaften Narzissmus."

„Er sucht Aufmerksamkeit und möchte Anerkennung für seine brillanten Einfälle."

„Offensichtlich hat er das Ganze bereits vor langer Zeit geplant", fügte Maggie hinzu. „Vermutlich hat er es in seinem Kopf immer wieder durchgespielt, jeden Zug wie ein Schachspieler kalkuliert und durchdacht. Und jetzt streut er die Teile seines Puzzles aus, damit wir sie zusammensetzen."

„Sucht sich die Kellermans in Elk Grove, nur damit er den Namen eines der Tylenol-Opfer zitieren kann." Tully schüttelte den Kopf. „Der Kerl muss zu viel Zeit haben. Kann es sein, dass es ein Arbeitsloser ist?"

Maggie schüttelte den Kopf.

„Vielleicht hat er Zugang zu Insiderinformationen?" Womöglich sogar zur Datenbank, aber das behielt Tully für sich. Er war noch nicht bereit, mit Maggie über seinen Verdacht, dass das Ebola-Virus aus dem USAMRIID stammte, zu sprechen. Er hatte keinerlei Beweise. Es wäre grausam gewesen, das anzusprechen, während sie hier eingesperrt war. Sie sah erschöpft aus, hatte Schatten unter den Augen. Mit dem Krankenhausnachthemd und den weißen Socken sah sie irgendwie jünger und noch verletzlicher aus.

Er würde damit warten.

Aber was, wenn er recht hatte? Wenn es jemand von hier war? Der sich einen Spaß daraus machte, seine Opfer zu beobachten, wie sie vor seinen Augen zusammenbrachen und ausbluteten. Das würde ins Profil passen. Aber Tully hoffte, dass er sich irrte.

„Hat er noch andere Umschläge verschickt?", fragte Maggie und riss Tully damit aus seinen Gedanken.

„Wie den, den du gefunden hast? Du meinst, er verschickt das Virus auf diesem Weg? Keine Donut-Schachtel, keine Pizza-Packung? Einfach ein Briefumschlag?"

„Colonel Platt wird es überprüfen und uns dann sagen können, ob es stimmt", entgegnete sie. „Aber es war eine Plastiktüte mit Ziplock drin."

„Ist das möglich? Ebola per Post schicken? Beim Milzbranderreger kann ich das verstehen, weil es eine Art Puder ist. Aber Ebola? Wie geht denn das? Hast du eine Ahnung, wie so was funktioniert?"

Sie zögerte, aber Tully ahnte, dass sie sich bereits sachkundig gemacht hatte. Er hatte den Laptop gesehen. Die roten Augen kamen sicher nicht davon, dass sie nicht schlafen konnte, sondern die ganze Zeit am Computerbildschirm saß. Sie arbeitete wahrscheinlich, um nicht durchzudrehen.

„Man benötigt Zellen, infizierte Zellen im Blut oder in Gewebeteilen. Die können mikroskopisch klein sein, man braucht nicht viel. Das Virus überlebt nicht lange ohne Wirt, aber man kann es konservieren, indem man es einfriert oder eben in eine luftdicht verschlossene Plastiktüte packt."

„Also wenn einer den Brief öffnet und einmal tief Luft holt …"

„Nein, ich glaube nicht, dass es so funktioniert. Soweit ich verstanden habe, wird es nicht durch die Luft übertragen so wie Anthrax. Das Ebola-Virus braucht einen Einstiegspunkt."

„Es wird durch Blut übertragen?"

„Ja, oder durch andere Körperflüssigkeiten wie Schleim oder Samen."

„Oder Kotze, die man ins Gesicht bekommt."

Maggie blinzelte, und Tully wünschte, er hätte das nicht gesagt. Bevor er etwas hinzufügen konnte, sagte sie schnell: „Oder durch eine kleine Verletzung, einen Schnitt in der Haut durch eine Nagelschere oder Rasierklinge."

„Das reicht?"

Sie nickte.

„Cunningham ist davon überzeugt, dass es gegen ihn gerichtet ist", sagte Tully. Trotzdem glaubte er nicht, dass es hier um persönliche Rache ging. „Kann es sein, dass er bei dem Tylenol-Fall mitgearbeitet hat?"

Maggie zuckte die Schultern.

„Sie erlauben mir nicht, ihn zu sehen. Er hat mir eine Telefonnummer gegeben, aber da antwortet niemand."

Schweigen. Sie sahen sich lange an, keiner von beiden wollte seinen Verdacht aussprechen.

„Vielleicht sollte ich mir ein paar Leute ansehen, die Cunningham eingesperrt hat."

„Oder besser die, die man nie gefunden hat."

Tully fiel der Abdruck auf dem Umschlag ein, den sie entdeckt hatten. „Es kann sein, dass er einen Fehler gemacht hat. Sagt dir ‚Nathan anrufen, neunzehn Uhr' irgendwas?"

„In welchem Zusammenhang?"

„Er hat wohl eine Notiz für sich geschrieben, und der Umschlag lag darunter. Den Abdruck haben wir gefunden. Keine Blockbuchstaben, normale Handschrift. Sloane meint, der Typ hat es wahrscheinlich nicht mitbekommen, dass der Umschlag darunterlag."

Tully dachte erst, Maggie würde dazu etwas einfallen. Etwas war da, aber dann schüttelte sie den Kopf.

„Sollte ich mich auf die Suche nach einem Nathan machen?"

„Ich weiß nicht“, sagte Maggie. „Keine Ahnung.“

Tully fand, dass sie erschöpft klang. Aber dann setzte sie sich aufrecht hin, so als würde sie noch einmal alle Kraft zusammennehmen.

„Ich bin sicher, dass der Typ Aufmerksamkeit erregen will, aber er möchte auch nicht geschnappt werden“, sagte sie. „Es ist nicht wie bei dem BTK-Killer, der nach zwanzig Jahren wieder auf der Bildfläche erscheint, weil ihm die Beachtung fehlt. Dieser Typ hier hat Jahre in seinem Frust vor sich hin gekocht. Er hat jeden Schritt sorgfältig geplant. Er ist der Meinung, dass ihm irgendwann in seinem Leben unrecht getan wurde oder er nicht die entsprechende Anerkennung erhält, die ihm gebührt.

Vielleicht hat er generell was gegen Polizisten und will sie in einer Situation sehen, in der sie hilflos sind. Er geht diszipliniert vor, ist ziemlich gerissen. Er geht Risiken ein, wird aber nicht leichtsinnig. Ich bin mir sicher, er hat einen Achtstundenjob und ist ein guter Lügner. Er funktioniert im normalen Alltag, wirkt im Grunde friedlich, aber in Wirklichkeit kocht er innerlich vor Wut. Du darfst nicht vergessen, er ist anders als ein Serienkiller, der einfach gern tötet. Dieser Typ zieht seine Befriedigung aus der Vergeltung. Er will eine Rechnung begleichen. Er will, dass seine Opfer krank werden, dahinsiechen, dass sie wissen, sie werden sterben. In seinem verdrehten Kopf sieht er das als Gerechtigkeit. Auf seine Art verteilt er Todesurteile.“

Tully lehnte sich zurück und stieß die Luft aus. Maggie erstaunte ihn immer wieder, wenn sie so was tat, innerhalb kürzester Zeit ein Profil ausspuckte, das zu neunzig Prozent ins Schwarze traf. Das war etwas anderes als bei George Sloane. Obwohl Tully nicht genau sagen könnte, worin der Unterschied bestand. Sloane schien sich von Statistiken und seinem Ego leiten zu lassen. Maggie folgte ihrem Instinkt. Er würde Maggies Instinkt jederzeit Sloanes Ego vorziehen.

Tully wischte sich theatralisch die Stirn, begleitet von einem anerkennenden „Wow“, was Maggie wieder ein Lächeln entlockte.

„Ich habe Sloane gefragt, ob wir den Täter in einer Blockhütte im Wald suchen müssen“, sagte Tully.

„Dieser Typ verbirgt sich hinter einer offiziellen Maske, Tully. Und ich weiß ziemlich sicher, dass er noch mehr Briefe verschickt hat.“

57. KAPITEL

Platt saß im Beobachtungsraum, dicht an die Scheibe gelehnt, sodass Mary Louise ihn sehen konnte. Sie saß mit überkreuzten Beinen auf einem Läufer, Buntstifte überall um sich herum verteilt, und malte. Ihre Augen hatten beim Anblick der Packung mit sechsundneunzig Stiften aufgeleuchtet. Als er sie ihr überreicht hatte, meinte sie, sie habe noch nie so viele auf einmal gesehen.

„Ich mache sie auch nicht kaputt", hatte sie versprochen.

Jetzt blickte sie ab und zu über die Schulter und hielt das Malbuch hoch, um ihm zu zeigen, wie weit sie bereits war. Er lächelte dann jedes Mal und nickte anerkennend. Danach machte sie sich wieder an die Arbeit. Die Unterlippe konzentriert vorgeschoben, versuchte sie, innerhalb der vorgegeben Linien zu bleiben, und suchte die Farben sorgfältig aus.

Er wollte ihr sagen, sie müsse sich nicht an diese Linien halten. Aber irgendjemand hatte es ihr schon anders beigebracht. Vorher hatte er sie dabei beobachtet, wie sie sich mit einem der Brettspiele beschäftigte, die er ihr gebracht hatte. Sie hatte zwei Spielsteine aufgebaut und sie abwechselnd gezogen, als würde sie gegen einen imaginären Mitspieler antreten. Das kleine Mädchen hatte schon lange bevor es in den Knast gekommen war, gelernt, allein zu spielen. Platt sollte sich freuen, dass es so zufrieden war. Stattdessen tat es ihm weh, das zu sehen. Es berührte eine Seite in ihm, von der er nicht gewusst hatte, dass sie noch existierte.

Janklow hatte angeordnet, dass vor Montag keine Familienangehörigen benachrichtigt werden sollten. Platt blickte auf seine Armbanduhr. Soweit er wusste, begann der Montag eine Minute nach Mitternacht. Die Telefonnummer von Louises Großmutter hatte er die ganze Zeit in der Tasche.

Das kleine Mädchen zeigte immer noch lediglich schwache Symptome. In seinem Blut sah man Ansammlungen von Viren, jedoch keine wurmartigen Gebilde und auch keine dahin gehende Entwicklung. Und anders als bei ihrer Mutter hatte sich in Mary Louises Serum kein Leuchten beim Kontakt mit der Ebola-Probe gezeigt.

Jedenfalls noch nicht.

Platt kannte die Statistiken auswendig. Zehn bis fünfzehn Prozent der mit Ebola-Zaire-Infizierten erholten sich wieder. Niemand verstand, warum und was genau vor sich ging. Es war ein kleiner Prozentsatz, aber Platt hoffte, dass Mary Louise zu dieser winzigen Gruppe gehören würde. Der Impfstoff vergrößerte diese Chance.

Da die Mutter nicht ansprechbar und die Großmutter nicht anwesend war, gab es niemanden, der die Verzichtserklärungen unterschreiben konnte. Also hatte Platt ihr die erste Injektion selbst gegeben. Es würde sowieso alles auf ihn zurückfallen. Er war bereit, auch hierfür die Verantwortung zu übernehmen.

Er hatte Mary Louise erklärt, dass die Nadel wie eine große blöde Mücke piksen würde, aber nur für einen ganz kurzen Moment. Sie hatte daraufhin ihre Nase kraus gezogen, gelacht und dann gefragt: „Wird das jucken?"

In Gedanken berechnete er die Stunden und Minuten. Die Zeit lief ihm davon, trotzdem konnte er sich nicht erinnern, welcher Wochentag heute war.

Sonntag. Es war Sonntag.

Mary Louise suchte nach einer anderen Farbe. Sie schien vollkommen zufrieden. Ahnte nichts von dem Feuersturm, der sich um sie herum erhob.

Sonntag. Für Mary Louise bedeutete das nichts. Familien gingen zum Gottesdienst. Lasen die Sonntagszeitung. „Lies den Comic laut vor, Dad." Frisbee im Garten hinter dem Haus. Ein Film im Kino. So verbrachten Familien ihre Sonntage. Sie unternahmen etwas zusammen. Oder nicht? Woher sollte er das wissen? Es war schon so lange her.

Seine sonntägliche Routine – wenn er sonntags freihatte – verlief ruhig, mit Digger hinten im Wintergarten, von dem aus man den Wald sehen konnte. Seine Eltern kümmerten sich um

Digger, wenn Platt Überstunden machte. Nie hatten sie ihm vorgeschlagen, dass er den Hund weggeben sollte, weil sie wussten, wie unzertrennlich die beiden waren. Hund und Mann, zusammengeschweißt nach dem Verlust eines kleinen Mädchens, das sie beide angebetet hatten.

Dr. Drummond kam in Mary Louises Zimmer, und die Kleine stand auf, um sie zu begrüßen. Platt winkte zum Abschied, und sie winkte zurück. Er wäre am liebsten dort geblieben. Es war verrückt, aber er wünschte sich, dass, wenn er nur ständig auf sie aufpasste, ihr nichts mehr passieren könnte.

Er verließ den Knast und stieg die Treppe hoch.

In den Räumen der vierten Etage bereitete er sich ein weiteres Mal darauf vor, in den Schutzanzug zu steigen, das dritte Mal in den vergangenen Tagen. Er hatte beschlossen, das Team klein zu halten, nur die mit einzubeziehen, die bereits Erfahrungen mit den härtesten Jobs hatten. Vor einiger Zeit hatte er Sergeant Herandez den Umschlag übergeben, den Agent O'Dell aus dem Kellerman-Haus mitgenommen hatte. Er wusste, es war ein großer Auftrag für die junge Wissenschaftlerin, noch bevor er die Überraschung in ihrem Blick sah. Sie hatte ihm oft im Labor assistiert, und er wusste, dass sie mehr als fähig war. Er wusste auch, dass sie den Test sehr sorgfältig vornehmen und auch wiederholen würde, bevor sie ihm das Resultat präsentierte.

Sie war immer noch bei der Arbeit, als er hereinkam, und zu beschäftigt, um ihn zu bemerken. Also stellte er sich schweigend neben sie und wartete, dass sie seine Gegenwart trotz des zischenden Anzugs bemerkte. Er wollte sie nicht bedrängen und zur Eile anhalten.

Herandez musste wohl ihre wilden Locken hochgesteckt oder zusammengebunden haben, aber er konnte immer noch Strähnen in ihrem Helm herumfliegen sehen. Ein paar davon klebten nun an ihrer feuchten Stirn. Sie sah auf, und Platt begegnete ihrem Blick aus den grünen Augen hinter dem Kunststoff. Diese Augen wirkten sehr groß. Sie hatte etwas gefunden.

„Was ist es?", fragte er, als er nicht mehr länger warten konnte.

„Die Plastiktüte in dem Briefumschlag!“ Sie klang atemlos. „Ich habe was darin gefunden. Zellgewebe, Blut!“

„Genug für einen Test?“

„Ja.“

„Ebola?“

„Ja, ganz eindeutig. Die Zellen sind von Würmern gesprengt.“ Sie machte eine Pause. „Da ist noch was, Sir.“ Sie blickte zu ihm auf. „Es sind keine menschlichen Zellen.“

„Affen?“

„Soweit ich es beurteilen kann, von einem Makaken. Ich teste sie gerade gegen die unserer eigenen Makaken-Proben. Sie sind sehr ähnlich.“

Plötzlich wurde es Platt ziemlich flau im Magen. Er hatte McCathy gefragt, ob es möglich wäre, dass die Zellproben von Mrs Kellerman mit Proben aus dem Labor kontaminiert worden seien. Konnte es sein, dass das Virus aus ihren eigenen Labors stammte? McCathy hatte das als unwahrscheinlich bezeichnet. Zu viele Sicherheitsvorkehrungen, keine Möglichkeit, dass eine der Zellproben von Mrs Kellerman oder den anderen drei Patienten mit den Proben des Labors in Kontakt gekommen sein könnte. Der Kahn hier war dicht, kein Zweifel.

Aber wie war es überhaupt möglich, dass jemand das Ebola-Virus an Mrs Kellerman geschickt hatte? Woher kam die Zellprobe des kranken Makaken? War es denkbar, dass es aus ihren eigenen Kühlschränken entnommen worden war? Bei ihren Laborversuchen arbeiteten sie mit Makaken. Genauso wie andere Labors, aber nur wenige von ihnen besaßen Ebola-Viren. Hatte es jemand innerhalb des USAMRIID gestohlen? Hatte es jemand von ihren eigenen Wissenschaftlern getan?

„Gute Arbeit“, lobte er Herandez. „Machen Sie weiter und schließen Sie dann hier ab.“ Er bedeutete ihr mit einer Geste, dass er gehen würde.

Er musste eine Inventur vornehmen. Er würde die Ebola-Proben überprüfen, jede einzelne. Aber wäre er in der Lage zu sagen, ob etwas fehlte? Man brauchte nur winzige Mengen. Mikroskopisch klein. Vor Jahren war ein ehemaliger Angestellter, ein Wissenschaftler vom USAMRIID, beschuldigt worden, Anthrax-Proben herausgeschmuggelt zu haben, den Milzbranderreger, der fünf Leben gefordert hatte. Mit dem Ergebnis, dass es zu wenige Beweise gegeben hatte, um diese Beschuldigung zu untermauern. Doch allein der Verdacht hatte Fragen bezüglich ihrer Dekontaminationsprozedur und der Sicherheitsmaßnahmen aufgeworfen.

Platt war jetzt klar, dass Janklow dasselbe denken musste. Er musste sich fragen, ob das Virus aus ihrem eigenen Labor gekommen sein konnte. Befürchtete er neue Vorwürfe? Wollte er, dass sich alles still und ohne Aufhebens erledigte, weil er um den Ruf des USAMRIID fürchtete? Oder machte er sich Sorgen um sein eigenes Ansehen? Und wie weit würde der Commander gehen, damit der Fall nicht an die Öffentlichkeit kam?

58. KAPITEL

Reston, Virginia

Während ihr Vater weg gewesen war, hatte Emma den ganzen Nachmittag damit verbracht, die Briefe von Indy an Liney zu lesen. Er hatte ihr im September fast jeden Tag geschrieben, ihr von seinem Leben in Quantico berichtet, von den Fällen, an denen er arbeitete, von seinen Freunden Razzy und GB. Einige waren ziemlich ausführlich, andere wieder kurz, aber süß. Ihr gefiel es, dass er offensichtlich das Bedürfnis gehabt hatte, ihr jeden Tag Bericht zu erstatten, auch wenn es nur in einem Brief war.

Zuerst hatte sich Emma gefragt, warum sie denn nicht einfach miteinander telefoniert hatten, bis sie allerdings herausfand, dass sie damals noch keine Handys gehabt hatten. Ferngespräche waren teuer gewesen. Wie steinzeitlich!

26. September 1982
Liebe Liney,
ich bin für ein paar Tage in Chicago. Es macht mich ganz krank, dass ich hier bin und Du bei Deinem Kunstkonferenzding in Ohio. Ich kann es nicht glauben, dass wir uns verfehlen, aber wahrscheinlich ist das besser so. Ich bin nämlich wegen eines Falles hier, musst Du wissen. Eine Geheimsache. Deshalb kann ich Dir nichts darüber berichten. Ich werde nicht mal meiner Familie sagen, dass ich hier bin. Trotzdem werde ich Dir ein Geheimnis verraten: Ich habe vor, am Sonntagmorgen zu ihrem Haus zu fahren, während sie alle in der Kirche sind. Ich will ihnen was dalassen. Sie mir vielleicht vom Hals schaffen.

Ach, und Liney, nur eine Warnung. Es war noch nicht in den Nachrichten, aber halte Dich von extra starken Tylenol-Kapseln fern. Frag mich nicht, warum oder woher ich das habe, nimm einfach keine, okay? Ich meine es ernst.

Verrate niemandem, dass ich Dich gewarnt habe, aber das wird ein großes Ding. Ich sollte Dir eigentlich überhaupt nichts davon verraten.
In Liebe,
Indy

Emma blätterte durch die vorhergehenden Briefe. Wow, dachte sie. Diesmal hatte er zum ersten Mal mit „In Liebe" unterschrieben. Sie fragte sich, woher der Wandel kam. Er machte nicht mal viel Gewese daraus, sondern schrieb es einfach hin. Vielleicht hatte sie ihm gerade besonders gefehlt.

Emma nahm sich den nächsten Brief vor, stutzte aber, als sie das Datum las. „24. Dezember 1982". Sie ging die übrigen Briefe durch. Hatte sie sie durcheinandergebracht?

Es waren aber nur noch drei übrig. Da mussten doch offensichtlich welche fehlen. Ihre Mutter war ja nicht gerade die durchorganisierteste Person auf dieser Erde. Wie konnte man sich sonst erklären, dass Indy ihr seine Liebe eröffnete und dann zwei Monate lang nicht schrieb?

Sie öffnete den Brief vom 24. Dezember und fand lediglich eine Weihnachtskarte. Kein Brief. Die Karte war nur mit „Frohes Fest, Indy" unterschrieben. Sonst nichts weiter. Auch kein „In Liebe".

59. KAPITEL

Sonntags war Artie noch nie hier gewesen. Alles schien wie ausgestorben. Für ihn geradezu perfekt. Das gefiel ihm. Zuerst hatte er nur den Wagen abstellen und seine Beute von den Rundfahrten verstauen wollen. Aber da es hier so ruhig war, fühlte er sich sicher genug, um noch seinen Imbiss mitzubringen.

Im Moment waren es wieder Cheeseburger. Von Tacos hatte er erst mal genug. In letzter Minute überlegte er es sich anders und beschloss, in dem Labor nebenan statt in dem kleinen abgelegenen Raum zu essen. Zu starker Chlorbleichegeruch, sagte er sich. Natürlich hatte das nichts mit dem toten Affen in dem Eckkühlschrank zu tun. Seine Schlüsselkarte passte in alle Türen hier, also war es kein Problem, hineinzukommen.

Am anderen Ende des Flurs verhielten sich die Affen zur Abwechslung mal ruhig. Artie verspeiste seinen doppelten Cheeseburger mit extra Ketchup, extra Pickles – wenn man keine Extraportion bestellte, mogelten sie immer mit der Beilage – und Pommes. Er schlang alles herunter, und als er fertig war, ging er ins Labor nebenan. Aus seinem Rucksack zog er einen kleinen Notizblock, den er überallhin mitnahm. Dann begann er, seine neuesten Errungenschaften auszubreiten.

Seine Ausflüge brachten ihm wirkliche Schätze ein. Er bewahrte seine Funde in einem der kleinen Schränke auf, sodass alles, vom Haar bis zum Fingernagel, für das nächste Päckchen bereits zur Hand war. Fürs Erste breitete Artie alles zur Ansicht auf der Arbeitsplatte aus. Jedes einzelne Stück befand sich in einer beschrifteten Plastiktüte, wie ein Beweisstück bei einer Tatortuntersuchung, das es eines Tages mal werden würde. Besonders stolz war er auf den Zahn, den er auf einer Parkplatztoilette an der Interstate 95 in einer Ecke gefunden hatte. Er besaß Haarproben aus vier verschiedenen Staaten. In jedem seiner Päckchen hatte er etwas untergebracht, damit die Beamten von der Spurensicherung glaubten, das wäre ein Beweisstück und dass ihr Täter nachlässig geworden sei, während er auch die besten und gerissensten Beamten hereinlegte.

Er schlug sein Notizbuch auf der Seite mit der Liste der Empfänger auf. Während er nach Wallingford in Connecticut gefahren war, hatte er plötzlich einen Geistesblitz gehabt. Er glaubte, dass er jetzt auf den Zusammenhang gestoßen war, ein weiteres Teil des Puzzlespiels seines Meisters gefunden hatte. Jetzt konnte er es kaum abwarten, nachzusehen, ob es auch stimmte.

Er überflog die Liste.

Vera Schroder, Terre Haute, Indiana
Mary Louise Kellerman, Elk Grove, Virginia
Rick Ragazzi, Pensacola, Florida
Conrad Kovak, Cleveland, Ohio
Caroline Tully, Cleveland, Ohio

Dann zog er seine Taschenkrimis heraus und die Artikel, die er sich gerade aus dem Internet heruntergeladen hatte. Er hatte bereits den Zusammenhang zwischen der Mary Louise Kellerman aus Elk Grove in Virginia und der Mary Kellerman aus Elk Grove Village in Illinois hergestellt. Mit der Absenderadresse von James Lewis war der Bezug zu den Tylenol-Morden klar. Treffer. Das war ein Kinderspiel gewesen.

Die nächsten Päckchen waren was anderes. Diese Umschläge hatten nämlich, soweit Artie es überblicken konnte, Absenderadressen von Personen, die den Empfängern bekannt waren. Rick Ragazzis war zum Beispiel von einem Victor Ragazzi. Einfach zu raten. Musste wohl ein Verwandter sein. Caroline Tullys Päckchen stammte von einem R. J. Tully. Das Gleiche galt für Patsy Kowak. Obwohl der Absender Conrad seinen Namen mit v schrieb, handelte es sich bestimmt um einen Familienangehörigen.

Das Ding war ein besonderer Geniestreich gewesen. Der Absender sollte nämlich das eigentliche Opfer sein, Conrad Kovak, nicht die Empfängerin. Artie hatte die Anweisung erhalten, das Päckchen nicht ausreichend zu frankieren, und zwar so viel weniger draufzukleben, dass die Postzusteller es garantiert nicht an Patsy Kowak auslieferten, sondern an Conrad Kovak zurückschickten.

Artie gefiel dieser besondere Touch. Und er hatte auch den Bezug erkannt. Der Unabomber hatte mindestens ein Päckchen mit unzureichender Frankierung abgeschickt. Theodore Kaczynski hatte nämlich denjenigen in die Luft jagen wollen, der als Absender angegeben war. Er ging davon aus, dass die Polizei sich mit dem Empfänger der Sendung beschäftigte und herauszufinden versuchte, welches seine Feinde waren, warum man diese Person ausgewählt hatte.

Artie grinste. Ja, das war brillant, absolut brillant.

Die einzige andere Ausnahme, die Artie noch nicht gecheckt hatte, war Vera Schroder. Hier war kein Absender angegeben. Artie vermutete, das habe etwas mit der Adresse des Empfängers zu tun, Terre Haute, Indiana. Während der langen Fahrt hatte er immer wieder an Terre Haute in Indiana denken müssen. Irgendwas war da. Den Namen der Stadt hatte er vor Kurzem irgendwo gelesen, er konnte sich aber nicht mehr erinnern, wo.

Er schlug sein Notizbuch ganz am Anfang auf, blätterte durch die aufgeführten Fälle und die Bemerkungen, die er unterstrichen hatte. Beim ersten Fall handelte es sich um die Tylenol-Morde. Die noch immer nicht aufgeklärt waren. Vom neunundzwanzigsten September bis zum ersten Oktober waren sieben Leute gestorben, nachdem sie eine extra starke 500-mg-Kapsel Tylenol eingenommen hatten, die mit Zyankali versetzt gewesen war. In einer Familie waren drei Personen umgekommen: Die Erste war eine Zwölfjährige namens Mary Kellerman gewesen, die am Morgen des neunundzwanzigsten September eine Kapsel geschluckt hatte, nachdem sie mit Halsschmerzen und laufender Nase aufgewacht war.

Artie kannte die Namen aller sieben Opfer auswendig. Er wusste, welches die sechs Geschäfte in der Gegend um Chicago gewesen waren – mit Ausnahme eines ungenannten Einzelhändlers –, zu denen die Spuren zurückverfolgt werden konnten. Man nahm an, dass der Täter die Packungen der Tylenol-Kapseln aus den Geschäften entwendet, mit nach Hause genommen und dort mit Zyankali versetzt hatte, um sie dann anschließend wieder in dieselben Läden zurückzubringen und ins Regal zu legen. Das musste innerhalb einer Woche vor dem neunundzwanzigsten September passiert sein.

Artie interessierten die folgenden Fälle noch mehr, diejenigen, bei denen ein Zusammenhang zu den präparierten Medikamenten aus Chicago weder hergestellt noch widerlegt werden konnte. Während der Monate danach waren bei der FDA zweihundertsiebzig Meldungen von Warenmanipulation eingetroffen, von vergiftetem Kakao über Insektizide im Orangensaft bis hin zu Nadeln, die in Halloweenbonbons steckten. Wie auch immer, nur sechsunddreißig davon hatten sich bestätigt.

Er blätterte weiter. Die Fälle von Manipulation von Tylenol außerhalb von Chicago betrafen eine Frau in Pittsburgh, einen älteren Mann in Detroit und ein Ehepaar – ja, da war es – in Terre Haute, Indiana. Ein einheimischer Geschäftsmann und seine Frau wurden von ihrer Tochter zu Hause tot aufgefunden. In dem Haus des Ehepaars wurden extra starke Tylenol-Kapseln gefunden, die mit Zyankali versetzt waren.

Der Name der verheirateten Tochter war Schroder, Vera Schroder. Da war die Verbindung. Genau das, wonach Artie gesucht hatte. Was ihn wirklich überraschte, war der Familienname des Ehepaars.

Verdammt noch mal, das konnte doch nicht wahr sein: Sie hießen genauso wie sein Meister.

60. KAPITEL

Razzy's
Pensacola, Florida

Rick Ragazzi spülte noch zwei Gelkapseln herunter, während er die Beschriftung auf der Packung las. Er hatte alle Symptome einer Grippe, Symptome, die diese Medizin zu lindern versprach. Aber auch nachdem er innerhalb der vergangenen vierundzwanzig Stunden die empfohlene Dosierung genommen hatte, verspürte er keine Besserung. Er wünschte nur, er könnte diesen Presslufthammer in seinem Kopf abstellen. Selbst Joeys berühmte Sirupmischung hatte nichts geholfen.

Er warf sich eine zusätzliche Kapsel ein und leerte das Glas Orangensaft, als er bemerkte, dass eine weitere Gruppe von Dinnergästen das Restaurant betrat. Normalerweise wäre er erfreut gewesen. Sonntagabend, und es war voll, sie hatten sogar vorher am Abend noch eine zwanzigminütige Warteliste gehabt. Aber sein bester Kellner fehlte immer noch.

Er hatte irgendwas von einer genähten Wunde und Gehirnerschütterung erzählt.

„Tut mir leid, Süßer", sagte Rita hinter ihm. „Ich musste sie an deinen Tisch setzen. Der neue Junge ist ein bisschen langsam. Wie wäre es, wenn du die Bestellungen entgegennimmst und ich das Essen serviere?"

„Klingt gut." Das sagte er immer, obwohl er lieber so schnell wie möglich verschwunden wäre.

„Du siehst nicht gut aus", bemerkte Rita. „Vielleicht solltest du besser zu Hause im Bett liegen."

Das wäre mein Wunschtraum, dachte Rick, aber stattdessen erwiderte er: „Mir geht's gut."

Er wusste, der Chef sollte keine Schwäche oder Verletzlichkeit vor seinen Angestellten zeigen und immer mit gutem Beispiel vorangehen. Das hatte er irgendwo gelesen. War es nicht schon schlimm genug, wenn er zuließ, dass Rita ihn „Süßer" nannte?

Aber schließlich sagte sie das zu jedem mit ihrem reizenden Südstaatenakzent, in dem alles so echt und ehrlich klang, dass man das Gefühl bekam, wirklich etwas Besonderes zu sein.

Rita reichte den Gästen die Speisekarten, nachdem sie ihnen die Plätze zugewiesen hatte. Rick lief im Zickzack um die Tische herum und klopfte gegen seine Tasche, um sicher zu sein, dass er Block und Stift dabeihatte. Er bestand darauf, dass seine Kellner die Bestellungen im Kopf behielten.

Und ja, er wusste, dass er mit gutem Beispiel vorangehen sollte. Aber mit diesem Presslufthammer in seinem Kopf hatte er bereits vier Bestellungen verpatzt. Besser, er rutschte als der Lehrer eine Stufe tiefer, als dass sie wegen seiner Fehler in Schwierigkeiten gerieten.

Alle drei Gäste hatten ihre Karten noch aufgeschlagen, sodass ihre Gesichter hinter den großen Faltblättern verborgen waren.

„Guten Abend. Kann ich Ihnen schon mal etwas von der Bar bringen? Unsere Beach Rumbas gibt es heute als Angebot zum halben Preis."

„Was zum Teufel ist denn ein Beach Rumba?", dröhnte einer der Männer, klappte die Speisekarte zu und ließ sie auf den Tisch klatschen.

„Onkel Vic", sagte Rick. „Welche Freude! Was machst du denn hier in Pensacola?" Er hoffte, dass sein Lächeln echt und freudig überrascht aussah und nicht den Gedanken verriet, der ihm gerade durch den Kopf ging, und zwar: Ach du verdammte Scheiße!

61. KAPITEL

USAMRIID

Platt saß mit dem Rücken zu seinem Schreibtisch auf dem Stuhl und sah aus dem Fenster. Es hatte wieder angefangen zu regnen. Ein stetiges leises Nieseln. Ein paar Tropfen rannen an der Scheibe herunter. Es wurde langsam dunkel. In Gedanken zählte er wieder die Stunden und Minuten. Noch immer konnte er es nicht abschalten, dieses Tick-Tack einer inneren Uhr im gleichen Rhythmus mit dem Regen.

Er war noch nicht in der Lage, seine Theorien, Spekulationen, seinen Verdacht zu beweisen oder zu verwerfen. McCathy war der Letzte gewesen, der seine Sicherheitskarte benutzt und den Code aktiviert hatte. Wie viel hatte er genommen, als er Mrs Kellermans Blut und das der anderen Betroffenen getestet hatte? War es möglich, dass eine kleine Menge verschwinden konnte, ohne dass man es bemerkte?

Die Erschöpfung konnte einem böse Streiche spielen, und Platt hielt sich das vor Augen, während er über seinen Verdacht nachgrübelte. Was, wenn die Ebola-Probe, die an Mrs Kellerman geschickt worden war, aus ihrem Labor stammte? Wenn Janklow davon wusste?

Selbst anfangs noch, als Platt gedacht hatte, es handele sich um eine Falschmeldung, schien Janklow nicht daran gezweifelt zu haben, dass es stimmte. Warum war Janklow so scharf darauf gewesen, auch noch McCathy anzuheuern? Warum musste es ausgerechnet McCathy sein, ein Mikrobiologe, der auf Biowaffen spezialisiert war? Platt runzelte die Stirn. Er selbst verfügte schließlich über genügend Erfahrung, um sich mit dem möglichen Einsatz von Biowaffen zu befassen. Warum also noch McCathy?

Hatte Janklow etwa gewusst, was sie in Mrs Kellermans Haus finden würden, bevor sie überhaupt dort eintrafen? Vielleicht war die ganze Sache ein abgekartetes Spiel: Ihm war die Rolle des Sündenbocks zugedacht, während McCathy nach außen hin Objektivität vermittelte.

Er war müde. Er wurde paranoid.

Platt rieb sich die Augen. Lehnte sich zurück. Versuchte einen klaren Gedanken zu fassen.

Aber immer wieder gingen ihm Janklows Worte durch den Kopf: *Was wäre, wenn sie einfach verschwinden?*

Platt warf einen Blick auf seine Uhr. Es war spät. Aber hoffentlich nicht zu spät.

In seinen Händen hielt er ein Stück Papier, faltete den bereits zerknitterten Notizzettel auseinander, dann wieder zusammen. Es standen zehn Zahlen darauf, die private Handynummer von Roger Bix, dem Chefs des CDC-Teams für Seuchenbekämpfung.

Platt kannte Bix von Konferenzen, einigen formalen Dinnertreffen und ein paar weniger formalen Runden in den Hotelbars. Glücklicherweise hatten die beiden nur Kriegserlebnisse ausgetauscht und nie an einem Fall zusammengearbeitet. Bix wäre zumindest in der Lage, zu bestätigen, ob aus irgendeinem anderen Labor Ebola-Proben fehlten.

Trotz der späten Stunde ging nach dem zweiten Klingeln jemand dran.

„Bix hier."

Platt setzte sich aufrecht hin.

„Roger, hier spricht Benjamin Platt."

Bevor er noch irgendetwas hinzufügen konnte, hörte er Bix sagen: „Also, wie viel von dem Impfstoff können Sie zusammenkratzen?"

„Wie bitte?"

„Der Impfstoff."

Platt war verblüfft. Hatte Janklow schon das CDC informiert? Was zum Teufel ging hier eigentlich vor?

„Hör zu, Ben", fuhr Bix fort, der Platts Zögern falsch deutete. „Ich verstehe das Dilemma, in dem Sie sich alle befinden." In seinen normalerweise gedehnten Südstaatenakzent hatte sich ein Anflug von Panik geschlichen. „Aber wie ich Commander Janklow schon erklärt habe, wir können es uns nicht leisten, noch länger zu warten. Ich habe hier in Chicago einen voll entwickelten Fall von Ebola Zaire. Sie haben den armen Kerl im OP aufgeschnitten. Wer weiß, wie viele Leute sich noch angesteckt haben. Ich rede nicht nur vom Krankenhauspersonal. Wir haben Besucher, andere Patienten, sogar Neugeborene in der Geburtenabteilung."

Platt presste das Handy fester ans Ohr. Sein Herz hämmerte so laut, dass er kaum etwas verstehen konnte. Er holte tief Luft und hielt das Telefon kurz etwas von sich ab, bevor er ausatmete. Es gab noch einen Fall. Noch mehr, die sich angesteckt hatten.

„Er war hier im Krankenhaus. Schroder, Markus Schroder. Für drei oder vier Tage. Ein Buchhalter, zum Teufel noch mal. Wie kommt denn ein Buchhalter mit Ebola in Kontakt?" Aber Bix wartete nicht auf eine Antwort. Er war fertig. „Das ist ein echter Albtraum, und es wird immer schlimmer. Ich habe das Heimatschutzministerium am Hals, die versuchen, es geheim zu halten. Alle machen sich Sorgen, dass die verdammten Medien eine Panik auslösen könnten. Ich sag Ihnen, Ben, wenn ich den Impfstoff nicht bekomme, brauchen wir uns keine Sorgen mehr darum zu machen, ob die Medien eine Panik auslösen."

„Ich werde mich darum kümmern, Roger. Sobald ich den Impfstoff fertig zum Transport habe, werde ich mich bei Ihnen melden."

„Beeilen Sie sich, Ben. Wir wissen beide, wie schnell das Virus sich verbreitet."

Ein seltsam hohles Klicken folgte, als habe jemand den Abzug eines nicht geladenen Gewehrs betätigt.

Platt fühlte sich wie gelähmt.

Es gab noch einen weiteren Fall. In einer so weit entfernten Stadt wie Chicago. Hatte der Täter noch mehr Päckchen mit mikroskopisch kleinen Proben von Ebola verschickt, die in Plastikbeuteln versiegelt darauf warteten, geöffnet zu werden? Das war ein noch größerer Fall, als sich alle vorgestellt hatten. Keine

Chance, dass Janklow alles einfach verheimlichen konnte.

Dann fiel Platt das Gespräch mit Janklow ein, in dem er McCathys Worte über das Virus wiedergegeben hatte. Dass nur eine mikroskopisch kleine versiegelte Menge ausreichte, die man verteilte, vielleicht sogar durch die Post verschickte, um eine Epidemie auszulösen. Das war, bevor Maggie ihm den Umschlag ausgehändigt hatte. Bevor sie wussten, wie das Virus ins Haus der Kellermans gekommen war. Wusste McCathy, wie es verschickt worden war? Oder hatte er nur richtig geraten?

62. *KAPITEL*

Artie überlegte, wem er diese Neuigkeiten mitteilen könnte. Jemand, der es zu schätzen wusste, wie brillant er dieses Rätsel gelöst hatte. Er war in der Lage, eine Frage zu beantworten, an der Fachleute für ungelöste Fälle und Polizisten mehrerer Staaten seit fünfundzwanzig Jahren knabberten.

Das war so etwas Großes, wie Ted Kaczynski als den Unabomber zu entlarven.

Als wolle ihm jemand diesen Wunsch erfüllen, hörte er, wie eine Tür geschlossen wurde. Nicht zugeschlagen. Sondern leise und bedächtig ins Schloss gedrückt.

Nein, da war sicher nichts. Er konnte sich das nur eingebildet haben. An den Wochenenden hielt sich hier niemand auf.

Wieder blätterte er die Seiten durch und machte an den Rändern des Notizbuchs ein paar Anmerkungen.

Doch da waren Schritte auf dem Flur. Ganz sicher.

Verdammt!

Er stand wie erstarrt, und sein Blick wanderte hektisch umher. Der Lichtschalter. Er musste das verfluchte Licht ausschalten.

Zu spät.

Die Schritte kamen näher. Direkt auf diese Tür zu.

Er drehte sich um, suchte nach irgendetwas, das er als Waffe benutzen konnte, und griff nach dem Erstbesten, das er fand. Eine Spritze. Er zog die Schutzkappe von der Nadel, als er hörte, wie jemand die Sicherheitskarte ins Türschloss schob.

„Was zum Teufel machst du denn heute Abend hier?"

Artie atmete erleichtert aus. *Wenn man vom Teufel spricht* … „Du hast mich zu Tode erschreckt", sagte er.

„Ist dir nicht klar, dass man das Licht unter der Tür bis zum anderen Ende des Flurs sehen kann?"

„Niemand ist hier", verteidigte Artie sich. „Es war deine Idee, dass ich das Labor an den Wochenenden benutze."

„Ich dachte, du solltest die Lieferung gestern erledigen."

„Das habe ich auch“, sagte Artie, schob die Spritze in seine Tasche und stapelte unauffällig die Taschenbücher auf das an den verräterischen Stellen aufgeschlagene Notizbuch und die Artikel darunter. „Ich bin gestern nach Connecticut gefahren und habe sie von dort weggeschickt.“

„Sie?“

Verdammt! Das war sicher nicht der richtige Moment, um über seinen Beitrag zu sprechen.

„Ich meine, die Sendung. Ich habe das Päckchen gestern eingeworfen.“

„Was machst du dann heute Abend hier?“ Er ließ den Blick schnell über die Arbeitsplatten wandern.

„Ich wollte nur was abliefern. Du weißt schon, die DNA-Proben, die ich sammle.“

Artie beobachtete, wie er sich im Labor umsah und sein Blick dann auf dem Taschenbuch über den Unabomber hängen blieb. Er griff danach.

„Wie oft habe ich dir schon gesagt, du sollst diese Dinger nicht im Rucksack mit herumschleppen?“

Er warf es auf Arties Stapel, und die Bücher und Artikel verrutschten. Artie folgte seinem Blick und hielt die Luft an, aber er wusste, dass er genau das sah, was Artie vor ihm hatte verbergen wollen. Er zog einen der Artikel über die Tylenol-Morde aus dem Stapel heraus.

„Was machst du denn damit?“

„Nur ein paar Recherchen.“

Das schien ihn nicht zu überzeugen. Artie musste schnell nachdenken. Dann entspannte er sich. Worüber machte er sich Sorgen? Sie waren vom gleichen Schlag. Das wusste Artie. Nicht einfach nur Lehrer und Schüler. Verwandte Seelen.

„Ich hab’s herausgefunden“, gestand ihm Artie.

Er erwiderte nichts darauf. Hob nur eine Augenbraue und wartete auf eine nähere Erklärung.

„Du bist einfach brillant“, fuhr Artie fort und meinte es ehrlich. „Die Tylenol-Morde. Das warst du. Sie haben sich immer gefragt, ob jemand vielleicht sieben Morde begangen hat, um den einen, um den es wirklich geht, zu verdecken."

Immer noch keine Antwort. Artie nahm das als ein gutes Zeichen.

Er fuhr fort: „Und indem du sieben Packungen in Chicago platziert hast, glaubte jeder, dein wirkliches Ziel, das in Terre Haute war, musste so etwas wie ein Zufallstreffer gewesen sein."

Kein Lächeln. Aber Artie erinnerte sich daran, dass er eigentlich nie lächelte. Dass er nicht mehr verärgert wirkte, war gut. Er rieb sich das Kinn, wartete, dass er weiterredete.

„Das machst du jetzt genauso, stimmt's? Schickst ein paar Päckchen mit dem Virus irgendwohin, sodass es nach einem Terroranschlag aussieht. Aber die ganze Zeit über hast du ein ganz anderes Ziel vor Augen, stimmt's?" Er blickte zu seinem Notizbuch hinunter, das immer noch an der Stelle mit der Liste aufgeschlagen war. „Also, wer ist es? Wer ist das eigentliche Ziel?"

„Du glaubst wohl, du wärst sehr schlau", sagte er zu Artie. „Aber es sind alles die richtigen Ziele. Ich kümmere mich um jeden, der mich im Laufe der vergangenen Jahre angeschissen hat."

Dann tat er etwas, das Artie eigentlich als Trick hätte durchschauen müssen. Er lächelte. „Wie hast du das mit dem Tylenol herausgefunden? Ich meine, die Sache in Indiana? Irgendwas hier in diesen Unterlagen?"

Er zeigte auf den Stapel, und Artie grinste. Dann beugte er sich hinunter und begann die entsprechenden Kopien in dem Durcheinander zu suchen. Er sah das Mikroskop nicht, bevor es auf seinen Kopf krachte.

Artie passte perfekt in die Lücke über dem toten Affen. Er war bewusstlos, als die Tür des Gefrierschranks zugeschlagen wurde und das Schloss wieder einrastete.

63. KAPITEL

Der Knast

Maggie träumte von verbranntem Fleisch, das in Plastik eingewickelt war. Sie konnte es sogar riechen. Sie sah alles aus der Perspektive eines Kindes, ungefähr auf Augenhöhe mit den Taillen und Hüften der Erwachsenen, an denen sie sich vorbeidrängeln musste. Leinenstoff und Metallknöpfe streiften ihre Wangen, als sie zwischen den beiden Männern mit den blauen Anzügen und den glänzenden schwarzen Schuhen hindurchschlüpfte.

Schließlich hatte sie ihr Ziel erreicht, einen Sarg am anderen Ende des Raums. Er thronte hoch über ihr, eine glänzende Mahagonikiste auf einem goldenen Altar. Er war von Blumen umgeben, aber ihr zarter Duft konnte den Geruch von Asche nicht vertreiben. Von Asche und verbranntem Fleisch.

„Staub zu Staub und Asche zu Asche." Sie hörte jemanden „Asche zu Asche" flüstern, konnte aber niemanden sehen.

Sie wusste bereits, was sie vorfinden würde, wenn sie über die abgerundete Kante des Sarges mit den Satinlaken blickte. Der Traum war ihr bekannt, die Wiederholung eines realen Erlebnisses. Sie war wieder zwölf Jahre alt, durchlebte erneut die Beerdigung ihres Vaters, Schritt für Schritt, von Anfang bis Ende.

Inzwischen hatte sie sich an die Bilder gewöhnt, brauchte keines mehr zu verdrängen, konnte jedes Detail betrachten. Sie sah ihren Vater in einem braunen Anzug, die Hände wie die einer Mumie bandagiert und zu beiden Seiten an den Körper gepresst. Sie hörte das Knistern von Plastik unter seiner Kleidung, betrachtete das verbrannte Fleisch seines Gesichts, voller Blasen und schwarz gefärbt, trotz der größten Mühen des Bestattungsunternehmers, es wegzuschminken. Der Geruch war so real und intensiv, dass sie jedes Mal mit einem Brechreiz erwachte, manchmal sogar würgte und sich den Bauch hielt. Sie konnte es nicht unterdrücken, egal wie sehr sie sich bemühte. Sobald diese Bilder auftauchten, lief der Film bis zum Ende, ohne dass sie sich dagegen wehren konnte.

Sie kletterte auf den Altar, eine Zwölfjährige, die sich die Knie an dem polierten Holz aufschrammte und sich mit verschwitzten Händen am Rand hochzog, um in den Sarg schauen zu können. Doch diesmal lag nicht ihr Vater darin. Stattdessen sah sie Cunningham, die Augen geschlossen, die Hände gefaltet. Er wirkte so friedlich, so sorglos.

Und dann bewegte sich etwas.

Zuerst sah es aus, als würde der Stoff leicht flattern. Dann nahm sie ein Vibrieren wahr, das immer stärker wurde, bis ein heftiges Ruckeln durch seinen ganzen Körper ging. Maden brachen plötzlich durch die Nähte, quollen aus den Ärmeln auf seine Hände, über sein Gesicht, kamen aus seinem Mund.

Maggie schoss mit einem Ruck hoch. Wischte sich hektisch über die Arme, über das Gesicht, fuhr sich durchs Haar. Dann sprang sie aus dem Bett und blickte entsetzt unter die Decke. Sie atmete stoßweise, ihr Brustkorb hob und senkte sich im selben schnellen Rhythmus wie ihr heftig klopfendes Herz. Sie war nahe davor, zu hyperventilieren, versuchte sich zusammenzureißen und schlang sich die Arme um den Körper. Ihre Haut war schweißnass. Sie schmeckte plötzlich Blut und stellte fest, dass sie sich auf die Unterlippe gebissen hatte.

Ein Traum, sagte sie sich immer wieder. Nur ein blöder Traum.

Trotzdem stolperte sie auf die Glaswand zu. Die Monitore auf der anderen Seite blinkten grün und rot. Über die Computerbildschirme zogen ruhige Linien, doch es war niemand im Raum. Sie nahm den Telefonhörer ab, horchte auf das Freizeichen und starrte auf das Gerät. Es gab keine Nummern, keine Tasten darauf. Natürlich nicht. Es war ja nur eine einfache Verbindung zwischen den beiden Zimmern. Sie schlug mit der Handfläche auf die Scheibe, hielt sich gerade noch zurück, mit den Fäusten dagegenzutrommeln.

Sie blickte zum anderen Telefon zurück. Wen könnte sie anrufen? Wie gelähmt stand sie da, gegen das kühle Glas gelehnt.

Es gab niemanden.

Meine Entscheidung, erinnerte sie sich.

Nein. Irgendwann, nachdem sie diesen Weg eingeschlagen hatte, war es ihr aus den Händen geglitten.

Sie ging zu dem kleinen Bad, schälte sich aus dem feuchten Nachthemd und zog ein frisches aus dem Stapel an. Sie blickte in den Spiegel. Ihr Haar war vollkommen zerzaust, ihre Haut blass und schweißnass, die Augen geschwollen. Die Wangen eingefallen. Sie sah schrecklich aus. Maggie fuhr sich mit den Fingern durchs Haar. Spritzte sich kaltes Wasser ins Gesicht, schöpfte immer wieder Händevoll von dem erfrischenden Nass, wartete, hoffte, dass es sie wiederbeleben würde.

Als sie sich umdrehte, stand er auf der anderen Seite der Glaswand und beobachtete sie. Sah sie mit seinen ausdrucksvollen dunklen Augen besorgt an. Als wüsste er Bescheid.

Er wandte den Blick nicht von ihr ab, als sie auf ihn zukam. Sie nahm den Hörer ab.

„Ist alles in Ordnung?"

„Alles okay", log sie.

„Das glaube ich aber eher nicht." Er tippte sich auf die Unterlippe, um sie darauf aufmerksam zu machen, dass sie blutete. Dann zeigte er aufs Bett, wo die Laken zu einem Haufen zusammengeknüllt waren und halb auf dem Boden lagen.

„Nur ein schlechter Traum", erklärte sie und wischte sich über die Unterlippe.

„Fieber?"

„Ich glaube nicht."

Er schwieg, betrachtete sie eingehend, ein Arzt, der oft darauf angewiesen war, zur Untersuchung nur die Augen zu benutzen.

„Ich muss Assistant Director Cunningham sehen." Bevor er protestieren konnte, fügte sie hinzu: „Ich will ihn nur sehen. Er braucht nicht zu wissen, dass ich da bin."

„In Ordnung."

Er überraschte sie. Sie hatte eine Diskussion erwartet.

„Sie können ihn sehen. Und dann bringe ich Sie nach Hause", sagte er.

Zuerst glaubte sie, sich verhört zu haben.

„Wie bitte?"

„Ich entlasse Sie aus dem Knast."

Sie schloss die Augen, lehnte sich gegen die Scheibe und hoffte, es wäre nicht etwa eine weitere Episode aus ihrem grausamen Traum.

„Natürlich gibt es gewisse Bedingungen", hörte sie seine warme Stimme aus dem Hörer.

Sie öffnete die Augen, stützte sich aber weiterhin am Glas ab. Es fühlte sich an, als würde sie sich an ihn lehnen, obwohl sich zwischen ihnen die dicke Scheibe befand.

„Wir müssen Sie trotzdem weiterhin täglich impfen", fuhr er fort. „Beim ersten Anzeichen, auch nur dem winzigsten Symptom, möchte ich Sie wieder hierhaben. Und Sie müssen vorsichtig sein. Keine Körperflüssigkeiten austauschen." Er schwieg kurz, und als sie zu ihm hochblickte, lächelte er. „Nicht mal ein Kuss."

„Eine wirkliche Beschränkung meiner Gepflogenheiten."

„Das habe ich mir gedacht."

„Warum?", fragte sie. „Warum jetzt?"

„Weil inzwischen mehr als achtundvierzig Stunden vergangen sind. In Ihrem Blut ist immer noch kein Virus nachzuweisen. Sie haben keine Symptome." Dann zögerte er, als würde er überlegen, wie viel er ihr anvertrauen könnte. Er kam näher an die Scheibe heran. „Und weil ich glaube, dass es sicherer für Sie ist."

64. KAPITEL

Reston, Virginia

Tully fand Emma auf dem Sofa vor dem Fernseher. Sie vertilgte gerade die Reste einer Pizza.

Bevor er fragen konnte, kam sie ihm zuvor: „In der Küche. Es ist nur ein Stück *Supreme* übrig, aber es gibt auch *Peperoni.*"

Seine Tochter kannte ihn zu gut. Er holte sich einen Pappteller und ein paar Stücke, streute noch Peperoni darüber und setzte sich neben sie.

„Es ist schon wahnsinnig spät, Süße."

„Keine Schule morgen. Herbstferien."

„Richtig. Ganz vergessen."

„Was ist mit dir? Warst du mit Gwen zusammen?"

„Nein, bei der Arbeit." Er hatte den ganzen Abend in Quantico verbracht, Datenbanken durchforstet und nach irgendwelchen Zusammenhängen zwischen Cunningham und diesem Killer gesucht. „Was sehen wir denn?"

„Nichts Besonderes. Nur ein bisschen Action."

Sie saßen da und blickten ein paar Minuten auf den Bildschirm.

„Ich denke, sie ist schon ziemlich okay", sagte Emma.

Tully dachte, sie meinte die Schauspielerin aus der TV-Show.

„Sie hat bessere Klamotten an als Mom."

Er war so erschöpft. Es dauerte eine ganze Weile, bis ihm klar wurde, dass sie von Gwen redete.

„Manchmal denke ich, Mom will lieber zwanzig sein als schon über vierzig."

„Ich bin froh, dass du Gwen ziemlich okay findest", sagte er.

„Du und Mom, ihr wart ganz schön lange zusammen, oder?"

Noch mehr Fragen. Vielleicht hatte die Hochzeit das alles an die Oberfläche gebracht. Hatten nicht alle Kids im Grunde die Hoffnung, dass ihre geschiedenen Eltern irgendwann wieder zusammenkamen?

„Wir waren ziemlich lange zusammen, bevor wir geheiratet haben." Er verschwieg, dass er sich vor der Hochzeit sicher sein musste, dass Caroline ihn wollte und nicht einen seiner Kumpel. An diesen Kampf der Gefühle dachte er nicht gern zurück. Manchmal war er der Bauerntrampel gewesen, manchmal der Ritter. Caroline hatte diese Wirkung auf Männer. Sie schaffte es, einem in einer Minute das Gefühl zu geben, etwas Besonderes zu sein, und sich in der nächsten völlig wertlos zu fühlen und in der Pflicht, die ganze Zeit um ihre Aufmerksamkeit zu buhlen.

„Fernbeziehung, was?", fuhr Emma fort und brachte Tully in die Gegenwart zurück. „Du hast deine Ausbildung in Quantico gemacht, und sie hat in Chicago Kunst studiert, oder?"

„Richtig."

„Wie kommt es, dass ihr dann in Cleveland gelandet seid?"

„Ich bin in Cleveland aufgewachsen, das weißt du doch. Kann ich einen Schluck von deiner Cola light haben?"

Sie reichte sie ihm, ohne die Augen zu verdrehen oder zu seufzen. Stattdessen schien sie sich auf etwas Bestimmtes zu konzentrieren.

„Wie passt denn da Indiana rein?"

„Indiana?"

„Ja. Haben sie dich nicht in deiner Ausbildungszeit Indy genannt?"

Noch etwas, an das er nicht gern erinnert wurde. Auch nicht nach so vielen Jahren.

„Nein. Indy war ein Kommilitone von mir in Quantico, wir haben im selben Zimmer gewohnt. Eigentlich war er erst mit deiner Mutter zusammen. So habe ich sie ja kennengelernt."

Emma sah verwirrt aus. „Aber was hattest du denn für einen Spitznamen?" Bevor er etwas sagen konnte, beantwortete sie sich die Frage selbst. „Ach, warte. Du warst GB. Reggie war GB. Geleebonbons."

Tully wand sich. „Ich hasste den Namen Reggie. Der Spitzname GB hat mich auf die Idee gebracht, nur meine Initialen zu benutzen."

„Wofür steht R. J.?“

„Reginald James.“

„Das ist gar nicht so übel“, sagte sie und schwieg dann.

Als er sie von der Seite ansah, hatte sie die Stirn nachdenklich gekraust und den Zeigefinger zwischen die Zähne genommen. Dieses Herumbeißen und Knabbern hatte vor Jahren aufgehört, nur manchmal tauchte diese nervöse Geste noch auf.

„Deine Mom hat dir von Indy erzählt?“, erkundigte Tully sich.

„Ich habe ein paar Briefe gefunden, die sie in einem alten Schreibtisch unten im Gästezimmer aufbewahrt hat. Ich dachte, es wären Briefe von dir an Mom.“

„Kaum zu glauben, dass sie die nach so langer Zeit noch aufgehoben hat.“ Andererseits war er gar nicht überrascht. Vor ein paar Jahren wäre Tully gekränkt gewesen, wenn er erfahren hätte, dass Caroline noch Indys Briefe besaß. Jetzt tat es nicht mehr weh, vielleicht ein kleiner Stich, mehr nicht.

„Tut mir leid, Dad“, sagte Emma geknickt. Nicht weil sie fürchtete, Ärger zu bekommen, sondern eher weil sie nicht glauben konnte, dass sie sich dermaßen geirrt hatte. „Ich habe echt gedacht, die wären von dir.“

„Ist schon okay, Süße. Diese Briefe sind vor langer Zeit geschrieben worden.“

„Eigentlich nicht alle.“

„Wie bitte?“

„Na ja, die meisten sind von 1982, aber dann gibt es noch welche, die später geschrieben wurden. Der letzte war vom Juli.“

„Dieses Jahr?“

„Ja. Glückwünsche zu ihrer Hochzeit. Aber richtig nett klang das nicht.“

„Warum?“

„Weil da so was stand wie: ‚Herzlichen Glückwunsch, dass du schon wieder den falschen Mann gewählt hast.‘ Das ist ja ziemlich ätzend.“ Sie verdrehte die Augen. „Ich hätte wissen müssen, dass du so was nie schreiben würdest.“

65. KAPITEL

USAMRIID

Sie hätte sich darauf vorbereiten sollen.

„Er bekommt eine Behandlung", sagte Platt, während sie durch die Flure des Gebäudes aus Betonschalsteinen liefen.

Maggie trug inzwischen wieder ihre Straßenkleidung. Es war erstaunlich, wie gut sich so etwas Belangloses anfühlte. Die violett geblümte Jacke hatte sie dort lassen müssen. Man hatte sie wegen Mary Louises Erbrochenem bereits gleich zu Anfang konfisziert. Ein Spritzer auf ihrem Ärmel, der kleine Unterschied, der Cunninghams Schicksal so sehr von ihrem unterschied.

Merkwürdig, wie das Leben spielt, dachte Maggie. Als FBI-Agentin hatte sie sich bereits von Angesicht zu Angesicht mit gefährlichen Killern befunden, man hatte sie mit Messern angegriffen, auf sie geschossen und sie, in einer Kühlkammer eingesperrt, ihrem Schicksal überlassen. Doch sie wäre nie auf den Gedanken gekommen, dass die Berührung mit dem Erbrochenen eines kleinen Mädchens über Leben oder Tod entscheiden konnte.

„Wie geht es Mary Louise?", erkundigte sie sich bei Platt auf dem Weg durch das Labyrinth der Korridore. Sie erwartete nicht, dass er ihr irgendwelche Einzelheiten verriet. Er hatte ihr bereits erklärt, dass er den Zustand der anderen Patienten nicht mit ihr besprechen durfte.

„Es geht ihr gut", erwiderte er mit einem kurzen Blick zurück. „Bis jetzt."

Sie erreichten das Ende des Flurs, er tippte einen Code ein, dann schob er seine Schlüsselkarte durch den vorgesehenen Schlitz neben der Tür. Diesmal zog sich Maggie beim Zischen der Tür nicht der Magen zusammen. Platt hatte die Hand auf der Klinke und sah sich wieder zu Maggie um. Er wirkte besorgt.

„Sie müssen sich darauf gefasst machen, dass Sie ihn kaum wiedererkennen werden", warnte Platt.

Maggie dachte daran, dass Platt als Armeeoberst die Situation sicher gefährlicher darstellte, als sie war, damit man mit dem nötigen Ernst an die Sache heranging. Wenn es um Leben und Tod ging, musste er überkompensieren.

Sie folgte ihm in den Überwachungsraum, wo die Monitore und andere Gerätschaften summten, flimmerten und in einem stetigen Rhythmus piepten. Sie hielt sich von der gläsernen Trennwand zwischen diesem Raum und dem Krankenzimmer fern, damit die beiden Personen in Schutzanzügen nicht auf sie aufmerksam wurden. Sie waren dabei, die Infusionsbeutel auszuwechseln, einer mit einer klaren Flüssigkeit, der andere offensichtlich mit Blutplasma. Aufgrund der zahlreichen Schläuche, die vom Krankenbett wegführten, war nicht zu übersehen, dass sich der Patient in einem alarmierenden Zustand befand. Sie beobachtete, wie einer der beiden Raummenschen die Tastatur des Computers bediente, einige Knöpfe drückte und wie die Daten auf einen der Bildschirme hier im dunklen Beobachtungsraum übertragen wurden, wo sie mit Platt stand.

Zuerst sah Maggie nur die beiden Personen in den Schutzanzügen und verfolgte ihre gemächlichen Bewegungen. Sie schienen gut aufeinander eingespielt zu sein und sich von den Anzügen nicht eingeschränkt zu fühlen, obwohl sich alles wie in einer Art Zeitlupe abspielte. Es war fast, als würde sie ein Programm im Discovery Channel sehen, nur ohne Ton.

Einer der beiden im Raumanzug ging jetzt zur anderen Seite des Krankenzimmers und gab den Blick auf den Mann im Bett frei.

Sie hätte ihn zuerst tatsächlich nicht erkannt. Sein grau meliertes Haar sah dünn aus, das Gesicht kreideweiß. Er hatte die Augen geschlossen. An den Armen und in der Nase steckten Schläuche, die mit den Apparaturen neben dem Bett verbunden waren. Er wirkte nicht wie ein über eins achtzig großer, sportlicher Mann, sah viel kleiner und so verletzlich aus. Maggie starrte ihn an und versuchte, irgendetwas an dieser hilflosen Person zu finden, das sie an ihren tatkräftigen Chef erinnerte.

„Mary Louise hat bisher keine Symptome gezeigt“, hörte sie Platt auf einmal hinter sich sagen. Sie hatte ihn völlig vergessen. „Es ist schwer zu sagen, woran das liegt. Womöglich wird man es bei ihr nie nachweisen können. So wie bei Ihnen.“

Sie standen eine Weile schweigend da, Maggie kam es wie eine Ewigkeit vor.

Sie spürte, wie ihr Herz in der Brust hämmerte, und konnte ihren Atem hören, ein hektisches, angestrengtes Luftholen. Es musste Einbildung sein. Das war sicher eins der Geräte im Raum.

„Aber Cunningham hatte nicht so viel Glück?“, sagte sie schließlich und wandte sich zu Platt um. Er blickte geradeaus. „Er zeigt bereits alle Symptome?“, flüsterte sie und konnte ihre eigene Stimme kaum erkennen.

„Ja“, sagte er.

„Es ist in seinem Blut nachzuweisen?“

Zögern. Er schwieg so lange, dass sie sich wieder zu ihm umdrehte. Diesmal sah er sie an, und sie konnte die Antwort bereits in seinen ausdrucksvollen Augen lesen. „Ja“, sagte er und stieß geräuschvoll die Luft aus.

66. KAPITEL

Montag, 1. Oktober 2007

Platt fuhr Maggie nach Hause, eine Stunde Fahrt am frühen Morgen, im Schutz der Dunkelheit. Sie fühlte sich wie bei einem Undercovereinsatz. Platt blickte öfter als nötig in den Rückspiegel, und jedes Mal wenn er meinte, die Lichter von Scheinwerfern hinter ihm folgten ihnen auffallend lange, stieg sein Adrenalinspiegel. Es stellte sich aber immer als Fehlalarm heraus. Die Wagen hinter ihnen nahmen irgendwann eine andere Abzweigung oder überholten sie. Er war paranoid.

Vor wenigen Stunden hatte er eine Lieferung mit Impfstoff zum direkten Transport zu Bix beim CDC in Chicago freigegeben. Das Seuchenzentrum hatte Platt eine offizielle Anfrage gefaxt. Da dieser Fall unter seiner Führung lief, war er autorisiert, der Bitte nachzukommen. Während des bürokratischen Ablaufs hatte er bemerkt, dass bereits eine Ladung mit einer kleineren Menge von Janklow abgesegnet worden war, allerdings mit dem Befehl, dass diese Sendung ausschließlich an den Direktor des Heimatschutzministeriums ausgeliefert würde, nicht an das Seuchenzentrum in Chicago. Bürokratie? Persönliche Abneigung? Platt kümmerte sich nicht weiter darum. Er schätzte, dass Janklow sich politisch korrekt verhielt, obwohl die Uhr tickte und die Gefahr einer Epidemie bestand.

Platt hatte auch sofort bemerkt, dass Janklow nirgendwo in dem bürokratischen Vorgang bei der Freigabe des Impfstoffes für das Heimatschutzministerium die vier Betroffenen im USAMRIID genannt hatte. Dabei wäre es jetzt die beste Gelegenheit gewesen, sowohl das Heimatschutzministerium wie auch das CDC über diese Fälle zu unterrichten. Aber Janklow hielt sich erst mal den Rücken frei. Was McCathy anging, so war sich Platt nicht sicher, ob er damit etwas zu tun hatte. Es würde sich noch die Gelegenheit bieten, beide darauf anzusprechen, doch erst nachdem er dafür gesorgt hatte, dass die vier Patienten, die er unter seiner Obhut hatte, in Sicherheit waren.

Es war unmöglich, Assistant Director Cunningham, Mrs Kellerman oder Mary Louise zu entlassen. Alle drei benötigten eine besondere medizinische Behandlung im USAMRIID und eine tägliche Impfung. Agent O'Dell musste lediglich geimpft werden. Sollte sie die einzige Überlebende sein, was würde Janklow dann mit ihr tun? Diese Entscheidung würde Platt lieber selbst fällen, statt sie Janklow zu überlassen.

Er blickte kurz zu Maggie hinüber, deren Profil lediglich von den grünen Leuchtziffern des Armaturenbretts erhellt wurde. Jetzt, direkt neben ihm, ohne die trennende Glaswand zwischen ihnen, verhielt sie sich anders. Nach dem Besuch bei Cunningham war sie auffallend still. Doch in ihrer Straßenkleidung wirkte sie längst nicht mehr so verletzlich. Als Ersatz für ihre violette Jacke hatte Platt ihr sein William-&-Mary-Sweatshirt angeboten, um sich vor der Nachtkälte zu schützen. Zuerst hatte sie gezögert und dieser Geste damit mehr Bedeutung als notwendig beigemessen. Er fragte sich, ob Maggie O'Dell es einfach nicht gewohnt war, dass man sich um sie kümmerte.

„Das heißt nicht, dass wir jetzt zusammen sind", hatte er gescherzt und erwartet, dass sie eine ihrer üblichen geistreichen Antworten gab. Aber sie sagte nur: „Danke" und zog es an.

Nachdem sie auf der Straße waren und weit genug vom USAMRIID entfernt, sagte sie: „Sie befürchten, das Ebola-Virus kommt aus Ihrem eigenen Labor?"

Er sah sie kurz an, wunderte sich, warum es ihn überraschte, dass sie sofort auf den Punkt kam. Das hatte sie schon während all ihrer Gespräche getan.

„Es ist mir durch den Kopf gegangen."

Platt war sich nicht sicher, inwieweit er über seinen Verdacht sprechen konnte. Ihm war klar, dass er sich womöglich vor dem

Militärgericht verantworten musste, obwohl er immer bemüht war, das Richtige zu tun.

„Es ist jemand mit verletztem Selbstwertgefühl", sagte sie. „Womöglich hat er an wichtigen Fällen gearbeitet, ohne besondere Anerkennung zu erhalten. Er will aus einem pervertierten Gerechtigkeitsempfinden heraus Vergeltung üben. Klingt das nach jemandem, den Sie kennen?"

„Wir sprechen hier über eine Einrichtung, in der massenweise Egomanen an den heißesten Fällen des Landes arbeiten", entgegnete Platt, obwohl ihm dabei sofort Michael McCathy einfiel.

Statt weiter darauf einzugehen, erkundigte sich Maggie: „Ist die Quelle der Seuche in Chicago bekannt?"

„Ein Buchhalter aus Chicago namens Markus Schroder war zur Untersuchung dort im Krankenhaus. Sie haben nicht herausgefunden, was ihm fehlte, und eine diagnostische Operation durchgeführt."

„Haben Sie irgendetwas von einem Päckchen gehört, das er bekommen hat?"

„Ich habe Bix gefragt, den Typ vom Seuchenzentrum. Er wollte das überprüfen lassen."

„Markus Schroder", wiederholte sie und starrte auf die dunkle Landschaft vor sich.

„Glauben Sie, dass der Name etwas bedeutet? So wie bei den Kellermans?"

„Möglich. Dass es in Chicago passiert, kann kein Zufall sein. Die Tylenol-Morde sind in Chicago verübt worden. Es muss eine Verbindung dazu geben, so viel kann ich sagen. Wenn Markus Schroder so einen Umschlag erhalten hat, war er sicher kein Zufallsopfer."

„Sie suchen immer nach einer Logik, selbst bei solchen Verrückten?"

Er spürte ihren Blick, merkte, dass sie ihn von der Seite musterte, als wolle sie herausfinden, ob er seine Bemerkung ernst meinte. Er konzentrierte sich weiter auf die Straße.

„Es wäre praktisch zu glauben, dass Menschen, die solche Verbrechen begehen, einfach nur verrückt sind. Dass in ihrem Kopf irgendetwas falsch verschaltet ist.“

„Wenn sie nicht verrückt oder wahnsinnig sind, was dann?“

Sie sah ihn von der Seite an und zögerte nur kurz, bevor sie leise sagte: „Sie sind boshaft.“

67. KAPITEL

Saint Francis Hospital, Chicago

Dr. Claire Antonelli konnte Roger Bix nicht widersprechen. Sie wusste, er hatte recht. Ihr Sohn musste in die Quarantäne einbezogen werden. Es widerstrebte ihr, zuzugeben, dass er ihretwegen mit dem Virus infiziert sein könnte. Keiner von ihnen zeigte bisher Symptome. Das ließ hoffen, dass bei ihnen alles in Ordnung war. Trotzdem hatte sie fürchterliche Angst. Ihr Sohn tat jedoch so, als wäre für ihn alles ein großes Abenteuer.

„Wir haben gerade in Weltgeschichte was über das Ebola-Virus gelesen. Vielleicht kann ich ja ein paar Extrapunkte damit machen", hatte er gescherzt.

Die Schwestern der Chirurgie hatten ihm auf der Station ein Einzelzimmer eingerichtet. Es war ein makabrer Trost, ihn inmitten all des Chaos so nahe bei sich zu haben. Sie war gerade auf dem Weg zu ihm, um zu sehen, ob er sich eingerichtet hatte, als Roger Bix sie wieder abfing. Er hatte sich angewöhnt, sie als seine Kontaktperson zu betrachten. Bei mehreren Vorfällen hatten er und Dr. Miles sich bezüglich des Vorgehens und der Verfahrensweise eine Auseinandersetzung geliefert. Claire war schlicht und einfach zu erschöpft, um sich zu streiten – mit wem auch immer. An diesem Morgen hatten sich die Medien gemeldet. Der Kanal 9 von WGN-TV hatte am Haupteingang Kameras aufgestellt. Wenn Bix einen Sprecher suchte, dann musste er sich weiter umsehen.

Als sie sich nicht die Mühe machte, stehen zu bleiben oder auch nur ein bisschen langsamer zu gehen, lief er neben ihr her.

„Wir haben den Impfstoff", erklärte er. Das ließ sie dann allerdings doch anhalten.

„Das ging schnell."

„Spezielle Luftfracht."

„Wie viel?"

„Genug für den Anfang. Die Injektionen werden in Serie

gegeben. Das ist das Wichtigste. Und das, was wir allen sagen."

Also gibt es doch nicht genug, wollte Claire erwidern. Das war die eigentliche Aussage. Bei dem Gedanken, irgendwelche falschen Hoffnungen zu wecken, zog sich ihr der Magen zusammen.

Er musste ihre Skepsis bemerkt haben. „Es wird ausreichen. Wir bekommen noch heute Morgen die Resultate der Bluttests. Nicht jeder, der mit diesem Mann in Berührung gekommen ist, wird notgedrungen an Ebola erkranken. Die ersten Impfungen werden lediglich als Prophylaxe gegeben."

„Natürlich." Claire beobachtete, wie Bix den Blick über ihre Schulter hinweggleiten ließ, durch das Foyer, überallhin, nur nicht in ihre Augen.

„Ich muss Sie bitten, Mrs Schroder zu fragen, ob Markus in der Woche, bevor er krank wurde, eine besondere Sendung, ein Päckchen oder etwas Ähnliches erhalten hat."

„Ein Päckchen? Was für ein Päckchen?"

„Irgendetwas, das in einem Ziplock-Plastikbeutel verpackt war."

Claire starrte ihn an, aber es war klar, dass Bix ihr keine weiteren Einzelheiten verraten würde. Stattdessen lieferte er ihr nun einen ausführlichen Bericht darüber, wie sie den Impfstoff im Folgenden handhaben würden, als Schwester Amanda Corey ihnen auf dem Gang entgegengeeilt kam.

„Tut mir leid, Sie zu unterbrechen", keuchte sie atemlos und mit gerötetem Gesicht. „Ich dachte, Sie wollten es beide so schnell wie möglich erfahren. Markus Schroder ist soeben verstorben."

68. KAPITEL

Quantico

Überall auf Tullys Schreibtisch verteilt lagen aufgeschlagene Aktenordner. Er hatte den vergangenen Tag fast ausschließlich damit verbracht, irgendetwas zu finden, irgendein Verbindungsglied zwischen Cunningham und dem Killer. Ihr Chef hatte mit allen großen Fällen zu tun gehabt: dem Unabomber, den Beltway-Snipers, Eric Rudolph, Timothy McVeigh, den Milzbrand-Morden. Die Liste könnte beliebig erweitert werden. Es war eine überwältigende Zahl.

Nicht einfach, da etwas zu finden. Also arbeitete sich Tully durch die Originalakten, versuchte Namen aufzuspüren, die mehrmals auftauchten, vor allem von Personen aus dem USAMRIID.

Er nahm sich gerade einen neuen Karton vor, als er bemerkte, dass Ganzas schlaksige Gestalt am Türrahmen lehnte.

„Hast du von Chicago gehört?"

„Die Bears oder die Sox?", fragte Tully, bevor er den entsetzten Gesichtsausdruck Ganzas sah.

„Das CDC hat in einem Vorortkrankenhaus einen Fall von Ebola Zaire."

„Du machst Witze."

„Ich wünschte, es wäre so."

Ganza berichtete ihm das wenige, das er wusste. Als er fertig war, zeigte er auf das Chaos vor Tullys Nase.

„Ich versuche eine Verbindung zu finden", sagte Tully. „Zu Cunningham. Aber bei den vielen Fällen, mit denen er zu tun hatte, ist das die berühmte Suche nach der Nadel im Heuhaufen."

„Hast du was von ihm gehört?"

Tully schüttelte den Kopf. „Seit Samstag nichts mehr. Er hat mir zwar eine Telefonnummer gegeben, aber da nimmt niemand ab."

Beide schwiegen. Schließlich murmelte Ganza etwas davon, dass er einen Kollegen beim CDC anrufen würde.

„Ich sage dir Bescheid, wenn ich was rausfinden sollte." Dann war er weg und ließ Tully in seinem Chaos zurück.

Es fiel ihm schwer, an Cunningham zu denken. Tully kannte Agenten, die in Ausübung ihres Dienstes getötet worden waren. So etwas hatte jeder Agent im Hinterkopf. Aber dies war irgendwie anders. Cunningham gehörte zu diesen scheinbar unverwüstlichen Typen. Natürlich ging niemand davon aus, dass die Kugeln einfach an ihm abprallten, obwohl es wohl auch niemanden wirklich überrascht hätte. Er war derjenige, der sie alle stützte und aufrecht hielt. Und es schien grausam und unfair, dass ihn nun ein unsichtbarer Killer mit einer unsichtbaren Waffe niederstreckte. Kein Training konnte einen auf so etwas vorbereiten.

Das erinnerte ihn an seine Ausbildung. Emma hatte mit ihren Fragen eine Menge Erinnerungen heraufbeschworen. Als er, Razzy und Indy zusammen gewesen waren, hatten sie geglaubt, sie würden die Welt verändern, das Böse bekämpfen, all solche idealistischen Sachen. Das war in den 80ern gewesen. Die Sowjetunion brach zur gleichen Zeit auseinander wie die Mauer. Der Kalte Krieg war vorbei. Reagan gab den Amerikanern das Gefühl, wieder stolz sein zu dürfen. Die drei waren jung, stark, hatten große Ziele und waren doch alle sehr unterschiedlich. Das eine große Ziel hielt sie zusammen, doch ironischerweise wurden sie ausgerechnet von einem leichtsinnigen, aber sehr schönen Mädchen, das gern flirtete, auseinandergebracht.

Tully sah auf das gerahmte Foto von Emma auf der Ecke seines Schreibtisches. Er konnte ihr Gesicht hinter dem Berg von Akten kaum noch sehen. Er dachte an all die Fälle, an denen er in den vergangenen fünfundzwanzig Jahren gearbeitet hatte. In seiner Laufbahn hatte es auch Spektakuläres gegeben: den Unabomber, Jeffery Dahmer, Albert Stucky, Timothy McVeigh, den 11. September. Aber letztendlich, da brauchte er nicht lange zu überlegen, war es Emma, die sein Leben lebenswert gemacht hatte. Emma und jetzt womöglich auch Gwen Patterson.

Er dachte gerade an Gwen, als sein Telefon klingelte.

„R. J. Tully", meldete er sich.

„Warum zum Teufel schickst du mir denn Geld? Und dann auch noch in einer Plastiktüte!"

Es war seine Exfrau. Das einst so leichtsinnige, aber schöne Mädchen, das so gern flirtete, kochte vor Wut.

69. KAPITEL

North Platte, Nebraska

Patsy Kowak konnte es kaum glauben. Sie betastete den Umschlag, der für sie auf dem Küchentisch lag und aus dem der Inhalt halb herauslugte: zwei Erste-Klasse-Flugtickets nach Cleveland, Ohio. Als sie sich heute Morgen hingesetzt hatte, um ihren Kaffee zu trinken, hatte sie sie gefunden.

„Ich habe uns ein Zimmer im Hyatt Regency gebucht“, sagte Ward hinter ihr. Sie hatte nicht gehört, wie er hereingekommen war. „Du hast doch gesagt, dass du da gern übernachten würdest, oder?“

„Das stimmt. Ich dachte, das hättest du gar nicht mitbekommen.“

„Ich höre zu, wenn du was sagst.“ Er goss sich eine Tasse Kaffee ein und setzte sich ihr gegenüber. Er nahm sich sonst nie die Zeit, zu ihr an den Tisch zu kommen und mit ihr Kaffee zu trinken. Gewöhnlich wanderte sein Anteil gleich in eine Thermoskanne, und weg war er.

„Die Tickets sind für Mittwoch“, sagte Patsy und klopfte damit auf den Küchentisch, als könne sie nicht glauben, dass sie real waren.

„Ja, wir haben einen Zwischenstopp in Atlanta. Wir werden wohl fast den ganzen Tag unterwegs sein. Ich dachte, wir könnten den folgenden Donnerstag für uns haben, einfach nichts tun und die Zeit genießen. Uns richtig entspannen.“

Sie hob die Augenbrauen und sah ihn ungläubig an. „Weißt du denn, wie das geht?“

„Was? Sich entspannen? Ich glaube, das werde ich schon schaffen. Lee und Betty haben angeboten, sich hier um alles zu kümmern.“

Sie hielt die Erste-Klasse-Tickets hoch. „Was ist denn in dich gefahren? Als wir uns das letzte Mal unterhalten hatten, wolltest du ja noch nicht mal mitkommen.“

„Mir ist klar geworden, wie viel das für dich bedeutet.“

„Aber für dich nicht?“ Seine Antwort enttäuschte sie. Das entging ihm nicht. Wie könnte es auch, nach zweiunddreißig Jahren Ehe?

„Ich bin mit Conrads Wahl nicht zufrieden“, sagte er und starrte in seine Kaffeetasse, als würde er dort die richtige Antwort finden. „Vielleicht gefällt es mir nicht, was er macht, aber er ist immer noch mein Sohn.“

Sie legte ihre Hand auf seine schwieligen Finger. Es lag ihm nicht besonders, seine Gefühle zu zeigen, deshalb sah er zu, dass er schnell das Thema wechselte.

„Gönn dir eine Maniküre“, sagte er und nahm ihre Hand unter dem Vorwand, als würde er sie nur begutachten wollen. „Du arbeitest immer so hart. Leiste dir mal was.“

Ihre Hände waren eine Katastrophe, trockene und gerötete Haut, das Nagelbett rissig, dort, wo sie mit der Schere zu tief eingeschnitten hatte. Ja, sie würde sich eine Pflege gönnen.

Sie hatte gewusst, Ward würde noch nachgeben. Er war ein guter Mann. Ein guter Vater. Patsy war so glücklich, dass sie die Kopf- und Rückenschmerzen fast vergessen hätte, mit denen sie heute Morgen erwacht war. Doch als sie aufstand, wurde sie sofort wieder daran erinnert. Hundert kleine Hämmerchen klopften von innen gegen ihre Stirn. Sie legte die Hand an die Stelle über den Augenbrauen. Ein bisschen Fieber hatte sie anscheinend auch. Sie konnte jetzt unmöglich eine Grippe bekommen. In zwei Tagen wollte sie zur Hochzeit ihres Sohnes reisen. Sie weigerte sich einfach, krank zu werden.

Patsy warf einen Blick auf die Wanduhr, nahm das Telefon und wählte die Nummer aus dem Gedächtnis.

„Büro Conrad Kovak.“ Die Stimme der Frau klang so brüsk, dass es jeden Anrufer glatt davon abhalten konnte, sich zu melden. Patsy fragte sich, ob sie Conrad mal darauf ansprechen sollte.

„Ist Conrad da?“

„Mr Kovak hat den ganzen Vormittag Besprechungen.“

„Hier spricht seine Mutter."

Patsy wartete. Bei Conrads vorheriger Assistentin hätte das einen Unterschied gemacht. Wenn Conrad doch nicht bei einer Besprechung gewesen wäre, hätte Renae den Anruf durchgestellt, mit dem Wissen, dass seine Mutter am Apparat war. Dieser Assistentin war das offensichtlich egal.

Nach einem kurzen Zögern sagte die Frau: „Möchten Sie eine Nachricht hinterlassen?"

„Ja, ich denke schon", entgegnete Patsy und wollte ihr bereits sagen, Conrad solle sie später zurückrufen, doch da hörte sie ein Klicken und einen Summer, und plötzlich forderte sie eine andere Stimme auf, eine Nachricht nach dem Piepton zu hinterlassen. Die Assistentin hatte sie auf den Anrufbeantworter umgestellt, das hätte Renae niemals getan!

„Conrad, ich bin es, deine Mutter. Ich wollte dir nur sagen, dass wir am Mittwoch von hier losfliegen und nach Cleveland kommen. Dein Dad hat für uns Erste-Klasse-Tickets gekauft. Und das war seine eigene Idee. Ich habe ihm nicht mal was von dem Geld gesagt, das du uns geschickt hast. Ruf mich doch mal zurück, mein Lieber."

Patsy legte auf. Jetzt musste sie irgendwas einnehmen, damit sie keine Grippe bekam.

70. KAPITEL

Newburgh Heights, Virginia

Maggie weckte Benjamin nicht, der in ihrem Gästezimmer lag. Zufrieden mit zwei Stunden Schlaf und begierig darauf, wieder ihr normales Leben aufzunehmen, hatte sie sich ein langärmeliges T-Shirt, Shorts und ihre Laufschuhe angezogen. Sie nahm ihr Handy und die Schlüssel und machte sich zu ihrem morgendlichen Jogging auf. Sie hatte das Gefühl, die verlorene Zeit wettmachen zu müssen. Das sagte sie sich, nachdem sie zwei Kilometer gelaufen war, aber ihre schmerzenden Wadenmuskeln und der Druck auf ihrer Brust zwangen sie, die Geschwindigkeit zu drosseln und in ein schnelles Gehen überzuwechseln. Begierig sog sie die frische Luft ein, als hätte sie Wochen der Entbehrung hinter sich. Sie hatte fast vergessen, wie wunderbar der blaue Himmel aussah, so frisch und klar nach dem Regen. Ein Schwarm Wildgänse überflog sie schnatternd, und der Beagle am Ende der Straße bellte bereits voller Vorfreude. Er würde enttäuscht sein, wenn er entdeckte, dass sie Harvey nicht dabeihatte. Goldene und orangefarbene Stiefmütterchen in den Nachbargärten konkurrierten mit den violetten Eschen und feurig roten Büschen. Irgendwo gab es Speck zum Frühstück.

Es schien wie ein albernes Klischee, aber all ihre Sinne erwachten wieder nach einer langen Phase der Lähmung. Selbst ihre tägliche Routine war irgendwie erfrischend. Sie hatte sich dazu gebracht, positiv und in die Zukunft zu denken. Das Virus hatte sich noch nicht in ihrem Blut gezeigt. Vielleicht konnte sie es besiegen.

Doch sie konnte nicht aufhören, an Cunningham zu denken. Immer wieder gingen ihr bestimmte Details durch den Kopf. Es gab ein paar Dinge, die sie stutzig gemacht hatten, aber sie hätte nicht genau sagen können, warum. Beim Aufwachen hatte sie plötzlich eines der Puzzleteile gefunden. Die Lösung war so klar gewesen, dass sie kaum glauben konnte, nicht schon früher daraufgekommen zu sein. Allerdings war sie sich nicht sicher, ob es zur Klärung des Falles beitrug. Was wäre zum Beispiel, wenn der Killer sich auf bestimmte Fehler oder Nebensächlichkeiten und Besonderheiten in Kriminalfällen spezialisiert hatte? Vielleicht bedeutete dieses Puzzleteil etwas. Vielleicht auch nicht. Womöglich wollte er sich auch nur wichtigmachen.

Sie blickte auf die Uhr und zog ihr Handy aus der Tasche.

Er nahm schneller ab, als erwartet. „Agent Tully."

„Hier ist Maggie."

„Mein Display sagt mir, dass sie dir dein Handy zurückgegeben haben."

„Ja, und ich bin wieder zu Hause."

Stille. Sie hielt so lange an, dass sie schon glaubte, die Verbindung wäre abgebrochen.

„Sie haben dich entlassen?"

Sie musste über die Art, wie er das sagte, grinsen. Befürchtete er etwa, dass sie das Krankenhaus heimlich verlassen hatte?

„Colonel Platt hat mich heute früh nach Hause gefahren." Sie glaubte ein erleichtertes Aufseufzen zu hören. „Hör zu, ich habe wahrscheinlich noch ein Puzzleteil gefunden. ‚Nathan anrufen.' Du hast gesagt, es wäre ein Abdruck auf dem Briefumschlag gewesen?"

„Stimmt."

„Ich glaube, das war 1993. Mit dem Datum bin ich mir nicht so ganz sicher. Aber das FBI hat eine Million Dollar Belohnung für Informationen ausgesetzt, die jemanden mit dem Namen Nathan R. im Zusammenhang mit dem Unabomber betrafen."

„Okay, das klingt jetzt schon bekannter."

„Auf dem Brief, den der Unabomber an die *New York Times* schickte, fand man einen Abdruck. Sie dachten, er hätte einen Fehler gemacht, dass er die Notiz auf ein Stück Papier geschrieben hätte, das auf dem Umschlag lag, und dass es sich durchgedrückt hat, ohne dass er es merkte. Wenn ich mich richtig erinnere, hieß die Nachricht: Nathan R. am Mittwoch um neunzehn Uhr anrufen."

Maggie beobachtete, wie ein Wagen am Ende der Straße plötzlich abbremste, obwohl nirgends ein Verkehrsschild stand, und dann langsam weiterfuhr. Sie kam allmählich in eine Gegend, wo wieder mehr Verkehr herrschte. Deshalb beschloss sie umzukehren und wieder nach Hause zu laufen.

„Ich werde mal im Internet nachsehen", sagte Tully.

„Das Ganze hatte sich als ein Versehen herausgestellt. Ich glaube, es war ein Redakteur oder ein anderer Mitarbeiter der *Times.* Er hat sich eine Notiz gemacht, bevor ihm klar wurde, wie wichtig der Brief war, der darunterlag. Er hat auf dem Umschlag des Unabombers einen Abdruck hinterlassen."

„Also hat es nichts bedeutet", sagte Tully. „Und es bedeutet auch in diesem Ebola-Fall nichts. Außer dass dieser Typ sich seinen Spaß mit uns erlaubt."

„Es könnte sein, dass er generell Polizisten zum Ziel hat, und die Opfer sind einfach nur nützliche Puzzleteile für ihn."

„Könnte sein." Tully klang aber nicht überzeugt.

„Was ist denn?" Sie spürte, dass er etwas auf dem Herzen hatte.

„Meine Exfrau hat heute Morgen mit der Post ein Päckchen erhalten. Mit Blockbuchstaben beschriftet und einer Ziplock-Plastiktüte drin. Der Absender war ich."

„Himmel, Tully! Bitte sag mir, dass sie die Tüte nicht geöffnet hat!"

„Nein, hat sie nicht. Ich weiß nicht, ob das vielleicht nur ein grausamer Zufall ist."

„Das ist kein Zufall! Was ist in der Plastiktüte?"

„Sie meint, es sieht aus wie ein Bündel Zehndollarscheine."

Maggie zuckte zusammen. Sollte es so einfach sein? So einfach, jemanden dazu zu bringen, ohne zu zögern einen Beutel mit Ebola-Viren zu öffnen? Sie sah den Wagen schon wieder. Noch war sie zwei Blocks von ihrem Haus entfernt.

„George Sloane hätte dieses ‚Nathan anrufen' wiedererkennen müssen."

„Ja, und die Beltway-Snipers-Sätze auch. Er war an dem Tag

in Eile, ziemlich ungeduldig. Es gefiel ihm nicht, dass er mit mir statt mit Cunningham sprechen musste."

„Ich denke, wir müssen erneut mit Sloane reden. Zeig ihm die Notizen noch mal. Sieh zu, dass wir von dem Umschlag, den der Killer an die Kellermans geschickt hat, eine Kopie gefaxt bekommen."

„Sicher, wenn du meinst, das bringt was."

„Hast du irgendwelche Informationen aus Chicago?"

„Ganza ruft jemanden vom CDC an."

„Ich werde mit Sloane telefonieren und versuchen, einen Termin mit ihm auszumachen. Und noch was, Tully. Über eins solltest du dir klar werden. Cunninghams Verdacht, dass es ein persönlicher Angriff ist, könnte stimmen. Aber vielleicht bist du gemeint und nicht er."

„Daran habe ich auch schon gedacht."

Sie hörte, wie der Wagen näher kam.

„Ich muss jetzt Schluss machen. Wir reden später noch mal."

Bevor sie das Handy zusammengeklappt hatte, hörte sie, wie der Wagen neben ihr abbremste.

„Hey, Lady. Das wurde aber Zeit, dass Sie nach Hause kommen."

Maggie drehte sich um und erkannte Nick Morrelli am Steuer der dunkelblauen Limousine.

71. KAPITEL

Newburgh Heights, Virginia

Benjamin Platt fand es sehr gemütlich, nur in Jeans, T-Shirt und ohne Schuhe auf Maggies Terrasse zu sitzen. Sie hatte ihm eine Kanne frisch gebrühten Kaffee hingestellt, obwohl er von ihren Essenswünschen im Knast wusste, dass sie keine Kaffeetrinkerin war. Er hatte sich eine Tasse eingegossen und sich auf der Veranda niedergelassen.

Ihr Garten war wundervoll, eine üppig bewachsene Zufluchtsstätte. Das überraschte ihn wenig. Es erinnerte ihn etwas an das Wäldchen hinter seinem Haus und seinen Wintergarten, von dem aus man den Blick darauf genießen konnte. Er kannte sich im Gärtnern nicht besonders aus. Es schien aber so, als hätte Maggie Ahnung davon. Der etwa eins fünfzig hohe Holzzaun zog sich bis hinunter zu dem Bach, der hinter dem Grundstück verlief. Riesige Pinien säumten die anderen Seiten der Einzäunung, sodass man von den Nachbarhäusern und Gärten keinen Einblick hatte. Jedes Plätzchen wirkte fachmännisch angelegt mit den dekorativen Bäumen, einem englischen Garten, dessen Blütezeit gerade zu Ende ging, und einem von Rosenbüschen umgebenen Steingarten.

Dem angeknabberten Spielzeug in einem Strohkorb in der Ecke der Terrasse nach leistete ihr hier normalerweise ein Hund Gesellschaft. Ein großer Hund. Und der frische Blumenstrauß – mit einer Karte, die daraus hervorlugte und mit „In Liebe, Nick" unterschrieben war – sagte Platt, dass es auch noch jemand anders gab, mit dem sie Zeit verbrachte. Das sollte ihn ebenso wenig überraschen. Sie war eine schöne, intelligente Frau. Selbst Platt, der mit seinen Workaholic-Scheuklappen herumlief, war das aufgefallen.

Und zwar lange, bevor sie ihm ihr Gästezimmer angeboten hatte. Platt war klar, dass sie so etwas nicht sehr oft tat. An einer Wand des Raums waren Kartons mit Akten aufgereiht, und Stapel von Büchern nahmen fast den gesamten Platz auf dem Kleiderschrank ein. Trotzdem, er hatte tief und fest geschlafen, auch wenn es nur wenige Stunden gewesen waren. Keine Träume. Keine Visionen von kleinen Mädchen, Ali oder Mary Louise. Kein Dröhnen von Medivac-Hubschraubern oder Explosionen von Bomben. Ausnahmsweise hatte er einfach nur geschlafen. Das war ein seltener Genuss gewesen.

Platt rieb sich das stoppelige Kinn. Er blickte auf seine Uhr. Dann trank er einen Schluck Kaffee. Er musste ins USAMRIID zurück. Musste Janklow zur Rede stellen. Musste herausfinden, ob Michael McCathy etwas mit diesen Ebola-Fällen zu tun hatte. Je mehr er darüber nachdachte, desto überzeugter wurde er von dieser Möglichkeit. Gestern Abend hatte er McCathys Akte durchgelesen.

Abgesehen von seiner Tätigkeit als Waffeninspektor im Irak hatte McCathy außerdem zu dem Team gehört, das auf der ganzen Welt nach Viren forschte, nicht um einen Impfstoff dagegen zu finden, sondern um sie sich zunutze zu machen. Es war kein Geheimnis, dass die USA in den 70ern und frühen 80ern Krankheitserreger für den möglichen Gebrauch als biologische Kampfstoffe für ihr Verteidigungsprogramm gesammelt hatten. Es war wahrscheinlich einer der Gründe, warum McCathy später ausgewählt wurde, als Waffeninspektor in den Irak zu reisen. Sicher konnte er Massenvernichtungswaffen identifizieren, wenn er selbst an deren Entwicklung für sein Heimatland beteiligt gewesen war.

Platt lehnte den Kopf zurück, schloss die Augen und lauschte der Stille. Es könnte für eine Weile das letzte Mal gewesen sein, dass er eine solche Ruhe genießen durfte.

72. KAPITEL

„Nick, was machst du denn hier?"

„Ich bin seit Freitag wegen einer Konferenz in D.C. und wollte dich einfach mal sehen, bevor ich wieder nach Boston fahre."

Als sie nichts darauf sagte, fuhr er fort: „Ich habe dir Nachrichten hinterlassen." Da war wieder dieses Lächeln. „Und Blumen geschickt."

„Ich war weg", sagte sie, ohne eine nähere Erklärung abzugeben. Er konnte nicht einfach so hierherkommen und vor ihrer Tür herumlungern. Auch wenn er in seinem marineblauen Anzug, der das Blau seiner Augen betonte, sehr attraktiv aussah.

„Ich arbeite an einem Fall. Deshalb muss ich ab und zu woandershin." Sie lief weiter und kümmerte sich nicht darum, als er hinter ihr die Autotür zuschlug. Kurz darauf ging er neben ihr her.

„Werden wir uns jemals zusammensetzen und reden?"

„Was meinst du denn, worüber wir reden müssten?"

„Na ja, ich versuche seit Monaten mit dir über meine Gefühle für dich zu sprechen."

„Über deine Gefühle? Also nicht unbedingt über das, was ich so empfinde."

„Natürlich nicht. Ich meine, natürlich will ich wissen, was du fühlst. Können wir nicht einfach zusammen Mittag essen und reden?"

Zu jeder anderen Zeit hätte sie sich vielleicht durch seine Hartnäckigkeit geschmeichelt gefühlt und es süß gefunden. Aber nach allem, was sie in den vergangenen Tagen durchgemacht hatte ... Dieses naive Werben erschien ihr so albern und hohl, vielleicht sogar unaufrichtig. Auch wenn das nicht sein Fehler war. Nick Morrelli wusste es eben nicht besser.

Sie blieb vor ihrem Haus am Gartenzaun stehen. Platts Landrover parkte noch immer in der runden Einfahrt.

„Nick, du behauptest, etwas für mich zu empfinden, aber du kennst mich ja nicht mal richtig."

„Aber sicher kenne ich dich. Ich weiß, dass du gern italienische Wurst auf deiner Pizza magst. Dass du an der Universität von Virginia deinen Abschluss gemacht hast. Du bist mutig und schön und intelligent. Und was ich noch nicht weiß, würde ich gern erfahren. Das ist doch schon mal was."

Sie fuhr sich mit den Fingern durchs Haar, fühlte sich frustriert und wusste gar nicht, warum. Wenn ihr das hier nichts bedeutete, wenn *er* ihr nichts bedeutete, warum enttäuschte es sie dann, dass er sie nicht verstand?

„Warst du jemals allein, Nick?"

„Sicher. Ich bin im Moment allein. Seit Jill und ich uns getrennt haben."

„Nein, was ich meine ..." Sie war sich nicht sicher, wie sie erklären sollte, was sie im Knast gefühlt hatte. „Ich meine, richtig allein. Du hast deine Familie, deine Mutter, Christine, Timmy. Und du hast nie lange Pausen zwischen deinen Beziehungen. Was war die längste Zeit, die du ohne Freundin gewesen bist?"

„Warum ist das so wichtig für dich? Mir haben nur wenige was bedeutet. Ja, okay, ich hatte eine Menge Freundinnen. Stört dich das? Dass ich schon mit vielen Frauen zusammen war?"

„Nein, natürlich nicht." Sie trat von einem Bein aufs andere. Eigentlich wollte sie so ein Gespräch gar nicht mit ihm führen, und vor allem nicht vor ihrer Haustür. „Hier geht es nicht um dich. Es geht um mich."

Er wollte etwas dazu sagen, aber sie hob abwehrend die Hände.

„Ich bin nicht bereit, eine Beziehung einzugehen. Jedenfalls jetzt noch nicht."

„Ist alles in Ordnung?", erkundigte Platt sich.

Maggie wandte sich um und sah Benjamin Platt vor der Haustür stehen, den Blick auf Nick gerichtet. Er sah aus, als wäre er bereit, sich jeden Moment auf ihn zu stürzen.

„Es ist alles okay", sagte sie.

Als sie sich wieder umdrehte, bemerkte sie, wie Nick Platt anstarrte. Offensichtlich war ihm gerade zum ersten Mal der Landrover aufgefallen. Maggie beobachtete, wie das charmante Lächeln und seine selbstsichere Haltung verschwanden. Er sah erst verwirrt aus, dann gekränkt.

„Ich verstehe", sagte er, ohne sie anzusehen.

Es war ihm peinlich.

„Es ist nicht, was du denkst", begann Maggie, obwohl sie sich erneut sagte, dass sie ihm gar keine Erklärung schuldete.

„Ich lass euch allein. Das meintest du doch vorhin, oder? Du möchtest, dass ich dich mit ihm allein lasse."

„Das habe ich keinesfalls gemeint."

Aber er hatte sich bereits umgedreht und war auf dem Weg zurück zu seinem Wagen, vollkommen davon überzeugt, dass er recht hatte. Nicht einen Moment hatte er ihr richtig zugehört.

Wenn es ihr etwas bedeutet hätte, wenn *er* ihr etwas bedeutet hätte, wäre sie ihm bestimmt gefolgt. Das wäre ganz automatisch passiert, ohne nachzudenken. Sie war es gewohnt, auf ihren Instinkt zu hören. Der hatte sie bisher noch nie betrogen. Und jetzt folgte sie ihrem Gefühl, indem sie sich wieder umwandte und ins Haus ging.

73. KAPITEL

„Tut mir leid", sagte Platt.

„Ist nicht Ihr Fehler."

„Wenn ich nicht hier wäre, hätte es keine Missverständnisse gegeben."

Platt konnte ihre Miene nicht deuten. Er war sich nicht sicher, ob sie verärgert, enttäuscht oder traurig war. Er hatte sich Sorgen gemacht, dass es vielleicht jemand im Auftrag von Janklow wäre, der sie abholen wollte, und zu spät erkannt, dass er in eine Beziehungskrise hineingeplatzt war.

Paranoid. Er reagierte viel zu paranoid.

„Ich muss ins USAMRIID zurück", kündigte er an. „Aber bevor ich gehe, muss ich Sie noch impfen."

Sie nickte und setzte sich neben den Küchentresen, dabei schob sie den Blumenstrauß beiseite. Sie wirkte müde und ausgelaugt, und das nicht nur von der Auseinandersetzung eben.

„Haben Sie heute Morgen schon gefrühstückt?"

„Normalerweise esse ich nach dem Joggen."

Sie war draußen joggen? Er musste sich zurückhalten, um sie nicht zurechtzuweisen. Stattdessen erlaubte er sich, ihren Kühlschrank zu öffnen. Er war gut gefüllt. Er nahm eine Packung Eier, Milch, ein Stück Cheddarkäse und eine grüne Paprika heraus.

„Bratpfanne?", erkundigte er sich.

Sie zeigte auf ein Schubfach unter dem Herd.

„Ich habe keine Zeit zum Essen", sagte sie, ohne ihren Platz am Tresen zu verlassen. „Ich muss noch was erledigen. Außerdem brauche ich eine Dusche. Und dann möchte ich mit jemandem einen Termin verabreden."

„Ich kann Ihnen die Spritze nicht auf nüchternen Magen geben. Also machen Sie am besten Ihre Verabredung und duschen Sie. Wenn Sie wiederkommen, habe ich die Omeletts fertig."

„Ich dachte, die Armeeärzte haben alle eine Frau, die für sie kocht?"

„Armeeärzte sind nicht oft genug zu Hause, um eine Ehe zu führen."

„War das der Grund?"

Er starrte sie an und fragte sich, wie sie das immer machte. Sie hatte ihn wieder mal vollkommen überrumpelt.

„Woher wissen Sie, dass ich geschieden bin?"

„Alter Trick. Haben Sie mir gerade erzählt. Ich weiß auch, dass Sie einen Hund haben."

„Wie bitte?"

„Einen weißen, aber es ist kein Labrador, denn das Haar auf dem Sweatshirt, das Sie mir geliehen haben, ist nicht so dick."

„Woher wollen Sie wissen, dass es keine Katze ist?"

„Sie sind absolut nicht der Typ für eine Katze."

„Hmmm … ganz guter Trick." Er nahm ein Schneidebrett heraus und ein Messer und begann die Paprikaschote zu zerstückeln. „Er heißt Digger. Ein West Highland Terrier. Ein guter Kumpel. Der Hund gehörte meiner Tochter."

„Erlaubt Ihre Exfrau ihr nicht, den Hund mitzunehmen?"

„Meine Tochter ist vor fünf Jahren gestorben."

„Oh Gott, Ben."

Er spürte ihren Blick, sah aber nicht auf, sondern bereitete weiter das Frühstück zu, schlug die Eier auf und gab einen Schuss Milch dazu.

„Ist schon okay", sagte er. Der Satz kam immer automatisch.

„Davon hatte ich keine Ahnung."

„Sie ist an einer schweren Grippe gestorben. Ich war in Afghanistan, es passierte, kurz nachdem der Krieg begonnen hatte. Meine Frau ist davon ausgegangen, dass Ali sich wieder erholt. Sie meinte, die Armee hätte mich sicher nicht beurlaubt, weil meine Tochter erkältet ist, deshalb hat sie mir nichts davon erzählt. Ich erfuhr erst davon, als es zu spät war."

Platt hatte aufgehört zu rühren und stützte sich stattdessen mit den Händen auf die Kante der Arbeitsplatte, als müsse er sich irgendwo festhalten. Dann gab er sich einen Ruck und griff ohne aufzublicken nach der Schale mit den Eiern und der Milch.

„Da wir uns nun gegenseitig das Herz ausschütten …“, sagte er schließlich. „Wie lange sind Sie denn geschieden?“

Jetzt war es an ihr, überrascht zu sein.

„Kein Trick“, erklärte er lächelnd. „Es steht in Ihrer Akte.“

„Ach ja, natürlich. Ungefähr seit vier Jahren.“

Sie schien sich nicht ganz sicher zu sein. Platt fand, das war ein gutes Zeichen.

„War das der Exmann?“

„Nein.“

Sie lieferte ihm keine nähere Erklärung. Er drängte sie nicht.

„Das ist interessant“, sagte sie dann aus einer Eingebung heraus. „Wie einem bewusst wird … wie mir bewusst wurde …“

Er wartete. Ihm war bereits aufgefallen, dass sie normalerweise nicht viel von sich erzählte.

„Sie haben mich gefragt“, sagte sie dann, „ob Sie jemanden für mich anrufen sollen. Und mir ist plötzlich klar geworden, dass es niemanden gibt.“

„Aber Sie hatten Besuch.“

„Von einer Freundin, ja. Einer sehr guten Freundin.“

Er wollte sich nach dem Typ, der vorhin draußen gewesen war, erkundigen. Warum er offensichtlich nichts von ihrem Aufenthalt im Knast gewusst hatte. Warum sie ihn nicht angerufen hatte. Stattdessen sagte er: „Die meisten Leute würden sich glücklich schätzen, wenn sie wenigstens einen so guten Freund hätten.“

„Sie verdächtigen jemanden im USAMRIID.“ Das hatte sie nicht als Frage formuliert, sondern als Feststellung. „Dachten Sie deshalb, es wäre für mich nicht sicher, dort zu bleiben?“

Er hob den Kopf und sah ihr in die Augen.

„Mein Kommandeur möchte das alles ungeschehen machen.“

„Inklusive der vier Opfer.“ In ihren Augen war kurz ein Aufflackern von Panik zu erkennen. „Wäre das möglich?“

„Nein. Die Angehörigen der Opfer sind heute früh verständigt worden. Ich habe gestern ohne seine offizielle Genehmigung den Impfstoff injiziert. Der Fall in Chicago bedeutet, dass es noch mehr Fälle geben kann. Was in Elk Grove passiert ist, kann man nicht mehr verheimlichen."

„Kann es sein, dass er jemanden aus dem Institut decken will?", wollte sie wissen.

„Das weiß ich nicht."

„Aber Sie denken, es ist möglich, dass der Täter Zutritt zum USAMRIID hat?"

„Wir haben dort ein paar ziemlich große Egomanen, und die meisten sind in der Lage, sich Krankheitserreger der Stufe vier zu beschaffen. Ob einer von denen auch fähig ist, Ebola-Viren mit der Post zu verschicken, weiß ich allerdings nicht. Aber ich werde alles dransetzen und versuchen, es herauszufinden."

74. KAPITEL

Tully wusste, dass Maggie recht hatte. Das Ganze richtete sich gegen jemanden persönlich. Wie war sonst zu erklären, dass Caroline eins dieser Päckchen mit einer luftdicht verschlossenen Plastiktüte erhalten hatte? Ein Päckchen mit Tullys Absender. Sie hatte ihm eine Kopie des Adressaufklebers zugefaxt, und auf den ersten Blick schien die Blockschrift von derselben Person zu stammen wie die Notiz auf dem Zettel in der Donut-Packung. Es musste derselbe Typ gewesen sein.

Tully war jetzt klar, dass er selbst eine der Zielpersonen sein könnte. Die Donut-Schachtel. Er war am Freitag zu spät zur Arbeit gekommen, sonst wäre er der Erste gewesen, der sich daraus bedient, den Zettel gefunden und auf die Warnung reagiert hätte. Derjenige, der jetzt dort sein würde, wo Cunningham war.

Nachdem Tully das Telefonat mit Maggie beendet hatte, rief er Emma an. Sie war heute allein zu Haus. Keine Schule. Herbstferien. Er wollte ihr sagen, sie solle das Haus nicht verlassen und niemandem die Tür öffnen. Nein, das stimmte nicht. Sie sollte keine Päckchen öffnen. Vor allem keine, in denen Geldscheine lagen.

Ihre Mailbox schaltete sich immer wieder ein. Wahrscheinlich telefonierte sie mit ihren Freundinnen. Verflucht! Und er war zu geizig gewesen, um für ihren Handyvertrag noch die Anklopffunktion mitzubeantragen.

Er würde zu Hause vorbeifahren müssen. Wann wurde die Post normalerweise ausgeliefert? Eine plötzliche Panik erfasste ihn. Angst. Wen wollte der Killer noch treffen? Er schnappte sich sein Jackett und die Autoschlüssel. Auf dem Weg zu den Fahrstühlen tippte er Gwens Nummer ein. Viermal klingelte es, dann schaltete sich ihr Anrufbeantworter ein. Ging denn keiner mehr an sein Telefon?

„Gwen, hier ist Tully. Bitte öffne keine Päckchen, die du per Post bekommen solltest. Ich erkläre dir das später. Öffne erst mal nichts."

Auf dem Parkplatz rief er Maggie noch einmal an.

„Maggie O'Dell."

„Wenn es um mich geht, wie passt dann Chicago ins Bild?" Er versuchte seine Panik nicht zu zeigen.

„Sagt dir der Name Markus Schroder irgendwas?"

„Nein, überhaupt nichts. Zumindest nicht im Moment." Er begann zu schwitzen, obwohl es ein ziemlich kalter Tag war. Er schüttelte sich die Jacke ab, knüllte sie zusammen und warf sie auf den Rücksitz.

„Du könntest auf seiner Liste der Zielpersonen stehen. So was wie eine Hitliste. Leute, die ihm im Laufe der Jahre unrecht getan haben. Das bedeutet nicht, dass du auch jeden auf dieser Liste kennst."

„Leuchtet ein." Er hatte bereits den Motor gestartet und fuhr vom Parkplatz. Er musste sich beruhigen. „Aber warum Caroline? Wir sind nicht mehr verheiratet. Warum meint er, er könnte mich treffen, indem er ihr was antut?"

„Vielleicht glaubt er, dass du immer noch was für sie übrig hast", schlug Maggie vor. „Hör zu, Tully." Sie zögerte kurz, als wolle sie warten, bis sie seine volle Aufmerksamkeit besaß. „Hast du jemals mit irgendjemandem im USAMRIID zusammengearbeitet? Hattest du irgendwann einen Streit mit einem der Wissenschaftler dort oder hast jemanden vor Gericht gebracht?"

Tully hatte sofort wieder seinen Verdacht vor Augen, dass das Ebola-Virus vielleicht aus einem der Militärlabors stammte. Maggie musste denselben Gedanken gehabt haben.

„Ich glaube nicht", entgegnete er lahm. Er konnte nicht mehr richtig denken. Im Augenblick wollte er sich einfach nur vergewissern, dass es Gwen und Emma gut ging. „Lass mich mal darüber nachdenken."

75. KAPITEL

Maggie verließ das Haus zur selben Zeit wie Platt, beide mit dem Vorhaben, den Killer zu finden.

Nach dem Frühstück hatte er ihr die Spritze gegeben, vorsichtig und mit einem zuversichtlichen Ausdruck in den Augen. Als sie ihm so nahe war, ohne die Glasscheibe zwischen ihnen, musste Maggie unwillkürlich daran denken, unter welchen Bedingungen er sie entlassen hatte. Keine Körperflüssigkeiten austauschen, nicht einmal einen Kuss. Sie war überrascht, dass sie sich Gedanken darüber machte, was wohl ohne diese Einschränkungen geschehen wäre.

Jetzt, auf dem Weg nach Quantico, hielt Maggie unterwegs an einem Tankstellensupermarkt. Sie blätterte in ihrem persönlichen Telefonbuch, das sie in ihrer Handtasche bei sich trug. Dann tippte sie die Nummer ein und bereitete sich darauf vor, eine Nachricht auf dem Anrufbeantworter zu hinterlassen. Sie war überrascht, als er sich meldete.

„Ja?"

„Professor Sloane? Hier ist Agent Maggie O'Dell."

„Agent O'Dell? Was kann ich für Sie tun?"

„Ich habe gehört, dass Sie am Samstag mit Agent Tully und Keith Ganza über die Nachricht gesprochen haben, die wir erhielten."

Eine Pause am anderen Ende, dann ein Schnaufen. „Ja, das stimmt."

„Ich habe selbst auch ein paar Dinge herausgefunden. Ob Sie sich das mal ansehen könnten, vielleicht wäre es ja für Ihr Gutachten hilfreich?"

„Was für Dinge?"

Er klang ziemlich abweisend. Soweit Maggie sich an ihre kurzen Zusammentreffen mit dem Professor erinnerte, war das nichts Ungewöhnliches.

„Sie haben erwähnt, dass es einige Ähnlichkeiten zu den Milzbrand-Morden gibt. Ich denke, ich habe einige Bezüge zu anderen Fällen gefunden."

„Wie schön für Sie." Das war der George Sloane, wie sie ihn kannte. „Ich kann wohl schlecht jedes Mal nach Quantico rennen, wenn ihr dort irgendwas habt, das ich mir mal ansehen sollte."

„Natürlich, das verstehe ich. Es ist ja nur, weil Sie die Milzbrand-Morde zur Sprache gebracht haben. Ich glaube, dass ich einen Zusammenhang mit den Tylenol-Fällen 1982 gefunden habe, zu den Beltway-Snipers 2002 und dem Unabomber."

„Zu all den Fällen? Na, Agent O'Dell, dann brauchen Sie mich ja gar nicht. Das klingt ja so, als hätten Sie schon alles selbst herausgefunden."

Sie achtete nicht auf seinen Sarkasmus. „Bis auf die Tatsache, dass ich mir über die Bedeutung all dessen nicht klar bin, vielleicht ist es nur reine Angeberei."

„Angeberei?" Jetzt klang er wütend. „Sie meinen, dass er sich diese ganze Mühe macht, nur um mit seinem Wissen über ein paar berühmte Kriminalfälle anzugeben? Vielleicht können Sie mir ja noch Folgendes verraten, Agent O'Dell: Wenn Sie diesen Angeber finden, wird er dann einen Doppelreiher tragen und mit seinen zwei älteren Schwestern zusammenwohnen?"

Sloane bezog sich mit seiner Frage auf den Mad Bomber in New York während der 50er-Jahre und das von Dr. James Brussel erstellte Profil.

„Entweder Sie benötigen meine Hilfe, oder Sie haben bereits alles selbst herausgefunden." Jetzt schlug er wieder diesen sarkastischen Ton an. „Beides geht nun mal nicht."

Langsam verlor sie die Geduld. Sie war schon fast so weit zu sagen, er solle es ruhig wieder vergessen, aber sie wusste, dass Cunningham die Arbeit dieses Mannes respektierte. Die Notiz und die Briefumschläge waren die einzigen Beweisstücke, die sie bisher hatten.

„Hören Sie, Professor Sloane, ich hatte einfach nur gehofft, dass Sie uns womöglich dabei helfen könnten, ein paar weitere Punkte zu klären. Vielleicht könnte ich nachher zur Uni kommen. Soweit ich weiß, sind diese Woche Herbstferien."

„Himmel noch mal", hörte sie ihn murmeln. Sie fragte sich, ob er überrascht war, dass sie sich bereits nach seinem Unterrichtsplan erkundigt hatte. „Wenn es Ihnen so wichtig ist. Ich denke, ich könnte mir ein bisschen Zeit nehmen. Kommen Sie in vierzig Minuten. Mein Büro ist im Keller des Gebäudes der Old Medical School."

Er legte auf, bevor sie ihm bestätigen konnte, ob sie es schaffen würde. Sie blickte auf ihre Armbanduhr. Die Fahrt zur Universität dauerte mindestens vierzig Minuten.

Maggie lehnte sich in ihrem Autositz zurück. Sie hatte Rückenschmerzen. Wahrscheinlich von ihrem morgendlichen Joggen. Womit sie sich die Kopfschmerzen allerdings nicht erklären konnte. Die hatte sie bereits vor dem Laufen gehabt. Gwen hatte ihr vorhin am Telefon geraten, noch nicht sofort zu arbeiten.

„Kleines, bleib zu Hause und ruh dich ein paar Tage aus. Oder arbeite zumindest nur am Schreibtisch."

Maggie hatte ihr erklärt, dass ihre tägliche Routine jetzt das Beste für sie wäre. Mehr Zeit mit sich allein, um nachzudenken, brauchte sie gerade wirklich nicht. Dazu hatte sie im Knast genug Gelegenheit gehabt.

Sie tippte eine andere Telefonnummer ein. Sofort meldete sich der Anrufbeantworter.

„Hallo Tully, hier ist Maggie. Sloane hat sich bereit erklärt, mich in vierzig Minuten in seinem Büro zu empfangen. Es ist fast Mittag. Ich fahre jetzt zur UVA. Wir treffen uns dort, denke ich."

Sie lehnte sich zurück. Es gab nicht viel, wo sie ansetzen konnten. Sie überlegte, was Cunningham wohl angeordnet hätte. *Manchmal ist das Offensichtliche eine gute Tarnung.* Was hatte sie übersehen?

In diesem Moment tropfte etwas auf ihr Kinn. Auf dem Lenkrad entdeckte sie einen roten Fleck.

Sie betrachtete sich im Rückspiegel. Der Anblick von Blut, das aus ihrer Nase lief, versetzte sie in Panik. Sie griff nach einem

Taschentuch. Das konnte nicht sein. Sofort versuchte sie sich zu beruhigen. Das hatte nichts zu bedeuten. Es war nur Nasenbluten.

Sie drückte sich das Taschentuch gegen die Nase und lehnte den Kopf gegen die Nackenstütze. Sie schloss die Augen und versuchte, ruhig zu atmen.

Oh Gott, Nasenbluten.

76. KAPITEL

USAMRIID

Platt stand mit dem festen Vorsatz vor Commander Janklows Schreibtisch, nicht nachzugeben, und er war auf einen Angriff vorbereitet.

„Sie haben sich nicht an die Richtlinien gehalten, Colonel Platt", wies Janklow ihn zurecht. „Ich habe Sie nicht dazu ermächtigt, den Impfstoff an irgendjemanden auszuhändigen."

„Ich hatte keine direkten Anordnungen, die es mir untersagten, Sir. Und da ich die Leitung dieses Falles …"

„Lassen Sie den Mist, Platt."

Janklow überraschte ihn. Er war ungeduldig, aber es war nicht nur Ärger, sondern noch etwas anderes. Es klang fast so etwas wie Panik mit.

Platt wartete ab, er war sich nicht ganz sicher, wie er darauf reagieren, wie weit er gehen sollte. Heute Morgen sah der Mann ziemlich mitgenommen aus, aber seine Uniform war so sorgfältig gebügelt wie immer und sein Büro in gewohnter Ordnung. Seine Schultern hingen vielleicht ein wenig. Er hatte Falten im Gesicht, die Platt bei ihm noch nie gesehen hatte. Seine Augen waren gerötet. Als er die Hände hob, konnte Platt erkennen, dass sie leicht zitterten.

„Irgendwann in Ihrer Karriere, Dr. Platt – wenn Sie immer noch eine in Aussicht haben –, werden Sie sich entscheiden müssen, ob Sie Soldat, Arzt oder Politiker sein wollen. Diese drei Positionen stehen sich leider in vielerlei Hinsicht gegenseitig im Weg. Sie können nicht nebeneinander existieren. Heute haben Sie also beschlossen, Arzt zu sein. Das ist schön. Wahrscheinlich glauben Sie, das wäre sehr edel. Aber ich sage Ihnen, dass es nicht edel ist. Es ist dumm."

Er wandte sich von Platt ab und starrte eine ganze Weile aus dem Fenster, sodass Platt zuerst dachte, er würde ihn entlassen. Er beschloss, dass er jetzt ein bisschen nachhaken musste.

„Sir, ich glaube, ich weiß, warum Sie das getan haben."

Janklow drehte sich langsam wieder um, die Augenbrauen fragend gehoben, aber offensichtlich immer noch verärgert.

„Was meinen Sie zu verstehen, was soll ich getan haben?"

„Ich habe es selbst auch in Betracht gezogen. Dass das Ebola-Virus aus unserem Labor stammen könnte. Sie wollen das Institut schützen. Nach der Katastrophe mit dem Milzbranderreger verstehe ich schon ..."

„Sie haben ja keine Ahnung, wovon Sie reden."

„Sir, ich weiß einfach ..."

„Haben Sie festgestellt, dass Ebola-Proben fehlen?"

„Nein, Sir, das habe ich nicht, aber es dürfte auch ziemlich schwierig sein ..."

Er hob die Hand, um ihn zum Schweigen zu bringen. Sie zitterte eindeutig.

„Es fehlen keine Proben des Ebola-Virus aus den USAMRIID-Labors."

Platt stand immer noch kerzengerade da, mit unbewegtem Gesicht.

„Ich möchte Sie eins fragen, Dr. Platt", sagte Janklow, jetzt wieder etwas ruhiger. „Haben Sie irgendeine Ahnung, wie viel der Impfstoff gegen Ebola auf dem Schwarzmarkt bringt?"

Platt starrte ihn an, und er wusste, es war keine Frage, auf die Janklow eine Antwort erwartete.

„Ich hoffe sehr, dass Sie keine Ahnung haben", warnte ihn Janklow. „Denn es fehlen zwar keine Proben des Ebola-Virus in unserer Einrichtung, aber Impfstoff."

77. KAPITEL

Reston, Virginia

Tully fand Emma wie üblich im Wohnzimmer auf dem Fußboden vor dem lärmenden Fernseher. Er war erleichtert, nirgends ein Päckchen zu sehen. Nur das übliche Teenager-Chaos von Magazinen und Junkfood-Resten.

Eine aktuelle Kurzmeldung unterbrach ihre TV-Serie. Sie stellte den Ton aus, aber Tully bat sie, ihn wieder anzustellen, als er sah, dass es um eine Pressekonferenz im Saint Francis Hospital in Chicago ging. Er erfuhr nichts, was er nicht bereits gewusst hatte. Zwei Ärzte und ein Typ vom CDC beantworteten Fragen. In einer Ecke des Bildschirms erschien ein Foto von Markus Schroder und seiner Frau. Es schien sich um ein Hochzeitsfoto zu handeln. Der Typ sah völlig normal aus. Ein Buchhalter, wurde gesagt, der für eine Firma in Chicago tätig gewesen war. Tully kannte ihn nicht. Er ließ sich den Namen immer wieder durch den Kopf gehen, aber ihm fiel nichts dazu ein. Auch nachdem er sich das Foto genau angesehen hatte, kam ihm dieser Mann nicht bekannt vor. Dann sah Tully sich die Frau genauer an. Irgendwie erinnerten ihn die Augen an jemanden. Kannte er die Frau vielleicht?

„Das ist ja wirklich schlimm“, bemerkte Emma.

„Haben sie den Namen der Frau genannt?“

„Ja, irgendwas mit V, vielleicht Vera.“

Vera Schroder. Nein, der Name sagte Tully auch nichts.

„Ich muss los, Süße. Du weißt noch, was ich dir gesagt habe, ja?“, fragte er eindringlich.

Kurz darauf war er bereits wieder auf der Straße. Als er Maggies Nachricht abhörte, änderte er die Richtung. Er würde länger als vierzig Minuten zur UVA benötigen. Er suchte gerade nach einem Radiosender, der noch mehr Nachrichten aus Chicago brachte, als sein Handy klingelte.

„Agent Tully.“

„Conrads Mutter hat ebenfalls eins von diesen netten kleinen Päckchen mit Geldscheinen bekommen!“ Das war erneut Caroline, und sie war noch wütender als vorher. „Was zum Teufel geht hier vor, Tully?“

Plötzlich fiel es ihm wie Schuppen von den Augen, und Carolines Worte hatten auf ihn die Wirkung einer eiskalten Dusche. Er konnte alles so klar erkennen. Er hatte Vera Schroder tatsächlich schon einmal gesehen. Und jetzt fiel ihm auch wieder ein, wo. Es war ein Foto aus einem Zeitungsartikel, den sein Mitbewohner unbedingt am Pinnbrett hängen lassen wollte, um sich zu motivieren, wie er sagte. Eine verstörte junge Frau war darauf zu sehen gewesen, völlig verzweifelt, nachdem sie ihre Eltern tot in deren Wohnung aufgefunden hatte. Die beiden hatten die mit Zyankali versetzten Tylenol-Kapseln eingenommen. Nur war ihr Name damals nicht Vera Schroder gewesen, sondern Vera Sloane. Sie war George Sloanes Schwester.

78. KAPITEL

University of Virginia

An der UVA in Charlottesville hatte Maggie studiert. Als Professor Sloane ihr sagte, sie solle ihn im Gebäude der Old Medical School treffen, wusste sie sofort, wo das war. Aus den Rundbriefen an die Ehemaligen hatte sie auch erfahren, dass dieses Gebäude inzwischen für Büros der Fakultät benutzt wurde. Aber anders als in normalen Bürokomplexen befanden sich im Haus noch Forschungslabors und klinische Ausbildungsstätten. Aufgrund der Herbstferien fand sie schnell einen Parkplatz.

Maggie hatte bisher nur einmal beruflich mit Sloane zu tun gehabt, doch sie kannte ihn als Ausbilder in Quantico. Sein Kurs über die forensische Untersuchung von Beweismitteln kam immer gleich nach dem Psychologiekurs über kriminelles Verhalten. Cunningham hatte Sloane oft als Berater angefordert, wenn es um Indizienbeweise ging. Sie war nicht überrascht, dass Tully und Ganza den Professor nicht weiter gedrängt hatten, als sie mit einer kurzen Einschätzung abgespeist worden waren. Tully und Sloane waren sich nicht grün. Das spürte sie an der Spannung, die sofort da war, wenn die beiden Männer sich auch nur im selben Raum aufhielten. Sie hoffte, dass sie Sloane Informationen entlocken konnte, die er Tully vielleicht nie gegeben hätte.

Die Eingangstür zur Old Medical School war nicht abgeschlossen, aber sie traf niemanden im Gebäude an. Maggie fuhr mit dem Fahrstuhl ins Kellergeschoss. Beim Aussteigen hörte sie am Ende des Flurs Affen schreien. Die Türen waren mit Kombinationsschlössern gesichert. Man konnte einige Anzeichen dafür entdecken, dass die meisten Räume hier unten als Versuchslabors benutzt wurden. An einem hing ein Schild mit der Warnung „Quarantäne“.

Sie suchte nach Sloanes Büro. Als sie am einen Ende angelangt war, ohne etwas gefunden zu haben, kehrte sie um und ging in die Richtung, aus der die Affenschreie kamen. Da klingelte ihr Handy.

„Maggie O'Dell."

„Es ist Sloane", sagte Tully außer Atem.

„Ich suche ihn gerade."

„Nein, du verstehst nicht …"

Das war alles, was Maggie noch hörte, bevor sie einen Schlag auf den Hinterkopf bekam.

79. KAPITEL

Tully wollte kaum glauben, dass ihm das nicht schon vorher aufgefallen war. Er nahm die Abfahrt HWY-20 von der I-95. Es würde ewig dauern, bis er in Charlottesville wäre. Maggies Handy schaltete auf die Mailbox um. Hatte Sloane ihr bereits etwas angetan?

Jetzt ergab für ihn alles einen Sinn.

Er erinnerte sich daran, wie George Sloane ihn gefragt hatte, wo er denn gewesen sei, als die Schachtel mit den Donuts geliefert worden war.

Sloane hatte gesagt: „Wenn ich mich richtig erinnere, kannst du keinem Schokoladen-Donut widerstehen."

Schokoladen-Donuts waren schon immer Tullys Schwäche gewesen. Er hatte schon so einige Phasen durchgemacht: Oreo Cookies, Lakritze und früher einmal Geleebonbons. Aber Schokoladen-Donuts gehörten seit eh und je zu seinen Favoriten. Doch das war es nicht, was ihn hätte stutzig machen müssen. Sloane hatte ebenfalls gesagt: „Also schicken Terroristen jetzt ihre Drohungen auf dem Boden einer Donut-Schachtel?"

Woher wusste er, dass die Nachricht auf dem Boden der Packung lag? Nur Cunningham, Maggie, Ganza und er selbst wussten davon. Man ging doch nie davon aus, dass eine Nachricht ganz unten lag. Sloane hatte es gewusst, weil sie von ihm gewesen war.

Und warum sollten Caroline und ihr Verlobter zu den Opfern des Ebola-Senders gehören, wenn nicht ihr ehemaliger Lover, der noch im Juli Kontakt zu ihr gehabt hatte, irgendwie daran beteiligt war?

Ihr ehemaliger Lover, Indy alias George Sloane, war richtig ausgeflippt, als sie sich damals für einen anderen entschieden hatte. Es war so schlimm gewesen, dass man ihn vor Beendigung seiner Ausbildung aus dem FBI rausgeworfen hatte. Deshalb war er Experte für gerichtsverwertbare Beweismittel geworden, hatte zwar weiter für das FBI gearbeitet, aber immer als Außenstehender. So war er an allen großen Fällen beteiligt gewesen, hatte aber nie die Anerkennung erhalten, die er verdient zu haben glaubte. George Sloane hatte immer ein Agent sein wollen, kein Dozent.

Wie viele weitere Päckchen hatte Sloane verschickt?

Maggie war jetzt bei ihm. Und ging nicht ans Telefon.

Vielleicht täuschte sich Tully ja. Vielleicht war sie nicht in Gefahr. Wahrscheinlich hatte sie nur ihr Handy ausgeschaltet. Tully hatte womöglich gar keinen Grund, in Panik zu geraten.

Das sagte er sich immer wieder, während er immer fester aufs Gaspedal trat.

80. KAPITEL

University of Virginia

In Maggies Kopf hämmerte es. Ein kratzendes Geräusch, als würde jemand mit dem Fingernagel über eine Kreidetafel schrammen, brachte sie wieder zu Bewusstsein. Ihre Lider flatterten, sie sah erst alles verschwommen, grüne Flecken tanzten in ihrem Blickfeld. Die Luft war abgestanden, es roch ranzig, nach verschwitztem Fell, nach Fäkalien.

Sie erkannte die gleichen Schreie wieder, die sie vom Ende des Flurs gehört hatte. Nur kamen sie jetzt nicht mehr vom anderen Ende des Flurs. Sie waren viel näher. Maggie öffnete die Augen und versuchte etwas zu erkennen. Dann war sie plötzlich hellwach.

Ein paar Knopfaugen starrten sie an. Grünes Fell. Rasiermesserscharfe Krallen kratzten auf dem Boden zwischen den Metallstäben. Sie befand sich in der Mitte eines kleinen Raumes, in dem zu beiden Seiten an den Wänden Metallkäfige mit kreischenden Affen standen.

Ruckartig versuchte sie sich aufzusetzen und wurde zurückgerissen. Ihr Handgelenk war an einen Ecktisch gefesselt, fest mit einem Kunststoffseil angebunden. Sie zog und zerrte daran, aber es schnürte sich nur noch tiefer in ihre Haut. Ihre hektischen Bewegungen machten die Affen nervös, die nun noch lauter schrien, wild in ihren Käfigen herumsprangen und mit den kleinen Händen gegen die Metallgitter schlugen oder durch die Stäbe griffen.

Maggie versuchte sich zu beruhigen. Vernünftig vorzugehen. *Bleib ruhig. Beweg dich nicht.*

Mit der freien Hand suchte sie in der Tasche ihres Jacketts nach dem Handy und war nicht sehr überrascht, es nicht mehr vorzufinden. Genauso wenig wie ihre Smith & Wesson. Sie blickte sich suchend im Raum um, ob es irgendetwas gab, mit dem sie das Plastikseil durchschneiden könnte. Sie sah nur Affenkäfige. Reste von Futter und Fäkalien lagen überall auf dem Boden verstreut, selbst dort, wo sie lag. Sie richtete sich vorsichtig auf, bewegte sich langsam und ruhig. Das am Tischbein befestigte Handgelenk hinderte sie daran, aufzustehen.

Wieder blickte sie sich nach irgendetwas um, das sie als Werkzeug benutzen konnte. Diesmal bemerkte sie die beiden hinteren Käfige, und ein kalter Schauer überlief sie. Beide Türen standen offen. In diesem Augenblick sah sie einen langen grünen Schwanz hinter dem Tisch in der Nähe der Eingangstür.

Automatisch griff sie nach ihrem Schulterholster, bevor ihr wieder einfiel, dass es leer war.

Ein zweites grünes Fellbündel tauchte in ihrem Augenwinkel auf. Da saß eines der Tiere oben auf dem Käfig und starrte zu ihr herunter.

Okay, es waren also mindestens zwei Affen frei. Scharfe Krallen, scharfe Zähne. Irgendwie hatte sie noch in Erinnerung, dass die Tiere außerdem spuckten.

Sieh ihnen nicht in die Augen. Verhalte dich ruhig. Beweg dich nicht.

Ihr würde schon etwas einfallen. Sie durfte nur die Ruhe nicht verlieren. *Atme tief durch.* Wieder ließ sie den Blick im Raum umherschweifen, ohne den Kopf zu bewegen.

Da ging das Licht aus.

Sie musste sich zusammenreißen, um nicht panisch zu reagieren und keinen Ton von sich zu geben. Als sie das erste Mal spürte, wie Fell an ihrem Gesicht entlangstrich, zuckte sie automatisch zurück. Sie keuchte auf und schnappte nach Luft, bevor sie sich wieder in der Gewalt hatte.

Ruhig bleiben. Zeig deine Angst nicht.

Sie war schweißgebadet. Wie konnte ihnen das entgehen? Aber etwas sagte ihr, dass sie nicht angreifen würden, solange sie sich nicht bedroht fühlten. Da spürte sie wieder etwas an ihrer Wange. Nur war es diesmal kein Fell, es waren Krallen.

81. KAPITEL

University of Virginia

Tully war erst einmal in Sloanes Büro gewesen, aber er erinnerte sich noch genau daran, wo es sich befand. Er hatte immer damit geprahlt, dass er im Keller des Gebäudes der Old Medical School sei, wo ihn niemand belästigte. Das sah Sloane ähnlich, sich mit einem Büro im Untergeschoss zu brüsten, als handele es sich um ein Privileg.

Direkt vor dem Eingang entdeckte Tully einen Parkplatz, der für George Sloane reserviert und mit einem Schild gekennzeichnet war, eine dieser Jubiläumsplaketten, mit der die Universitätsleitung ihre Professoren nach so vielen Jahren Dienst auszeichnete. In der Parkbucht stand eine Limousine, eine Limousine mit dem Nummernschild der Kommunalverwaltung. Tully schüttelte den Kopf. Der Typ hatte seinen eigenen Parkplatz und eine Plakette von der Regierung, aber das reichte ihm alles nicht.

Er verlor keine Zeit, um auf den Fahrstuhl zu warten, und nahm die Treppe.

Die Tür zu Sloanes Büro war verschlossen. Tully klopfte trotzdem. Er zog seine Glock und rüttelte an den Klinken zur Linken und zur Rechten, obwohl er die mit Schlüsselkarten zu bedienenden Sicherheitsschlösser gesehen hatte. Die ganze Zeit über kreischten am anderen Ende des Flurs irgendwelche Affen.

Er hielt inne und starrte auf die Tür, hinter der das Schreien der Tiere zu hören war, und hoffte, dass er sich irrte, als ihm plötzlich ein Verdacht kam.

„Das hat ja ziemlich lange gedauert“, sagte George Sloane hinter ihm.

Tully drehte sich langsam um. Sloane stand im Gang mit mehreren Spritzen in der Hand.

„Ich habe extra für dich etwas von dem verseuchten Serum

aufgehoben." Er hielt eine der Spritzen hoch und schob die anderen in seine Jacketttasche.

„Wo ist Agent O'Dell?"

„Sie ist ein bisschen gerissener als du." Sloane lächelte. „Sie hat meine sämtlichen Hinweise gefunden. Dir ist nicht ein einziger aufgefallen, was?"

„Macht das einen Unterschied? Oder willst du immer noch mit mir konkurrieren?" Sloane an seiner empfindlichsten Stelle zu treffen war vielleicht die einzige Möglichkeit, ihn aus der Reserve zu locken. Aber wollte er ihn wirklich aus der Reserve locken?

„Für mich warst du nie eine ernsthafte Konkurrenz. Razzy auch nicht. Ich konnte verstehen, dass Caroline mit ihm ins Bett geht. Aber ich wusste, dass sie ihn nie heiraten würde."

Tully hatte den Finger immer noch am Abzug. Hinter ihm kreischten die Affen. Sloane schien sich davon nicht nervös machen zu lassen.

„Ich habe das alles jahrelang geplant, Monate damit verbracht, alles zu proben und den perfekten Dummkopf zu finden. Jeder Schritt war festgelegt, ein Puzzleteil vom komplizierten Ganzen. Ich habe alle ausgetrickst, genauso wie vor fünfundzwanzig Jahren."

„Die Tylenol-Morde, das warst du?"

„Ich musste meine nervende Familie loswerden. Sie stand mir im Weg, wollte mich einfach nicht in Ruhe lassen. Ständig lagen sie mir in den Ohren, ich solle nach Hause kommen und mich um das Familienunternehmen kümmern. Immer wieder dieses Nörgeln. Sie konnten nicht verstehen, warum ich zum FBI wollte. Die Beziehung zu Caroline war das Beste, was mir je passiert war. Ich habe alles getan, damit wir zusammen sein konnten. Und sie hat sich aus dem Staub gemacht, um in Cleveland zu dir ins Bett zu steigen." Bei der Erinnerung daran stieg ihm die Röte ins Gesicht.

„Trotzdem wolltest du sie immer noch haben."

Er starrte Tully ausdruckslos an.

„Du hast sie immer noch gewollt und dann noch einmal verloren", sagte Tully. „Aber nicht wegen Razzy oder meinetwegen. Sie hatte die Möglichkeit, sich nach all den Jahren wieder für dich zu entscheiden, aber sie hat sich jemand anders ausgesucht."

Sloane zuckte die Schultern und tat so, als wäre es nicht von Bedeutung. Aber Tully entging nicht, wie er den Kopf nervös zur Seite drehte und sein Blick unstet von einem Punkt zum nächsten wanderte, als wolle er die Erinnerungen loswerden. Als er Tully schließlich ansah, war er wieder George Sloane und nicht mehr der junge Indy mit seinen idealistischen Zielen und Träumen.

„Sieht aus, als wärst du jetzt derjenige, der die Wahl hat", bemerkte er mit einem Grinsen und deutete auf die Tür hinter Tully. Dorthin, wo das Schreien der Affen zu hören war, begleitet von lautem Poltern.

„Agent O'Dell zu Hilfe zu kommen oder mich zur Strecke zu bringen."

Tully zog sich der Magen zusammen. Er hatte recht gehabt. Maggie war hinter dieser Tür gefangen.

„Du kannst mich nicht erschießen", sagte Sloane zu ihm und wedelte mit dem Arm, als wolle er mit der Spritze auf Tully zielen. „Dazu hast du gar keinen Mut."

Tully hob die Glock. „Du hast wohl vergessen, dass ich immer der bessere Schütze war."

„Ja", entgegnete Sloane, hielt die Spritze mit der einen Hand in die Höhe und tastete mit der anderen an der Wand entlang zum Lichtschalter, den Tully nicht bemerkt hatte. Dann knipste er das Licht aus. „Kannst du im Dunkeln auch so gut treffen?"

Tully streckte die Arme aus und berührte die Wände zu beiden Seiten. Kein Schalter. Er sah nichts. Der Flur hier unten war stockdunkel. Nirgends war ein rotes Licht zu sehen, das einen Rauchmelder kennzeichnete. Keine Signallampen für Notausgänge. Nicht einmal ein Streifen Licht, der unter einer der Türen hervorschien, Türen, von denen Tully bereits wusste, dass sie alle verschlossen waren und sich nur mit Schlüsselkarten öffnen ließen.

Er versuchte ruhig zu bleiben. Versuchte sich zu konzentrieren, langsam zu atmen, sodass sein Herz irgendwann aufhörte zu hämmern und ihm in den Ohren zu dröhnen. Er musste lauschen. Doch wie sollte er bei dem Krach der Affen hinter sich etwas hören?

Da glaubte er ein leises Quietschen auf dem Boden vor sich wahrzunehmen. War das möglich? Wie weit entfernt? Einen Schritt? Vielleicht zwei?

Er holte tief Luft. Benutzte Sloane Aftershave? Oder roch er nur die Affenpisse?

Tully lehnte sich mit dem Rücken gegen die Wand und blieb stehen, wo er war. Sloane würde sicher davon ausgehen, dass er sich von ihm wegbewegte, sich zurückzog. Er wartete darauf, dass seine Augen sich an die Dunkelheit gewöhnten. Er schloss sie fest, dann öffnete er sie wieder. Er konnte immer noch nichts erkennen außer tiefer Schwärze.

Eines war sicher: Tully wusste, dass er auf ihn zukam.

Wahrscheinlich erinnerte sich Sloane genau, wie viele Schritte man benötigte, um zum anderen Ende des Flurs zu kommen. Womöglich hatte er vorher schon dafür gesorgt, dass die Signallampen nicht aufleuchteten. Er hatte gesagt, dass er alles geprobt hätte. Hatte er auch Zeit gehabt, dies hier durchzuspielen?

In der Ausbildung hatten sie gelernt, auf das Herz zu zielen. Daran würde sich Sloane erinnern. Sicher würde er damit rechnen. Tully musste schnell nachdenken, musste schnell handeln.

Er ließ sich langsam an der Wand hinuntergleiten, bis er in der Hocke saß. Dann hob er die Glock und feuerte. Er schoss nach unten, von rechts nach links, ein Schuss nach dem anderen. Schließlich glaubte er, ein leises Aufstöhnen gehört zu haben, einen dumpfen Laut, als fiele jemand zu Boden. Er hielt inne.

Stille.

Selbst die Affen waren jetzt ruhig.

Tully stand auf, legte die Hand an die Wand und tastete sich den Flur entlang, bis er den Lichtschalter fand.

Er hatte richtig vermutet.

George Sloane war im Dunkeln auf Händen und Füßen auf ihn zugekrochen. Anders konnte er sich die Kopfwunde nicht erklären, die seinen früheren Freund und Kommilitonen in der Mitte des Flurs getötet hatte.

Er wandte sich zur hinteren Tür um. Die Affen hatten wieder angefangen zu kreischen. Er hörte, wie sie an den Gitterstäben rüttelten. Die Tür zu diesem Raum war ebenfalls verschlossen, nur mit einer Schlüsselkarte zu öffnen. Er musste sich mit seiner Glock behelfen, ein Schuss nach dem anderen.

Die Affen verstummten aufs Neue.

Als er durch die Tür trat, herrschte vollkommene Stille. Aus einer dunklen Ecke ertönte Maggies Stimme, die ihn mit den gleichen Worten begrüßte wie Sloane: „Das hat ja ziemlich lange gedauert."

82. KAPITEL

Mittwoch, 10. Oktober 2007
Newburgh Heights, Virginia

Der Tag war viel zu schön für eine Beerdigung.

Maggie saß auf ihrer Terrasse und beobachtete Benjamin Platt, der im Garten mit Harvey Frisbee spielte. Er hatte seine Kappe abgenommen, die blaue Uniformjacke ausgezogen und die Ärmel seines weißen Hemds hochgekrempelt. Trotzdem wirkte er immer noch sehr formell mit den blank polierten schwarzen Schuhen und der Krawatte, die unverändert perfekt saß.

Sie streifte sich die Lederpumps von den Füßen und lehnte sich in dem Korbstuhl zurück, schloss die Augen und wünschte, sie käme gegen die Gefühle an, die in ihrem Innern brodelten. Die ganze Zeit hatte sie vor Augen, wie der Sarg den Weg von der Kirche zum Friedhof in Arlington getragen wurde. Und eine Stimme in ihrem Hinterkopf sagte: „Ich kann es nicht fassen, dass er nicht mehr da ist."

Als sie die Augen erneut öffnete, kam Platt mit Harvey zu ihr herüber. Er ließ sich in den Sessel neben ihr fallen, und Harvey legte sich zu ihren Füßen.

„Geht es dir gut?", erkundigte sich Platt. „Kein Nasenbluten mehr? Kopfschmerzen?"

„Ja, alles okay. Komisch, wie sich Stress so bemerkbar machen kann."

„Du hast eine Menge durchgemacht. Aber deine Blutwerte sind immer noch negativ." Er streckte die Hand aus und strich zart über ihre Wange, wo die kleine Narbe langsam verheilte. „Und du kannst wirklich von Glück sagen, dass der Affe nicht infiziert war."

Sie beugte sich vor, um Harvey zu tätscheln, zog sich von der zärtlichen Geste zurück, obwohl sie sie so gern erwidert hätte. *Zu früh.* Was war mit ihr los? Zu früh konnte ziemlich schnell zu spät werden.

„Das Saint Francis in Chicago ist wieder geöffnet", sagte Platt. „Ich habe heute Morgen mit Dr. Claire Antonelli gesprochen. Sie war Markus Schroders Ärztin. Es ist erstaunlich, dass sie sich nicht angesteckt hat."

„Aber sie hatten drei Ebola-Fälle dort."

Er nickte. „Der Chefchirurg, der Schroder operierte. Ein Riss im Handschuh. Und zwei Schwestern, die Schroder gepflegt hatten. Sie sprechen alle drei gut auf den Impfstoff an. Es hätte alles noch viel schlimmer kommen können. Es hätten Hunderte sein können."

Sie sah ihn an und lächelte.

„Was?"

„Das sagt der Commander vom USAMRIID."

„Es ist noch nicht bestätigt worden."

Sie löcherte ihn nicht weiter. Er hatte ihr bereits gesagt, dass er die Beförderung womöglich gar nicht annahm. Er liebte seine Arbeit. Und obwohl er froh war zu hören, dass Commander Janklow abgedankt hatte, verspürte er kein Interesse, dessen Stelle anzutreten.

„Ich bin Arzt und Soldat, kein Politiker."

Das verstand sie vollkommen. Sie liebte ihre Arbeit ebenfalls. Das Ebola-Virus und in einem Raum mit Affen eingesperrt gewesen zu sein hatten ihre Meinung über den Job als FBI-Agentin nicht ändern können. Das Risiko war ein Bestandteil dieses Berufs. Das hatte sie auch versucht, R. J. Tully zu erklären. Er hatte sich in dem dunklen Flur in jeder Sekunde in höchster Lebensgefahr befunden. Er hatte in Selbstverteidigung gehandelt, und das würde die Prüfungskommission bestätigen. Fälle wie diese, in denen man persönlich involviert war, hinterließen Narben. Das hatte Tully unglücklicherweise erfahren müssen.

Das Risiko gehört zum Job, sagte Maggie sich und wusste tief in ihrem Innern, dass Cunningham das genauso gesagt hätte. Mein Gott, sie konnte es nicht fassen, dass er nicht mehr da war. Und das alles nur, weil ein einziger Mann seine erbärmliche Rache ausüben wollte.

George Sloane hatte seine Erfahrung und sein Wissen benutzt, um sich an den drei Männern zu rächen, von denen er meinte, sie hätten ihm die Liebe seines Lebens genommen: R. J. Tully, Conrad Kovak und Victor Ragazzi. Und im Zuge dieser Vergeltungsmaßnahme hatte er dazu noch die ehemalige Geliebte selbst und seine Schwester ins Visier genommen, die vor fünfundzwanzig Jahren seinen ersten Versuch, die gesamte Familie auszuradieren, überlebt hatte.

Und da Sloane als Experte wusste, dass die Auswahl der Opfer eines Verbrechens verriet, wer der Täter war, suchte er sich außerdem noch Opfer, die nur indirekt mit der wirklichen Zielperson zu tun hatten. Seine Rachepläne hatten dafür gesorgt, dass Mary Louise ihre Mutter verloren hatte und Rick Ragazzi und Patsy Kowak noch immer um ihr Leben kämpften.

Wie hatte George Sloane doch sein brillantes Denkvermögen vergeudet.

„Musst du wieder ins USAMRIID zurück?“, erkundigte sich Maggie beiläufig, ohne zu zeigen, wie wichtig es ihr eigentlich war. Dann fragte sie sich, warum er es nicht wissen sollte. Sie wollte, dass er blieb. Seine Gegenwart tat ihr gut. Tatsächlich hatte sie in letzter Zeit festgestellt, dass sie sich schon immer darauf gefreut hatte, ihn zu sehen. Dass sie bereits überlegte, was sie ihm dann berichten würde.

„Ich denke, ich habe in letzter Zeit genug Überstunden gemacht, um mal einen ganzen Tag freizunehmen. Was hast du denn im Sinn?“

„Kannst du genauso gut ein Abendessen kochen, wie du Frühstück machst?“

„Ich denke, ich könnte was zusammenbauen.“

„Wie wäre es mit einem Bier, bevor du an die Arbeit gehst?“

„Klingt gut.“

Maggie ließ ihn mit Harvey allein und ging barfuß ins Haus. Sie hatte zwei Flaschen Sam Adams in den Händen, als es an der Tür läutete. Da sie Tully, Emma und Gwen eingeladen hatte vorbeizukommen, machte sie sich nicht die Mühe, durch den Spion zu blicken.

Als sie öffnete, stand ein junger Mann mit einer Pizzabox vor ihr.

„Sie wollen sicher nach nebenan", sagte Maggie. „Ich habe keine Pizza bestellt."

Er drehte die Schachtel um, überprüfte den Namen und die Adresse auf dem Etikett, das daraufklebte.

„Maggie O'Dell?"

„Das stimmt."

„Italienische Wurst und Romanokäse? Es ist bereits bezahlt, Madam." Er reichte ihr die Box und ging.

Maggie schloss die Tür. Sie hielt das Bier in der einen und die Pizza in der anderen Hand und starrte auf das Etikett mit ihrem Namen. Daneben stand „Bestellt von N. Morrelli".

Italienische Wurst und Romanokäse. Sie grinste. Vielleicht kannte Nick Morrelli sie ja doch etwas. Und ganz sicher war, dass er nicht so schnell aufgab.

83. KAPITEL

Benjamin Tasker Middle School
Bowie, Maryland

Ursella Bowman machte es nichts aus, mitten in der Woche aus den Ferien zur Arbeit zurückzukehren. Das hieß, sie hatte lediglich zwei Tage, um das Chaos zu beseitigen, das ihre Vertretung hinterlassen hatte, bevor sie sich am Wochenende wieder davon erholen konnte.

Als sie den Postraum betrat, wünschte sie sich, das Wochenende würde früher beginnen. Die Posteingangskörbe waren vollgepackt, und der elektronische Zähler lag auf dem Boden. Warum zum Teufel nahm diese Frau keine Rücksicht?

Ursella begann leere Kartons aufzuheben und unzustellbare Post auszusortieren, die zurückgeschickt werden musste. Sie zog sich den Rollwagen heran und bemerkte dabei einen gepolsterten Umschlag, der nach hinten gerutscht und zwischen dem Wagen und der Wand eingeklemmt gewesen war.

Er war an die Benjamin Tasker Middle School adressiert, die Blockschrift sah aus wie die eines Kindes.

Ursella schüttelte den Kopf und schob den Umschlag in den Briefkasten des Rektors. Sie hoffte, dass es nichts Wichtiges war.

– ENDE –

WAHRHEIT ODER FIKTION
ANMERKUNGEN VON ALEX KAVA

Während ich „Exposed“ schrieb, gab es einen Ebola-Ausbruch in der Demokratischen Republik Kongo. Die Weltgesundheitsorganisation hatte mehr als vierhundert Verdachtsfälle in der Region, aber zur Zeit der Fertigstellung meines Manuskripts waren noch keine einundzwanzig Tage vergangen – die Inkubationszeit des Ebola-Virus –, sodass ich noch keine vollständigen Angaben über die Zahl der Opfer und der Todesfälle hatte.

Könnte es einen Ausbruch wie diesen auch in Nordamerika oder Europa geben? Einige Experten sind der Meinung, dass es nur noch eine Frage der Zeit ist. Es bräuchte nur eine infizierte Person ins Flugzeug zu steigen. Diese Spekulation rückte noch mehr in den Bereich des Realen, als am 24. Mai 2007 ein Mann, der sich mit Tuberkulose infiziert hatte, in Atlanta ein Flugzeug bestieg, um nach Paris zu fliegen. Er nahm anschließend noch einen weiteren Flug nach Prag, flog dann nach Montreal und fuhr mit dem Wagen zurück in die Vereinigten Staaten, wo er sich beim CDC meldete. Man stelle sich vor, er hätte Ebola gehabt.

Als Autorin stelle ich ständig solche Überlegungen an. Bei meinen Recherchen versuche ich Antworten darauf zu finden, und ich löchere viele Menschen, die sich auf solchen Gebieten auskennen. Manchmal ist es schwierig herauszufinden, was noch Fakten sind und wo die Fiktion beginnt. Wenn man die Unterschiede nicht mehr erkennen kann, habe ich mein Ziel erreicht.

Ich benutze in meinen Romanen immer einen realen Hintergrund, aber diesmal wollte ich die Leserinnen und Leser wissen lassen, was einige der Fakten sind.

Die Tylenol-Morde in Chicago vom 29. September bis zum 1. Oktober 1982 sind bis heute nicht aufgeklärt. Es sind sieben Opfer bekannt. Eines davon war ein zwölfjähriges Mädchen namens Mary Kellerman aus Elk Grove Village in Illinois. Allerdings gab es meines Wissens keine Opfer in Terre Haute, Indiana.

Der Biowaffenexperte Dr. Steven Hatfill, der eine Zeit lang

im USAMRIID arbeitete, wurde von dem zuständigen US-Gericht während der Untersuchung der Milzbrand-Morde 2001 zur „besonderen Verdachtsperson“ erklärt. Doch es hat nie eine Anklage gegeben.

Es existiert ein Impfstoff gegen Ebola. Wie im Roman erwähnt, wurde er von einem Forscherteam des kanadischen National Microbiology Laboratory in Winnipeg und des USAMRIID in Fort Detrick entwickelt. Ein Artikel über diesen Erfolg erschien zum ersten Mal im *Journal Public Library of Science Pathogens* im Januar 2007. Der Impfstoff wurde vom FDA, wie in meinem Buch geschrieben, noch nicht freigegeben.

Das medizinische Forschungszentrum für Infektionskrankheiten der US-Armee (USAMRIID) in Fort Detrick in Maryland besitzt tatsächlich eingefrorene Proben aller hochinfektiösen Viren, die ich genannt habe. Ich entschuldige mich hiermit, dieses Institut als Schauplatz meines Romans ausgewählt zu haben. Alle Behauptungen und Spekulationen in diesem Buch stammen von mir und nicht von irgendwelchen Mitarbeitern dieses Instituts oder anderen, die mit dem USAMRIID in Verbindung stehen. Ich habe den größten Respekt vor diesem Institut und allen dort arbeitenden Forschern und Ärzten, die unglaublich gute Arbeit leisten.

Das Gleiche gilt für die Universität von Virginia. Soweit ich weiß, befinden sich im Gebäude der Old Medical School der UVA im Keller keine lebenden Makaken.

Es sind eine Menge anderer Fakten in den Text dieses Buches eingeflossen, inklusive die über Kriminalfälle. Die Sätze, die auf dem Zettel in der Donut-Box standen, stammten tatsächlich von den Beltway-Snipers. Der Abdruck „Nathan R. anrufen“ wurde auf einem Brief des Unabombers entdeckt. Ted Bundy wurde in Pensacola, Florida, auf dem Davis Highway in einem gestohlenen VW festgenommen.

Für diejenigen, die solche folgenschweren Bagatellen ebenso faszinierend finden wie ich, liste ich im Folgenden einige meiner Recherchequellen auf.

Bücher, die auf Deutsch erschienen sind:

Richard Preston, „Hot Zone“, Anchor Books, 1994 („Hot Zone – Tödliche Viren aus dem Regenwald“, Droemer Knaur, 1995)

Elsa F. Ronningstam, „Identifying and Understanding the Narcisstic Personality“, Oxford University Press, 2005 („Narzissmus“, 2006)